De Schaduw v

Voor Margi, een voorganger uit hetzelfde hout gesneden als Tobias, met alle liefde

Judith Cutler

De Schaduw van het Verleden

roman

LIBRION | SLIEDRECHT

Nartex Crimeboeken

Misdaad op of rond het kerkelijk erf

In de Nartex-reeks verschijnen detectiveromans en thrillers die zich afspelen op of rond het kerkelijk erf, met een speurder die meestal actief betrokken is bij het kerkelijk en/of maatschappelijk werk. (De nartex is het voorportaal van een basiliek.)

NUR 332
ISBN 978-90-5290-032-2

Postbus 217, 3360 AE Sliedrecht, tel. 0184-410224
Librion is een imprint van Merweboek

www.librion.nl

Originally published in English by Allison & Busby Ltd, London
under the title *Shadow of the Past*

Vertaald uit het Engels door: Tobya Jong

Omslagillustratie: Pesky Monkey
Fotobewerking: Line-Art, Dordrecht
Foto Nartex reeks: Pixelio

PROLOOG

Herfst, 1811

Hij sleepte zichzelf uit het beekje, al vloekend. Beekje? Het was een verdraaide waterval, een stortvloed! In het schemerige licht had hij het ten onrechte aangezien voor een onschuldige greppel en toen hij zich – te laat – had gerealiseerd dat hij het bij het verkeerde eind had, had hij zich vastgegrepen aan boomwortels en stenen die onder zijn handen bezweken waren. Hij was weggegleden en lag nu te spartelen in de haast vloeibare modder.

Uiteindelijk was het hem gelukt om zich op te trekken uit het woeste water en had hij een omgevallen boom gevonden om op te zitten. Hij trok zijn overjas om zich heen, hoewel die zo nat was dat hij eerder een bron van ongemak vormde dan dat hij bescherming bood. Waarom was zijn ene voet kouder dan de andere? De zool van zijn laars moest zijn doorgesleten. Maar hij had vannacht nog enkele kilometers voor de boeg. Op zijn gezicht verscheen een glimlach, grenzend aan zelfvoldaanheid. Als hij dat kostbare papier opvouwde, zou het in zijn laars passen. Kijk eens aan. Het enige wat hij nu nog hoefde te doen, was zijn voet weer in zijn laars duwen.

Hij had die laars nooit uit moeten trekken. Zo koud als nu had hij het nog nooit gehad, en bij de inspanning die nodig was om zijn ijskoude tenen in het stugge leren omhulsel te proppen sprongen de tranen hem in de ogen.

De duisternis was plotseling ingevallen, als een reusachtige hand die een kaarsvlam had uitgedoofd. De dag was zo helder geweest dat hij zeker wist dat er sterren moesten zijn, maar de bomen onttrokken ze vrijwel allemaal aan het zicht. Als het lopen eerder al pijnlijk geweest was, zou het nu een marteling zijn.

Een slokje cognac. Dat zou helpen. Ziezo! De sterke drank brandde in zijn slokdarm. Nog één slok – maar na even schudden wist hij dat het flesje leeg was, en hij gooide het over zijn schouder, de bosjes in.

Dwaas. Hij had het kunnen verkopen, of zelfs kunnen verpanden, dan had hij tenminste wat geld gehad. Maar de hoge pieten zouden hem evengoed wel ontvangen, of niet soms? Ze zouden niet tegen hem zeggen dat hij hiernaartoe moest komen en hem dan niets te eten of te drinken geven – en een vuurtje om bij te zitten zodat hij kon opdrogen.

Hij hees zichzelf overeind en strompelde naar voren, opnieuw hardop vloekend toen hij begon te rillen. Het was alsof zijn handen niet langer deel van zijn lichaam uitmaakten, zo hevig trilden en schokten ze – alsof hij aan de galg hing, met het touw stevig rond zijn nek. Hij kon ze niet stilhouden. Nee. Zelfs niet als hij er geld mee had kunnen verdienen.

Hij kon maar beter in beweging komen. Op weg gaan nu hij nog iets kon zien. Want de duisternis hier was dichter dan hij ooit eerder had meegemaakt – behalve op het Iberisch schiereiland, dan – en hij moest het licht zien te bereiken voordat hij opnieuw struikelde. Maar waar was het licht? Hier ergens? Of daar?

Er klonk gekreun. Dat was hij zelf!

Er kwam iemand op hem af. De Heer zij gedankt – daar was de man die hij gesproken had, toch? De man die – maar waarschijnlijk had hij het verkeerd gezien. Er was toch niemand.

Misschien moest hij even gaan liggen. Gewoon, totdat de wereld ophield met draaien. Misschien zou hij beschutting vinden onder wat bladeren. Warmte. Hij graaide een stapeltje bij elkaar.

Was zijn moeder hier maar, om hem in te stoppen zoals ze vroeger altijd deed. Daar was ze, ze boog zich over hem heen en glimlachte. Ze rolde hem op zijn zij, net als vroeger, en toen nog ietsje verder zodat hij op zijn buik lag, plat op zijn gezicht.

Streelde over zijn haar.

Drukte zijn hoofd omlaag.

Streelde en drukte, en streelde en drukte, totdat hij wegzakte in een diepe, diepe slaap.

I

'Blijf toch bij ons dineren, Tobias!' drong mevrouw Hansard aan. Ze stond naast me, op de drempel van de geopende voordeur, en gedrieën staarden we naar de regen, die als een ware stortvloed omlaag plensde. 'U bent al doorweekt nog voor u bij de stallen bent aangekomen, laat staan de pastorie. En wat Titus betreft, als we hem zouden vragen waar zijn voorkeur naar uitgaat, de beschutting van onze stal of een moeizame wandeling naar zijn eigen stal, denk ik dat het antwoord volkomen duidelijk zou zijn.'

Het was altijd moeilijk om de smeekbeden van mevrouw Hansard te weerstaan, vooral als ze vergezeld gingen van de lach van haar kersverse man.

'Mevrouw Trent zal nauwelijks anders verwachten,' zei dokter Hansard op overredende toon, waarna hij met een knipoog toevoegde: 'en u zou Titus zelf moeten droogwrijven, nu Jem afwezig is.'

Mijn stalknecht was weggeroepen naar Derbyshire, naar het ziekbed van een familielid.

Maar Hansard werd plotseling serieus toen een bliksemschicht de hemel in tweeën spleet, gevolgd door een donderslag die het huis op zijn grondvesten deed schudden. 'Toe nou toch, Tobias, het is niet verstandig om uw leven te riskeren in dit noodweer!'

Een windvlaag blies de regen tot onder het sierlijke verandadak, het huis in.

Mevrouw Hansard maakte een einde aan de discussie door de deur te sluiten. 'We zijn zo verschrikkelijk lang weg geweest dat we niet eens weten hoe onze buren eraan toe zijn. Het zou een daad van barmhartigheid zijn om te blijven.' Zoals ze daar tegen de deur geleund stond, de doorgang blokkerend voor het geval dat haar aansporingen niet voldoende waren, leek ze meer op een vastbesloten kind dan op een dame van middelbare leeftijd.

Mijn goede vriend dokter Edmund Hansard en zijn nieuwe vrouw Maria waren juist die dag teruggekeerd van hun romantische huwelijksreis langs de meren van Cumbria. Ik was hiernaartoe gekomen met het voornemen om hen te groeten en hun het beste te wensen voor de toekomst, maar de zoveelste onweersbui was vanuit het niets komen opzetten, waardoor ik nu vast leek te zitten op Langley Park. Niet dat ik geen bereidwillig slachtoffer was – maar ik was me er al te zeer van bewust dat ik een derde wiel aan de wagen zou zijn, op een moment waarop ze liever zouden hebben dat ik hun ruimte gunde dan dat ik hen gezelschap hield. Hoewel ze beiden van middelbare leeftijd waren, waren ze zo dartel als lammetjes in het voorjaar – als mensen die half zo oud waren als zij.

Ik geef toe dat mijn protest niet erg veel voorstelde. 'Maar het kan niet anders of dat brengt jullie plannen in de war –'

'We hebben niets te doen,' viel Edmund mij in de rede. 'U vergeet dat Maria toen ze afstand deed van haar positie op de Priorij het meisje heeft meegenomen dat op dat moment tot dienstbode van Lady Elham, God hebbe haar ziel, werd opgeleid. Zij en de immer geduchte Turner, die zoals u weet kan wedijveren met elke mogelijke bediende in het hele koninkrijk, steken elkaar voortdurend naar de kroon wat betreft efficiëntie. En onze nieuwe kokkin, mevrouw Benn, wil niets liever dan haar uitzonderlijke bedrevenheid in de keuken bewijzen.'

Ik was ervan overtuigd dat mevrouw Hansard, als voormalig huishoudster, zelf haar mouwen zou hebben opgerold en het koken voor haar rekening had genomen, als Edmund er niet op had gestaan dat het, na een leven dat volkomen aan het welzijn van anderen gewijd was, nu háár beurt was om bediend te worden. Ik was er echter zeker van dat mevrouw Hansard zich, bij gebrek aan culinaire verplichtingen om zich mee bezig te houden, zou toeleggen op het verrijken van Edmunds leven op andere fronten – sommige waarvan hij zich misschien niet eens bewust zou zijn.

'En we hebben nog twee nieuwe bedienden van de Priorij, Tobias,' ging mevrouw Hansard verder. 'Burns is een jonge man die wanhopig graag onze butler wil zijn, hoewel hij natuurlijk belast is met het uitvoeren van alle voorkomende werkzaamheden. En Kate, wier moeder dolgelukkig is dat ze haar dochter bij zich in de buurt kan houden – zoals u weet hebben vele anderen een heel eind verderop een betrekking moeten zoeken. Zelfs Warwick en Leamington zijn haast het andere einde van de wereld als je eigen voeten je enige middel van vervoer zijn,' voegde ze met een zucht toe.

'Het is een droevige zaak als een landhuis bij gebrek aan meester of meesteres moet worden gesloten,' merkte dokter Hansard op.

Toen Lord Elham was gestorven, waren zijn titel en zijn landgoed overgegaan op een verre neef, die zijn leven in Sussex te zeer waardeerde om, behalve het incasseren van het geld dat het land opleverde, ook maar iets met Moreton Priory te doen. Hij wilde niet dat er verbeteringen werden aangebracht of investeringen werden gedaan, hij weigerde nieuwe huisjes voor zijn arbeiders te laten bouwen – en hij had geen behoefte aan een nieuwe dominee, hoewel ik van hem afhankelijk was voor mijn levensonderhoud. De Priorij zelf was gesloten; de ramen dichtgetimmerd en de deuren gebarricadeerd. Het was goed mogelijk dat het huis nooit meer bewoond zou worden.

'Maar er is ook goed nieuws,' zei ik tegen hen.

'Laten we dat dan in de salon bespreken,' stelde mevrouw Hansard voor. 'We kunnen hier niet de hele avond in de hal blijven staan. Ga maar vast naar binnen, heren, dan breng ik jullie wat wijn.'

Hansard schudde zijn hoofd. 'Kom zelf ook binnen, Maria, dan luid ik de bel om de wijn te *laten* brengen.' Hij pakte haar hand en drukte er een kus op, voordat hij haar met veel plichtplegingen de salon in loodste.

Mevrouw Hansard bloosde, maar ik kon niet vaststellen of dat nu van vreugde of van schaamte was.

Terwijl we gingen zitten zei ik: 'Ja, hoewel de *Priorij* leeg staat, lijkt het erop dat Moreton *Hall* binnenkort weer bewoond zal worden. Tenminste, als ik de geruchten in het dorp mag geloven.'

'Dus Lady Chase heeft besloten om hierheen terug te keren?' vroeg Edmund.

'Op dit moment zijn het nog slechts geruchten.'

'Dan zouden alle bedienden van de Priorij die nu her en der verspreid geraakt zijn wellicht ook terug kunnen keren en een betrekking vinden op Moreton Hall!' riep mevrouw Hansard uit, terwijl ze van plezier in haar handen klapte. Ze knikte naar Burns, zogezegd de butler, die fijntjes buigend binnenkwam, zo ingetogen alsof zijn reusachtige handen nooit een cricketbal hadden geworpen of het slaghout gehanteerd – een handeling die de kerkramen meermalen ernstig in gevaar gebracht had. Zo voorbeeldig was zijn gedrag dat hij zijn medebedienden zondermeer lessen in fatsoen zou kunnen geven.

'Wat wijn en enkele verfrissingen alsjeblieft, Burns. En wees zo goed om aan de kokkin door te geven dat we het diner met zijn drieën zullen gebruiken, om zes uur precies.'

Zijn ogen werden rond toen hij mijn aanwezigheid opmerkte; de Burns die ik kende zou vast en zeker geprotesteerd hebben, zijn handen in zijn zij, en gezegd hebben dat ik ongeveer even welkom was als een hagelbui tijdens het drogen van het hooi. Maar in zijn nieuwe hoedanigheid knikte hij slechts, bewonderenswaardig onverstoorbaar, maakte een buiging en verdween, waarbij hij de deuren stilletjes achter zich dichtdeed. Op datzelfde moment flitste er echter opnieuw een bliksemschicht, gevolgd door een donderslag die wellicht zijn medeleven en begrip zou opwekken.

Zijn mondhoeken trillend van plezier over deze uitmuntende vertoning, vroeg Edmund: 'Wat brengt Lady Chase hier na zo'n lange periode van afwezigheid?'

'Dat weet ik niet. En ik weet ook niets over haar, natuurlijk, gezien het feit dat zij al vertrokken was voordat ik hier in het dorp arriveerde.'

Burns kwam binnen met de wijn, die hij uiterst voorzichtig inschonk, ondanks een volgende bliksemschicht die zo fel was dat hij onwillekeurig ineenkromp. Deze keer volgde de donderslag echter een paar seconden later, wat erop leek te wijzen dat het noodweer eindelijk voorbij dreef.

Edmund wachtte totdat Burns verdwenen was, voordat hij antwoord gaf. 'Het is een oude familie, oorspronkelijk afkomstig uit Somerset. Meneer was een echte heer, helemaal niet uit de hoogte. De eerste keer dat ik hem ontmoette, dacht ik zelfs dat de butler zich vergist had toen hij me naar zijn studeerkamer bracht, omdat er in die ruimte niemand anders aanwezig was dan een man van middelbare leeftijd die op zijn knieën voor de haard zat en probeerde vlammen aan het hout te ontlokken. Hij klaagde over het vochtige aanmaakhout – dit is namelijk niet de eerste vochtige herfst die we hier beleven, Tobias – en stak zijn hand uit. Moest ik hem de hand schudden of hem overeind helpen? Uiteindelijk deed ik het allebei, eerst het een en toen het ander. Alsof we vrienden waren – wat we ook werden, en bleven tot aan het droevige moment van zijn heengaan.' Hij nipte bedachtzaam van zijn wijn. 'Dat gebeurde in Londen. Gedurende drie lange jaren hadden hij en zijn vrouw gewacht op nieuws over hun zoon, Hugo, burggraaf van Wombourn, vermist en waarschijnlijk gesneuveld tijdens een schermutseling die voorafging aan de slag bij Talavera, in 1808. Chase, achtergebleven zonder directe erfgenaam, deed alles wat naar de mens gesproken mogelijk was om de verblijfplaats van zijn zoon te achterhalen – ik heb gehoord dat hij zelfs de hulp van de grote Arthur Wellesly heeft ingeroepen. En hij heeft talloze advertenties laten plaatsen in de hoop dat dat een positieve invloed zou hebben op de onwrikbare, zij het vrijwel zeker ongefundeerde overtuiging van zijn vrouw dat hun zoon nog leefde. En toen werd hij zelf van ons weggenomen. Die belabberde riolering daar in Londen,' voegde Edmund op sombere toon toe. 'Lady Chase is een zachtmoedige maar standvastige vrouw, buitengewoon toegewijd aan het doen van goede werken.' Hij glimlachte. 'Mijn liefste, jullie zullen het bijzonder goed met elkaar kunnen vinden, met jullie gedeelde passie voor het verbeteren van de omstandigheden van de armen. Jij en Tobias, uiteraard.'

Haar glimlach verstrakte – ze vroeg zich ongetwijfeld af hoe een aristocrate zou omgaan met een voormalige huishoudster die haar positie als bediende had ingeruild voor een eigen huishouden. Als Lady Chase en zij elkaar ooit al ontmoet hadden, was die arme Maria niet meer geweest dan een bediende die de buurvrouw van haar meesteres met een revérence begroet had en die meteen daarna weer vergeten was.

Misschien merkte haar echtgenoot het niet op, want hij ging onmiddellijk verder: 'En ik vrees dat er als gevolg van deze verbijsterende hoeveelheid regen meer dan ooit behoefte zal zijn aan bijstand – als een streek ooit behoefte had aan een goede oogst is het de onze wel. Maar het lijkt erop dat de oogst opnieuw bijzonder karig zal zijn, waardoor de prijs van brood nog verder zal stijgen.'

'Eens even denken,' begon mevrouw Hansard, in een poging zich te herstellen, 'was jongeheer Hugo geen bijzonder knappe jongeman, iemand met wie geen van de andere heren in de regio zich kon meten?'

'Inderdaad, mijn liefste – de meisjes waren stapelgek op alle mannen van het regiment dat hier in de regio gestationeerd was, maar ze waren nog het meest gecharmeerd van hem. En terecht – hoe aantrekkelijk hij er misschien ook uitzag, hij vergat nooit zijn manieren en zijn toekomst was veelbelovend. Ik vraag me af wat er van hem geworden zou zijn.'

'Was hij de Wombourn die enkele jaren voor mij aan King's studeerde? Dan was hij inderdaad een sieraad voor zijn familie, en naar ik aanneem een aanwinst voor zijn regiment,' merkte ik op, me als altijd bewust van het feit dat ik zelf niet in het leger gediend had.

Mevrouw Hansard keek me onderzoekend en tegelijk meelevend aan. 'Er zijn andere manieren om je medemens te dienen dan voor hem te sterven,' zei ze. 'En houd alsjeblieft de woorden van Milton in gedachten. *Ook zij dienen die enkel standhouden en wachten.*'

'En u, beste kerel, doet veel meer dan wachten,' was Edmunds conclusie, op een toon die geen tegenspraak duldde. 'Zeg eens, blijft Jem lange tijd weg? Een man heeft zijn stalknecht nodig.' Hij schonk mijn glas nog eens vol.

'Hij verzekerde me dat hij voor de oogsttijd terug zou zijn, dus we kunnen hem nu elk moment verwachten. Ik heb tegen hem gezegd dat hij zich niet moest haasten – wanneer er sprake is van ziekte moet zijn familie op hem kunnen rekenen. Maar hij schrijft dat zijn grootvader inmiddels overleden en begraven is en dat zijn grootmoeder – een tirannieke oude dame, zo taai als ze alleen in Derbyshire voorkomen – erop staat dat hij terugkeert naar de pastorie om zijn verantwoordelijkheden weer op te pakken.' Mijn ouders, voor wie Jems hele familie werkte, zouden ervoor instaan dat zijn grootmoeder in haar ouderdom niets te kort zou komen. Mama in het bijzonder beschouwde het zorg dragen voor voormalige bedienden als een heilige plicht, die des te beter vervuld werd wanneer men er vreugde in schiep.

'En is Susan alweer wat over haar jeugdige verliefdheid heen?'

Susan, een van de protegees van mevrouw Hansard, werkte bij mij als dienstbode en was uiteraard verliefd geworden op mijn stoere stalknecht, hoewel ik me afvroeg of ze zich behalve van zijn voorkomen ook bewust was van zijn vele andere goede eigenschappen. 'Dat weet ik niet, en ik vind het niet prettig om het te vragen. Wat ik wel weet, is dat ze met de dag minder kind wordt en meer vrouw, en dat ze elke week als ze van de markt naar huis wandelt, vergezeld wordt door een andere boerenjongen.'

'Maar mevrouw Trent houdt een oogje op haar?' vroeg mevrouw Hansard op nadrukkelijke toon, ingegeven door haar eigen ervaring met de verantwoordelijkheden van huishoudsters ten aanzien van jonge dienstmeisjes. 'Dat kind heeft tenslotte zowel haar moeder als haar zus verloren.'

'Dat doet ze zeker. En over het algemeen is het besef dat Jem in de buurt is al genoeg om de vurige passie van zo'n jongen wat te temperen. Of hij haar gevoelens ooit zal delen weet ik niet – maar op dit moment lijkt hij, net als ik, vooral de functie van voogd te vervullen. Ik kan niet zeggen dat mevrouw Trent als een moeder voor haar is.'

Mevrouw Hansard deed haar mond open, maar slikte dat wat ze had willen zeggen meteen weer weg. 'Nee, dat is niet haar stijl,' merkte ze in plaats daarvan op.

'Maar het is een goede vrouw, en hoewel ze streng is, is ze

altijd vriendelijk,' zei ik, al moest ik toegeven dat het op sommige momenten, als kleine gebeurtenissen dreigden te escaleren, noodzakelijk was dat ik tussenbeide kwam.

'En is het meisje nog steeds in diepe rouw?' wilde dokter Hansard weten, een bezorgde klank in zijn stem.

Ik schudde mijn hoofd. 'Mevrouw Trent heeft haar verboden zich nog langer in het zwart te hullen, en het grijs van de doordeweekse kleding die ze nu voor Susan heeft uitgekozen grenst aan blauw, wat haar een frisse uitstraling geeft.'

'Mooi zo,' zei hij op afgemeten toon. 'Als we door de dood omgeven zijn, Tobias, hebben we dringende behoefte aan leven.'

'Nog wat wijn, Tobias?' vroeg zijn vrouw. 'Dan zullen we u daarna vertellen over onze ontmoeting met meneer en juffrouw Wordsworth – jazeker...'

Hoewel geen van ons had verwacht dat Lady Chase haar buren zou onthalen op allerlei festiviteiten, beïnvloedde haar zachtmoedigheid vele levens. Natuurlijk was ze nog in de rouw vanwege het overlijden van haar man. Maar hoe intens haar verdriet achter gesloten deuren ook was, in het openbaar gedroeg ze zich altijd even kalm en beleefd. Ze bezocht de kerkdiensten met grote regelmaat en legde zich, zoals dokter Hansard al voorspeld had, al snel toe op het lenigen van de nood van de armen in onze parochie.

Mijn kleine kudde had de vorige winter ernstige ontberingen geleden, maar die hadden niet geleid tot een verbeterde weerstand. Integendeel, de mensen leken zelfs nog vatbaarder voor de ziektes die ik in de afgelopen tijd was gaan associëren met armoede. De eerste twintig jaar van mijn leven had ik doorgebracht in luxe, in de verschillende huizen die mijn familie rijk was, afgeschermd van de buitenwereld en daarmee van de harde realiteit. Mijn eerste kennismaking met de pastorie van Moreton St Jude was dan ook een hevige schok voor me geweest.

Het kon niet anders of de lakens waren nog maar net van de meubels verwijderd, de schilderijen nog maar nauwelijks opgehangen, toen ik ontboden werd – nee, uitgenodigd is een beter woord in dezen – op Moreton Hall, in de leeskamer van Lady Chase.

'De arbeidershuisjes op mijn landgoed zijn onbewoonbaar,' stelde ze. 'Ik wil dat er onmiddellijk begonnen wordt aan de bouw van nieuwe. Er moet een goede riolering worden aangelegd, en tuinen voor het verbouwen van groenten. Voldoende slaapkamers om de jongens en de meisjes van elkaar te kunnen scheiden. Zoals het nu is liggen ze allemaal bij elkaar, als een kudde vee. En een school! Mijn rentmeester heeft me verteld dat u enkele kinderen lesgeeft, maar alleen de kinderen uit het armenhuis.'

Ik wilde deze uitspraak corrigeren – ik gaf les aan alle kinderen uit het dorp, dat wil zeggen, op de zeldzame momenten waarop ze daadwerkelijk naar school kwamen. Ze ging echter alweer verder.

'Met alle respect, meneer Campion, dat is niet goed genoeg. Er moet lees- en schrijfonderwijs komen voor alle kinderen, wie hun ouders ook zijn.'

Ik knikte. Ik vatte onmiddellijk sympathie voor haar op en hoopte dat ze ons verondersteld verschil in status niet zou opvatten als een barrière voor het ontwikkelen van vriendschap. 'Dat is een droom dat ik al heel lang koester,' reageerde ik. 'Helaas is de hoop die ik had, dat de Elhams mijn plannen om dit dorp te hervormen zouden steunen, op tragische wijze de bodem ingeslagen, zoals u ongetwijfeld gehoord hebt. Maar stelt u zich eens voor, Lady Chase – alle kinderen schoon, goed gevoed en niet alleen in staat tot lezen en schrijven, maar ook onderwezen in gepaste praktische vaardigheden.'

'Dat bedoel ik precies! Huishoudelijke vaardigheden voor de meisjes, zodat ze weten hoe ze hun tuin het beste kunnen verzorgen en voedzame maaltijden voor hun gezin moeten bereiden, terwijl de jongens onderwezen worden in houtbewerking en landbouw. Kennis is de weg tot welvaart, dominee Campion.'

In rust waren de gelaatstrekken van Lady Chase mild en elegant. Tijdens een levendig gesprek veranderde haar gezichtsuitdrukking echter, dan werden haar ogen vurig en was haar mond constant in beweging. Hoewel ze eind veertig of misschien zelfs begin vijftig moest zijn, had ze haar elegante figuur behouden en waren haar bewegingen spontaan en bevallig, een lust voor het oog en de geest. Haar zachte, bruin haar, met hier en daar een zilveren draad, ging slechts gedeeltelijk schuil onder haar hoedje. 'We moeten nu onmiddellijk plannen maken. Het zou niet reëel zijn om te verwachten dat alle werkzaamheden nog voor de winter kunnen worden afgerond, maar er moet in elk geval een begin gemaakt worden. Ik voorzie mensen liever van werk dan van liefdadigheid.'

Ik had via het roddelcircuit vernomen dat ze al een groepje vrouwen in dienst genomen had om het huis op orde te brengen, en dat elke man die gemist kon worden was ingezet om haar landgoed te ontginnen.

'U bent duidelijk een dame naar mijn hart,' zei ik, 'en naar het hart van de dorpsdokter en zijn vrouw – de Hansards van Langley Park. Niemand zou beter in staat zijn u te adviseren.'

'Afgezien van uzelf dan, dominee Campion,' verbeterde ze me. 'Natuurlijk herinner ik me dokter Hansard – een uitmuntende dokter en een vaardig *accoucheur*, zoveel is zeker. Maar een mevrouw Hansard...?'

'Een goede, vriendelijke en zeer charmante dame,' zei ik. Zou ik ingaan op het verleden van mevrouw Hansard? Ik kwam al snel tot de conclusie dat dat niet aan mij was.

'Ah!' Ze stak een vinger op, alsof ze zich een sappige roddel herinnerde. 'Is dat de huishoudster die de goede man naar men zegt verleid heeft tot het aangaan van een rampzalig huwelijk?'

'Ik zou niet weten welke onverlaat zoiets tegen u gezegd zou hebben, mevrouw,' antwoordde ik stijfjes. 'Hoewel mevrouw Hansard in het verleden dan misschien huishoudster was, is ze nooit iets anders geweest dan een dame.' Ik hoopte en bad dat dokter Hansard het bij het rechte eind gehad had toen hij beweerde dat deze vrouw zich niet te goed zou voelen voor het gezelschap van mevrouw Hansard. Zelf dochter van een graaf was Lady Chase tenslotte wel de eigenaresse van een gigantisch fortuin, waarvan Moreton Hall slechts een klein onderdeel was.

De Hall en de omliggende landerijen, evenals de uitgestrekte landgoederen in het noorden en in de West Country, waren al sinds de tijd van Willem de Veroveraar in handen van de familie van haar overleden man.

Maar Edmund had zich niet vergist toen hij zich zo lovend over het karakter van deze dame had uitgelaten.

'Als ze hun ochtendbezoek brengen,' sprak ze, 'zal ik hen beide om advies vragen. Of zou ik – meneer Campion, dat weet u vast en zeker – zonder dat zij dat als gezichtsverlies of een belediging ervaart, de gebruikelijke formaliteiten kunnen overslaan en hen rechtstreeks uitnodigen om bij mij te komen dineren?'

2

'Goedendag. U moet dominee Campion zijn.' Een stevige man van rond de veertig hield zijn paard in, zodat het naast het mijne tot stilstand kwam. Ondanks de hevige regen nam hij zijn hoed af, waardoor zijn mosterdkleurige, rijkelijk met pommade bewerkte haar zichtbaar werd. Zijn kapsel was niet erg modieus. Dat de kleur uit zijn haar zou spoelen en een saai muisgrijs zou onthullen, zou zijn verschijning zelfs nog sjofeler maken; zodoende zette hij zijn hoofddeksel gauw weer op.

Ik knikte en nam eveneens mijn hoed af, maar zonder me zorgen te hoeven maken over de consequenties. 'En u, meneer, bent vast en zeker Sir Marcus Bramhall.'

Men zou uit deze uitwisseling kunnen opmaken dat wij beiden gezegend waren met een bijzonder inzicht, maar dat was niet het geval. Mijn priesterboord was uiteraard een duidelijke aanwijzing, maar ook de rest van mijn kleding was kenmerkend voor een geestelijke. En wat mijn gesprekspartner betreft, Lady Chase had me verteld dat de neef van haar overleden man had laten weten dat hij op bezoek zou komen. Veel meer had ze er niet over gezegd. Hoewel ik het een eer vond haar tot mijn vriendenkring te mogen rekenen, was ze zo discreet en tactvol als maar van iemand in haar positie verwacht kon worden, en ik wist dat ze er de voorkeur aan gaf dat ik zelf een oordeel velde over het karakter van mensen die ik ontmoette.

Bovendien had Bramhall, als ik het afkeurende gemompel in het dorp mocht geloven, zijn hele familie meegebracht, evenals een grote hoeveelheid bagage: meer dan genoeg voor een langdurig verblijf.

De man naast me was zeer zeker niet van het platteland afkomstig. De kleding die hij droeg was misschien wel bedoeld voor buiten, maar was duidelijk vervaardigd door een kleermaker uit Londen, en dan nog niet eens, zo moest ik tot mijn spijt vaststellen, een erg goede kleermaker – die zou hebben geweten welke eisen het platteland aan iemands kleding stelde. Niemand kon Bramhall ervan beschuldigen overdreven modieus of bijzonder uitbundig te zijn; hij had iets gemaakts, alsof hij voor iets op zijn hoede was.

Hij knikte, maar zei niets. Sir Marcus was ongetwijfeld in de veronderstelling dat hij in sociaal opzicht mijn meerdere was, en het was dan ook aan hem om wat betreft ons verdere gesprek het voortouw te nemen. Hij leek echter niet in staat tot het uitvoeren van deze eenvoudige taak, waardoor de verantwoordelijkheid mij toeviel.

'U en uw gezin verblijven enige tijd op Moreton Hall, nietwaar, Sir?'

Een simpele vraag als deze, een cliché dat geregeld aan de orde kwam tijdens oppervlakkige sociale contacten, ontlokte over het algemeen niet het soort antwoord dat ik van Sir Marcus kreeg – wat zich niet anders laat omschrijven dan als ontwijkend.

'Dat is wel onze hoop – al is zoiets natuurlijk nooit zeker. Maar, ja, zolang Lady Chase behoefte heeft aan – tenzij ze ons natuurlijk...' Een dergelijk gebrek aan gespreksvaardigheden, niet geheel ongewoon voor een jonge jongen die pas net onder de vleugels van zijn leraar vandaan gekomen is en nog weinig sociale ervaring heeft opgedaan, paste niet bij een man in de bloei van zijn leven.

Ik probeerde het nog een keer. 'Ik neem aan dat u mevrouw in goede gezondheid hebt aangetroffen?'

Hij hoefde niet te weten dat ik de dag voor zijn aankomst nog twee uur lang met haar en haar 'kleine comité', zoals ze het zelf graag noemde – bestaande uit meneer en mevrouw Hansard en mijzelf – in gesprek geweest was over de huisvestingskwestie. De plaatselijke arbeidershuisjes smolten letterlijk weg als gevolg van de aanhoudende regen die maar op de uit gedroogde modder opgetrokken muren bleef inbeuken. Onze angst dat de rivieren buiten hun oevers zouden treden en daarbij zowel mensen als dieren zouden meesleuren nam met de dag toe.

Mijn paard schraapte met zijn hoeven. Titus had nooit van regen gehouden, en vandaag was alweer zo'n dag waarop de hemel niet opklaarde – zelfs niet eventjes.

'Nog steeds hopend op die zoon van haar. U zou tegen haar moeten zeggen, dominee, dat ze zich moet neerleggen bij de waarheid – bij de wil van God.'

Ik maakte een kleine buiging. Ik piekerde er niet over.

'Rondhangend in dat grote huis daar. Zo hoort een vrouw alleen niet te leven. Niet eens het gezelschap van een of ander oud vrouwtje om haar goede naam hoog te houden. Ze heeft vast wel ergens een bejaard familielid dat die rol zou kunnen vervullen.'

Als ik me al eens had afgevraagd waarom het Lady Chase ontbrak aan een respectabele vrouwelijke metgezel, dan deelde ik die gedachte in elk geval niet met Sir Marcus. Mijn reactie bestond uit een nietszeggend kuchje.

'Heeft wat gezelschap nodig. Dat heb ik ook tegen haar gezegd.'

Sir Marcus was de zoon van de oudere zus van Lord Chase, en daarmee de vermoedelijke erfgenaam – hoewel de familie het destijds niet met het huwelijk van zijn moeder eens geweest was. Wellicht was zijn bezoek louter en alleen bedoeld om een eenzame weduwe te bemoedigen. De menselijke natuur in aanmerking genomen was het echter ook goed mogelijk dat hij hierheen gekomen was om aanspraak te maken op een huis waarvan hij aannam dat het zijn eigendom was.

'Zeker, meneer.' Ik moest hem niet te zeer tegen de haren instrijken, want er brandde nog een belangrijke vraag op mijn lippen. 'Mag ik ervan uitgaan dat u haar aanstaande zondag naar de kerkdienst zult vergezellen?'

Hij dook nog wat dieper in zijn jas weg. 'Ja, ze hadden al gezegd dat u zo'n methodist bent – dat u uw taak bijzonder serieus opvat.' Hij voegde toe: 'Ik heb al geprobeerd om mevrouw zover te krijgen dat ze de huiskapel in ere zou herstellen. Die is ernstig verwaarloosd, moet u weten. Ik vraag me af wanneer hij voor het laatst geverfd is.'

'Lady Chase vindt het prettig om samen te komen met de dorpelingen, in de kerk waar de voorouders van Lord Chase begraven zijn. En de uwe, natuurlijk,' verbeterde ik mezelf vlug.

'Hebt u het monument gezien? Twee bijzonder mooie tombes, en een prachtige koperen gedenkplaat.'

Hij glimlachte kort, waarbij hij een gebit onthulde waar velen jaloers op zouden zijn. 'Ik zal ze met het hele gezin komen bekijken. Mijn zuster, Lady Dorothea, is bijzonder gecharmeerd van geschiedenis – elke omgevallen steen is voor haar een symbool van romantiek. En u, meneer Campion, moet zeker eens bij ons te gast komen – waarom niet direct vanavond?'

'Ik heb zelfs nog niet eens een beleefdheidsbezoek aan Lady Bramhall gebracht –' Ik zweeg even om de jonge Tom Fletcher een knikje en een glimlachje toe te werpen. De jongen dreef een paar van de schapen van zijn oom voort, hun vacht dik en wollig, waarbij hij geholpen werd door Hap, een hond die zich erop had toegelegd om zijn naam eer aan te doen. 'Ik sta niet in voor de gevolgen, Tom, als je je hond bij Titus in de buurt laat komen,' riep ik.

Tom riep de hond bij zich. Hij haalde zijn hand door zijn drijfnatte kuif en zei uiterst beleefd: 'Goeiedag, dominee Campion.' Met een nieuwsgierige blik op Sir Marcus voegde hij hoopvol toe: 'Moet er misschien nog hout gehakt worden?'

'Tom, maak eens netjes een buiging voor Sir Marcus. Zo, dat is beter. Er ligt meer dan genoeg hout voor je klaar – maar alleen als je de psalm die ik je heb opgegeven uit je hoofd geleerd hebt, jongeman. Alsof,' zei ik zachtjes tegen Sir Marcus, 'dat joch geïnteresseerd is in iets anders dan de snoepjes die mijn huishoudster voor hem opscharrelt. Maar dit is wel de manier, mijn beste, om ervoor te zorgen dat hij zijn lessen leert. En op een dag zal hij me er dankbaar voor zijn.'

Sir Marcus had ons gesprekje met nauwelijks verholen verveling aangezien en de jongen uiteindelijk een muntje toegeworpen. Vandaar dat ik nogal verbaasd was over wat hij vervolgens zei. 'Het is niet nodig om te voldoen aan alle formaliteiten – niet hier op het platteland. U weet waarschijnlijk dat de voormalige hertogin plattelandstijden aanhoudt? Mijn lieve vrouw probeert haar voorzichtig over te halen om op een wat moderner tijdstip te dineren, maar ze staat uiterst onwelwillend ten opzichte van verandering. We zijn het echter eens geworden over half zes – wat een aanvaardbaar compromis is, in elk geval voor dit moment. Ik verwacht u dan.'

'Ik neem uw uitnodiging graag aan. Dank u, Sir Marcus.' Ik ging ervan uit dat mijn beleefde glimlach voldoende was om het onbehagen dat zijn verwijzing naar Lady Chase als 'voormalig' hertogin in mij opriep te verbergen. Ik hoopte dat hij dergelijke dingen niet zei wanneer zij binnen gehoorsafstand was.

Onze paarden gingen ieder huns weegs, zonder zelfs maar om te kijken. Titus' gedachten gingen ongetwijfeld uit naar de stal bij de pastorie, waar hij beschutting tegen de stromende regen zou vinden, en het paard van Sir Marcus, zo'n beetje het oudste, meest bezadigde exemplaar dat in de stal van Lady Chase te vinden was, naar een zo spoedige mogelijke terugkeer naar zijn eigen terrein. Zijn paard was het meest fortuinlijk – voordat wij naar de pastorie konden terugkeren moest ik eerst nog op bezoek bij iemand die stervende was.

Het huisje was weinig meer dan een hut: ik had varkensstallen gezien die er beter aan toe waren. Het verbaasde me niet dat iemand anders mij voor was, zijn overjas nog aan als bescherming tegen het vocht dat meedogenloos door de rottende, rieten dakbedekking naar binnen drong – mijn dierbare vriend Edmund. Het kleine vuurtje, nog maar net aangestoken, gaf nauwelijks meer warmte dan een kaars, en was zeker niet voldoende om het vochtige waas dat de wanden bedekte te verdrijven.

'Lady Chase heeft kolen en runderbouillon laten sturen,' zei hij, terwijl hij me meetrok naar een van de hoeken. 'Maar de dochter van die arme mevrouw Kemp "vond het maar niks om die kolen te verspillen".' Hij imiteerde het zware accent van het meisje. 'De hemel weet dat Lady Chase nog drie keer zo veel kolen had laten sturen als iemand haar verteld had dat daar behoefte aan was! Maar Polly is nooit bijster slim geweest. Wat moet er in vredesnaam van haar worden zonder de leiding van haar oude moeder?'

Ik onderdrukte een glimlach. Dokter Hansard liep waarschijnlijk al bijna net zolang mee als mevrouw Kemp, maar zichzelf zou hij nooit oud noemen – en al helemaal niet toestaan dat iemand anders dat deed. Inderdaad, zijn huwelijk had zijn tred nieuwe veerkracht gegeven. Niemand zou hem hebben aangezien voor iemand die de vijftig al gepasseerd was.

'Mijn goede vriend, hebt u al het mogelijke voor het lichaam van mevrouw Kemp gedaan?' vroeg ik zachtjes.

'Dat heb ik.' Hij knikte naar het ingevallen gezicht, de ogen al bijna gesloten. Samen luisterden we naar haar moeizame ademhaling. Elke ademtocht leek de laatste te zijn, maar tot onze verbazing vulden haar longen zich na verloop van tijd steeds opnieuw met lucht.

'In dat geval, Edmund, zal ik zien wat ik voor haar ziel kan doen en adviseer ik u dringend om naar huis te gaan en droge kleding aan te trekken. We moeten zien te voorkomen dat uzelf ook door een longontsteking getroffen wordt,' zei ik op licht spottende toon – tenslotte was hij de dokter, niet ik.

Tot op het bot verkleumd en bedroefd over het verlies van een trouw, toegewijd gemeentelid had ik de rest van de dag graag in mijn eigen studeerkamer willen doorbrengen, met geen ander gezelschap dan dat van mijn boeken. Ik moest tenslotte ook nog een verhandeling voorbereiden voor de Royal Society – een alom gerespecteerd genootschap. Afgelopen jaar was het bestuur zo vriendelijk geweest om mijn studie naar de nestelgewoonten van de *Sylviidae* te publiceren, en had men mij voorgesteld dit artikel te vervolgen met een vergelijkbare studie naar de gewoonten van een andere vogel. De *Strigidae,* wellicht?

Gisteravond nog had ik een ransuil gezien, in dit deel van de wereld veel zeldzamer dan zijn grotere neef, de bosuil, met zijn oren als uitroeptekens boven zijn verbaasd opengesperde ogen.

Ja. Uilen zouden een dankbaar onderzoeksobject zijn. Ik reikte naar mijn boeken.

Ik bedacht me. Wellicht nam Sir Marcus mij mijn gebrek aan manieren kwalijk, dus dat moest ik rechtzetten, en daarnaast was het niet meer dan fatsoenlijk om kennis te maken met de andere nieuwkomers. Bovendien was een ontmoeting met Lady Chase altijd plezierig, wat de omstandigheden ook waren. Daarom maakte ik later die middag mijn opwachting op Moreton Hall, op exact het afgesproken tijdstip.

Volgens Edmund was de ontvangsthal de grote trots van Lord Chase geweest. De ruimte bestond uit twee kubussen, de plafonds versierd met schilderingen en verguldsel. Aan beide zijden van het trapportaal, dat zich halverwege splitste, bevonden zich schitterende, witgepleisterde haarden, wat de ruimte geweldige allure gaf. Allerhande kunstwerken, van familieportretten in de stijl van Van Dyke tot werken van de hand van Madame Le Brun, sierden de wanden. Griekse en Romeinse beelden stonden in speciaal daarvoor ontworpen nissen.

Tot mijn verbazing brandde er in beide haarden een vuur en stond Sir Marcus met enkele andere mensen – naar ik aannam zijn gezin – samengedromd rond de rechterhaard. Hun adem vormde kleine wolkjes, vooral als iemand sprak. Bij geen van mijn eerdere bezoekjes aan het huis, afgezien van een kleine receptie voor de plaatselijke grootgrondbezitters, was er sprake geweest van een dergelijke formele ontvangst: gasten werden altijd boven ontvangen, in de salon, of het gezelschap nu groot of klein was. Vanwaar het besluit om van deze prettige gewoonte af te wijken? Ik liet mijn blik door de ruimte glijden, op zoek naar Lady Chase die ik natuurlijk graag als eerste wilde begroeten, maar ik zag haar nergens.

Mijn gastheer was echter zeer duidelijk aanwezig, tot mijn ontzetting gekleed in officiële avondkledij, compleet met een kniebroek en zijden kousen. Mijn verontschuldiging voor het feit dat ik informeel gekleed ging en zelfs laarzen droeg wuifde hij onmiddellijk weg. Hij knipte zijn vingers, in een wat overdreven gebaar, en er verscheen een bediende die mij verloste van mijn drijfnatte hoed en overjas.

'Welkom, mijn beste meneer Campion! De regen is nog niet minder geworden? Nee? We zullen een ark moeten bouwen, denkt u ook niet? Laat me u voorstellen aan mijn vrouw, Lady Bramhall.'

Ik maakte een diepe buiging, waarbij ik een nerveuze dame van nog geen veertig in me opnam – gekleed in een lavendelblauw rouwgewaad dat haar niet flatteerde. Haar blik gleed naar Sir Marcus voordat ze haar lippen bewoog en iets van een begroeting mompelde.

'En mijn zuster, Lady Dorothea.'

Dit wezentje, dat nauwelijks ouder kon zijn dan één- of tweeëntwintig, leek niet door verlegenheid geplaagd. Haar kledij was niet in overeenstemming met de heersende mode in die zin dat ze een jasje over haar donkergrijze zijden jurk droeg, maar ik had het geen enkel probleem gevonden als ze daarnaast ook nog een mof, een hoedje en een bontjas had gedragen, mits die haar charmante verschijning niet aan het zicht onttrokken. Want charmant was precies het juiste woord. Haar gezichtje was hartvormig, het soort schoonheid dat men over het algemeen in verband brengt met een wat oppervlakkige vrouw. Het hare werd echter verlevendigd door een paar helderblauwe ogen en een vastbesloten, zelfs licht spottende trek rond haar mond. Ze was blond, net als haar broer, maar waar zijn haar vaalgeel van kleur was, had dat van haar een gouden glans en leken de schitterende krullen haast een eigen leven te leiden.

Ik was dankbaar voor mijn opvoeding, die mij in staat stelde een, naar ik hoopte fatsoenlijke, buiging te maken en haar beleefd te begroeten – al werd die begroeting ruw onderbroken door Sir Marcus, die opnieuw het woord nam. 'Dit zijn mijn zoons, Adam en Charles–' hij wachtte even terwijl twee bleke jongens, waarschijnlijk zo'n zeventien en vijftien jaar oud, hun buigingen maakten, '–en mijn dochters Honoria en Georgiana.'

De twee schoolmeisjes maakten een revérence. Ze waren beiden gehuld in satijn, wat overdreven voor zo'n informele gelegenheid en bovendien te fris voor de temperatuur hier in de hal. Ze mompelden iets onverstaanbaars en keerden terug naar hun plaats aan weerszijden van een opgejaagd uitziende jonge vrouw, waarschijnlijk hun gouvernante, die het verst bij het vuur vandaan zat en wier strak ingevlochten zwarte haar slechts af en toe door de vlammen verlicht werd. Hoewel Sir Marcus het niet nodig leek te vinden om ons aan elkaar voor te stellen, deed ik mijn mond open om haar te begroeten en zou ik zelfs naast haar hebben plaatsgenomen.

'Nonsens, man, nonsens! Kom hier zitten, dichter bij het vuur!'

Was deze uitnodiging afkomstig geweest van een meer fijngevoelige man dan Sir Marcus naar mijn mening was, dan had deze situatie beschamend kunnen zijn, want hij wees me een plek naast Lady Dorothea. Ik ging zitten en probeerde niet te rillen. Ik deed altijd mijn best om me niet over te geven aan ijdelheid, maar niemand zou het prettig vinden om in bijzijn van zo'n elegante, beeldschone jonge vrouw te gaan zitten klappertanden. We hadden nauwelijks een formele glimlach uitgewisseld, die ongetwijfeld gevolgd zou zijn door een verhandeling over het slechte weer, toen we door Lambert, de butler, werden uitgenodigd om aan tafel te komen. Misschien dat ik het feit dat onze uitwisseling al zo snel voorbij was betreurde, maar ik had geen enkel bezwaar tegen de verhuizing naar een warmere omgeving. Ik was er zeker van dat de eetkamer van Lady Chase goed verwarmd zou zijn. Maar waar was zij? Het was duidelijk dat Sir Marcus zichzelf tot gastheer benoemd had, dus hem vragen waar de werkelijke gastvrouw zich ophield zou niet als erg gepast worden ervaren. Toen Lambert ons echter met een buiging voorging naar de dubbele trap, aan beide zijden geflankeerd door een bediende, zag ik mijn kans schoon en besloot hem aan te spreken.

Zijn antwoord verontrustte mij.

'Lady Chase is onwel?' riep ik uit. Hoe was het mogelijk dat ik onder dergelijke omstandigheden voor een diner was uitgenodigd?

'Mevrouw is niet zo onwel dat ze niet in staat is om u na afloop van het diner in haar *privé*-vertrekken te ontvangen voor een kopje thee, meneer.' De klemtoon was subtiel, maar niet mis te verstaan. Daar deze uitwisseling rechtstreeks tegen de sociale norm inging, hadden we geen van beiden het verlangen om haar onnodig te rekken.

Het diner was een uiterst vreemd gebeuren en werd, tot mijn verbazing, niet opgediend in de voor mij inmiddels zo vertrouwde eetkamer, maar in de grote zaal. Ondanks de aanwezigheid van de jonge meisjes leek deze gelegenheid formeel genoeg om een gesprek met iemand anders dan ieders directe tafelheer of tafeldame te ontmoedigen. Er was zelfs een wanstaltige, vergulde pièce de milieu waarvan ik wist dat die naar zolder verbannen was naar beneden gehaald en in het midden van de tafel gezet. Ik kreeg een plaats toegewezen naast Lady Bramhall, met wie ik de hele maaltijd lang clichés uitwisselde zonder ook maar iets te zeggen of te horen te krijgen dat de moeite van het onthouden waard was. Telkens wanneer ze sprak, bedekte ze een deel van haar mond. Ze was weggezonken in de diepst mogelijke rouw en ik vroeg me af of ze er ooit weer bovenop zou komen.

Ik kon Lady Dorothea horen lachen, maar het was onmogelijk om de reden te achterhalen of me in het plezier te mengen zonder de beleefdheidsregels geweld aan te doen. Sir Marcus had met enkele woeste bewegingen een lamsrug en een hertenpastei aan stukken gesneden, en beschouwde zijn taak als gastheer daarmee voorlopig als afgerond, in elk geval totdat de tweede gang geserveerd werd. Hij leek nogal verontwaardigd toen ik slechts een klein beetje kippenragout opschepte en nauwelijks van de zwezerikpastei proefde. Ik kreeg altijd last van mijn geweten als ik me overat terwijl mijn geliefde kudde moeite moest doen om in leven te blijven, zeker nu voedsel en droog brandhout zo schaars waren.

Maar Lady Bramhall had zowaar een gespreksonderwerp aangedragen! Ik beaamde haar opmerking dat het vuur de ruimte van voldoende warmte voorzag; zij, arm schepsel, vroeg zich hardop af of de grote hoeveelheid kaarsen niet wat overdreven was.

'Maar Sir Marcus vindt het zo belangrijk dat het plafond en de beschilderde panelen helemaal tot hun recht komen,' zei ze haast smekend.

'Die zijn het bekijken zeker waard,' stemde ik in. 'Ze zijn geschilderd door Madame Kauffman in haar hoogtijdagen.'

Mijn aarzeling om over tafel te schreeuwen werd niet gedeeld door Sir Marcus. 'Zeker, nog beter dan die in Attingham Park. Hebt u die gezien, meneer? Op deze zit nog geen vlekje.'

De man schepte erover op alsof hijzelf opdracht had gegeven

om ze te laten maken en ze vervolgens uit zijn eigen zak betaald had.

Ik boog onwillig. Mijn afkomst – in werkelijkheid behoorde mijn familie tot de hoge adel – was geen kwestie om in het openbaar te bespreken. De enige manier waarop ik nog bekend wilde staan, het enige wat ik tegenwoordig *was*, was een plattelandsdominee.

Hij negeerde mijn afstandelijke houding en weidde verder uit over de superioriteit van deze artieste ten opzichte van haar tijdgenoten, waarbij hij verwees naar collecties uit allerlei vooraanstaande landhuizen. Zelfs als ik geloofd had dat hij al die huizen werkelijk bezocht had, dan nog was het overduidelijk dat hij indruk probeerde te maken door grote namen te noemen.

Ik begon steeds meer op te zien tegen het verplichte nazitten met een glas port, een intermezzo waarin de jonge mannen leerden om drank te verdragen terwijl hun vader de aandacht zou blijven opeisen, maar juist op dat moment kwam er een in livrei gestoken bediende naar me toe die me zachtjes maar toch duidelijk hoorbaar meedeelde dat er naar mij gevraagd werd.

Sir Marcus trok de conclusie dat een van mijn gemeenteleden mij nodig had, dat er misschien opnieuw iemand op sterven lag; een misvatting die ik niet rechtzette. Ik vertrok met een buiging, na beleefd afscheid te hebben genomen van de dames en mijn dankbaarheid voor de maaltijd te hebben uitgesproken, om meteen daarna te worden meegevoerd naar de zitkamer van Lady Chase, het minst formele vertrek in het hele huis, hoewel ook hier zijden wandtapijten waren aangebracht en de kamer voorzien was van een door Grinling Gibbons ontworpen haard.

'Mijn beste meneer Campion, u moet tot op het bot verkleumd geraakt zijn. Kom binnen, mijn jonge vriend.' Lady Chase stak mij een warme, vriendelijke hand toe. Het zachte licht van de vlammen maakte haar tot een van de mooiste vrouwen die ik ooit gezien had – niet alleen door haar gelaatstrekken en haar figuur, maar vooral door haar liefdevolle glimlach.

'Ga toch alstublieft zitten, meneer Campion.' Ze wees naar de stoel die het dichtst bij het vuur stond, vlak naast de hare.

'Ik heb zo uitgezien naar een van onze gezellige gesprekjes. Hoewel ik nog maar kort geleden naar uw parochie ben teruggekeerd – er zijn sindsdien zo'n vier maanden voorbijgegaan, als ik me niet vergis? – beschouw ik u toch haast als een familielid. En, hebt u het nog steeds zo koud, of bent u wat opgeknapt van de warme maaltijd?' Ze wachtte even toen er een bediende binnenkwam om nog wat meer houtblokken te brengen. 'Hartelijk bedankt, Jenkins – en hier graag nog wat meer kaarsen, alsjeblieft.' Ze pakte haar borduurwerk op, alsof ze haar verzoek aan een man wiens enige taak het was om haar te dienen wilde rechtvaardigen, en glimlachte vriendelijk toen hij een kaarsenstandaard naast haar neerzette. 'Ik bel wel als we toe zijn aan een kopje thee.'

Terwijl Tom Fletchers jongere neefje de kamer verliet, vertelde ik haar over het overlijden van mevrouw Kemp. Ze gaf me een meelevend kneepje in mijn hand en beloofde me een paar shilling om de begrafenis te bekostigen.

Toen we weer alleen waren, schudde ze geamuseerd het hoofd. 'Ik ben bang dat ik u niet kan voorzien van het soort vermaak dat u beneden in de salon te wachten zou staan. Vermaak, inderdaad. Lady Dorothea heeft een aardige zangstem en Lady Bramhall is een bijzonder goede harpiste. Ik zou hebben verwacht dat een dwaas schepsel zoals zij dat soort vaardigheden na haar huwelijk zou hebben verwaarloosd, maar blijkbaar heeft ze toch meer verstand dan je zo op het eerste gezicht zou zeggen. Wat vindt u van de familie?' vroeg ze, een twinkeling in haar ogen.

'Ik maak me niet erg druk over hen. Degene over wie ik me zorgen maak, bent u, mevrouw! Bent u onwel?' De waarheid was dat ze er zo gezond en fris uitzag als een weduwe van middelbare leeftijd zich maar kon wensen.

Ze drukte een lange, slanke vinger tegen haar lippen. 'Ik lijd aan niets anders dan een ernstige aanval van verveling. Sir Marcus lijkt zich langzaam maar zeker bewust te worden van de onbetamelijkheid van zijn lange, ongewenste bezoek, en zijn arme vrouw was al door haar gespreksonderwerpen heen toen ze nog maar nauwelijks over de drempel van de ontvangsthal gestapt was – waar u vandaag ongetwijfeld ook ontvangen bent?'

'Zoals u zegt, mevrouw.'

'*Een gewoonte die men het best in ere houdt door haar met voeten te treden,*' zei ze met een glimlach. 'Lieve hemel, wat weet die man nou van het leven in een huis zoals dit? Beseft hij niet dat het absoluut noodzakelijk is om warm te blijven? Wat ook een van de redenen is, mijn beste meneer Campion, waarom de aanhoudende regenval mij grote zorgen baart. Zoals wij beiden weten zijn er meer mensen in gevaar dan alleen mevrouw Kemp.'

Ik glimlachte droevig.

'In overeenstemming met wat ons kleine comité afgelopen maandag besloten heeft,' ging ze verder, 'heb ik Furnival opdracht gegeven om ervoor te zorgen dat alle lege schuren – en dat zijn er heel wat, na die slechte oogst van afgelopen zomer – worden aangepast zodat ze gezinnen die hun huis zijn kwijtgeraakt kunnen herbergen. Eén ervan kan apart gehouden worden voor jonge mannen en een andere voor jonge vrouwen. Ik zou gezinnen met kleine kinderen het allerliefst bij elkaar houden, maar hij ziet niet in hoe we dat voor elkaar zouden moeten krijgen. Daarom heb ik voorgesteld om het gedeelte van het huis waar vroeger de kinderen met hun kindermeisjes verbleven opnieuw open te stellen. Die vleugel zal plaats bieden aan slechts een paar mensen, maar het is beter dan niets. Die arme Furnival vindt het uiteraard afschuwelijk.' Haar rentmeester zat voortdurend klem tussen zijn verlangen om te doen wat het beste was voor het landgoed en de diepgewortelde overtuiging van de inmiddels overleden hertog dat het welzijn van de pachters ook zijn verantwoordelijkheid was. 'Maar we willen niet te maken krijgen met nog meer sterfgevallen.'

'U bent een en al goedheid, lieve mevrouw.'

Ze schudde geërgerd het hoofd. 'Goedheid? U weet dat ik niet meer doe dan mijn christelijke plicht. U zult me op de hoogte stellen wanneer bepaalde gezinnen het zelfs nog zwaarder te verduren hebben dan andere, meneer Campion, precies zoals u me ook over mevrouw Kemp verteld hebt. Ik hoop

Furnival daar op een dag ook van te overtuigen, maar ik heb een afkeer van de steeds vaker gehoorde opvatting dat er een verschil bestaat tussen armen die hulp "verdienen" en armen bij wie dat niet het geval is. Onder deze weersomstandigheden maakt armoede geen onderscheid, en dus doen wij dat bij het bestrijden ervan ook niet.' Haar stem daalde en kreeg een nieuwsgierige ondertoon. 'Sir Marcus zegt tegen me dat de wegen veranderd zijn in modderpoelen, zo diep en kleverig dat ze haast onbegaanbaar zijn, al helemaal voor rijtuigen.'

'En dat voeren ze aan als reden voor het rekken van een bezoek waaraan u zo weinig plezier beleeft?' Ik sprak vrijuit, in de wetenschap dat ze me dat niet kwalijk zou nemen.

'Inderdaad.' Ze leunde naar voren, alsof ze op het punt stond me iets vertrouwelijks te vertellen. 'Meneer Campion, Sir Marcus begon onlangs over een rechtszaak – om de zaken rondom de opvolging in orde te maken, zoals hij het zei. Zo'n alledaagse, domme man, maar in staat tot het veroorzaken van zo veel pijn.' Het kostte haar moeite om haar gezicht in de plooi te houden. 'Als ik me zou terugtrekken in een van de kleinere huizen op het landgoed, dan zou ik dat het liefst doen om ruimte te maken voor iemand die...' Ze spreidde haar handen in een hulpeloos gebaar. 'Zal Lady Bramhall ooit...?'

Als ik me voorstelde dat Lady Bramhall de verantwoordelijkheden die een positie als hertogin met zich meebracht zou moeten opnemen, voelde ik vooral medelijden met haar – zeker als ik dacht aan de plaats die de huidige Lady Chase had in de harten van de dorpelingen en hoe moeilijk het zou zijn om haar te vervangen.

Ik antwoordde, meer vanuit hoop dan vanuit verwachting: 'Laten we God bidden dat ze nooit zal proberen om uw plaats in te nemen. Laten we erop vertrouwen dat er een dag komt –'

Haar opgeheven hand was veelzeggend. 'Dit zijn duistere dagen, meneer Campion, dagen waarop zelfs mijn geloof wankelt en ook ik vrees dat Hugo nooit zal terugkeren. Maar toch denk ik dat ik het, als zijn moeder, zou weten als hij niet meer in leven was. Als hij zou sterven, geloof ik dat ik dat op hetzelfde moment zou beseffen. En hier – hier – weet ik gewoon dat hij nog leeft!' Ze drukte haar hand tegen haar borst en wendde haar ogen af.

'Ik bid dat u gelijk hebt,' zei ik zachtjes.

Ze had het duidelijk even moeilijk. 'En nu, meneer Campion, moet u me vertellen of Lady Dorothea uw hart al gestolen heeft. Ah, u bloost. U kunt mijn vraag niet beantwoorden.'

'Nee, dat kan ik niet.' Ik vreesde dat ik inderdaad bloosde.

Ze klopte op mijn hand. 'Het is tijd voor u om verliefd te worden, jonge vriend. Een parochie heeft niet alleen een predikant nodig, maar ook een predikantsvrouw. Die lieve mevrouw Trent is een uitstekende huishoudster, maar ze kan nooit de plaats innemen van de levensgezellin die u nodig hebt – en, mijn lieve Tobias, verdient.'

Mijn nek, mijn gezicht en zelfs mijn oren gloeiden nu. Ik bracht uit: 'Hoezeer een gewone man misschien ook naar een beeldschone vrouw verlangt, een *geestelijke* moet zelfs nog meer waarde hechten aan deugdzaamheid.'

'En u vreest dat Lady Dorothea misschien niet deugdzaam is?'

'Ik kan me onmogelijk voorstellen dat Sir Marcus zou toestaan dat ze in sociaal opzicht zo diep zou zinken...' begon ik aarzelend.

'Als hij de waarheid over uw afkomst zou weten, zou hij daar heel anders over denken. Maar ik plaag u maar, meneer Campion. Laat me u een kop thee aanbieden. Mijn manieren laten nogal te wensen over.' Ze reikte met een glimlach naar het bellenkoord.

Er werd een kaarttafeltje tussen ons in gezet en de rest van de avond hielden we ons bezig met een aangenaam spelletje cribbage.

Toen we uiteindelijk afscheid namen, werd ik via de trap aan de achterzijde naar beneden geleid. We moesten allebei lachen om onze kleine samenzwering, waartoe we ons min of meer gedwongen gevoeld hadden. Op dit moment dacht ik echter aan samenzweringen van een andere orde – zoals omschreven in de romans van mevrouw Radclyffe. Men zou zich kunnen voorstellen – als men over enige verbeeldingskracht beschikte – dat zich hier in deze donkere, koude gangen gewapende mannen ophielden, verborgen in duistere hoeken, en dat zich in de ruimtes achter de deuren ontvoerde jonkvrouwen bevonden. In werkelijkheid kwam ik alleen Furnival tegen, de rentmeester, die met zijn kromgegroeide vingers door zijn sneeuwwitte haar streek. Hij knikte, maar hield niet in om een praatje te maken. Vervolgens zag ik een glimpje van het vermoeide gezicht van de ongelukkige gouvernante, wier naam nog steeds door niemand aan mij onthuld was. Net als eerder boog ik, en ik glimlachte naar haar zoals iemand die een kind op onschuldig kattenkwaad betrapte zou doen – of in elk geval was dat mijn bedoeling.

'Juffrouw...?'

Maar ze maakte zonder iets te zeggen een revérence en trippelde toen vlug weer naar boven, als een kerkmuisje dat schrok van een flakkerende kaars. Hoe moesten de dochters van dit gezin ooit manieren leren als ze zo'n angstig vogeltje als voorbeeld hadden? Onder deze ongewone omstandigheden was er niemand die van een jonge vrouw, of ze nu een bediende of een gezinslid was, verwachtte dat ze moeiteloos aan alle sociale verplichtingen voldeed. Maar ze zou toch op zijn minst over enige waardigheid moeten beschikken. En waarom had ze een spoor van nattigheid achtergelaten? Was ze soms buiten geweest, in deze regen? Het licht van de kaarsen was te zwak geweest om te kunnen vaststellen of haar haar of haar kleding nat waren, maar in de gang waren duidelijk modderige voetafdrukken te zien.

Als excuus voor mijn aanwezigheid in de personeelsvleugel besloot ik een bezoekje te brengen aan mevrouw Sandys, de huishoudster, in een poging om iets te veranderen aan de spanning die tot nog toe tussen ons bestond. Waarom Lady Chase zo'n chagrijnige, verzuurde vrouw in haar huishouden liet aanblijven was mij een raadsel. Zeker daar ze haar had voorzien van een ruime zitkamer, en van voldoende hout voor een haardvuur waar de dorpelingen jaloers op zouden zijn geweest. Hoewel er een flinke boekenkast in de kamer stond, vol opwindende verhalen, hield mevrouw Sandys zich bezig met haar naaiwerk. De manier waarop zij een lap stof met een naald bewerkte vond ik altijd wat verontrustend. Als Lady Chase zat te naaien, had dat iets vredigs, iets troostends; de werkwijze van mevrouw Sandys suggereerde nauwelijks onderdrukte agressie.

'Ik wilde u graag bedanken voor uw voortdurende ruimhartigheid ten aanzien van mijn gemeenteleden,' zei ik, hoewel ik maar al te goed wist dat die gulle gaven van haar meesteres afkomstig waren.

Ze knikte nors, waarbij ze doorging met het mishandelen van de onschuldige lap stof.

'En nu moet ik u om nog een gunst vragen, mevrouw Sandys,' ging ik verder. 'Die jonge gouvernante van de familie Bramhall ziet er bijzonder ongelukkig uit, en ik vrees dat ze niet goed eet. Zeg me eens, wordt ze zo... goed behandeld... als ze verdient?'

'Juffrouw Southey?' Mevrouw Sandys snoof.

'Inderdaad,' zei ik op ferme toon. Eindelijk wist ik dan hoe het arme schepsel heette. 'Brandt er bijvoorbeeld een vuur in de kamer van juffrouw Southey? En wordt er 's ochtends heet water gebracht? Lieve mevrouw Sandys, stelt u zich haar omstandigheden toch eens voor, omgeven door vreemden, in dienst van een familie die haar, naar mijn mening, niet op waarde weet te schatten.'

Mevrouw Sandys beet op haar lip bij het horen van mijn afkeurende woorden. In de hoop dat deze hint voldoende zou zijn om het lot van de jonge vrouw enigszins te verbeteren, veranderde ik van onderwerp. Ik was verantwoordelijk voor het geestelijk welzijn van alle leden van dit huishouden en had het voorrecht om enkele jonge kinderen voor te bereiden op hun eerste communie, straks in het voorjaar. Helaas was het soms ook mijn taak om een jongeman te helpen herinneren dat hij met zijn geliefde moest trouwen voordat hun baby geboren werd.

Vanavond had mevrouw Sandys echter geen nieuwe namen voor me en ik liet haar al snel weer alleen met haar naaiwerk en de twijfelachtige vreugde die dat haar verschafte.

De regen was opgehouden. Hoewel het een maanloze avond was, was het schijnsel van de sterren dat in de plassen reflecteerde voldoende om mijn weg naar huis te verlichten. Titus, geïrriteerd omdat hij de warmte van zijn tijdelijke verblijf had moeten achterlaten en vol ongeduld om terug te keren naar zijn eigen knusse stal, deed verscheidene heftige uitvallen in een poging mij te bijten. Maar toen we eenmaal hadden vastgesteld wie er de baas was, liet ik hem de vrije teugel. Hij zou de weg naar huis wel vinden. Ik hield mezelf voor dat ik deze hele, vreemde avond nog eens wilde overdenken, van het kleine kringetje in de hal tot de menslievendheid van mijn beschermvrouwe en niet te vergeten de toestand van die arme, teruggetrokken juffrouw Southey. In werkelijkheid wilde ik niets liever dan alleen maar mijmeren over de schoonheid van Lady Dorothea. Maar het was nog maar enkele maanden geleden sinds ik verliefd was geweest op een andere jongedame, die in niets met deze te vergelijken was. Arme Lizzie. Ik had haar nooit mijn liefde verklaard, en nu was het te laat. Zou ik haar nagedachtenis schenden wanneer ik zou gaan houden van een ander?

Terwijl ik aan haar dacht was het alsof ik haar hoorde kreunen, zoals ze wellicht gedaan had in de laatste ogenblikken voordat ze stierf. Hoewel ik mezelf streng toesprak, dwong ik Titus desondanks tot stilstand en spitste ik mijn oren, ingespannen luisterend of er nog een geluid te horen was. De struiken waarin ik haar dode lichaam gevonden had waren nauwelijks anderhalve kilometer van mij verwijderd – een afstand die geluid in een nacht als deze gemakkelijk kon overbruggen.

Ik hoorde niets. Tenzij –

Ik ging rechtop in de stijgbeugels staan, turend in de spookachtige duisternis. Ik vrees dat ik het zelfs hardop uitriep: 'Lizzie? Lizzie, ben jij dat, mijn liefste?'

Het enige antwoord dat ik kreeg was het onmiskenbare loeien van een koe, die even verderop in een stal stond.

Hoofdschuddend over mijn eigen dwaasheid vierde ik de teugels, en Titus en ik keerden huiswaarts.

'Zou het kunnen,' stamelde ik uiteindelijk, 'dat ze teruggekomen is om mij lastig te vallen?'

We gebruikten het ontbijt in de behaaglijke salon van dokter Hansard, licht en vrolijk door het schijnsel van het ochtendzonnetje en met een laaiend vuur in de open haard. Nu ik de woorden hardop uitsprak klonken ze nogal belachelijk, zelfs in mijn eigen oren.

'Omdat u gevoelens had voor een andere jonge vrouw? Wat een zotteklap is dat, mijn jonge vriend,' riep dokter Hansard uit, zijn woorden en de klank van zijn stem in tegenspraak met het bemoedigende kneepje in mijn arm. Zijn diepblauwe ogen vingen de mijne, zijn blik vriendelijk maar streng. 'Neem mij nou, of mijn geliefde Maria. Hebben wij ons ook maar één moment afgevraagd of onze vroegere echtgenoten uit het graf zouden herrijzen om zich erover te beklagen dat wij, na een gepaste periode van rouw, opnieuw zouden trouwen? Die gedachte is onbetamelijk, vooral voor u, een man van de kerk! Alstublieft, neem nog een plak van Maria's overheerlijke ham, Tobias, anders zal ze zich zeker beledigd voelen.'

Ze klakte met haar tong. 'Alsof Tobias zelfs maar in staat zou zijn om aanstoot te geven. Ik weet hoeveel van de voorraden uit uw eigen keuken hun weg vinden naar de tafels van de armen – een mate van vrijgevigheid die ik ten zeerste respecteer! – maar wanneer u hier bent, moet u eten totdat u verzadigd bent. Zeker iemand als u, die altijd maar buiten is, onder welke weersomstandigheden ook!' Ik was niet de enige die soms zijn plaats vergat en Edmunds rol als arts overnam.

'Niet meer dan Edmund,' wierp ik tegen.

'Maar u hebt geen echtgenote die voor u zorgt.'

Ondanks haar vriendelijkheid schudde ik het hoofd en staarde mistroostig naar mijn bord.

Ze schonk zichzelf nog een kopje chocola in en leunde toen naar voren, een meelevende uitdrukking op haar gezicht. 'Als een vrouw u mag voorzien van een enkel advies rondom deze zaken van het hart, dan zou ik u op het hart willen drukken om de dame naar wie uw genegenheid nu uitgaat niet te vertellen over uw voormalige geliefde. Een vrouw vindt het geen prettige gedachte om het te moeten opnemen tegen een overledene.'

Mijn blos was pijnlijk zichtbaar. 'Dat is ook niet het geval. Ik heb haar nog maar één keer ontmoet.'

'Toch heeft ze ontegenzeggelijk diepe indruk op u gemaakt,' zei ze met een lachje. 'Haar blauwe ogen, haar roze lippen, haar zachte huid en haar stralende haar – ze moet echt een schoonheid zijn.'

'Een schoonheid? Maar ware schoonheid vindt men in iemands ziel,' hield ik vol, zoals ik ook tijdens mijn onderonsje met Lady Chase had gedaan, 'niet in dergelijk uiterlijk vertoon. Werkelijk, mevrouw Hansard, één woord van u en mijn ogen zijn geopend voor mijn dwaasheid – niet alleen de gedachte dat ik Lizzie ontrouw zou zijn, maar vooral ook het waanbeeld dat ik verliefd zou zijn geworden op zo'n oppervlakkige kennis.' Ik glimlachte hen beiden toe. 'God zij gedankt dat ik gezegend ben met zulke goede vrienden. En ja, als u mij toestaat zal ik graag nog een plak van deze verrukkelijke ham nuttigen. En wat van dat rundvlees.' Terwijl ze mijn bord vol stapelde, schoot me echter nog iets te binnen. 'Maar ik vind het nog steeds moeilijk te geloven dat het eerste geluid dat ik hoorde werkelijk van een koe afkomstig was. Als wat ik hoorde dan geen spookachtig gekreun was, weet ik niet wat het wel was.'

'Dat is tenminste een vraag die ik serieus kan nemen,' zei dokter Hansard. 'Ik beloof u dat ik er vandaag tijdens mijn ronde iedereen die ik spreek naar zal vragen. Maar ik denk dat het antwoord uiteindelijk niet te maken heeft met uw oren, Tobias, maar me wat zich daartussen bevindt – uw overijverige geweten en uw verbeeldingskracht.'

3

Ondanks mijn werk in de parochie en het feit dat we elkaar nog maar net hadden ontmoet, lukte het me niet om de herinnering aan Lady Dorothea uit mijn hoofd te zetten, hoezeer ik dat ook probeerde. Sir Marcus had beloofd mij de volgende ochtend samen met zijn gezin te bezoeken, maar hij liet verstek gaan, en ook de dag erna kwam hij niet. Hoewel ik mezelf voorhield dat het niet aan mijn gedrag te merken was, moest ik tot mijn schaamte bekennen dat ik bijzonder teleurgesteld was.

Ik was echter geen kind dat ergens kon gaan zitten mokken, dus richtte ik mijn aandacht op de taak die mijn Meester mij gegeven had en deed me zo opgewekt mogelijk voor. Een van mijn dagelijkse genoegens was het bidden in onze oude kerk. Deze keer was het echter alsof de kou en het vocht tot in mijn botten doordrongen, en dat terwijl reumatische klachten mij volkomen vreemd waren. Ik keek om me heen. De oude stenen waren bedekt met een vochtig waas. Ik moest Simon Clark, de koster, eraan herinneren dat hij op zaterdagavond, ter voorbereiding op de zondagse eredienst, enkele komfoors in de kerk zou plaatsen om de ergste kou te verdrijven. Het was goed mogelijk dat dat het enige moment van de dag zou zijn waarop mijn arme gemeenteleden iets van warmte zouden voelen, en misschien zelfs het enige moment van de week, totdat het weer eindelijk zou opklaren.

Ik wreef in mijn handen in een vergeefse poging om pijnlijk tintelen te voorkomen toen ik stemmen hoorde en me – moge God het mij vergeven – naar de deur haastte. Deze werd echter opengeduwd nog voordat ik gearriveerd was en Sir Marcus en zijn gevolg stapten naar binnen. Tot mijn verrukking maakte ook Lady Dorothea deel uit van het gezelschap, en ze glimlachte allerhartelijkst.

Onze adem vormde wolkjes die in de lucht bleven hangen terwijl ik hen voorging naar het schip van de kerk en me ervan verzekerde dat de zware deur achter ons goed gesloten was. Er was dan misschien geen verwarming, maar we konden in elk geval de wind die de regen naar binnen joeg buitensluiten. Als de wind nog iets naar het noorden draaide, zou de regen in sneeuw veranderen – of in elk geval was ik daar bang voor.

Lady Dorothea was gehuld in donker bont, wat haar, zoals ik eerder al dacht, bijzonder goed stond en haar gouden krullen waren bekroond met een flatteus hoedje. Ik bevond mij echter in het Huis van God, dus het was hoog tijd om mijn gedachten te richten op het hemelse in plaats van op het aardse. Ik glimlachte de Bramhalls allemaal even vriendelijk toe en spreidde mijn armen wijd uit. Tenslotte was mij de zorg voor een bijzonder mooi gebouw toevertrouwd en ik voelde iets van de trots die, zo stelde ik me voor, een moeder voor haar kind voelde.

'Zoals u kunt zien,' begon ik, 'dateert het gebouw zelf uit de periode vóór de Normandische verovering –'

'Dat is net zo'n soort orgel als meneer Händel in Londen bespeelde,' riep ze uit. Ze maakte een sprongetje van opwinding en trippelde haastig naar voren – hoewel dit natuurlijk rechtstreeks tegen de etiquette inging. 'In zo'n armetierig kerkje als dit!'

Ik voelde me echter niet beledigd. Hoezeer ik mij er misschien ook op verheugd had om hen te wijzen op de meer zichtbare schoonheden van het gebouw, zoals de Saksische pilaren en de prachtige glas-in-loodramen die de Almachtige op wonderbaarlijke wijze tegen het Puriteinse geweld bescherm had, bij het zien van zo veel enthousiasme kon ik niet anders dan glimlachen.

'Het was een bijzonder royaal geschenk van een vriend van – van de familie.' Ik wilde de naam van de vermiste erfgenaam niet noemen en zweeg abrupt. 'Sommige van onze eigen dorpelingen zijn getalenteerde muzikanten. Zij zijn op de galerij te vinden wanneer er geen organist is – of wanneer er niemand is om de blaasbalgen te bedienen, wat geregeld voorkomt.' Ik voegde niet toe dat ik vaak degene was die het instrument bespeelde.

Niemand leek vreemd op te kijken van haar vrijpostigheid of mijn genoegen daarover.

'Ik heb u al gezegd dat ze verstand heeft van muziek,' mengde Sir Marcus zich in het gesprek, zijn stem galmend van trots. 'Of niet soms, Campion? Een betere muzikante zult u niet gauw vinden.'

Wellicht had ze spijt van haar impulsieve uitbarsting, maar in elk geval schudde ze nu haar hoofd, een gracieuze maar vastbesloten beweging. 'Ik ben misschien op de hoogte van de grondbeginselen, maar ik ben zeker geen deskundige.'

Dat ze dit verschil aanbracht intrigeerde mij. Deze opmerking wees op een scherp verstand. Mijn volgende opmerking ontglipte mij. 'Maar speelt u ook?' Beelden van avonden vol vertier verschenen ongevraagd voor mijn geestesoog. Misschien zouden we zelfs een duet kunnen spelen!

'Ik zing soms. Maar ik speel lang niet zo goed als mijn schoonzus,' antwoordde ze, terwijl ze Lady Bramhall vriendelijk toeknikte.

'Lady Chase heeft me al verteld over uw uitzonderlijke talent, Lady Bramhall,' zei ik hoffelijk.

Ze bloosde en stak afwerend haar handen op. Voor het eerst besefte ik dat haar handen er net zo sterk en vaardig uitzagen als de mijne.

'Als ik de balgen bedien, zou u dan zo goed willen zijn om iets voor ons te spelen?' vroeg ik aan Lady Dorothea. Ik negeerde de oudere vrouw bewust, daar ik er zeker van was dat zij dat zelf ook het liefste wilde.

'Niet tenzij ik kan spelen zonder mijn handen uit deze mof te halen!' zei ze lachend.

Wat dom van me. Ik boog. 'Een andere dag, misschien?'

'Een andere, *warmere* dag,' stemde ze met een glimlach in.

Hoezeer ik ook van haar gecharmeerd was na onze eerste ontmoeting, nu ik haar beter leerde kennen voelde ik me zelfs nog meer tot haar aangetrokken. Haar bewegingen waren even verfijnd als bescheiden terwijl ze zich omdraaide en naar voren liep. Ze bleef staan bij het altaar en zweeg, haar hoofd eerbiedig gebogen. Ik onderbrak haar gebed uiteraard niet, maar verplaatste mijn aandacht naar haar broer en schoonzus en wees hen op enkele van de oudere monumenten. Toen ze uiteindelijk haar hoofd hief en om zich heen keek, voegde ik me opnieuw bij haar. Met een ondeugende glimlach haalde ze haar hand net lang genoeg uit de warme mof om haar vinger langs het wafeltjespatroon dat op een van de oudere familietombes was aangebracht te laten glijden. Ik liet haar de kleine venstertjes zien en wees vervolgens op de overblijfselen van wat ooit wandschilderingen moesten zijn geweest, grillige vormen misschien, maar toch interessant voor degenen die zichzelf als kenners beschouwden. Ik herinnerde me in elk geval wel dat dokter Hansard, toen ik had voorgesteld de muren wit te schilderen, blijk gegeven had van een woede die me verbaasde en dat hij gedreigd had – schertsend, nam ik aan – me een draai om de oren te geven als ik zoiets ooit nog eens in mijn hoofd zou halen. Hij had toen ook gezegd dat hij een vriend van hem, iemand met verstand van antiek, zou vragen om eens naar de schilderingen te komen kijken.

Nadat ik mijn bezoek de Mariakapel en de crypte had laten zien, bleef ik staan bij de doopvont.

'De kerk is natuurlijk al oud, maar dokter Hansard is van mening dat deze doopvont zelfs nog ouder is,' prevelde ik, terwijl ik het grote, granieten bekken met het zware, eikenhouten deksel eerbiedig aanraakte. Het kunstige houtsnijwerk kwam samen in het midden van het deksel, in een punt die deed denken aan de toren van een kathedraal. 'Het deksel is pas in de vijftiende eeuw toegevoegd,' legde ik uit.

'Het voorrecht om pasgeborenen te mogen dopen vanuit een doopvont die al zo oud is, moet wel tot grote eerbied stemmen.'

Ik glimlachte. 'Dat doet het zeker, Lady Dorothea. Maar ik vrees dat de ontvangers van het heilige water dat niet altijd op waarde weten te schatten – niet als hun gehuil maatgevend is, tenminste.'

Ze was zo vriendelijk om te lachen om mijn flauwe grap, en, de hemel beware me, ik kon niet anders dan me vergapen aan haar prachtige, witte tanden.

Opnieuw drong tot me door dat mijn taak als gastheer niet

alleen haar gold, maar ook haar broer en schoonzus, die ik tot nu toe enigszins verwaarloosd had. Een van hen zou daar blij om zijn, maar de ander veel minder. Bovendien wilde ik het bezoek graag nog wat rekken. 'Mag ik u allen uitnodigen in de pastorie, om daar een verfrissing te gebruiken?' vroeg ik.

Sir Marcus haalde een modern uurwerk uit zijn zak en schudde vastbesloten zijn hoofd. 'Ik vrees van niet, niet vandaag. We hebben beloofd om een bezoek te brengen aan Sir Josiah Benton, in Leamington, maar mijn zuster stond erop dat we, nu we er toch langskwamen, eerst de kerk zouden bezichtigen.'

'In dat geval voel ik me vereerd dat u hier zo veel tijd hebt doorgebracht.' Ik opende de deur voor hen, het afgrijselijke gepiep een herinnering aan het feit dat ik Simon nogmaals moest vragen om de scharnieren te voorzien van wat olie.

Lady Dorothea huiverde. 'Wat een afschuwelijk geluid.'

Lady Bramhall pakte haar bij de arm. 'Zegt u eens, meneer Campion, waren er hier op het kerkhof geesten rond?'

Sir Marcus draaide zich om, met zo'n vaart alsof de waterspuwers tot leven gekomen waren en hadden gesproken. 'Wat is dat voor dwaasheid?'

In een poging om de spanning te doorbreken, antwoordde ik vlug: 'Voor zover ik weet zijn wij gezegend met een sereen kerkhof. Alle zielen hier rusten tot aan de Dag waarop wij allen zullen worden geoordeeld.' Mijn nieuwsgierigheid was echter gewekt. 'Maar vanwaar deze vraag, lieve dames?'

'Waanzin. Je reinste waanzin,' zei Sir Marcus.

Tot mijn verbazing hield Lady Dorothea aan, al vermoedde ik dat ze dat deed om de aandacht van haar schoonzus af te leiden. 'Mijn kleedster zei dat ze geluiden gehoord had. Gekreun – gekreun en gesnik en –'

Ik dacht aan de nachtelijke geluiden die mijn thuisreis enige dagen geleden zo verstoord hadden. 'Wanneer heeft –'

Sir Marcus onderbrak mij. 'Ze heeft vast een koe gehoord, of een ander dier. Vooruit nu, het is veel te nat om hier maar wat te staan en over dergelijke onzin te praten. In de koets, vrouw, verdraaid nog aan toe. En jij ook, Dorothea. Die paarden hebben al veel te lang stil gestaan.'

Het viel mij toe om Lady Bramhall in de koets te helpen. Ik gaf een geruststellend kneepje in haar hand. 'Ik ben er zeker van dat Sir Marcus gelijk heeft. Maakt u zich alstublieft geen zorgen.'

Het was echter gemakkelijker om dat advies te geven dan om het zelf ter harte te nemen. Na de vermanende woorden van dokter Hansard was ik dan misschien meer geneigd om de griezelige geluiden toe te schrijven aan een aardse oorzaak, maar toch voelde ik de aandrang om ook zelf inlichtingen in te winnen. Soms waren mensen bereid om hun angsten te delen met een dwaze jongeman als ik, terwijl ze ze verzwegen voor de wijze arts die hen wellicht had kunnen helpen.

Simon Clark, de koster, was geneigd om zich net zo gemakkelijk af te maken van de angsten van Lady Bramhall als haar man gedaan had, maar hij zegde toe dat hij zijn mededorpelingen zou ondervragen.

'Moeten we niet meer doen dan dat, Simon?' We stonden inmiddels bij de poort die toegang gaf tot het kerkhof en ik trok mijn sjaal wat aan. Ondanks de geruststellingen van de Hansards was er toch nog iets van de dwaze angst blijven hangen. 'Zouden jij en ik niet moeten controleren of er –'

Simon zuchtte alsof ik hem persoonlijk beledigd had. Zijn magere gestalte schudde ervan. Zijn vrouw was eerder dit jaar gestorven en hoewel iemand die hem niet persoonlijk kende geen andere tekenen van rouw zou opmerken, was dit diepe, uitgeputte zuchten een gewoonte van hem geworden. 'In deze regen, dominee? Terwijl u en de goede dokter ons op het hart drukken dat we toch vooral warm en droog moeten blijven?'

'Des te meer reden om na te gaan of er iemand in nood is, daar buiten.' Maar ik zou hem niet dwingen. Wie zou het drie of vier dagen en nachten in dit weer kunnen uithouden?

Hij had duidelijk in de gaten dat ik op het punt stond om toe te geven. 'Arme mevrouw Kemp, God hebbe haar ziel,' ging hij verder. 'Over haar begrafenis –'

'Wat is daarmee, Simon?'

Hij zuchtte opnieuw. 'Het zal nog lastig zijn om haar te

begraven. Heel erg lastig. De grond is zo nat dat het graf waarschijnlijk zal vollopen. Maar ze kan echt niet langer blijven liggen waar ze nu ligt, die arme ziel. Wat zijn uw wensen?'

Ik kende mijn plaats. 'Hoe ga je normaalgesproken te werk onder dit soort omstandigheden?'

'Het graf verstevigen met planken, zodat de zijkanten niet naar beneden komen. Duurt alleen veel langer, dat is het probleem.' Hij keek nadrukkelijk naar de hemel.

'Dan moet je maar meteen beginnen. Vraag een paar sterke mannen om je te helpen, Simon, zodat er niet nog meer tijd verloren gaat.' Ik vroeg me af waarom hij de behoefte gevoeld had om dit probleem ter sprake te brengen, een probleem waar hij waarschijnlijk al talloze keren mee te maken gehad had. Maar zijn zelfvertrouwen was achtergebleven in het graf dat hij voor zijn vrouw gegraven had. 'Dus denk eraan, Simon, er moeten op zaterdagavond komfoors in de kerk geplaatst worden.'

'En op de andere avonden misschien ook? Die oude schilderijen waar dokter Hansard zo verzot op is – als we niet oppassen bladderen ze straks van de muur af.'

Ik knikte. Misschien droegen we, zoals Hansard altijd al zei, niet alleen verantwoordelijkheid voor onze eigen generatie, maar ook voor de generaties die in de toekomst zouden volgen. 'Zou jij erop willen toezien dat ze voortdurend blijven branden?'

'Als de rivier inderdaad buiten zijn oevers treedt, zoals ze verwachten, dan zal ik wel moeten. Want dan spoelt heel Marsh Bottom weg, en waar moeten die arme stakkers anders verblijven dan hier, in de kerk?'

'Wist je dat Lady Chase van plan is om mensen die dakloos zijn geworden op te vangen in haar schuren, en zelfs in Moreton Hall?'

'Dat stelletje uit Marsh Bottom wil je nog niet eens in je stal hebben, laat staan in je schuur. En wat het huis betreft… denk ik dat het overlijden van meneer ervoor gezorgd heeft dat ze niet meer helemaal helder is. Het is gewoon tegennatuurlijk, dat dat schorem in hetzelfde huis zou wonen als fatsoenlijke mensen – mensen van adel! De vorige dominee, die zei altijd dat mensen in het armenhuis moesten worden ondergebracht, maar ze zeggen dat de vloer daar al onder water staat.'

'Dan wordt het dus de kerk,' stemde ik in, hoewel dat niets veranderde aan mijn zorgen over de staat van dit gebouw, dat het hart vormde van mijn allereerste kudde en waar ik zo aan gehecht was. 'En het allerbelangrijkste, Simon! – Wie er ook om een aalmoes komt vragen, niemand wordt weggestuurd. Lady Chase zal voorzien in alles waar het mij aan ontbreekt.'

'Zolang zij nog hertogin is, ja' mompelde hij, 'en niet de *voormalige* hertogin. Die Sir Marcus is niet zo vrijgevig. Let op mijn woorden. Hij zal het veel te druk hebben om het geld te besteden aan zichzelf.'

'Toe nu toch, man – toon een beetje christelijke naastenliefde!'

Hij hoestte en spuugde. 'Een christen is te herkennen aan zijn daden. En iemand als hij doorzie je onmiddellijk. Je hoeft alleen maar naar hem te kijken. Of,' besloot hij, 'een gesprekje te voeren met zijn bedienden. Hoe dan ook, u wilde komfoors, dus u krijgt komfoors. Ik ga meteen aan de slag...'

Lady Chase stond overal in het dorp bekend om haar vrijgevigheid, een eigenschap die alleen geëvenaard werd door de gierigheid van haar rentmeester, Furnival, die niet zuiniger had kunnen zijn als het zijn eigen geld was dat hij in zijn zak probeerde te houden. In haar persoonlijke leven was zij al even gul. Ze overwon haar tegenzin ten aanzien van het gezelschap van Sir Marcus en gebruikte de avondmaaltijd geregeld samen met hem en zijn gezin – en gelukkig kwam daarmee een einde aan de ijzige ontvangsten in de hal. Ook ik werd geregeld uitgenodigd, een uitnodiging die ik met alle vormen van genoegen aannam, mits mijn verantwoordelijkheden voor mijn gemeente me dat toestonden.

Lady Bramhall bespeelde de harp en soms zong Lady Dorothea, waarbij ik haar, zij het gebrekkig en verre van foutloos, begeleidde. Hoe graag ik haar ook had willen tegenspreken, het beeld dat Lady Dorothea van haar talent geschetst had bleek accuraat. Ze wist van alles te vertellen over de achtergrond van de stukken die ze zong, en ze was een bron van biografische informatie. Er bestond ook geen twijfel over haar liefde voor muziek. Haar stem was echter bijzonder onvast: haar kopstem en haar borststem waren redelijk zuiver, maar er zat vrijwel niets tussenin. Als ze toch eens was onderwezen door dezelfde zangleraar als die mijn zusters had leren zingen…

'Maar u, meneer Campion,' zei ze opgewekt, 'bent een geweldige begeleider. U weet precies wanneer u *pianissimo* moet spelen om mijn stem te ondersteunen en wanneer *fortissimo* op zijn plaats is om mijn zwakheden te verdoezelen. Ik zou elke avond wel met u willen zingen.' Toen ze eenmaal besefte wat ze gezegd had en hoe haar woorden konden worden opgevat, sloeg ze haar hand voor haar mond. Ze trok zich terug op een sofa vlak bij de tafel van de kinderen en weigerde, volkomen begrijpelijk, de rest van de avond nog een woord met mij te wisselen – niet dat ik ook maar iets gezegd zou hebben wat haar tot blozen zou hebben aangezet.

Sir Marcus knipte slechts met zijn vingers, en de gouvernante nam plaats achter de piano. Ze wreef in haar handen en strekte haar vingers, misschien uit nervositeit, misschien om er weer wat gevoel in te krijgen nadat ze zo lang zo ver van het vuur gezeten had. Wellicht had mijn babbeltje met mevrouw Sandys iets bijgedragen aan haar comfort hier in huis, ik had echter nog niets gedaan om haar positie in dit gezin te verbeteren. In elk geval wist ik nu dat haar naam Anne Southey was; volgens mij was ze ongeveer 25 jaar oud. Ze droeg een zedige, zwarte jurk die niet bijzonder goed bij haar huid en haar gezicht kleurde, en haar ogen, die naar ik aannam haar grootste kwaliteit waren, had ze altijd neergeslagen.

Ik bood aan om de bladzijden voor haar om te slaan, hoewel dat meer voortkwam uit beleefdheid dan uit persoonlijke interesse, en zij nam het aanbod aan – al was het maar omdat een weigering de aandacht zou trekken.

Ik had de saaie, alledaagse muziek verwacht die vaak tijdens dit soort bijeenkomsten gespeeld werd, ter begeleiding van het inhoudsloze geklets; in plaats daarvan klonk er echter muziek van die vurige, Duitse componist, Herr Beethoven. Door het negeren van het *fortissimo* en de andere aanwijzingen waarmee de componist zijn passie had willen overbrengen, bracht juffrouw Southey het muziekstuk terug tot een aanvaardbaar niemendalletje. Ik twijfelde er echter geen seconde aan dat ze het muziekstuk – als ze dat had gedurfd – volkomen tot leven had kunnen brengen.

Aan het einde van de sonate wilde ik bijzonder graag met de muzikante spreken, maar ze draaide zich vlug om en trok zich terug in het donkere hoekje waar ze vandaan kwam, opgewacht door de kinderen die al schreeuwend eisten dat ze aan een kaartspel zou deelnemen.

Lady Dorothea voegde zich vol enthousiasme bij het groepje en een vlugge blik in mijn richting suggereerde dat ze er geen bezwaar tegen zou hebben als ik ook aanschoof. In eerste instantie was ik me te zeer van haar aanwezigheid bewust om goed te kunnen spelen, en wellicht ervoer zij een zelfde spanning. Naarmate het spel vorderde ontspande ze zich echter, haar heldere lach tinkelend als een zilveren bel wanneer ze dramatische verliezen leed of juist een ronde won. Haar ogen, even blauw als de zijde van haar japon, straalden; haar tanden glinsterden als de parels rond haar lange, slanke nek; en ik betrapte mezelf op het zelfzuchtige gebed dat het weer zelfs nog langer zo beestachtig slecht zou blijven, aangezien dat haar vertrek uit Moreton Hall zou verhinderen – misschien niet tot in eeuwigheid, maar dan toch nog minstens een week.

Een sterfbed en een zieke baby die met spoed gedoopt diende te worden maakten het me in de dagen die volgden onmogelijk om een bezoek aan Moreton Hall te brengen. Er was toen wellicht voldoende tijd verstreken om Lady Dorothea gelegenheid te geven haar beschamende verspreking te vergeten of deze in elk geval uit haar hoofd te zetten, en ze was zondermeer bereid om samen met mij plaats te nemen aan de fortepiano voor een duet. We speelden slechts twee of drie muziekstukken voordat we plaatsmaakten voor Lady Bramhall en verder naar haar muziek luisterden.

Lady Dorothea maakte geen enkele opmerking over haar eigen spel, dat, net als eerder, technisch correct maar bepaald niet uitmuntend was. Het mijne was onvergeeflijk slecht, wat wellicht te wijten was aan haar nabijheid. Ik hoef niet toe te voegen dat ik liever naast haar zat en beroerde duetten speelde dan dat ik in mijn eentje achter een kerkorgel zou zitten en voortreffelijk zou spelen.

Toen juffrouw Southey naar de piano geroepen werd, voelde ik me verplicht om aan te bieden om de bladzijden voor haar om te slaan – deze keer speelde ze Mozart. Bij het zien van haar armen kon ik nauwelijks een kreet onderdrukken. Ze zat onder de blauwe plekken. Had ze misschien een vreselijk ongeluk gehad? Voordat ik iets kon zeggen, zei ze: 'Ik geloof dat Lady Chase u wil spreken – ongetwijfeld over verdere liefdadigheid voor de armen.'

Op deze manier weggestuurd, met zo'n venijnige opmerking op de koop toe, trok ik mij inderdaad terug en nam plaats naast Lady Chase. Niet om een gesprek te voeren – we waren beiden te welgemanierd om de muzikante op dergelijke grove wijze te beledigen – maar om de manier waarop ik zojuist was afgewezen te overdenken. Ik had altijd aangenomen dat ze een slachtoffer was van de familie, en dat ze haar emoties uit alle macht verdrong. Nu had ik echter een andere kant van haar gezien, en wel één die me verontrustte.

Juffrouw Southey bleef achter het instrument zitten. Lady Dorothea maakte geen verdere opmerking terwijl ze onopvallend – en tot mijn stille genoegen – naast de muzikante plaatsnam om de bladzijden voor haar om te slaan. Omdat de fortepiano slechts een zacht gepingel voortbracht en het geluid gedurende het hele stuk niet noemenswaardig aanzwol, nam ik aan dat de instructies van de componist ook in dit geval genegeerd werden. Aan het einde wisselden de twee jonge vrouwen enkele woorden, maar wat ze zeiden was niet te horen. Toen het korte gesprekje voorbij was, keek Lady Dorothea in mijn richting en rond haar lippen speelde een aarzelende glimlach. Ik lachte terug, en ik moet me sterk vergissen als Lady Chase zich daar niet heimelijk over verkneukelde. Ze verlaagde zich echter niet tot het maken van enige toespeling. Lady Dorothea keerde terug naar haar zitplaats, naast haar schoonzus, en niet lang daarna werd het theeblad binnengebracht.

Met het uitdelen van de theekopjes als dekmantel, fluisterde ik haar toe: 'Het is vriendelijk van u dat u zo aardig bent voor die arme juffrouw Southey. Ik vrees dat haar leven niet gemakkelijk is en ze heeft behoefte aan de vriendschap van... van iemand zoals u.'

Ze antwoordde luchtig: 'Ik kan me niet voorstellen dat andere gouvernantes een veel plezieriger leven hebben. Arme schepsels. Juffrouw Southey is een getalenteerde muzikante, vindt u ook niet?'

Ik antwoordde instemmend, dankbaar dat ze mijn onhandige compliment in ontvangst nam, maar we kregen niet de kans om ons gesprek verder voort te zetten. Juist op het moment dat ik naast haar plaats wilde nemen, kwam er een bediende op me toelopen. Ik werd opnieuw ontboden bij een sterfbed.

4

Uiteindelijk hield het op met regenen. In mijn beleving was dit een nogal plotselinge gebeurtenis. Mijn gemeenteleden echter knikten, haalden verveeld hun schouders op en vertelden me dat zij dit allang hadden zien aankomen.

'Bedoelt u werkelijk dat ze het weer kunnen voorspellen?' vroeg Lady Dorothea, haar ogen groot van verbazing, maar tegelijkertijd geamuseerd.

De ochtenddienst was inmiddels voorbij en we stonden in het portaal van de kerk. Het grootste gedeelte van mijn kudde, onder wie Lady Chase en haar neef en zijn vrouw, was al huiswaarts gekeerd, maar juffrouw Southey en haar pupillen hingen nog wat rond op het kerkhof. Zij en Lady Dorothea waren ongetwijfeld van plan om deze korte periode van zonneschijn te benutten en een stevige wandeling te maken.

'Hun levensonderhoud – ja, zelfs hun leven – is zo afhankelijk van het weer dat ze zeker bedreven zijn in het herkennen van de tekenen. Te vergelijken met de manier waarop u en ik noten kunnen lezen, waar zij weer niets van zouden begrijpen.'

'Dus de muzikanten in uw kerk spelen allemaal op het gehoor?'

'Misschien hebben ze enige kennis van de grondbeginselen. In de periode rond Kerst zullen ze een orkest vormen en samen met het koortje naar Moreton Hall komen om u toe te zingen. En waarschijnlijk zijn er ook pantomimespelers,' voegde ik toe, met mijn hele hart hopend dat zij tegen die tijd nog aanwezig zou zijn en hen met eigen ogen zou kunnen zien.

Het was alsof ze mijn gedachten gelezen had. 'Er wordt gesproken over onze terugkeer naar Londen. Maar meer dan geruchten zijn het nog niet, en als mijn broer zich eenmaal ergens geïnstalleerd heeft, valt het niet mee om hem in beweging te krijgen.'

Daar was niets tegen in te brengen, zeker niet daar ik tot in detail op de hoogte was van de gevoelens die Lady Chase over de situatie koesterde. 'Kerstfeest op het platteland is met niets te vergelijken,' sprak ik. 'Het is het moment waarop alle dorpelingen samenkomen om feest te vieren, ongeacht hun afkomst of rang. Men zegt dat de goedheid van Lady Chase geen grenzen kent – haar gastvrijheid beperkt zich niet tot haar eigen pachters, maar ze opent haar deuren voor iedereen.'

'Diezelfde zin gebruikte u ook in uw preek,' merkte ze op.

'Dat was een verwijzing naar de Almachtige.'

'En een oproep aan ons om zijn voorbeeld te volgen.' Ze knabbelde aan haar vinger, die net als de rest van haar hand in een elegant handschoentje gestoken was, alsof ze twijfelde over het al dan niet stellen van haar volgende vraag. Uiteindelijk liet ze zich overhalen door mijn bemoedigende glimlach. 'Hoe bent u ertoe gekomen om aan religie te gaan doen, meneer Campion?'

Aan religie doen? Zoals zij het zei, klonk het als een interessante hobby. Ik beet op mijn lip.

'Het typische laatste toevluchtsoord voor een jongste zoon?' ging ze opgewekt verder. 'Was het leger of een bestaan als wetsdienaar niet veel beter geschikt geweest?'

'Het leger? Nooit.' Dit was niet het juiste moment om aan haar te onthullen hoe ik me ooit door lafhartigheid had laten verlammen. 'En ik ben nooit bijzonder geïnteresseerd geweest in de wet. Maar begrijp me alstublieft niet verkeerd. De kerk was een bewuste keuze. Een roeping. Wat mij het meest geschikt leek deed niet ter zake. Wat mijn Meester met mij voorhad, daar ging het om.'

'En uw Meester dacht niet dat u beter op uw plek zou zijn in een wat modernere gemeente?'

'Daar leek het in elk geval niet op. Ik kan alleen gehoorzamen aan zijn wil, Lady Dorothea. Hebben we dat vanochtend niet gezamenlijk gezegd, met de woorden van het gebed dat zijn Zoon ons leerde – *Uw wil geschiede*?'

'Natuurlijk. Maar dat zijn slechts woorden, is het niet?'

'In mijn ervaring niet.'

Ze keek over haar schouder. 'Ik zie dat mijn nichtjes en die arme juffrouw Southey staan te wachten. Excuseert u mij alstublieft, dominee Campion.'

Plotseling leek de dag minder stralend. Ik keerde terug naar mijn kerk en herhaalde het plechtige gebed.

In de dagen die volgden deed het bleke winterzonnetje haar uiterste best om het doorweekte land wat op te drogen. Tot mijn verbazing, een verbazing die wellicht gedeeld werd door mijn gemeenteleden, waren we gespaard gebleven voor ernstige, levensbedreigende overstromingen, hoewel velen te maken hadden met ongemakken als keukens en voorraadkamers waarin een laagje water was blijven staan. De meeste slachtoffers hadden hun lot stoïcijns doorstaan, hun karige meubilair naar een hoger gelegen verdieping gesjouwd en hun hand opgehouden bij hun werkgever, die hen van soep en brood voorzag.

De hutjes in Marsh Bottom waren inderdaad ingestort, maar de bewoners ervan hadden al voordat dat gebeurde een veilig onderkomen gevonden in een van de schuren op het landgoed van Lady Chase; het enige kwaad dat ze deden was toestaan dat hun deugnieten van kinderen de kippen die zo dom waren om de schuur binnen te komen achterna zaten. Lady Chase had haar rentmeester, de altijd even chagrijnige Furnival, opdracht gegeven om enkele nieuwe, moderne huisjes voor hen te bouwen – op hoger gelegen grond. In het dorp werd flink gemopperd omdat de mensen vonden dat dat stelletje nietsnutten niet zou moeten profiteren van hun volslagen gebrek aan ijver. Uiteindelijk kwam er, omdat de families in Marsh Bottom in dienst waren van een andere landheer, niets van de plannen terecht, totdat Lady Chase de spreekwoordelijke knoop doorhakte en erop stond dat de mannen dan bij haar in dienst zouden komen en haar land zouden bewerken. Uiteindelijk zouden ze gehuisvest worden in de hutjes die vrij zouden komen wanneer de meest trouwe arbeiders werden overgeplaatst naar de nieuwe huizen die ze op het speciaal daarvoor bestemde terrein zou laten bouwen – op dit moment nog niet meer dan plannen op een stuk nauwkeurig opgevouwen papier, klaar om gerealiseerd te worden wanneer de grond droog genoeg zou zijn om fundamenten te leggen. Al deze dingen waren, zoals men zich wellicht kan voorstellen, het product van lange discussies van Lady Chase's gelegenheidscomité, bestaande uit haarzelf, de Hansards en ondergetekende, dat geregeld voor een besloten vergadering in haar salon samenkwam.

Tot mijn teleurstelling gaf Lady Dorothea, hoewel ze geregeld goed doordachte vragen over onze voortgang stelde, nooit enig blijk van het verlangen om deel te nemen. Ik schreef dat toe aan een damesachtige weerzin tegen het overschrijden van fatsoensnormen, de angst om al te gretig over te komen. En dan was er nog Sir Marcus. Hoewel ik zeker wist dat hij het vreselijk vond dat er zilverstukken werden uitgegeven die wellicht ooit deel van zijn erfenis hadden kunnen uitmaken, leken onze plannen hem en zijn vrouw volkomen koud te laten. Hun gedrag deed me denken aan dat van de pupillen van juffrouw Southey en hun volkomen gebrek aan interesse in wat zij hun probeerde te leren. De jongens waren teruggekeerd naar Winchester en ik hoopte dat zij meer baat zouden hebben bij hun opleiding dan Lady Honoria en Miss Georgiana bij die van hen. De meisjes gingen zo op in het giechelend uitwisselen van zogenaamde geheimen dat er geen tijd overbleef voor het voeren van een volwassen gesprek.

Vandaag kwam ik de jonge dames tegen tijdens een wandeling over het platteland. Toen ik de stemmen voor het eerst hoorde, in de verte nog, was mijn hart opgesprongen en had ik gehoopt dat Lady Dorothea misschien ook deel uitmaakte van hun gezelschap. Dat was namelijk vaak het geval, hoewel ik mezelf niet te schande zal maken door de details van onze alledaagse gesprekjes vast te leggen. Onbetekenende gesprekjes zelfs, tenzij het hart ermee gemoeid is.

Deze keer werd ik teleurgesteld.

Hoewel de zon nog wat flets was, had ik mezelf om haar aanwezigheid te vieren een halve dag vrij gegeven en wandelde ik nu door het bos, het gedeelte waar ik het liefst kwam – hoe nat en zompig de paden misschien ook nog waren. Het is zelfs mogelijk dat ik een wijsje floot of een van mijn lievelingsliederen zong: niets verheugt het hart zozeer als de majestueuze scheppingswonderen van de Almachtige. Verderop in het bos weerklonken geluiden – gegiechel.

Ik zweeg onmiddellijk en bleef staan wachten totdat de jonge dames in zicht kwamen, klaar om te glimlachen en mijn hoed af te nemen. Maar ze kwamen niet. Ik kon het gemompel van juffrouw Southey horen, haar stem ernstig, gevolgd door meer gegiechel en zelfs geschater – waren het jongens geweest, dan had ik de klank ervan omschreven als spottend of zelfs hatelijk.

Ik zou uitzoeken wat de oorzaak was.

Ik liep met grote stappen naar de plek waar het geluid vandaan kwam en begon uiteindelijk zelfs te rennen. Ik zag geen enkele reden voor leedvermaak of iets dergelijks, alleen drie jonge vrouwen wier laarzen met modder bedekt waren, evenals de onderste rand van hun rokken en petticoats. Het was de eerste keer dat ik juffrouw Southey recht in het gezicht kon kijken. En de pijn in haar ogen was niet te ontkennen. Ik moest die lieve Lady Chase vragen de oorzaak ervan te achterhalen. En Lady Dorothea kon – nee, *moest* – vriendschap met haar sluiten. Een plotselinge, niet te verklaren woede welde in mij op en bleef in mijn keel steken zodat ik niet kon spreken.

Een minder sterke vrouw zou haar ogen ten hemel geheven hebben in een poging om medelijden bij mij op te wekken; juffrouw Southey liet niets doorschemeren terwijl ze op beleefde toon zei: 'Goedemiddag, meneer Campion.'

'Lady Honoria; Miss Georgiana; juffrouw Southey,' zei ik, terwijl ik tegen mijn hoed tikte. 'Wat een prachtige dag voor een wandeling.'

'Dat is het zeker,' antwoordde juffrouw Southey instemmend, terwijl ze met een strenge blik een einde probeerde te maken aan het gegiechel dat boven haar woorden uit te horen was. 'Hebt u belangstelling voor de natuur?' zette juffrouw Southey het gesprek voort.

'Dat heb ik inderdaad. Enkele maanden geleden heb ik een verhandeling geschreven voor de Royal Society, over zangvogels. Deze verhandeling is tot mijn genoegen bijzonder goed ontvangen, zodat ik nu overweeg om te beginnen met het schrijven van een vervolg.'

'Over hetzelfde onderwerp?' Haar interesse leek gewekt.

Het leed geen twijfel dat de jongedames die interesse niet deelden, maar ik was in gesprek met háár, en dus ging ik verder. 'Dit artikel gaat over de *genus Picidae.*'

'Spechten,' legde ze haar pupillen uit. 'We hebben de grote bonte specht al horen tikken, is het niet, meisjes? En wat hebben we nog meer gezien –? Die vogel die lacht, Honoria?' Uiteindelijk gaf ze zelf het antwoord, haar irritatie nauwelijks verholen. 'De groene specht, Honoria.'

Alleen al de gedachte aan een groene specht leek het laatste restje zelfbeheersing van de beide meisjes te verpulveren en ik nam afscheid van hen, deels uit medelijden met hun gouvernante, maar zeker ook uit irritatie vanwege hun gedrag.

Ik hoopte hen die dag niet meer te zien.

Ik was echter nog geen drie- of vierhonderd meter bij hen vandaan toen de stilte opnieuw doorbroken werd – en deze keer door echt geschreeuw. Het kon niet anders of hier was sprake van werkelijke angst! Ik liet alle gedachten aan spechten – groen of anderszins – varen en rende zo vlug ik kon naar de bron van de toenemende hysterie.

Hoewel het waterpeil in de beekjes over het algemeen alweer wat gezakt was, stond het water hier, in een beek die even verderop door een smalle brug werd overspannen, nog zo hoog dat het haast buiten zijn oevers trad en een flinke vijver vormde. Om de een of andere reden stond juffrouw Southey tot aan haar middel in het water, zwaaiend met haar armen. Was ze erin gevallen? Of geduwd? Ze zou toch zeker niet vrijwillig het water ingelopen zijn? Toch was ze maar nat tot aan haar middel, wat wel op dat laatste leek te wijzen. Toen viel mijn oog op een mogelijke verklaring – een bonnet, hetzelfde treurige, verschoten zwarte exemplaar dat ik voor het laatst op juffrouw Southeys hoofd gezien had, dreef in het midden van de beek. Maar deze daad, hoe ongewoon of bizar ook, kon niet de reden zijn voor de uitbarsting van angst waarvan ik hier getuige was, en die niet alleen juffrouw Southey maar ook de beide jongedames getroffen had.

'Juffrouw Southey! Wat is er in hemelsnaam –?'

Het enige wat ze kon doen was naar de brug wijzen, haar armen trillend en haar gezicht vertrokken van angst.

En toen zag ik waarom de beek hier in een vijver veranderd was, en waarom de dames zo van streek waren. De brug werd gedeeltelijk verstopt door het lichaam van een man.

Ik sprak de meisjes op scherpe toon toe. 'Stil! Ga hulp halen!'

Ze bleven schreeuwen. Ik bukte me, schepte een handvol ijskoud water op en gooide het in Honoria's gezicht. 'Doe wat ik je zeg – nu meteen! En neem je zusje ook mee.' Deze laatste bleef niet staan wachten tot ik mijn niet erg hoffelijke remedie opnieuw zou toepassen, maar draaide zich met een ruk om en begon in de richting van het landhuis te rennen. Ik was bang dat ik haar zus in het gezicht zou moeten slaan om datzelfde resultaat te bereiken, maar uiteindelijk, toen ze zag dat ik van plan was haar de rug toe te keren om me om haar drijfnatte, hevig trillende gouvernante te bekommeren, brak ze haar dramatische vertoning af en volgde haar zusje.

Ik strekte mijn arm, reikte naar de ijskoude hand van juffrouw Southey en begon haar naar me toe te trekken, voorzichtig maar krachtig. 'Wend uw blik af, lieve dame, dat afschuwelijke beeld hoeft u niet langer te zien. En let op waar u uw voeten neerzet, zodat u geen misstap maakt. De stroming is hier sterk genoeg om u mee omlaag te sleuren,' voegde ik toe.

Uiteindelijk begreep ze wat dat zou betekenen – een bijzonder ongewenste botsing met de verdronken man onder de brug. Ze knikte, haar mond nog steeds vertrokken in een geluidloze schreeuw. Langzaam maar zeker bracht ik haar terug op het droge.

Zodra ze in veiligheid was, hielp ik haar uit haar mantel, die ik verving voor mijn overjas. Vervolgens wikkelde ik mijn sjaal om haar haast al te slanke nek. Maar wat moest ik nu doen? Als mijn aandacht als eerste uitging naar de levenden, dan moest ik daarna toch zeker voorkomen dat het lichaam van de dode verder door de stroom omlaag gesleurd zou worden. Ik kon er net zomin vanuit gaan dat het zou blijven waar het was als dat ik erop kon rekenen dat de verklaring van de twee meisjes samenhangend genoeg was om inderdaad hulp op de been te brengen.

Maar blijkbaar was de aankomst van twee huilende meisjes zonder hun gouvernante genoeg reden tot ongerustheid, en enkele arbeiders die buiten aan het werk waren kwamen aanrennen, onderwijl de naam van juffrouw Southey schreeuwend.

Nadat ik haar had toevertrouwd aan de zorg van twee van hen, stuurde ik een derde op weg naar dokter Hansard, met de mededeling dat zijn komst gewenst was en dat hij zijn visgerei en een schoon stel kleren mee moest nemen, en vervolgens een vierde naar de pastorie om mijn stalknecht Jem te waarschuwen en opdracht te geven mij droge kleding en laarzen te brengen. Het welzijn van de dames was uiteraard mijn eerste zorg geweest, maar inmiddels was ook ik ten prooi gevallen aan oncontroleerbaar rillen en klappertanden. Wilde ik van enig nut zijn voor dokter Hansard, dan moest ik zien te voorkomen dat ik een van zijn patiënten werd. Ik voegde dekens en cognac toe aan mijn wensenlijstje – iedereen die betrokken zou zijn bij het uit het water halen van de man die zelfs nog kouder aanvoelde dan wij, zou behoefte hebben aan iets dat hem zou verwarmen, zeker nu de stralende dag plaatsmaakte voor een kille schemering.

Bij het licht van verscheidene lantaarns, zonder zijn mond zelfs maar met een zakdoek te bedekken, boog dokter Hansard zich over het drijfnatte, stinkende lichaam dat nu op hetzelfde bruggetje gelegd was waar het even daarvoor onder had vastgezeten. 'Mijn vermoeden is dat deze arme man is overvallen door de regen en, na verdwaald geraakt te zijn, in de rivier gevallen is. Hoewel we ook duidelijk zien dat er sprake is van enige ontbinding. Die moet hebben plaatsgevonden voordat hij in het water terechtgekomen is.' Hij hield zijn hoofd schuin, zijn twijfels duidelijk zichtbaar. 'Ik zal mijn gewaardeerde collega, dokter Toone, vragen mij te assisteren bij het onderzoek.'

Jem knikte instemmend. 'Hij lijkt in staat te zijn om de doden te lezen zoals anderen boeken of kaarten lezen.'

Hansard glimlachte. Sommige dorpelingen koesterden argwaan jegens Toones vaardigheden, terwijl anderen er regelrecht vijandig tegenover stonden. Jem keek echter geregeld toe wanneer de twee dokters lijkschouwing verrichtten op een van de patiënten die dokter Hansard ondanks zijn medische vaardigheden niet had kunnen redden, met een enthousiasme dat ik helaas niet deelde.

Jem bekeek het aangetaste gelaat nauwkeurig. 'Als je het mij vraagt was hij niet uit deze omgeving afkomstig,' merkte hij op.

Hij werd beloond met een glimlach. Op mijn gezicht was slechts verwarring te lezen. 'Een vermoeden dat bevestigd wordt door zijn laarzen. Kijk zelf maar, de zolen zijn letterlijk doorgesleten,' zei Hansard tegen mij. 'Nu dan,' ging hij verder, terwijl hij zijn rug rechtte, 'laten we deze man overbrengen naar mijn kelder, zodat ik hem verder kan onderzoeken.' Hij richtte zich tot de wachtende mannen. 'Wees zo goed om dat hek uit de scharnieren te lichten, dan kunnen we hem daarop vervoeren.'

Jem stond nog steeds naar het lichaam te turen. 'Hebt u er enige hoop op dat u hem zult kunnen identificeren? Wellicht wordt hij verwacht door bezorgde familieleden, die het beste hopen, maar inmiddels waarschijnlijk het ergste vrezen.'

'Hoe zou Hansard ooit in staat zijn tot het identificeren van... zoiets?' Ik wees naar de afzichtelijke overblijfselen van het gezicht.

'Ik zeg ook niet dat ik het kan, maar ik moet, zoals Jem al zei, zeker een poging wagen. Een van de dingen die ons daarbij zullen helpen is dat vreemde haar.'

Ik knikte. Het haar van de man was uitzonderlijk donker en stug, en hier en daar krulde het. 'Dat is inderdaad ongewoon, is het niet?'

'Zeker. De enige keer dat ik dergelijk haar gezien heb, was op het hoofd van een – God zij dank levende – zwarte bediende van een vriend van mij, die in Bristol woont. Bediende! Slaaf, moet ik zeggen – maar ik weet dat u mijn visie op deze walgelijke vorm van handel deelt. Goed, wat kan dit dode lichaam ons verder nog vertellen?'

'Hij was niet rijk,' zei Jem. 'Niet alleen vanwege zijn laarzen – ook zijn overjas is tot op de draad versleten.'

Hansard knikte. 'Vouw de kraag eens om – ja, daar waar de jas niet zo versleten is, is nog te zien dat de stof van goede kwaliteit was.'

'Het kledingstuk van een heer,' stemde Jem in. 'Maar wel ouderwets.'

'De jas is inderdaad zo smerig, en zo dun op de ellebogen, dat ik vermoed dat hij jaren geleden al is afgedankt en pas daarna, wellicht via meerdere eigenaars, in de garderobe van deze man terechtgekomen is.' Hij rechtte zijn rug en keek me aan. 'U lijkt teleurgesteld.'

'Ik weet niet of ik teleurgesteld dan wel opgelucht zou moeten zijn. Zoals u weet wacht Lady Chase nog steeds op de terugkeer van haar zoon, en telkens wanneer een vreemdeling onaangekondigd in het dorp arriveert is daar de hoop dat hij het is.'

'Wel, de burggraaf van Wombourn was donker, als ik het mij goed herinner. Gebruik een takje om dat wat van zijn lippen over is van elkaar te duwen.'

Vervuld van walging maar toch ook geïntrigeerd, deed ik wat mij gezegd werd. Het gebit dat ik onthulde was verrassend sterk en gelijkmatig.

'Menige rijke man zou hem hierom benijden,' zei Jem. 'Het is zo goed als volmaakt.'

Dokter Hansard zuchtte. 'Ik herinner me dat de jonge Wombourn van zijn paard viel tijdens zijn laatste jachtpartij voordat hij in het leger aantrad. Hij brak geen armen of benen, maar een van zijn voortanden raakte beschadigd. Niet erg genoeg om de tand zwart te doen kleuren, maar genoeg voor mij om u ervan te kunnen verzekeren dat dit hem niet is.'

'God zij gedankt,' zei ik op ernstige toon.

'Amen. Een bericht dat Lady Chase zal verheugen en die niksnut van een Sir Marcus uitermate zal frustreren,' zei hij met een grimmig lachje. 'Een rechtszaak om deze lieve dame uit het landhuis te zetten en haar te dwingen haar intrek te nemen in het Dower House, jazeker! Welke mening houdt uw Lady Dorothea er op na ten aanzien van dit idee?'

'Ze is niet *mijn* Lady Dorothea, en dit is geen kwestie die zij en ik samen hebben besproken.'

Jem wierp mij een waarschuwende blik toe. Hij had zoals altijd gelijk. Edmund was een oude vriend en ik had niet zo kortaf moeten reageren. 'Om eerlijk te zijn,' voegde ik er bij wijze van verontschuldiging aan toe, 'wordt ze altijd zo nauwlettend in de gaten gehouden door chaperonnes dat het onmogelijk is om meer uit te wisselen dan slechts wat beleefdheden – zo ze dat al zou willen.'

'Tja, als hij werkelijk van plan is een rechtszaak aan te spannen die ongetwijfeld bijzonder veel kosten met zich mee zal brengen, vrees ik dat het noodzakelijk is dat zijn zuster een goede partij trouwt, iemand die bereid is om een voor Sir Marcus interessante overeenkomst te sluiten – want naar wat ik van mijn vrienden in Londen hoor is zijn eigen financiële situatie bedroevend. Hoewel wellicht beter dan die van deze arme stakker,' besloot hij, terwijl hij zijn aandacht opnieuw op zijn werk richtte. 'Misschien is hij even gaan zitten om uit te rusten en toen door de kou bevangen. En vervolgens is hij, toen het water steeg, door de stroming meegesleurd.'

'De kou?' Ik verbaasde me over het gevoel van opluchting dat mij overspoelde. 'U denkt niet dat een mens hier de hand in heeft gehad?'

'Op dit moment lijkt er geen sprake van verdachte verwondingen, maar dat wil niet zeggen dat ze er ook niet zijn.'

'Ik moest denken aan die kreet waarvan ik zo van streek was,' biechtte ik op, 'die kreet waarvan ik even dacht dat het een verwijt vanuit het graf was. Al moet ik zeggen,' mijmerde ik hardop verder, 'dat Lady Bramhall me op zeker moment ook vroeg of het spookte op het kerkhof… misschien heeft zij hetzelfde geluid gehoord.'

Hij tuurde over de rand van zijn bril. 'Dus iemand anders heeft het ook gehoord?'

Ik liet mijn hoofd hangen. 'Inderdaad. Ik zou op datzelfde moment een zoektocht op touw gezet hebben, ware het niet dat het zulk slecht weer was.' De schuld moest bij mij liggen, niet bij Simon.

'Tien tegen één dat u niet meer gevonden zou hebben dan een dood lichaam, en dat bovendien het halve dorp door de griep geveld geraakt was,' zei dokter Hansard op milde toon, hoewel ik Jems afkeurende blik kon voelen. 'Wanneer vroeg Lady Bramhall u naar die spoken?'

'Tijdens een bezoekje aan de kerk. En Sir Marcus was bepaald niet van dergelijke praatjes gediend.'

Hij zei plagerig: 'En sinds dat moment heeft uw genegenheid voor Lady Dorothea de gedachte daaraan uit uw hoofd verdreven?'

'Tijdelijk. Maar de overstromingen, en mijn arme kudde... Werkelijk, Edmund, ik heb andere dingen aan mijn hoofd gehad dan gedachten die naar mijn mening voortkwamen uit mijn overijverige verbeelding.'

'Of wellicht was die kreet inderdaad afkomstig van een stervende man, Toby – heb je daarbij stilgestaan?' vroeg Jem op barse toon.

Ik knikte.

Hansard kwam vriendelijk tussenbeide. 'De hevige regenval was te vergelijken met de moessons die ik in India heb meegemaakt. Het is hoogst onwaarschijnlijk dat hij levend zou zijn aangetroffen.'

'Maar waarom jammerde hij zo luid?' vroeg ik.

'Ik vermoed dat het in uw herinnering luider klonk dan in werkelijkheid het geval was. Maar nu is het uit met die speculatie. Welke aanwijzingen zijn er hier verder nog te vinden?' Hij bukte opnieuw om de laarzen te bestuderen. Tot mijn afgrijzen wrikte hij er voorzichtig een los. Ik draaide me om uit angst voor een onverdraaglijk schouwspel.

'Kijk nou toch! Die arme man had dit stuk papier in zijn laars gestopt om de kou en de nattigheid buiten te houden,' zei Hansard, terwijl hij probeerde om het papier open te vouwen. Het was echter doorweekt en hij staakte zijn pogingen. Hij gaf het aan mij. 'Nee, niet laten vallen, man! Wees er voorzichtig mee, en zorg dat het bewaard blijft! Dat is tot nu toe onze enige aanwijzing. Misschien vertelt het ons iets over de plaats waar hij vandaan komt en wanneer hij op weg gegaan is. De datum, man, en de plek waar die krant gedrukt is!' Hij richtte zijn blik geërgerd ten hemel.

Ik hield het doorweekte papier zo ver mogelijk bij mijn gezicht vandaan en wikkelde het in mijn zakdoek. 'En wat doen we nu?'

'Ik ga naar de Court om die ouwe Furnival zover te krijgen dat hij een paar kruiwagens ijs afstaat,' zei Jem, doelend op iets wat inmiddels haast een routinekwestie geworden was. 'Ik weet al dat hij zal zeggen dat de ijsvoorraad uitgeput begint te raken, maar er is altijd nog wel wat ijs van mindere kwaliteit, waarvoor de kokkin haar neus zou ophalen, en dat is prima geschikt voor het bewaren van onze nieuwe vriend.'

'Uitstekend. Ik zou mijn onderzoek inderdaad veel liever op tafelhoogte voortzetten. Mijn knieën noch mijn nek staan mij toe deze houding al te lang vol te houden. Goeie genade, die winterreumatiek ook!' Hij veegde zijn handen af aan het gras en duwde zichzelf overeind. 'We zien elkaar straks op Langley Park, Jem.'

In tegenstelling tot Jem kreeg ik het niet voor elkaar om mijn vriend te assisteren terwijl hij deze arme vreemdeling aan een onderzoek onderwierp. Mevrouw Hansard, op de hoogte gesteld van de laatste bezigheden van haar man, bood me een glas wijn aan, maar ik vond dat ik het aan mijn stand verplicht was dit te weigeren. Het zou op Moreton Hall inmiddels gonzen van de geruchten, en het was niet meer dan gepast dat ik Lady Chase persoonlijk van het nieuws op de hoogte zou stellen.

Mevrouw Hansard knikte. 'En dat zal ook zeker gebeuren. Maar niet voordat u wat van mijn speciale punch gedronken hebt. Hemeltje, Tobias, u bent tot op het bot verkleumd, en uw handen voelen zelfs nu nog aan als ijs. Als u straks warm geworden bent, zal ik u vergezellen naar de Court. Lady Chase, verscheurd tussen hoop en wanhoop, zal behoefte hebben aan het soort vrouwelijk gezelschap dat we niet mogen verwachten van een arme schat als Lady Bramhall.'

'Juffrouw Southey heeft wellicht ook wat aandacht nodig,' voegde ik toe.

'Dat arme meisje. Ik heb al wat van Edmunds beste kalmerende druppels bij me.' zei ze.

Ik denk dat het me niet eens echt verraste dat mevrouw Hansard erop had gestaan dat de sjees tijdens onze korte reis naar de Court voorzien was van in het vuur verhitte stenen om ons aan te warmen. George, hun stalknecht, haalde het niet in zijn hoofd om er een opmerking over te maken, maar ik was schandalig opgelucht toen ze tegen hem zei dat ze een beginnende keelontsteking vreesde en dat dokter Hansard haar tegen verkoudheid gewaarschuwd had.

Hoewel we arriveerden op het moment waarop Lady Chase en haar familie zich normaalgesproken omkleedden voor het diner, werden we direct naar haar persoonlijke salon gebracht. Zijzelf kwam even later binnen, nog in gesprek met haar ongetwijfeld bijzonder ongeruste dienstbode.

Ze was bleek en verre van kalm. 'Ik verwachtte u al. Het lichaam in de beek –?'

'Was niet het lichaam van uw zoon, mevrouw. Dokter Hansard is er zeker van. De voortand was niet beschadigd.'

'Natuurlijk. Dokter Hansard heeft hem behandeld na zijn jachtongeluk. God zij dank!'

'Amen.' Ik had haar erop moeten wijzen dat de situatie waarin ze zich bevond niet slechter, maar ook niet beter was dan eerst, maar haar folterende angst was binnen één seconde omgeslagen in gezegende opluchting.

Mevrouw Hansard haalde wat druppels uit haar tasje tevoorschijn. 'Mijn man dacht dat u deze misschien nodig zou hebben, mevrouw.'

Lady Chase schudde haar hoofd, een blik vol genegenheid in haar ogen. 'Ik heb geen behoefte aan medicijnen – maar bedankt u dokter Hansard alstublieft voor zijn zorgzaamheid. Waar is hij trouwens, als ik zo vrij mag zijn, dat u, hoe welkom ook, dienstdoet als zijn plaatsvervangster?'

'Hij onderzoekt het stoffelijk overschot van de arme stakker. Er is een boodschapper onderweg naar een gerespecteerde collega, dokter Toone, met het verzoek om assistentie. In de tussentijd wordt hij bijgestaan door Tobias' stalknecht, Jem. Jem is, zoals u weet, een buitengewone jongeman, en bovendien zeer getalenteerd.'

'Natuurlijk. Dan rijst toch de vraag wat er van hem geworden zou zijn als hij een heer geweest was.'

Ik maakte een buiging, maar mijn stem klonk vast en helder:

'Jem heeft het karakter van een heer. Niemand zo nobel als hij.'

'Vergeef me. Ik drukte me onhandig uit. Ik had moeten zeggen, als hij als heer *geboren* was, met alle mogelijkheden tot onderwijs die dat met zich meegebracht had.'

'Daarin hebt u volkomen gelijk. U had hem moeten zien toen hij leerde lezen en schrijven, mevrouw – als een eend die voor het eerst in contact kwam met water. Het feit dat hij geen toegang had tot het onderwijs dat ik op Eton heb genoten is iets wat ik dagelijks betreur,' voegde ik toe. 'Maar nu moet ik me dringend wijden aan nog iemand over wie dokter Hansard zich zorgen maakte. Die arme juffrouw Southey. Ze heeft een afgrijselijke ervaring ondergaan.'

'En heeft wellicht wél behoefte aan het uitmuntende medicijn van dokter Hansard,' zei Lady Chase met haar beminnelijke glimlach, terwijl ze op de bel drukte om een dienstmeisje te ontbieden dat ons naar de bediendenvleugel zou brengen.

Het leek erop dat mijn verzoek aan mevrouw Sandys om het lot van juffrouw Southey wat te verbeteren tot dovemansoren gericht geweest was. Ze was nog steeds gehuisvest in de vleugel waar ook de kinderkamers gevestigd waren, het koudste gedeelte van het huis, in plaats van overgeplaatst te zijn naar een van de – naar ik hoopte warmere – vertrekken voor hogergeplaatste bedienden.

'Hoe is het mogelijk dat ze dat arme meisje in deze troosteloze omgeving laten verblijven,' riep mevrouw Hansard uit toen we door de onverwarmde, kale gangen liepen. Ze trok haar jasje dichter om zich heen. 'Als juffrouw Southey niet in orde is, Tobias, is dat net zo goed het gevolg van de manier waarop ze hier behandeld is als van haar duik van vanmiddag.'

Ik knikte en probeerde het klapperen van mijn tanden te onderdrukken. 'De sociale positie van een gouvernante is natuurlijk altijd een lastig probleem geweest.'

Mevrouw Hansard knikte. 'Ze is vlees noch vis, en komt vaak ergens onderaan de ladder terecht. Maar soms, in huishoudens die veel waarde hechten aan onderwijs, wordt ze zelfs nog beter behandeld dan de huishoudster en heeft ze beschikking over een eigen dienstmeisje.'

'Helaas, we hebben het bewijs van deze middag niet nodig om te weten dat de Bramhalls niet veel respect hebben voor de arme juffrouw Southey.'

'En bovendien, Tobias, dat Lady Chase zelf weinig waarde hechtte aan haar eigen gouvernante, als ze haar hier liet wonen. Maar toch is ze nu een van de meest vrijgevige, meest zorgzame mensen die ik ooit ontmoet heb.'

'Het is duidelijk dat ik dit met Lady Chase zal moeten bespreken.'

Het tengere dienstmeisje klopte op de deur van het klaslokaal – enige privacy werd juffrouw Southey dan blijkbaar toch nog gegund. Ze klopte nog eens, luider deze keer. Uiteindelijk draaide ze zich om, de verwarring duidelijk op haar gezicht te lezen. 'Mevrouw Hansard, meneer Campion – er doet niemand open.'

'We gaan desondanks naar binnen,' deelde mevrouw Hansard mee, met evenveel gezag alsof ze niet alleen de sleutels van Langley Park beheerde, maar ook die van dit huis.

'Maar –'

Mevrouw Hansard negeerde de bezwaren van het onthutste meisje en het scheelde niet veel of ze stormde de kamer binnen, die verlaten was. Juffrouw Southeys slaapkamer lag aan de achterzijde van het klaslokaal. De deur stond open en we zagen duidelijk dat de kamer leeg was.

5

'Denkt u,' fluisterde ik mevrouw Hansard aarzelend toe, 'dat juffrouw Southey wellicht steun gezocht heeft bij iemand die ik heb aangemoedigd om vriendschap met haar te sluiten? Lady Dorothea?'

Ik had niet de indruk dat mijn vriendin bijzonder veel hoop koesterde, maar ze gaf het dienstmeisje opdracht om Lady Dorothea om een paar minuutjes tijd te vragen. We werden meegenomen naar de warmere wereld aan de andere zijde van de salondeur en naar de bibliotheek gebracht, waar we lange tijd wachtten.

'Jongedames van stand hebben een bijzonder druk leven,' merkte mevrouw Hansard uiteindelijk op, met een cynische glimlach die niet erg verbazingwekkend was voor iemand die het grootste deel van haar leven voor haar levensonderhoud gewerkt had – en hard ook. Maar haar gezichtsuitdrukking verzachtte toen ze mij op mijn lip zag bijten. 'Vergeef me, Tobias. Het is mogelijk dat ze al bezig was om zich om te kleden voor de avondmaaltijd, en het zou bijzonder ongepast zijn als ze ons in niet geheel geklede staat zou ontvangen.'

'Natuurlijk,' stemde ik in, mijn stem gemaakt opgewekt. Ik durfde mijn hoop dat Lady Dorothea zich op ditzelfde moment bezighield met het troosten van de arme gouvernante niet hardop uit te spreken. Ik had het vermoeden dat mevrouw Hansard deze hoop niet met mij deelde.

De vergulde klok tikte nog drie minuten weg voordat de deur openzwaaide en Lady Dorothea het vertrek met zo ongeveer binnen rénde.

'Ik ben zojuist teruggekeerd uit Leamington,' verklaarde ze, terwijl ze haar bontmantel liet vallen en haar bonnet losmaakte. Toen mevrouw Hansard zag dat het lint alleen maar meer in de knoop raakte, stapte ze naar voren om haar te helpen. 'Dank u – dat is erg vriendelijk van u. Maar wat hoor ik nu toch allemaal? Alstublieft, mevrouw Hansard, meneer Campion – legt u het me uit.' Ze liet zich in een stoel vallen en gebaarde ons plaats te nemen.

Mijn verhaal was kort, en de meest schokkende details hield ik voor me. Ik hoorde haar af en toe naar adem happen en werd enkele malen onderbroken door ingehouden protesten. Ik vrees dat ik in mijn verhaal enigszins heldhaftig overkwam, hoewel dat echt niet mijn bedoeling was, en de blik van Lady Dorothea schoot op en neer tussen mevrouw Hansard en mijzelf.

'U bent helemaal in orde, meneer Campion?' vroeg ze uiteindelijk.

Maakte mijn hart een sprongetje als gevolg van haar blijk van interesse? Dit was niet het moment voor dergelijke gedachten. 'Jazeker. Dank u. Ik ben niet op de hoogte van de toestand van uw nichtjes,' zei ik op enigszins waarschuwende toon, 'maar ik twijfel er niet aan dat juffrouw Southey ernstig van streek is. Ze was niet in haar kamer, dus daarom had ik even de hoop dat ze zich voor steun tot u of Lady Chase gewend had. Of tot Lady Bramhall, natuurlijk,' voegde ik toe, hoewel de klank van mijn stem wellicht verried dat ik deze laatste optie niet erg waarschijnlijk achtte.

'Als ik het had geweten – als ik hier geweest was – zou ik haar uiteraard hebben opgezocht. Maar zoals u kunt zien hebben mijn schoonzus en ik onderweg enige vertraging ondervonden – een niet noemenswaardig probleem met één van de wielen – en ben ik nu te laat voor het diner. Neem alstublieft van me aan dat ik wanneer juffrouw Southey terugkeert, alles zal doen wat in mijn macht ligt om haar te troosten en gerust te stellen. Maar op dit moment... u weet hoezeer mijn broer hecht aan punctualiteit.' Ze wierp een bezorgde blik op de klok en stond op.

Wij deden hetzelfde. Ons afscheid was noodgedwongen kort, al had ik nooit eerder gemerkt dat haar broer zich erg druk maakte over tijd.

Mevrouw Sandys stond in de deuropening van haar zitkamer, even onverstoorbaar als altijd, en ontkende ook maar iets te weten van het gaan en staan van juffrouw Southey.

'Als ze vertrokken is, is dat een zaak van de familie, niet van mij,' zei ze op ijzige toon, waarna ze een stap achteruit deed en de deur voor onze neus wilde sluiten.

Ik zette mijn voet in de deuropening. 'Heb ik u niet gevraagd om wat vriendelijker voor haar te zijn? Toe, mevrouw Sandys, wat er met een medemens gebeurt laat u toch niet koud?'

'Als de mensen die de jongedame betalen het me verbieden kan ik daar verder niets aan doen,' wierp ze tegen. 'Het geschreeuw en de ruzies die dat haardvuur en dat warme water veroorzaakten. Je zou haast denken dat Sir Marcus het allemaal zelf betaalde.'

'En u hebt zich niet beroepen op Lady Chase?'

'Achter de rug van degene die vandaag of morgen de nieuwe eigenaar van de Court is om?' Haar blik sprak boekdelen: alleen een dwaas stelde zulke vragen.

Op dat moment deed mevrouw Hansard een stap naar voren. 'Wanneer is juffrouw Southey precies vertrokken, en hoe?'

'Dat zult u aan Sir Marcus moeten vragen – en ik verlies nog liever mijn baan dan dat ik hem stoor terwijl hij aan het dineren is – wat u als geen ander zou moeten weten, mevrouw Hansard, tenslotte bent u zelf een bediende geweest,' voegde ze op beledigende toon toe. 'En wat Lady Chase betreft, die dineert vanavond met Sir Marcus, dus die vlieger gaat ook niet op.'

'In dat geval verzoek ik u hem, wanneer het u *wel* schikt, op de hoogte te stellen van het feit dat hij morgenochtend een ondervraging van de lekenrechter tegemoet kan zien' zei ik, mijn stem druipend van sarcasme. Ik was er zeker van dat de visie die dokter Hansard op de situatie had overeenkwam met de mijne – en zelfs als dat niet het geval was, was hij zo'n trouwe vriend dat hij, om mijn gezicht te redden, zou doen alsof. Ondertussen had mijn woede het kookpunt bereikt en zei ik met alle arrogantie die ik in mij had: 'Wees dan nu zo goed om de sjees van mevrouw Hansard te laten halen.'

Zodra ik mevrouw Hansard in het rijtuig geholpen had, bood ik haar mijn verontschuldigingen aan en verzocht haar een paar minuten te wachten terwijl ik met de staljongens praatte.

Buiten was echter geen enkele bediende of stalknecht te vinden, afgezien van één zwakbegaafde jongen die door de familie Chase in dienst genomen was als gunst aan zijn vader. Die arme, mismaakte Alfie was net zomin in staat om me zijn eigen naam te vertellen dan om naar de maan te vliegen, dus het had weinig zin om hem te vragen of hij juffrouw Southey had zien vertrekken. Me ervan bewust dat mevrouw Hansard op me zat te wachten, drukte ik hem maar gewoon een penny in zijn hand en klopte hem op de schouder voordat ik me omdraaide en terugkeerde naar het rijtuig.

'We kunnen verder niets doen totdat Toone arriveert,' zei dokter Hansard. Hij klonk zowel opgelucht als uitgeput. Hij had zich omgekleed voor het diner, dat zijn uitzonderlijk bedreven kokkin had weten uit te stellen tot onze terugkeer. En nu zaten we met zijn drieën voor de open haard, waarin een vriendelijk vuurtje brandde, en dronken een glas sherry. 'Niet dat er, zo vermoed ik, verder nog iets te vinden is. Hoe ik ook mijn best doe, ik kan geen enkele verwonding vinden. Zelfs niets wat op een verwonding wijst. Zijn beenderen lijken intact te zijn. Ik zie geen kneuzingen of blauwe plekken – hoewel die er misschien wel waren, op die delen van zijn lichaam die al vergaan zijn. Mijn conclusie, Tobias, is dat hij aan een natuurlijke oorzaak bezweken is. En jullie tweeën, hebben jullie nog successen geboekt? Mevrouw Hansard had het te druk met het uitzoeken van een jurk om antwoord te geven op mijn vragen.' Hij glimlachte plagend naar haar: ze had gekozen voor een moderne, lichtblauwe japon met een donkerblauwe overjurk die bijzonder goed kleurde bij haar nog steeds donkere haar. Haar kanten hoofddoekje was maar klein, zoals Edmund dat het liefst zag.

Wanneer we samen het diner gebruikten, zaten we vaak tot diep in de nacht te praten – tot er een moment kwam waarop mijn goede vrienden niet wilden dat ik nog huiswaarts zou keren, maar erop aandrongen dat ik bij hen zou blijven logeren. Dit kwam zelfs zo vaak voor dat ze zo vriendelijk geweest waren om een van de slaapkamers speciaal voor mij te reserveren. In deze kamer bewaarde ik niet alleen een nachtgewaad, maar ook enkele stellen kleding, zowel voor overdag als voor 's avonds. Als gevolg daarvan was ik dus ook passend gekleed. Jem echter, die hier ook over een eigen kamer en extra kleding beschikte, hield vol dat hij het prettiger vond om te dineren met George en Turner, Hansards voortreffelijke persoonlijke bediende. De jonge Burns zou het vast en zeker besterven mocht hij er ooit achterkomen dat, tijdens Edmunds dagen als vrijgezel, zowel Turner als Jem de maaltijden samen met ons gebruikten, als de gelijken die zij in onze ogen ook waren.

'We hebben Lady Chase zonder verdere incidenten van het nieuws op de hoogte gesteld,' zei ik, waarna ik met een glimlach toevoegde: 'zoals mevrouw Hansard u ongetwijfeld verteld heeft.'

'Ze hoorde het aan met een verontrustende vreugde.' Mevrouw Hansard schudde bedroefd haar hoofd. 'Ze ziet helaas niet in dat de dood van een man die niet haar zoon is, geen enkel bewijs is dat haar zoon nog wel leeft. En wat mevrouw Sandys betreft – nee, ik zal het aan Tobias overlaten om verslag te doen van dat deel van onze expeditie, ter voorkoming dat ik mij ongewild te buiten ga aan bijzonder ondamesachtige uitspraken.'

'Die vrouw is een hersenloze stroopsmeerster,' zei ik vol walging. 'En jammer genoeg heeft ze de kant van de Bramhalls gekozen, niet die van Lady Chase. Daarmee heeft ze haar manieren laten varen en haar plicht ten aanzien van een medemens in nood verzaakt. Om kort te gaan; ze heeft geen idee wat er met die arme juffrouw Southey gebeurd is, en het kan haar ook niet schelen.'

'Tobias, ik denk dat het u misschien niet is opgevallen dat de hutkoffer van het arme meisje in haar slaapkamer achtergebleven is,' zei mevrouw Hansard zachtjes. 'Uit ervaring weet ik dat dat kan betekenen dat ze op staande voet ontslagen is, en dat haar bezittingen haar pas zullen worden nagezonden wanneer ze haar voormalige werkgever van een nieuw adres op de hoogte gesteld heeft.'

Edmund fronste. 'Of, mijn liefste, dat ze zelf besloten heeft haar baan op te zeggen, zij het met evenveel haast. Dit is bijzonder ongelukkig. Ik had haar graag willen ondervragen.'

'Wat dat ondervragen betreft,' begon ik, met een veelbetekenende blik op mevrouw Hansard, 'denk ik dat u morgenochtend gelegenheid zult krijgen om met Sir Marcus te spreken. Wij – eh – dat wil zeggen, *ik* – heb een boodschap van min of meer die strekking achtergelaten bij mevrouw Sandys.'

Tot mijn verbazing leek hij niet erg verheugd over deze mededeling. Maar uiteindelijk verzachtte zijn gezichtsuitdrukking. 'Normaalgesproken geef ik er de voorkeur aan dergelijke bezoekjes af te leggen zonder voorafgaande waarschuwing, Tobias. Maar gedane zaken nemen geen keer, en het zal interessant zijn om te ontdekken welk effect uw woorden hebben gehad. Ik vrees echter dat het verstandiger is als ik dat ochtendbezoek alleen afleg. We zouden niet willen dat dit naar een samenzwering riekt, mijn vriend.'

Ik liet mijn hoofd beschaamd hangen, temeer daar zijn vermaning zo vriendelijk was.

Mevrouw Hansard stond haastig op. 'Onze arme kokkin. Ze zal bezwijken van ellende als ze dat gevogelte nog één minuut langer warm moet zien te houden. Heren, zullen we dineren?'

De volgende ochtend ging dokter Hansard, gebukt onder de gewichtigheid die zijn functie met zich meebracht, op weg naar Moreton Hall, maar niet voordat hij beloofd had verslag te zullen doen van zijn bevindingen wanneer we samenkwamen voor de lunch. Terwijl hij weg was, keerde ik terug naar de pastorie, vergezeld door Jem, die naast me reed. Hij bleef zijn keel schrapen alsof hij er last van had. Ik had al één vriend geërgerd, maar nu leek het erop dat ik er nog een tegen de haren in moest strijken.

'Jem, je bent niet in orde, is het wel?'

'Niets aan de hand Toby – een kriebeltje, dat is alles.'

'Een kriebeltje – of een keelontsteking? Wees eerlijk, man. Je probeert al een hoestbui te onderdrukken sinds we vertrokken zijn. Ik ben ervan overtuigd dat er niets anders opzit dan een voetenbad met mosterd. Dat, en warme dranken. Nee, je hoeft niet te proberen om de paarden op stal te zetten – je hebt mij jaren geleden al geleerd hoe ik paarden moest droogwrijven op een manier die jouw goedkeuring kon wegdragen en ik heb de indruk dat ik dat niet vergeten ben.'

'Dat zou je niet durven.' Hij probeerde te lachen, maar zijn adem stokte en hij greep naar zijn keel.

'Je moet me je woord geven dat ik je, tegen de tijd dat ik klaar ben met het verzorgen van Titus en Ben, zal aantreffen in je kamer, een deken rond je schouders geslagen en je voeten in het warme water.' Ik hield mijn stem luchtig, maar dat betekende niet dat ik niet ernstig bezorgd was. Jem was nooit ziek, altijd een toonbeeld van kracht wanneer ieder ander getroffen werd door de griep of zelfs de pokken.

Nadat ik de paarden van al het nodige voorzien had, haastte ik me naar binnen, waar Susan mij opwachtte, een bezorgde uitdrukking op haar gezicht. Ze droeg een ketel heet water en was duidelijk niet erg bereid om die uit handen te geven.

'Hij zou niet willen dat jij besmet raakte,' zei ik vriendelijk terwijl ik de ketel van haar overnam. Ik vermoedde eigenlijk dat Jem het soort man was dat een hartgrondige hekel had aan wat hij zelf 'kouwe drukte' zou noemen, maar die gedachte hield ik voor mezelf. Bovendien was het nauwelijks gepast te noemen wanneer een knappe jonge man in zijn nachthemd alleen zou zijn met een jong dienstmeisje dat nog niet zolang geleden amoureuze gevoelens voor hem gekoesterd had – hoewel het feit dat zijn voeten in een teiltje water met mosterd gestoken waren wellicht dodelijk zou zijn voor enige vorm van passie.

'Maar u bent de dominee, en de mensen in het dorp hebben u nodig. U moet zorgen dat u gezond blijft.'

'Dat moet ik inderdaad. Goed, Susan, ik kan me niet voorstellen dat Jem vandaag erg veel eetlust zal hebben, maar ik weet dat dokter Hansard in geval van koorts zweert bij gerstewater met citroen. Zou jij zo goed willen zijn om dat klaar te maken? Dan zal ik ervoor zorgen dat hij het tot de laatste druppel opdrinkt.'

Het kostte me al mijn overredingskracht om Jem ervan te overtuigen dat hij niet alleen binnenshuis moest blijven, maar dat hij bovendien in bed moest gaan liggen. Ik twijfelde er niet aan dat hij koorts had; de pijn in zijn keel, zo gaf hij toe, verspreidde zich langzaam maar zeker over zijn hele borst. Hij was het zelfs met me eens dat Susans drankje wellicht zou helpen en hij liet toe dat ik de open haard aanstak en het vuur flink opstookte – hoewel duidelijk met tegenzin.

'Ontken maar niet dat je hoofdpijn hebt,' zei ik, terwijl ik een stap achteruit deed om het resultaat van mijn werk te bewonderen. 'Ik ben er werkelijk van overtuigd dat het je goed zou doen om te gaan liggen en mij toe te staan om je slapen te bevochtigen met azijn of wat van dat uitstekende lavendelwater van mevrouw Hansard.'

'Je neemt me in de maling,' gromde hij.

'Dat klopt.' Ik wapperde met mijn handen, zwart van het roet. 'Maar de reden waarom ik je een zo spoedig mogelijk herstel toewens is louter zelfzuchtig, Jem. Het is duidelijk dat juffrouw Southey gevonden moet worden, en hoewel dokter Hansard wellicht de sterke arm der wet zal inschakelen, zou het mij niet verbazen als jij en ik hier ook op een of andere manier bij betrokken zouden raken.'

Hij grijnsde. 'Dan zit er niets anders op dan alle smeerseltjes en drankjes van dokter Hansard gehoorzaam tot me te nemen.'

Toen ik een paar minuten later nog eens bij hem ging kijken, was hij in een onrustige slaap gevallen. Ik probeerde hem toe te dekken met een beddensprei, maar die schopte hij weer van zich af.

Ik wilde Susan niet ongerust maken, maar was zelf wel degelijk bezorgd over de gezondheid van mijn vriend. Daarom besloot ik dokter Hansard een briefje te schrijven om hem te laten weten dat het mij niet zou lukken om onze afspraak na te komen en om één uur met hem en zijn vrouw te lunchen. Daarnaast verzocht ik hem dringend om George naar de pastorie te sturen met het medicijn dat hij in deze situatie het meest effectief achtte. Ik stuurde het hulpje van de tuinman op weg om de brief te bezorgen en gaf hem wat geld voor de moeite. Ik drukte hem op het hart om de hele weg te rennen.

Ik was zo zeker van Edmunds reactie dat ik mevrouw Trent

meedeelde dat het wellicht nodig was om voor een extra persoon te dekken, en ik werd niet teleurgesteld. Nog geen uur later kwam Edmunds rijtuig voor de deur tot stilstand, mevrouw Hansard zittend op het bankje met een mand op schoot, terwijl Edmund zelf de paarden mende. Terwijl de eerstgenoemde het koninkrijk van mevrouw Trent binnenwandelde, haastte Edmund zich onmiddellijk naar de kamer van Jem.

Edmund was zo lang bij Jem dat zowel zijn echtgenote als ik het allerergste begonnen te vrezen, hoewel we geen van beiden bereid waren dat aan de ander te bekennen. Uiteindelijk wandelde hij echter mijn salon weer binnen, een brede glimlach op zijn gezicht en omgeven door de geur van lavendelwater.

'Een idee van dokter Toone,' zei hij, hoewel hij zich daar niet voor leek te schamen. Hij stak zijn handen naar ons uit. 'Zoals jullie weten hecht ik bijzonder aan het reinigen van de handen na het behandelen van patiënten, levend of dood. Maar dokter Toone gaat nog een stap verder. Hij schrobt niet alleen zijn handen en vingernagels schoon, zoals ik, hij dompelt ze vervolgens ook nog onder in lavendelwater. Of het ook werkelijk effect heeft? Ik weet het niet.'

'De geur is in elk geval bijzonder aangenaam,' zei mevrouw Hansard met een glimlach.

Voordat iemand nog iets kon zeggen, werden we door mevrouw Trent naar de eetkamer geroepen, waar ze een indrukwekkende maaltijd had klaargezet. Het grootste deel van de gerechten was afkomstig – daar was ik zeker van – uit haar eigen voorraadkamer: hoewel mevrouw Hansard haar met gulle gaven overlaadde, had mevrouw Trent natuurlijk ook haar trots.

Of Susan nu blij was met onze beslissing of niet, we stuurden haar weg met de mededeling dat we onszelf zouden bedienen.

'Laat me allereerst zeggen dat ik Jem al op de hoogte gesteld heb van alle dingen die ik u zo dadelijk zal vertellen, Tobias – het feit dat de beste man zich aan een onderzoek moest onderwerpen maakte hem zo onrustig dat ik van mening was dat hij wel wat afleiding kon gebruiken. Ten tweede heeft Maria er ook al iets van gehoord –'

'Voornamelijk in de vorm van gesmoorde krachttermen en vloeken,' zei ze, een twinkeling in haar ogen.

'Als ik uw onderzoek schade heb berokkend door mijn ondoordachte woorden –'

'Maakt u zich daar maar niet druk over, Tobias,' zei hij op vriendelijke toon. Hij zweeg terwijl ik hem voorzag van rundvlees en ingelegde uitjes en stak zijn hand op om aan te geven dat het genoeg was.

Mevrouw Hansard pakte een van de kleine sandwiches. 'Edmund, waarom vertel je ons niet precies wat er is voorgevallen? Je zou je geen aandachtiger publiek kunnen wensen, daar ben ik zeker van.'

'Maar hoe kan ik deze voortreffelijke maaltijd nuttigen als ik aan het praten ben?' vroeg hij ondeugend.

'Langzaam,' antwoordde mevrouw Hansard onverstoorbaar. 'Die arme Tobias verdient het om alle details te horen, en ik ben erg benieuwd naar de gedeeltes die je op weg hiernaartoe hebt weggelaten.'

'Goed dan.' Hij legde zijn mes en vork neer. 'Sir Marcus – in zijn eentje – ontving me in de bibliotheek. Hij stelde zich bijzonder arrogant op toen ik werd aangekondigd en zei dat hij niemand verantwoording verschuldigd was over de manier waarop hij met zijn personeel omging. Ik liet hem zonder ook maar een woord te zeggen uitrazen, totdat hij niets meer te zeggen had. Hij maakte zichzelf volkomen belachelijk, zoals hij daar voor de open haard stond te oreren. Maar uiteindelijk stopte hij. Ik vertelde hem dat hij zich niet noodzakelijkerwijs hoefde te verantwoorden voor zijn houding ten opzichte van juffrouw Southey, hoe verwerpelijk die misschien ook was, maar dat ik hem wel verantwoordelijk hield voor het toestaan dan wel aanmoedigen van het vertrek van iemand die zeker door de rechtbank zou worden opgeroepen als getuige – dat het feit dat zij het district verlaten had hem zou worden aangerekend. Dat dat niet alleen onverantwoordelijk was, maar mogelijk gelijkstond aan minachting van het hof.'

'Is dat zo?' vroeg ik met grote ogen.

'Dat weet ik niet, en het kan me ook niet schelen. Op zijn

minst, zo zei ik tegen hem, zou hij me tot in detail op de hoogte moeten stellen van haar bestemming.' Hij zweeg even om het vlees op zijn bord te voorzien van een lading mosterd.

'En was hij daartoe in staat – of bereid?'

De dokter, zijn mond vol, schudde zijn hoofd.

'Hij heeft beweerd,' antwoordde mevrouw Hansard in plaats van haar man, 'dat hij in het geheel niet op de hoogte is van haar verblijfplaats. Met andere woorden, hij laat het nu voorkomen alsof juffrouw Southey uit eigen vrije wil vertrokken is, en dat hij niet weet waarheen.'

'Maar waarom zei hij dat dan niet aan het begin van uw gesprek met hem?'

'Misschien omdat hij een dwaas mens is en hij het prettig vindt om het kleine beetje macht dat hij meent te hebben – of dat hij op een dag misschien zal hebben – tentoon te spreiden,' antwoordde Edmund, terwijl hij zijn mond depte met een van de sneeuwwitte servetten waar mevrouw Trent zo trots op was. 'Wie zou er niet naar verlangen om de plaats waar hij, of in dit geval zij, zo'n gruwelijke ontdekking heeft gedaan te verlaten?'

'Om nog maar niet te spreken over de afschuwelijke manier waarop ze behandeld is door de jongedames die haar hadden moeten respecteren,' voegde ik toe. 'U, mijn dierbare vrienden, bent getuige geweest van hun nauwelijks verhulde onbeschoftheid in het openbaar. En zoals ik u gisteren vertelde, zou hun openlijke wreedheid wanneer ze zich onbespied waanden u zeer zeker geschokt hebben. Om u de waarheid te zeggen ben ik er, hoe meer ik erover nadenk, steeds meer van overtuigd dat zij de bonnet van juffrouw Southey hebben afgepakt en opzettelijk in het water gegooid, om haar te dwingen een reddingspoging te ondernemen.'

'Ik heb me afgevraagd of dat misschien het geval was,' zuchtte Maria. 'Het vrouwelijk geslacht zou een positieve invloed moeten hebben op zaken als beschaving en beleefdheid, maar ik heb jongedames gezien, geboren in adellijke families en welopgevoed, die zich misdroegen op een manier die jongens van dezelfde leeftijd wellicht excessief zouden vinden.'

Ik zei niets, daar ik op Eton de wreedheid van jóngens had

ondergaan – van Toone, nog wel, hoewel hij dat zelf totaal vergeten leek te zijn.

'Ik denk niet dat je ooit gezien hebt hoe jongens onder elkaar zich gedragen, mijn liefste,' merkte Hansard cryptisch op. 'Maar het zou zeker goed zijn om deze jongedames te ondervragen –'

'Apart van elkaar,' voegde mevrouw Hansard op besliste toon toe.

'Maar natuurlijk. En wellicht dat jij, mijn liefste, of anders Tobias daar ook bij aanwezig kan zijn. Ik mocht vanmorgen niet meer doen dan alleen hun pols voelen en hen controleren op symptomen van koorts. Hun moeder vreest voor hun leven na wat er gisteren is voorgevallen,' verklaarde hij op geringschattende toon. 'Maar ik durf zonder meer te stellen dat ze er heel wat beter aan toe waren dan die arme Jem. Blakend van gezondheid, zou ik zelfs zeggen. Als ik bereid was geweest om af te zien van mijn honorarium, zou ik hen daar in niet mis te verstane bewoordingen van op de hoogte gesteld hebben. Maar in plaats daarvan zal ik ze een flink bedrag in rekening brengen voor mijn mooie woorden.'

Er waren nog andere patiënten die zijn aandacht nodig hadden, wat de reden was dat dokter Hansard niet lang daarna aankondigde dat het tijd was om op te stappen. Hoewel zijn vrouw bereid was om naar huis te lopen – en zelfs aangaf dat een wandeling haar voorkeur genoot – maakte hij een einde aan alle bezwaren door op scherpe toon te verklaren dat hij erop stond haar te vergezellen. Ze kon nog even afscheid nemen van mevrouw Trent terwijl hij een laatste blik wierp op die arme Jem, maar daarna zouden ze vertrekken.

Zijn uitbarsting had ons beiden enigszins in verlegenheid gebracht, wat ons weerhield van het hardop uitspreken van onze vermoedens – dat hij bezorgd was over haar veiligheid.

'In gevallen als deze is overdrijven altijd beter dan achteraf vaststellen dat we de symptomen niet voldoende serieus hebben genomen,' zei Hansard een paar minuten later, terwijl hij mevrouw Hansard in het rijtuig hielp. 'Maar ik schat in dat die arme Jem morgen een vreselijke loopneus zal hebben en dat er in het hele huis niet voldoende zakdoeken zullen zijn om de stroom te stelpen. Ja, zijn ziekte laat zich omschrijven als niet meer dan een stevige verkoudheid. Het zal een heidens karwei zijn om hem zover te krijgen dat hij in zijn kamer blijft, Tobias.'

'Daar weet ik wel iets op,' zei ik met een glimlach.

En dat was ook zo.

Te midden van alle drukte van de vorige dag was ik vergeten om de stukjes papier uit mijn zak te halen. Maar nu bracht ik ze naar Jems kamer, waar hij, alweer uitgekeken op alle zorg en ophef, op het punt stond zijn broek aan te trekken. Ik wist een opstandige reactie af te wenden door hem nederig om hulp te vragen. Met een diepe zucht trok hij zijn kamerjas en zijn pantoffels weer aan.

We haalden de vochtige stukjes papier voorzichtig van elkaar, en legden ze voor de open haard te drogen, op een kleed dat ik mevrouw Trent had ontfutseld. Toen ze droog waren, zette ik een kaarttafeltje neer en probeerden we de stukjes in elkaar te puzzelen, maar dat was een bijzonder lastige klus die me deed denken aan de eindeloze puzzels die een schaduw over mijn jeugd geworpen hadden. Bovendien begon Jems verkoudheid – want dat was het inderdaad – nu in volle hevigheid los te barsten, en dreigden de snippertjes bij elke nies op te waaien en in het vuur te belanden. Ik was er niet erg rouwig om toen het tijd was om hartelijk afscheid te nemen en me terug te trekken in de kerk, waar ik de Almachtige smeekte om genade te hebben met eenieder die lijden te dragen had. Uiteindelijk, in de wetenschap dat ik alles aan zijn goddelijke bestuur kon toevertrouwen, ging ik opnieuw op weg naar de Hansards om hen deelgenoot te maken van het kleine beetje informatie dat Jem en ik gevonden hadden.

'Ik kan niet anders dan erkennen dat we gefaald hebben, Edmund,' zei ik terwijl ik de stukjes krantenpapier op zijn bureau legde. 'We hebben vrijwel de hele middag op deze snippertjes gezwoegd, tot die arme Jem er dreunende hoofdpijn van had en mijn geduld tot het uiterste beproefd was. Helaas is de bovenkant van het krantenvel niet terug te vinden, dus het enige wat we hebben is een halve pagina met advertenties.' Ik raapte een paar stukjes op, maar gooide ze direct weer neer.

'Wat voor advertenties?' Hij was zo alert dat je haast zou vergeten dat hij een drukke werkdag achter de rug had.

'Het gebruikelijke: kleermakers, paardenrennen, hoedenverkopers.'

'Kijk eens wat beter, man. En draai elk fragmentje om nadat je het gelezen hebt. Was het licht hier maar een beetje beter!' Hij riep een bediende en vroeg om meer kaarsen. 'Als er iets te vinden is, Tobias, dan ben ik vastbesloten het te vinden voordat we dineren.'

Tot mijn grote vreugde was ik uiteindelijk degene die de vondst deed. Een van de advertenties bevatte een verzoek om opsporing van een vermiste persoon. *Donker haar... lang van stuk... voorkomen van een soldaat...* deze omschrijving zou van toepassing kunnen zijn op Hugo, de burggraaf van Wombourn. Wellicht had de man die in het bos gestorven was nieuws over de vermiste erfgenaam. Als we de rest ervan zouden kunnen vinden, zou dat geweldig zijn... maar we zochten tevergeefs.

Hoewel we niets anders dan papier hadden aangeraakt, stond dokter Hansard erop dat we onze handen opnieuw grondig zouden wassen voordat we ons omkleedden voor het diner. Na het maken van ons toilet namen we plaats aan de eettafel en genoten we van een voortreffelijke maaltijd. Dokter Hansard had lange tijd in India gewoond en gaf daarom geregeld opdracht tot het bereiden van gerechten die de gemiddelde Engelsman vreemd voorkwamen Vanavond werd er kerriesoep geserveerd. Deze soep werd gevolgd door een overheerlijke pastei en verschillende soorten groenten uit de kassen van Lady Chase, en tot slot werd er een ragout van kip en varkenswang opgediend. Wij mannen waren geen van beiden bijzonder gesteld op zoetigheid, iets waar mevrouw Hansard bij het samenstellen van de gerechten altijd rekening mee hield.

Zolang Burns en Kate, het dienstmeisje, nog in het vertrek aanwezig waren, beperkten we ons tot algemene gespreksonderwerpen, maar toen de Stilton eenmaal op tafel stond en zij zich hadden teruggetrokken, hadden we gelegenheid om onze strategie te bespreken. Mevrouw Hansard trok zich nooit terug wanneer wij met z'n drieën bij elkaar waren, en terwijl wij mannen port dronken, voorzag Hansard haar van champagne.

'Hoe moeten we deze boodschap aan Lady Chase overbrengen?' vroeg ik zonder omwegen.

Mevrouw Hansard keek ons aan over de rand van haar glas, een geamuseerde blik in haar ogen. 'Persoonlijk?'

'Natuurlijk, hoe groter de afstand tussen ons en de gespitste oren van Sir Marcus, hoe beter,' stemde ik lachend in. Toen voegde ik op serieuze toon toe: 'Ik zou graag met haar spreken, maar zou u, Edmund – als haar medisch adviseur – daar niet ook bij aanwezig moeten zijn?'

'Als wij haar gezamenlijk bezoeken zal ze wellicht een heel verkeerde conclusie trekken. We hebben meer nieuws voor haar, maar geen *slecht* nieuws. Alleen de boodschap dat er iemand naar de Court op weg was met een advertentie over haar zoon in zijn schoen.'

'Denkt u niet dat ze de voor de hand liggende conclusie zal trekken? Dat iemand weet waar haar zoon zich ophoudt? Dat hij nog leeft?'

'Hebben ze u op die universiteit van u nooit onderwezen in logica?' Dokter Hansard, die aan Oxford gestudeerd had, greep deze gelegenheid om Cambridge omlaag te halen met beide handen aan. 'U begaat dezelfde vergissing als mevrouw. Wellicht is het een *voor de hand liggende* conclusie, maar in feite is het helemaal geen *conclusie.* Het enige wat we hieruit kunnen opmaken is dat iemand naar aanleiding van de advertentie reden zag om hierheen te reizen. En gezien het feit dat de bovenkant van de krant ontbreekt, weten we niet eens waar deze man vandaan kwam!'

'Furnival is haar rentmeester. Het kan niet anders of hij weet precies waar – en belangrijker, wanneer – dit soort advertenties geplaatst zijn.'

'Inderdaad. En dan wat betreft het inwinnen van inlichtingen in het dorp: hoewel ik navraag gedaan heb, is er niemand die toegeeft dat hij die arme stakker in de buurt heeft zien rondhangen. Ik stel voor dat we morgen, voordat we een bezoek brengen aan Moreton Hall om Lady Chase over de krant vertellen en de jongedames te ondervragen, eerst nog eens een kijkje nemen bij de rivier waar u de arme man gevonden hebt om te zien of... hij misschien iets heeft laten vallen.'

'Je bedoelt of de vossen en andere roofdieren die hem het vlees van de botten scheurden iets hebben laten liggen,' suggereerde mevrouw Hansard zonder verblikken.

'Dat bedoel ik precies. Maar dat zullen we niet tegen Lady Chase zeggen. Ik hoop dat Toone hier rond het middaguur arriveert. Zijn scherpe ogen zullen wellicht iets opmerken dat ik over het hoofd gezien heb.'

'Mag ik dan voorstellen dat we hier om één uur samenkomen om te overleggen over ons plan van aanpak? Jullie mannen zullen tegen die tijd wel behoefte hebben aan een maaltijd, en ik aan het laatste nieuws. Dan kunnen jullie *daarna* een bezoek brengen aan Lady Chase.'

Hansard glimlachte teder naar zijn vrouw en reikte over tafel om haar hand te pakken. 'Laat me je één advies geven, Tobias – zorg dat je een vrouw vindt die net zo goed is als die van mij.'

De klank van zijn stem, zijn glimlach, uit alles bleek hoezeer hij haar waardeerde. Ze was waarschijnlijk nooit mooi geweest, maar met de jaren had ze een schoonheid ontwikkeld die geen enkele jongedame ooit zou kunnen bezitten. Dat, en haar liefde voor mijn dierbare vriend.

Hoewel ze het ontkend zouden hebben, was het duidelijk dat een derde persoon vanavond te veel was. Ik moest iets verzinnen waardoor ik hen alleen kon laten zonder hen in verlegenheid te brengen, maar dat moest dan wel een deugdelijk excuus zijn.

'Ik betwijfel of dat mogelijk is, Edmund,' lachte ik, in de wetenschap dat hij, hoewel hij ook lachte, het in stilte met me eens was. 'Maar nu moet ik echt opstappen. Hoewel u verantwoordelijkheid draagt voor de gezondheid van het hele dorp, moet ik mij bekommeren om één heel bijzondere patiënt – onze goede vriend Jem.'

6

We ontmoetten elkaar de volgende ochtend in het weiland, zodra het licht sterk genoeg was om goed te kunnen zien. Nu er niet langer obstakels in het water lagen, was de brede rivier geslonken tot een vriendelijk beekje dat ongehinderd onder het bruggetje door stroomde.

Dokter Hansard begroette me met een opgetrokken wenkbrauw. 'Geen Jem?'

Ik schudde mijn hoofd. 'Ik heb hem domweg verboden om mee te gaan.'

'Is hij dan nog niet beter?' Zijn stem klonk ernstig.

'Hij heeft geen last meer van zijn keel en zijn borst, maar hij is nog steeds wat koortsig – en uw voorspellingen ten aanzien van die zakdoeken zijn in vervulling gegaan. Arme kerel. Zijn neus gloeit gewoon. Als hij in bed wil lezen, heeft hij geen kaars meer nodig.'

Edmund glimlachte geruststellend. 'Dat betekent dat hij herstellende is. Ik moet Maria vragen om hem wat van die Indische soep te sturen die we gisteren tijdens de avondmaaltijd gegeten hebben – die proeft hij tenminste, en ik denk ook dat zijn hoofd er helderder van wordt. Goed. U kent Luke, mijn tuinman?'

'Dominee Campion, goedemorgen, meneer.' Luke boog eerbiedig zijn hoofd. Hij had een kruiwagen bij zich met daarin een paar harken, een schep en een grove zeef.

'En dit is Joshua, Lukes neefje.' Een stevige knul van een jaar of tien maakte een buiging. Na deze begroeting was hij opvallend rustig en gehoorzaam, waarschijnlijk onder de indruk van het gezelschap waarin hij verkeerde.

In eerste instantie lieten we het gereedschap in de kruiwagen liggen. We liepen gevieren langs de oevers van de beek, ernstig en zonder iets te zeggen, op zoek naar iets – wat dan ook – wat niet in deze omgeving thuis leek te horen. Zelfs de scherpe ogen van de jongen merkten niets bijzonders op.

'Goed dan,' zei dokter Hansard gelaten, 'er is blijkbaar meer voor nodig. Een hark, Luke. Voorzichtig, de eerste keer, alsof je het gras aan het kammen bent. Dus niet hardhandig alsof je de boel wilt omspitten.' Hij wierp mij de andere hark toe en beloofde hem over te nemen als ik moe werd.

Terwijl wij het gras met harken doorzochten, verzamelde de jongen alle losse kluiten en bekeek die nauwkeurig. Er ging bijna een uur voorbij zonder dat ons zwoegen iets opleverde. Telkens wanneer ik pauzeerde om wat te drinken of op adem te komen, nam Edmund de hark over, zoals hij beloofd had. Hoewel het een frisse dag was, duurde het niet lang voordat we onze vesten uittrokken, en smeekten onze kelen geregeld om een flinke slok bier. Lukes gezichtsuitdrukking werd steeds somberder, wat vast en zeker te maken had met het werk dat nog op hem lag te wachten in de tuin van de Hansards. Maar uiteindelijk slaakte de jongen een triomfantelijke kreet.

We haastten ons naar hem toe. Joshua had een klein leren zakje in zijn hand, nauwelijks tien centimeter in omvang. Zijn oom nam het zakje over. Het trekkoord was gebroken.

'Daar heeft iemand verrekte hard aan getrokken, meneer,' zei Luke, het uiteinde van het touwtje tussen duim en wijsvinger.

'Zeker. Maar laten we eerst een kijken wat erin zit – schiet op, man, maak open.'

We bogen onze hoofden en keken ingespannen toe terwijl hij het stugge leer langzaam maar zeker lostrok. We zouden het allemaal het liefst uit zijn handen getrokken hebben, maar ik kon niet ontkennen dat zijn gespierde vingers en dikke nagels veel sterker waren dan die van mij.

'Het is goud! Kijk, de ring van een heer.' Luke hield de ring in zijn handpalm en keek ons een voor een aan.

Hansard pakte de ring voorzichtig beet, tussen zijn vingertoppen, en hij strekte zijn arm zo ver hij kon, alsof hij bang was dat het sieraad hem zou bijten. Hij bekeek de ring van alle kanten. Uiteindelijk klakte hij geïrriteerd met zijn tong en gaf hij hem aan mij. 'Uw ogen zijn jonger dan de mijne, Tobias. Als de Heer het dan zo nodig vindt dat ons zicht verslechtert wanneer we ouder worden, waarom geeft Hij ons dan geen langere armen ter compensatie?'

'U bedoelt dat onze armen zouden groeien naarmate onze leeftijd toeneemt? Dan zouden ze op een gegeven moment over de grond slepen, net als bij apen.' Ik lachte en nam de ring aan, nog warm van zijn hand. 'Eens kijken. Een herenring, inderdaad. Een zegelring, zelfs, zowel aan de binnen- als aan de buitenzijde gegraveerd. Maar het goud is zo beschadigd dat ik de initialen ook haast niet kan lezen. Misschien een *S*, of is het een *W*? We hebben een vergrootglas nodig, dokter Hansard.'

'Dat de ring oud en versleten is zegt misschien ook al wel iets,' zei hij. 'Het zou me niet verbazen als dit een familiering is, een erfstuk, zogezegd.'

'U herinnert zich de gebroken tand van de burggraaf – zou u zich een ring als deze dan niet herinneren?' vroeg ik op scherpe toon.

'Als hij hem geregeld droeg wel. Maar een sieraad als dit zou iemand niet elke dag dragen, denkt u wel?' Hij drukte zijn vingertoppen tegen zijn voorhoofd, alsof hij hoopte dat dat zijn geheugen zou stimuleren. Hij liet zijn hand zakken, waarbij modderige vingerafdrukken achterbleven, en schudde zijn hoofd. 'We moeten hem aan Lady Chase laten zien, meneer Campion.'

'En dat zullen we tijdens ons bezoek later vandaag ook zeker doen. Misschien vinden we nog meer informatie, en Toone wellicht ook. Hoe completer het beeld dat we kunnen schetsen is, hoe beter.'

Hij schudde vertwijfeld zijn hoofd. 'Ik moet wat druppels meenemen om haar te helpen al deze schokkende feiten te verwerken.'

'Denkt u niet dat u die druppels beter kunt bewaren voor het moment waarop ze geconfronteerd wordt met de hardste klap van allemaal? Anders is er tegen die tijd misschien een gewenning ontstaan.'

Hij keek me van onder zijn woeste wenkbrauwen aan. 'Soms denk ik dat u best een goede dokter had kunnen zijn, meneer Campion.'

Ik stond op het punt om te antwoorden dat hij een goede

dominee zou zijn geweest, maar Luke riep opnieuw. Deze keer had hij een gebutste zakflacon gevonden.

Dokter Hansard snoof. 'Goedkope drank. Dus de arme man neemt een laatste slok en gooit het flesje weg. Kijk – de voorzijde ervan is gedeukt, alsof hij het tegen een steen gegooid heeft. Of misschien heeft er iemand op gestaan,' voegde hij eraan toe, terwijl hij zijn gezicht vertrok en zijn arm uitstrekte om het beter te kunnen zien. 'Alle duivels! Die verrekte ogen van mij!'

Toen we even later Langley Park betraden, was mevrouw Hansard nergens te bekennen. Burns verscheen echter als bij toverslag in de hal, om ons te ontdoen van onze jassen en hoeden en ons op de hoogte te stellen van het feit dat dokter Toone gearriveerd was en zich inmiddels in de kelder bevond. We begrepen dat dit een eufemisme was om aan te geven dat hij *het lijk onderzocht.*

Woorden waren overbodig en we begaven ons rechtstreeks naar de keldertrap, zonder ons zelfs maar op te frissen. Nog voor we konden afdalen werden we begroet door het geluid van stemmen. Twee stemmen – Toones stem, met het langgerekte accent dat hij op Eton had opgepikt, en een zangerige vrouwenstem. De vrouw die we daar in de kelder aantroffen, staand naast dokter Toone en met haar mouwen tot boven de ellebogen opgerold, was niemand minder dan – mevrouw Hansard. Hij droogde zijn handen af terwijl zij de hare schoon schrobde. Het was ondenkbaar dat ze hem zou hebben geholpen terwijl hij het kadaver onderzocht. Dat ging in tegen elk gevoel voor fatsoen. En toch leek het enorme schort dat ze droeg precies op het zijne – dit kon eenvoudigweg niet waar zijn.

Zelfs Edmund leek even van zijn stuk.

Toone draaide zich om, zijn hand, sterk geurend naar lavendelwater, uitgestoken. Edmund schudde hem stevig en daarna was het mijn beurt. Ondertussen stak mevrouw Hansard haar hand uit naar haar man, die reageerde door aan haar vingertoppen te ruiken en te knikken. Pas toen schoof ze de waskom opzij en druppelde ze wat van de zoetgeurende vloeistof over haar handen.

'Zullen we ons naar de salon begeven, heren?' vroeg ze, zo kalm alsof ze zojuist eieren geraapt had.

'Deze man is niet verdronken, maar gestikt,' deelde Toone ons mee.

'Hoe kunt u dat bewijzen?' vroeg ik op barse toon. Toone had mij tijdens mijn jaren op Eton regelmatig afgeranseld, en hoewel hij inmiddels een uitstekende arts was, één waar zelfs Hansard tegen opkeek, voelde ik me nog steeds niet op mijn gemak bij hem. In elk geval zaten Hansard en ik er nu even netjes en geurig bij als onze bezoeker, hoewel onze kleding in vergelijking met het modieuze kostuum van Toone nog steeds boers en eenvoudig was.

'Dat is een vraag die het beste beantwoord kan worden door mijn gewaardeerde collega.' Hij maakte een elegant gebaar naar onze gastvrouw en sloeg zijn madera in één teug achterover.

'Maar – een dame zoals u kan toch zeker – alstublieft, mevrouw Hansard –'

'Mijn beste Tobias, wij vrouwen zijn veel meer gewend aan de dood in al zijn verschijningsvormen dan jullie, mannen. Jullie doen niet veel meer dan het doden van de fazanten en konijnen die we uiteindelijk opeten, en dan ook nog eens van een afstandje.' Ze deed alsof ze een geweer aanlegde. 'Wij zijn degenen die ze villen en schoonmaken. Wij zijn degenen die de maden opruimen als de vleeskelder toch niet koud genoeg blijkt te zijn. Dus het lichaam van zo'n arme drommel die om het leven gekomen is, jaagt mij geen angst aan. En dat zou ook niet terecht zijn, als je bedenkt hoezeer Edmund altijd in de geheimen van de doden geïnteresseerd is.'

Edmund deed zijn uiterste best op een natuurlijk ogende glimlach. 'En wat heb je aangetroffen, mijn liefste?'

'Aarde die tot diep in de neusgaten geïnhaleerd is,' antwoordde Toone namens haar, terwijl hij met een onverschillig knikje een nieuw glas madera aannam. 'Geen water in de longen.' Ik vroeg maar niet hoe hij daar achter gekomen was. 'Hij was al dood voordat hij door het water werd meegesleurd.'

'Is hij simpelweg gevallen en heeft hij min of meer per ongeluk modder geïnhaleerd, of heeft iemand hem met zijn gezicht tegen de grond gedrukt?' vroeg ik, in de hoop dat ik in elk geval deze ene keer geen blijk zou geven van een gebrek aan logica. Ik wilde niet bespot worden, hoe mild ook, waar Toone bij was. 'En als het laatste het geval was, waarom heeft hij zich dan niet verzet?'

Maria knikte kort, alsof dat een vraag was die haar ook al enige tijd dwarszat.

Bij wijze van antwoord haalde dokter Hansard de gedeukte flacon tevoorschijn. 'Ik denk dat hij zich een stuk in de kraag gedronken heeft en toen in slaap gevallen is. Ik was van mening dat hij waarschijnlijk eenvoudigweg gestorven was als gevolg van de weersomstandigheden, maar daar denk jij anders over?' Hij stelde de vraag niet aan zijn vriend, maar aan zijn vrouw.

Zelfs als ze haar schouders ophaalde, zag dat er charmant uit. 'Ik heb alleen de modder opgemerkt. Dokter Toone en jij zijn degenen die de *conclusies* trekken.' Ze wierp mij een ondeugende glimlach toe.

'We hebben nog iets anders gevonden toen we het weiland doorzochten,' zei ik, het leren buideltje opdiepend uit mijn zak.

'Ik pak een vergrootglas,' zei Edmund en hij voegde de daad bij het woord.

Maar zelfs met het vergrootglas konden we niet meer ontcijferen dan alleen de *S* en de *W* die ik eerder al had opgemerkt.

'De *W* van Wombourn?' vroeg mevrouw Hansard zich hardop af.

'Dat moeten we aan Lady Chase vragen.'

'Na de lunch,' zei ze op besliste toon. 'Dokter Toone houdt vol dat hij onmiddellijk aan zijn terugreis moet beginnen. Ik ben echter even vastbesloten en zal niet toestaan dat hij vertrekt voordat hij wat verfrissingen gebruikt heeft.' Hij bood haar zijn arm aan en ze haakte in. 'Deze kant op, alstublieft, dokter Toone.'

We hadden het karakter van Lady Chase opnieuw juist ingeschat. Ze zat stijf rechtop en eiste dat we onze ontdekkingen onmiddellijk tot in detail aan haar zouden beschrijven.

'En u bent van mening dat die arme ziel hiernaartoe gekomen is in reactie op die advertentie? Ik vraag me af waarom hij zich niet gewoon vervoegd heeft bij mijn bank in Londen.'

'Mevrouw,' zei dokter Hansard op ernstige toon, 'die vraag is onmogelijk te beantwoorden. Misschien kwam de arme stakker hiernaartoe omdat hij u persoonlijk op de hoogte wilde stellen van slecht nieuws. Of misschien is het niet meer dan toeval. Maar wellicht dat u zelf enig licht op de zaak kunt werpen.' Hij stak zijn hand in zijn vestzakje en haalde de kleine buidel tevoorschijn.

Ze gaf geen blijk van herkenning.

'Dan wil ik u dit laten zien,' zei hij, een waarschuwende klank in zijn stem. Hij liet de ring in haar geopende hand vallen.

Alle kleur trok weg uit haar gezicht, zelfs haar lippen werden wit.

Hansard knielde onmiddellijk naast haar neer, een flesje reukzout in zijn hand.

Ze maakte een afwerend, haast geërgerd gebaar. 'Die ring was van mijn overleden man. Hij had een of ander dwaas voorgevoel – of in elk geval dachten we dat toen – dat hij zou sterven voordat Hugo uit de oorlog zou terugkeren. Chase heeft de ring om Hugo's vinger geschoven vlak voordat hij vertrok. Hugo zou die ring nooit hebben afgestaan. Tenzij hij dood was, natuurlijk,' concludeerde ze op sombere toon.

'Er is nog een andere interpretatie mogelijk, mevrouw – een veel positievere,' bracht dokter Hansard daar tegenin. 'Misschien was hij niet in staat u te bereiken en heeft hij daarom een boodschapper vooruit gestuurd, met zijn ring als bewijs dat de boodschap echt van hem afkomstig was!'

Hij zweeg even. 'Helaas,' zei hij toen op ernstige toon, 'is het onmogelijk om te weten welke van deze interpretaties correct is.'

'*Dum spiro, spero,*' citeerde ik.

Maar ze staarde een tijdlang in de verte, in gedachten verzonken. Ik had durven zweren dat ze zich niet eens meer van onze aanwezigheid bewust was. Dokter Hansard liep naar de wijnkaraf en schonk een half glas wijn in, dat hij Lady Chase voorzichtig in de hand duwde. Ze kwam met een haast zichtbare schok tot zichzelf en nam gehoorzaam een slokje. Toen, met een haast vrolijke blik in haar ogen, drong ze erop aan dat ook wij een glas wijn zouden nemen. 'Mits we een toost uitbrengen, heren: op Hugo – niet langer de burggraaf van Wombourn, maar de nieuwe Lord Chase.'

'Op Lord Chase,' herhaalden we.

Na het ledigen van de glazen gingen we verder met het bespreken van onze strategie.

'Zou u inlichtingen willen inwinnen,' begon Lady Chase, 'over de arme man die gestorven is vlak voor hij de warmte en de beschutting van mijn huis bereikt had? De kosten van zijn begrafenis neem ik voor mijn rekening, Tobias, dat spreekt voor zich. Als Furnival uit Warwick terugkeert, zal ik hem vragen in welke kranten hij advertenties geplaatst heeft.' Ze luidde de bel. Onmiddellijk verscheen er een dienstmeisje, als bij toverslag, precies zoals in de huizen van mijn ouders ook altijd het geval geweest was. 'Ik wil dat je meneer Furnival naar boven stuurt zodra hij het huis binnenkomt. Zodra hij over de drempel stapt, begrepen?'

Het meisje reageerde met een kleine buiging en maakte dat ze wegkwam.

'Mijn lieve mevrouw, stelt u toch alstublieft niet zulke specifieke eisen,' pleitte Edmund. 'Onopvallendheid is hier van het grootste belang.'

Ze trok een pruilmondje, enigszins geërgerd maar ook schuldbewust. 'We zullen al snel in staat zijn te bepalen wat onze volgende stap moet zijn. Ach, een vrouw te zijn, en daardoor niet in staat u te helpen in uw zoektocht naar de waarheid!' Ze trommelde met haar vuisten in haar schoot uit frustratie.

Ik begon te begrijpen waarom mevrouw Hansard dokter Toone had bijgestaan toen hij het lijk onderzocht.

'En wat nog erger is, mevrouw, is dat u hierover werkelijk niemand in vertrouwen kunt nemen,' voegde dokter Hansard op kalme, gezaghebbende toon. 'Nee. Ik smeek u, geen woord, tegen niemand. Niemand, behalve ons – en mijn geliefde vrouw, natuurlijk.'

'Maar –'

'Mevrouw, als iemand deze man vermoord heeft, kan dat zijn geweest omdat die persoon niet wilde dat de informatie waar het slachtoffer over beschikte u zou bereiken. Het is niet geheel uitgesloten... Mevrouw, het laatste dat ik zou willen is u in gevaar brengen.'

'Gevaar? Nonsens, dokter Hansard. Van wie zou ik gevaar te duchten hebben? Opstandige dorpelingen? Dit is Frankrijk niet.'

'En daar dank ik God voor. Ik doelde op een gevaar dichter bij huis, Lady Chase.'

Ze staarde hem hooghartig aan. Ik had haar slechts zelden iemand vanuit de hoogte zien behandelen, maar dat was precies wat ze nu, heel eventjes, deed. Toen Edmund echter net zo vastbesloten terugstaarde, zelfs zonder te knipperen, liet ze die houding varen en barstte in lachen uit. 'Mijn goede vriend, het enige wat ik te vrezen heb van Sir Marcus en zijn familie, hun aanwezigheid even hardnekkig als die van ongedierte, ondanks het feit dat het weer al enige tijd is opgeklaard en reizen geen enkel probleem meer is, is dat ik me dood *verveel*. Ik weet dat onze jonge vriend hier tedere gevoelens koestert voor Sir Marcus' bevallige zuster, maar in werkelijkheid is er nauwelijks een goed gespek met haar te voeren en gaat ze risico's wat betreft de liefde angstvallig uit de weg.' Ze maakte een minachtend gebaar. 'Heeft zich door die idiote neef van mij laten verbieden om aandacht te besteden aan de enige huwbare man in de omgeving. Och, arme Tobias, dat wist u niet? Dat spijt me werkelijk. Hij wil dat ze een goede partij trouwt – iemand met geld, om het zo maar te zeggen.'

Ik staarde naar het vloerkleed, mijn gezicht en zelfs mijn oren gloeiend van schaamte.

'Kom, Tobias, uw gedrag is dan wel dat van een nederige geestelijke, maar ik weet dat u uit een adellijke familie stamt, een van de rijkste van het hele land.' Ze keek me onderzoekend aan. 'U bent niet door armoede overvallen: u hebt ervoor gekozen die te omarmen. Waarom?'

Waarom had ze in vredesnaam dit moment uitgekozen voor

het stellen van deze vraag? Uit angst dat ze het niet eens zou zijn met mijn standpunt ten aanzien van de geschiedenis van oude families, zocht ik koortsachtig naar een antwoord dat haar zou overtuigen zonder dat het schijnheilig zou klinken. Dit was niet de plaats om te herhalen wat onze Heer gezegd had over rijke mensen en het oog van een naald. Uiteindelijk glimlachte ik, zowel naar haar als naar dokter Hansard. '*Noblesse oblige*,' zei ik.

Er zou mij zeker om een nadere verklaring gevraagd zijn, ware het niet dat er op dat moment op de deur geklopt werd. Het was Furnival, nog gekleed in zijn reiskostuum. Hij maakte de halve buiging waar Lady Chase de voorkeur gaf.

'Mijn beste Furnival, zou je alsjeblieft zo vriendelijk willen zijn om mij te vertellen in welke kranten je advertenties geplaatst hebt waarin verzocht wordt om informatie over mijn zoon, Lord Chase.'

'Advertenties, mevrouw?' herhaalde Furnival, alsof de plotselinge warmte van het haardvuur in de salon zijn verstand had doen smelten.

Er klonk echter geen enkele warmte in de stem van Lady Chase. 'Advertenties, Furnival. Met een verzoek om informatie over mijn zoon.'

Hij schudde zijn hoofd alsof hij twijfelde aan wat hij hoorde. 'Ik heb alle periodiek verschijnende journaals in de regio één- of tweemaal aangeschreven, echter zonder succes, De laatste tijd heb ik mij beperkt tot de *Morning Post* en de *Times*. Ik geloof dat er voor het laatst een advertentie in de *Times* geplaatst is in het begin van oktober. Maar ik verzeker u, mevrouw, dat deze advertenties geen reacties hebben opgeleverd, zelfs niet één.'

'Natuurlijk hebben ze dat niet. Ik wilde het alleen even navragen. En je blijft de advertenties met regelmatige tussenpozen plaatsen, neem ik aan?'

'Ik vrees dat het niet meer is dan een verspilling van geld, mevrouw.'

Haar woede was onmiskenbaar. 'Je bent van mening dat we onze inspanningen om Lord Chase te vinden zouden moeten staken? Lieve God, man, hoe kan die zoektocht ooit een verspilling van geld zijn? Al zou ik ál mijn geld uitgeven aan advertenties, dan is dat nog niet genoeg!' Lady Chase beende naar haar secretaire en haalde een beursje tevoorschijn, dat ze op de grond smeet. Het stuiterde op de gladgewreven vloer en landde voor Furnivals voeten.

Niemand verroerde zich.

Hoewel zijn positie als loyale, zeer gewaardeerde bediende hem zeker het recht verschafte om zijn gedachten te uiten, was ik geschokt over het feit dat hij haar orders in twijfel trok. Maar eerlijk gezegd vond ik het zelfs nog schokkender om geconfronteerd te worden met deze kant van Lady Chase, die ik nooit eerder had opgemerkt. Hij bukte pijnlijk langzaam, raapte met zijn gezwollen, vergroeide vingers de beurs van de vloer en kwam zo waardig mogelijk overeind.

'Dank je, Furnival,' zei ze op ijzige toon. In haar stem klonk geen spoortje dankbaarheid, alleen een bevel om te vertrekken. Lady Chase wachtte totdat hij het vertrek verlaten had voordat ze zei: 'Oktober. Londen. Kunnen we dan *concluderen*, dokter Hansard, dat dat de plaats is waar die arme dode man vandaan kwam?'

'We hebben reden om te vermoeden dat dat het geval is, Lady Chase, maar meer ook niet.'

'Maar als we uitgaan van deze vooronderstelling,' kwam ik tussenbeide, 'dan ga ik morgenochtend meteen op weg.'

Lady Chase hief haar handen. 'Dan moet ik mijn beurs terugvragen aan Furnival,' zei ze, zogenaamd zielig. 'Of hem nederig verzoeken mij van wat munten te voorzien.'

'Het zou goed zijn om de verhoudingen met een trouwe bediende zoals hij zo spoedig mogelijk te herstellen,' begon ik.

'Wat overigens niet betekent dat u hem op de hoogte moet stellen van de reden waarom,' voegde Hansard toe. 'Nee, Tobias. Nee, mevrouw. We moeten niet overijld te werk gaan. Tobias kan niet zomaar op zijn paard klimmen en ervandoor gaan, zeker niet zonder te weten wáár hij heen moet. Voordat hij de hoofdstad bestormt, moeten we eerst inlichtingen inwinnen bij plaatselijke instanties. En dan is er nòg een vraag die beantwoord moet worden – wat is er gebeurd met de jonge vrouw die het lichaam gevonden heeft? Waar is juffrouw Southey, en waarom is zij zomaar, halsoverkop, vertrokken?'

De aangewezen persoon voor het beantwoorden van deze vraag was natuurlijk Sir Marcus – hoezeer hij zijn betrokkenheid bij deze situatie ook ontkende. Het toeval wilde dat we hem en zijn echtgenote op de trap tegenkwamen. Nog voor wij de kwestie ter sprake konden brengen, drong hij ons echter een uitnodiging voor het diner op, zonder Edmund zelfs maar gelegenheid te geven zijn zin af te maken.

'Nee, ik sta erop, heren – mijn vrouw en ik accepteren gewoon geen weigering, wat jij, mijn liefste?'

'Maar –' sputterde ik zwakjes tegen. Hoe konden we deze man aan een kruisverhoor onderwerpen tijdens een zogenaamd informeel samenzijn? Het kostte me grote moeite om niet op mijn horloge te kijken – het moest onderhand al een uur of vijf zijn.

'U zult zich herinneren dat we stadse tijden hanteren, heren.' Zijn buiging was een ongemakkelijke mengeling van arrogantie en een poging tot vriendelijkheid. 'Nee, ik aanvaard geen excuses. Lady Chase zelf heeft beloofd ons om zeven uur met haar aanwezigheid te vereren. Dokter Hansard, wat zegt u ervan?'

Het was me niet geheel duidelijk of Edmund dezelfde bedenkingen koesterde als ik, maar hij reageerde hoe dan ook met een beleefde buiging. 'Mijn echtgenote en ik nemen uw uitnodiging graag aan,' zei hij op heldere toon, en in zijn ogen meende ik een uitdagende blik te zien. Lady Chase behandelde mevrouw Hansard als een goede vriendin, maar wellicht zou deze opgeblazen kwast wel bezwaar maken tegen de aanwezigheid van een eenvoudige doktersvrouw.

'Uitstekend,' riep Sir Hansard uit, zonder zelfs maar te haperen. 'Er is juist deze ochtend het een en ander aan nieuwe bladmuziek gearriveerd, meneer Campion. Ik mag toch aannemen dat u mijn zuster niet teleur zult stellen?'

Dat had ik natuurlijk al gedaan door voor deze manier van leven te kiezen, maar daar wilde ik niet verder op ingaan. In elk geval klonk de opmerking die Lady Chase over Lady Dorothea gemaakt had nog na in mijn oren en voelde ik me ronduit ziek. Desondanks verklaarde ik, zonder ook maar een blik met dokter Hansard te wisselen, dat het me een genoegen zou zijn om met haar te musiceren. 'En u, Lady Bramhall, zou u zo goed willen zijn om de harp te bespelen?'

Ik werd beloond met een revérence en een verlegen blos. Ondanks het feit dat we elkaar nu al enige tijd kenden, had haar gedrag nog steeds meer weg van dat van een onnozel meisje dan van een getrouwde dame. Geen wonder dat het haar dochters zozeer aan sociale vaardigheden ontbrak, met een voorbeeld zoals zij. En met zo'n dominante vader was het ook al geen wonder dat de jongedames behalve sociaal onbekwaam ook nog eens een stelletje pestkoppen waren. Ik kon hen altijd nog behandelen als objecten voor observatie en wetenschappelijk onderzoek. Als ik dat deed, zou ik misschien toch nog uitzien naar onze gesprekken deze avond.

7

Ik keerde terug naar de pastorie om me om te kleden voor de avondmaaltijd en dankte de hemel, voor deze ene keer, dat de Bramhalls Lady Chase hadden overgehaald tot het overnemen van de etenstijden die in Londen gebruikelijk waren. Ik reed haastig langs het kerkhof en zag Simon Clark staan, nog steeds bezig met het verzorgen van enkele graven, hoewel het al bijna donker was. Hij had net zo veel recht op een beleefde behandeling als de Bramhalls, dus ik hield even stil om hem te begroeten.

Simon leek de onderbreking wel prettig te binden. Hij leunde op zijn zeis en staarde mijmerend naar het heuveltje dat hij zojuist had bijgewerkt, hoewel het gras in deze tijd van het jaar nauwelijks groeide.

Ik complimenteerde hem met zijn werk. 'Je moet binnenkort natuurlijk nog een graf graven, Simon. Voor die arme stakker die even verderop gevonden is. Lady Chase heeft zich bereid verklaard om de kosten voor zijn begrafenis op zich te nemen.'

'De man die dokter Hansard opengesneden heeft?'

Hoe kon hij dat in vredesnaam weten?

Hij spuugde op de grond. 'Klopt niets van, dominee, helemaal niets. Een fatsoenlijke vent aan stukken snijden. En dat in hetzelfde huis als waar ook mevrouw Hansard woont.'

Hij had geen idee hoezeer ik het met hem eens was, maar ik zei op strenge toon: 'Dokter Hansard en dokter Toone wilden eenvoudigweg meer te weten komen over de dood van die arme kerel, en ze zijn van mening dat dat de beste manier is.'

Hij rechtte zijn schouders en keek me van opzij aan. 'Meer te weten komen, jazeker. Hij is dood, dat is-ie, en dat is alles wat je ervan kan zeggen.'

Ik was er zeker van dat er nog veel meer te zeggen was. Ik was echter niet uit op een discussie, maar op het inwinnen van inlichtingen. 'We hopen nu vooral dat het zal lukken om te achterhalen wie hij was.'

Hij kneep zijn ogen, waar zoals altijd een sombere blik in lag, tot spleetjes. 'Blijkbaar is hij reuze belangrijk, met alles wat er voor hem overhoop gehaald wordt.'

'Mijn vriend, als jouw zoon op een vreemd kerkhof begraven lag, zou je dat dan niet willen weten? Totdat we zijn naam kennen, kunnen we zijn familie niet opsporen. Zij zullen nooit weten wat er van hem geworden is of in staat zijn om werkelijk om hem te rouwen.'

'Dat is niet erger dan je zoon verliezen aan zo'n ronselaarsbende en hem de hemel weet hoe lang kwijt zijn,' wierp hij tegen. 'En over wat het hoofd niet weet, kan het hart niet rouwen.'

'En zolang er leven is, is er hoop,' stemde ik sarcastisch in. Toen een reactie uitbleef, ging ik verder: 'Maar Simon, jij wilt toch ook geen grafsteen zonder naam op dit kerkhof dat je zo zorgvuldig verzorgt en onderhoudt? Laten we ons inspannen om deze man op waardige wijze te ruste te leggen – en bij waardigheid, zo is mijn overtuiging, hoort ook een naam.'

Jem was erg te spreken over het vooruitzicht van de kerriesoep waar hij, zo zei hij, op Langley Park al vaak van had genoten. Hij was in zijn kamer gebleven, zo verzekerde hij mij, en had zich de hele dag laten verwarmen door het haardvuur, dat ook nu nog fel brandde.

'Ik ben wel even in je studeerkamer geweest, Toby,' biechtte hij op, 'toen de jonge Susan het bed afhaalde en opnieuw opmaakte. Ik heb deze mee terug genomen.' Hij klopte op het stapeltje boeken dat bij het haardvuur op een tafeltje lag. Op dat moment begon hij echter te niezen, wat enige afbreuk deed aan zijn verder zo positieve verslag. Hij gebruikte zijn ene hand om een zakdoek tegen zijn neus te drukken en de andere om te gebaren dat ik weg moest gaan, een opdracht waar ik niet tegenin ging.

Ik verkleedde me haastig en ging zo vlug ik kon op weg. Het

was al donker en afgezien van het feit dat ze andere reizigers op de hoogte stelden van mijn aanwezigheid, hadden de kleine lampjes die aan het rijtuig bevestigd waren weinig nut. Op dit moment van de dag waren er echter niet veel mensen op de weg en ik bereikte zonder enig oponthoud de hoofdingang van Moreton Hall, waar de oude mevrouw Powell net op het punt stond om de poort te sluiten. Mevrouw Trent had me opdracht gegeven om een luchtige cake bij haar af te leveren, dus ik kwam van de bok af.

Niets leek de oude dame een groter plezier te doen dan mij voorzien van een glas sleutelbloemenwijn, wat volgens haar een krachtig middel was in het voorkomen van allerlei kwalen, van jicht tot oorpijn. Mijn theorie was dat, als iemand maar genoeg van deze zogenaamd onschuldige maar koppige drank dronk, het hem niet meer kon schelen met welke kwalen hij te kampen had.

'Geen meester Jem?' wilde ze weten.

Ik legde uit dat hij onwel was. Een onschuldige verkoudheid veranderde in haar beleving vrijwel onmiddellijk in een longontsteking en ze hoorde de doodsklokken al haast luiden.

'Dan moet u absoluut een fles van mijn zwarte bessenwijn voor hem meenemen,' zei ze.

'Zwarte bessenwijn?' herhaalde ik verdwaasd.

'Ach, u dacht natuurlijk aan mijn sleutelbloemenwijn. Sleutelbloemen zijn een geweldig middel om de gezondheid te versterken, dominee, maar als men eenmaal door ziekte geveld is, dan is er niets zo goed als mijn zwarte bessenwijn. Kom binnen, dan haal ik een fles voor u. Het is een goeie jongen, die Jem,' zei ze, terwijl ze voor me uit dribbelde, 'altijd een glimlach, altijd een grapje. Vrolijkt meneer Powell ook altijd op als hij weer eens zo'n sombere bui heeft.' Meneer Powell was eigenlijk te oud om te werken: dat hij desondanks mocht aanblijven was een gunst van Lady Chase. Zijn vrouw deed nog zo veel ze kon, maar het werk dat ook voor haar te zwaar was, werd overgenomen door andere arbeiders.

Nog voor ik het goed en wel in de gaten had, stond ik in haar keuken, een glas in mijn hand. Ik hief het naar meneer Powell, die, onderuitgezakt in zijn leunstoel, reageerde met een droevig lachje. Uiteindelijk voorzag zijn vrouw hem ook van een drankje, hoewel het een andere kleur had als het mijne – rozenbotteljenever, zei ze. Ze had gehoord dat dat hem wellicht zou genezen van zijn gewrichtspijn, maar zelfs als dat niet het geval was, zou het altijd nog zijn oude hart verwarmen.

'Ik ben niet degene die onwel is,' protesteerde ik, 'en bovendien word ik op ditzelfde moment verwacht op Moreton Hall.'

'Een klein slokje is een goede voorbereiding. Er gebeuren daar duistere dingen, hebben ze me verteld. Die arme juffrouw Southey.'

Ik ging op het krukje zitten dat ze met haar schort had schoongeveegd en bracht het glas naar mijn lippen. Nooit had de roep der plicht zo zoet geklonken. 'Wat is er op Moreton Hall voorgevallen dat ze haar uiteindelijk hebben weggestuurd?'

'Laat ik er maar geen doekjes om winden, dominee. Het verhaal gaat dat ze haar zinnen gezet had op u,' was haar directe antwoord.

'Toe nou toch, mevrouw Powell, u weet zelf ook wel dat die jonge vrouw nooit van haar leven zelfs maar naar een man gelonkt heeft.'

Ze staarde me zonder knipperen aan, haar ogen helder ondanks het netwerk van rimpeltjes eromheen. 'Net zomin als u ooit iets zou doen wat de reputatie van dat arme meisje in gevaar zou brengen – daar durf ik mijn leven onder te verwedden.'

Ik hapte naar adem. 'Ik – ik –'

'Natuurlijk hebt u dat niet gedaan,' ging ze opgewekt verder. 'Bovendien gaat beneden het gerucht dat u een oogje hebt op Lady Dorothea, hoewel ik altijd zeg dat –' Ze zweeg abrupt.

'Wat, mevrouw Powell? U weet dat niets van wat u zegt ooit verder komt dan deze vier muren.'

Ze wierp me een berekenende blik toe.

'Kom, we zijn oude vrienden, is het niet?'

Ze slikte moeizaam. 'Inderdaad, meneer. Wat de reden is waarom ik altijd zeg dat u daar veel te verstandig voor bent.'

Nu was het mijn beurt om te blozen. 'Lady Dorothea is een bijzonder getalenteerde en aantrekkelijke jongedame.'

'Jazeker. Maar zoals ik altijd zeg wanneer ze het hebben over iemand die bij u zou passen, meneer,' voegde ze vastberaden toe, 'hebt u behoefte aan iemand zoals mevrouw Hansard. Zo eenvoudig is dat. Een mooi gezichtje maakt een meisje nog niet tot domineesvrouw, en datzelfde geldt voor vingers die bedreven zijn in het bespelen van de fortepiano. Een jonge mevrouw Hansard,' besloot ze met een ferme knik.

'En u wilt voor mij naar zo'n vrouw op zoek gaan?' vroeg ik plagerig. De sleutelbloemenwijn moest zelfs nog sterker zijn dan ik me herinnerde. Ik zette het glas opzij, hoewel het nog voor driekwart gevuld was. Een glinstering in de ogen van meneer Powell verzekerde me ervan dat de inhoud ervan niet verloren zou gaan.

'Met genoegen.'

Het was overduidelijk tijd om het gesprek terug te brengen op een wat conventioneler onderwerp. 'Dus, mevrouw Powell, wat was de werkelijke reden waarom ze juffrouw Southey hebben ontslagen?'

'En zonder een goede referentie, ook nog eens een keer. God sta het arme meisje bij. In elk geval is dat ook een gerucht dat de ronde doet, hoewel weer anderen zeggen dat ze uit eigen vrije wil is opgestapt. Het heeft allemaal achter gesloten deuren plaatsgevonden, meneer, u weet wel hoe dat gaat, en hoe ik ook mijn best doe, het lukt me niet om de absolute waarheid te achterhalen. Zou me niet verbazen als die twee verwende nesten er ook iets mee te maken hadden. Altijd maar op zoek naar tekortkomingen, simpelweg omdat zij probeerde iets aan *hun* tekortkomingen te doen. Zij waren degenen die Sir Marcus verteld hebben over het haardvuur in de kamer van juffrouw Southey, en even later kreeg mevrouw Sandys te horen dat vuur verboden was en dat haar weet ik welke vreselijke straf te wachten stond als ze tegen dat verbod inging. Terwijl zij ook haar oude ouders nog moet onderhouden.'

Ik knikte langzaam. Misschien verklaarde dat waarom mevrouw Sandys mij zo vijandig gezind was.

'Sir Marcus zei dat juffrouw Southey elke avond in de salon werd uitgenodigd en dat ze dus geen vuur nodig had. En vervolgens dwong hij haar om voor alle aanwezigen piano te spelen. Het was bijna alsof...'

'Gaat u alstublieft verder.'

'Er wordt gezegd dat het haast was alsof ze haar expres jenden, zoals jongens een zwerfhond kunnen sarren. Maar ze viel nooit uit, gaf hun geen enkele reden om haar te ontslaan. En toen, zomaar opeens, was ze verdwenen.'

'Er moet toch iemand getuige geweest zijn van haar vertrek?'

'Dat is niet wat er gezegd wordt. En ik heb ook niets gezien, meneer Campion. Ik ben misschien wat trager dan ik vroeger was, maar mijn ogen en oren heb ik nog, de Heer zij gedankt. En ik zweer u dat ik haar niet door mijn poort heb zien vertrekken.'

Ik trok niet eens een wenkbrauw op. Als zij zei dat dat zo was, dan was het zo.

'Waardoor ik denk dat ze waarschijnlijk zo in ongenade gevallen was dat ze via de bediendenuitgang is weggestuurd – o, ja, had u dat al gehoord? Sir Marcus heeft op eigen houtje opdracht gegeven om de oude poort aan de achterzijde te heropenen, om de arbeiders te scheiden van de dames en heren van stand.'

'Meent u dat nou?' Wat zou Lady Chase daarvan vinden? 'Bedankt dat u mij dit allemaal verteld hebt, mevrouw Powell. Dat maakt mijn taak wat gemakkelijker.'

Ze stond op en streek haar smetteloze schort schoon. 'Taak?' herhaalde ze op sluwe toon. 'Meneer Campion, u gaat toch zeker niet achter haar aan? Nou, dat zal de tongen wel in beweging brengen.' Ze schudde afkeurend het hoofd.

'Heeft iemand het ooit gehad over liefhebbende ouders? Of zelfs over verre familieleden bij wie juffrouw Southey een veilig onderkomen zou kunnen vinden? Nee? Vertelt u me dan alstublieft, mevrouw Powell, hoe moet een jonge vrouw, alleen, zonder iemand om voor haar te zorgen, met nauwelijks geld op zak – en naar ik vrees geen positieve referenties – ooit haar weg in deze wereld vinden?'

'Dat zou ik ook niet weten, meneer Campion. Het is een benarde toestand. Maar pas op dat u haar moeilijke situatie niet nog ingewikkelder maakt.' Ze staarde even in het vuur voordat ze verder ging. 'Als u vragen gaat stellen, meneer Campion, zal dat mensen vast opvallen. Maar als een oude roddeltante zoals ik zich afvraagt waar die juffrouw heen gegaan is, dan verbaast dat ze niets, denkt u wel? En er komen hier elke dag meer dan genoeg mensen langs. Neem maar van mij aan dat ik mijn oren open zal houden.'

Ik grijnsde als een schooljongen, wat ook precies was hoe ze me behandelde. 'Dat geloof ik meteen, en ik ben u er dankbaar voor.'

Ze klopte op mijn hand – al had dat net zo goed mijn hoofd kunnen zijn. 'We zijn het eens, meneer Campion. Zegt u alstublieft tegen Jem dat hij regelmatig een glaasje zwarte bessenwijn moet nemen, ieder uur één, en bedank mevrouw Trent alstublieft allerhartelijkst voor die heerlijke cake...'

Mijn wat late aankomst op Moreton Hall ging onopgemerkt voorbij daar de Hansards zelfs nog later waren, al scheelde het niet veel meer dan een minuut. Hoewel ik niet met zo veel woorden zei dat ik Hansard had vergezeld naar het ziekbed van de patiënt die hem had laten roepen, deed ik ook niets om die indruk weg te nemen. Edmund en Maria speelden het spel voortreffelijk mee, alsof ze aanvoelden dat ik iets gedaan had wat ik liever niet wilde onthullen. Zoals altijd wanneer ze zich formeel kleedden, deden de dokter en zijn vrouw niet onder voor mensen van hoge geboorte: zijn kostuum was zeker zo smaakvol als dat van Sir Marcus, en haar verschijning deed die van Lady Bramhall verbleken, wat wellicht mede te danken was aan haar koninklijke houding.

We werden, evenals eerder, ontvangen in de vochtige, bitterkoude ontvangsthal, en dat terwijl er deze keer enkel familieleden aanwezig waren. Maar op het moment dat we uit onze jassen geholpen waren en onze overkleding naar de garderobe werd gebracht, schreed Lady Chase de trap af en nodigde ons persoonlijk uit haar te vergezellen naar haar salon. Sir Marcus overwoog nog even haar tegen te spreken, maar een kleine beweging van haar wenkbrauw was voldoende om hem het zwijgen op te leggen en enkele tellen later bevonden we ons in de behaaglijke, gezellig ingerichte zitkamer van Lady Chase zelf.

Ik twijfelde er niet aan of het was een verrassing voor haar familie, zij het niet voor haar drie gasten, dat ze de beste champagne uit de kelder had laten halen. Sir Marcus kon een onthutste uitroep niet onderdrukken. De meisjes werden voorzien van een glaasje vruchtenlikeur. Toen wij, samenzweerders, ons glas hieven in een geheime toost, was er niemand die dat opmerkte – behalve Lady Dorothea, vanavond gekleed in oogverblindend roze, de knoopsgaten van haar jasje afgezet met gouddraad, die leek aan te nemen dat ik een toost uitbracht op haar. Ze bloosde nauwelijks, maakte een opvallende diepe revérence en hief haar glas toen in mijn richting. Misschien hadden de geruchten over mijn afkomst eindelijk ook haar broer bereikt en was het nu zijn wens dat ze, om het maar even plat te zeggen, zou proberen mij aan de haak te slaan. Hoe moest ik reageren? Zou ik – wilde ik –? Ik wist niet wat ik moest doen, behalve me domweg houden aan de gangbare beleefdheidsnormen en het bewaren van een gepaste afstand. Dat was hoe ik me hier op Moreton Hall – en naar ik hoopte op andere plaatsen ook – altijd gedroeg. Maar totdat ik tijd gehad had voor een moment van bezinning en gebed besloot ik om, zoals de roomsen zouden zeggen, de gelegenheid tot zondigen te mijden.

Dus ik bleef bij haar nichtjes in de buurt, met het vaste voornemen om hen zo subtiel mogelijk details te ontfutselen over de manier waarop zij juffrouw Southey behandeld hadden. Zouden ze opnieuw uitbarsten in onbedaarlijk giechelen? Of zou dat waarvan ze getuige geweest waren enige nuchterheid tot gevolg gehad hebben?

'Ik hoop maar dat u beiden niets hebt overgehouden aan de afschuwelijke gebeurtenissen van afgelopen maandag?' vroeg ik met zachte stem, op een toon die ik normaalgesproken reserveer voor ernstig zieken.

Lady Honoria antwoordde met een onnozel lachje. 'Ach, meneer, we hebben sindsdien nauwelijks een oog dichtgedaan.' Ze zei nog veel meer, alsof ze in plaats van een flinke jongedame een ziekelijke weduwe was die in een sanatorium verbleef.

Daar de beide meisjes blaakten van gezondheid, vermoedde ik dat deze opmerking niet meer was dan een tactische zet om mij een compliment te ontlokken, dat ik slechts met grote tegenzin gaf. 'Sta mij toe, mijn beste Lady Honoria, Miss Georgiana, u desondanks te complimenteren met uw uiterlijk. Hoezeer het genoemde voorval u innerlijk ook heeft aangegrepen, u ziet er oogverblindend uit.'

Beiden maakten een buiging, hun gezicht verborgen achter bij elkaar passende waaiers – gemaakt van kippenhuid, veel te deftig voor meisjes die nog niet eens officieel waren voorgesteld.

'Ik vond het erg jammer dat ik juffrouw Southey niet meer gesproken heb voordat ze vertrok,' ging ik verder. 'Heeft de schok van wat ze eerder die dag vond haar ertoe gebracht haar positie op te geven?'

De meisjes wisselden een blik. 'Er is vastgesteld – dat ze niet voldeed,' wist Georgiana uit te brengen.

'Waarom dan niet?' vroeg ik zo luchtig als ik maar kon. Het laatste wat ik wilde was de indruk wekken dat ik hen aan een verhoor onderwierp.

Miss Georgiana schokte lichtjes met haar in zijde gehulde schouders. Mijn moeder zou haar onmiddellijk terug naar boven gestuurd hebben om een mousselinnen jurkje aan te trekken, wat veel gepaster was voor een meisje van haar leeftijd. 'Ze voldeed niet,' herhaalde ze, de toon van haar stem ijzig, waarschijnlijk precies zoals haar vader haar had voorgeschreven.

'Het spijt me dat te horen. Maar ik mag er toch van uitgaan dat haar afwezigheid niet zal betekenen dat u zich niet verder kunt ontwikkelen?'

'We krijgen een dansleraar uit Londen,' mompelde haar oudere zus futloos. 'En een tekenleraar uit Leamington.'

Ik knikte. Het was mijn bedoeling de indruk te wekken dat ik tevreden was, onder de indruk zelfs, van wat zij in de toekomst allemaal zouden bereiken. 'Ik vertrouw erop dat u de meer abstracte, wetenschappelijke vakken ook niet zult verontachtzamen.'

'Zoals Frans, bedoelt u, of het bestuderen van de wereldbol? Hemeltje, meneer Campion, we zijn geen kleine kinderen meer!

We worden komend voorjaar officieel voorgesteld, tenminste, als tante Chase bereid is om –'

Haar jongere zus onderbrak haar vlug: 'Als de familieomstandigheden het toelaten, meneer Campion. Als u ons dan nu wilt excuseren, moeder heeft om onze aanwezigheid verzocht.'

Ik kon me nauwelijks iets onwaarschijnlijkers voorstellen, maar ik stond op en boog ten afscheid. Dus de Bramhalls hoopten dat Lady Chase het bal dat gebruikelijk was wanneer meisjes de huwbare leeftijd bereikt hadden en officieel werden voorgesteld, een bijzonder kostbare aangelegenheid, zou financieren. Dat was nauwelijks een verrassing. Wat echter wel verrassend was, was dat de beide dochters op hetzelfde moment zouden worden voorgesteld. Het was de gewoonte dat de oudste eerst gelegenheid kreeg om bals te bezoeken, om het stralende middelpunt te zijn en een echtgenoot aan de haak te slaan, en dat de jongere zus tot die tijd achter gesloten deuren moest afwachten, met uitzondering van een enkel informeel dansfeest. Ik vroeg me af hoe Lady Chase zou reageren wanneer dit idee ter sprake gebracht werd.

Na het vertrek van de meisjes nam ik plaats naast een veel sympathiekere persoon, namelijk mevrouw Hansard, die tot op dat moment het gebral van onze onuitstaanbare gastheer had moeten aanhoren. Ondanks al haar bekwaamheden en zelfs haar persoonlijke vriendschap met Lady Chase, was zijn houding op zijn best neerbuigend te noemen. Zodra hij mij zag, droeg hij haar aan mij over en verliet zelf de kamer.

Ze zei zachtjes: 'Mag ik voorstellen dat de heren vanavond ingaan op de uitnodiging om nog een glas port te blijven drinken? Wellicht zal ik er, als vrouw, beter in slagen om deze meisjes hun geheimen te ontfutselen dan een jongeman zoals uzelf.' Ze klopte met haar waaier op mijn hand in een gebaar dat ik helemaal niet van haar kende. Alsof ze opeens twintig jaar ouder was geworden, een bejaarde dame zoals mevrouw Powell, en me behandelde als een aangenomen zoon. 'Maar zeg eens, Tobias, hoe gaat het met onze vriend Jem?' vroeg ze, haast fluisterend. Blijkbaar hoorde men in deze omgeving, bewaakt door de door Lely geschilderde portretten van Lord Chase' voorouders, stuk voor stuk voorzien van een chagrijnige gezichtsuitdrukking, niet al te hartelijk te spreken over lager geplaatsten.

Ik volgde haar voorbeeld. 'Hij vergelijkt zijn neus met een lekkende pomp. Hij blijft in zijn kamer, afgezien van een enkel uitstapje naar mijn studeerkamer voor het halen van een boek, en hij ziet erg uit naar uw kerriesoep. Mijn verwachting is dat hij aanstaande vrijdag weer in staat zal zijn om aan het gewone leven deel te nemen.'

'Uitstekend. Ah, onze gastvrouw – of beter gezegd, de dame die haar best doet daarvoor door te gaan – staat op het punt om ons aan tafel te nodigen. Welke volgorde zal ze hanteren, vraag ik me af?'

'Volgorde? In een gezelschap dat grotendeels uit familie bestaat?'

'Wacht maar af,' zei ze op onheilspellende toon, waarna ze een glimlachje op haar gezicht toverde en haar aandacht op Lady Bramhall vestigde.

Lady Bramhall werd uiteraard begeleid door Sir Marcus. Daarna werd mij verzocht mijn arm aan te bieden aan mevrouw Hansard, wier echtgenoot Lady Bramhall flankeerde. Bij elke andere gelegenheid was ik uitermate enthousiast geweest over deze regeling, maar deze keer vreesde ik dat de tafelschikking mijn mogelijkheden om de gezinsleden op subtiele wijze te ondervragen ernstig zou belemmeren.

Hoewel we bij elkaar waren voor een informeel diner, was de tafel haast even opzichtig gedekt als eerder en stond het spuuglelijke pièce de milieu nog altijd in het midden. Het was me al veel vaker opgevallen, maar ook nu weer vroeg ik me af waarom Lady Chase toestond dat deze mensen inbreuk maakten op haar privacy, op haar gewoontes. Kon het haar niet schelen? Wettelijk gezien mocht ze in het huis van haar overleden man doen wat ze maar wilde, in elk geval totdat haar zoon officieel dood verklaard was en Sir Marcus benoemd werd tot de nieuwe Lord Chase. Of spaarde ze haar krachten voor een belangrijker conflict? En als dat het geval was, wanneer zou de volgende schermutseling dan plaatsvinden?

Ik wierp een blik op dokter Hansard, die tegenover me zat,

en zag dat hij verwikkeld was in een diepgaand gesprek met Lady Bramhall, die deze keer uitzonderlijk spraakzaam was. Ondanks al haar gebreken had ik haar niet aangezien voor iemand die zwolg in ingebeelde kwalen, maar te oordelen naar zijn bezorgde gezichtsuitdrukking kon het haast niet anders of ze was bezig met het opsommen van een reeks symptomen. Met een blos realiseerde ik me hoe weinig ik eigenlijk wist van de beide dames Bramhall.

Door mijn gebrek aan manieren kon die arme mevrouw Hansard niet anders dan een gesprek beginnen met iemand anders in haar directe omgeving, iets waarvoor een excuus zeker op zijn plaats was – totdat ik me realiseerde dat ik haar wellicht een dienst had bewezen door haar gelegenheid te geven om Lady Honoria aan te spreken. Hoewel ik het gesprek, dat vast en zeker bedoeld was om de jongedame informatie te ontlokken zonder dat zij zich daar zelf van bewust was, dolgraag had willen volgen, wilde ik niet het risico lopen onopgevoed over te komen door te proberen de dames af te luisteren. Ik nam me voor me te concentreren op het voedsel op mijn bord en de wijn in mijn glas. Het eerste was werkelijk verrukkelijk, zoals verwacht kon worden van de Franse kok die Lady Chase in dienst had. De wijn echter was, ondanks de zorg waarmee Lord Chase zijn kelder had ingericht, waterig en zuur. Ik vermoedde de bemoeienis van Sir Marcus. Ik raakte mijn glas niet meer aan.

Het leek erop dat Lady Dorothea, die aan het andere eind van de tafel gezeten was, bereid was de beleefdheidsnormen en zelfs het pièce de milieu te negeren om een gesprek met mij te kunnen voeren. Een ongemakkelijk, vlinderachtig gevoel roerde zich in mijn binnenste terwijl ik antwoord gaf. Ik probeerde mezelf ervan te overtuigen dat ze, als ze die middag waarop juffrouw Southey doorweekt thuisgekomen was aanwezig geweest was, zeker geprobeerd zou hebben haar te helpen. Al snel luisterde ik naar de laatste muzikale nieuwtjes uit Londen en spraken we af dat we later die avond een van de nieuwe duetten zouden uitproberen.

Ondanks mijn verlangen om me zo snel mogelijk terug te trekken in de salon, waar ook de piano stond, herinnerde ik me toen de bedienden begonnen af te ruimen mevrouw Hansards verzoek om toch vooral de tijd te nemen voor een glas port. Daar Hansard zichzelf een flinke borrel inschonk, nam ik aan dat hij dezelfde instructies gekregen had. Mijn vermoeden werd al snel bevestigd. Toen Sir Marcus van tafel opstond om zich terug te trekken voor een toiletbezoek, stond Hansard ook op, en zodra Sir Marcus achter het kamerscherm verdwenen was, gooit Edmund het grootste deel van zijn port in een kamerplant. Hij maakte met een hoofdbeweging duidelijk dat ik zijn voorbeeld moest volgen.

Ik vroeg me af of deze drank bevorderlijk zou zijn voor de gezondheid van de heldergroene plant, maar in elk geval hielden wij beiden het hoofd helder terwijl we onze gastheer aanmoedigden om het ene na het andere glas te ledigen.

'Kom op, Bramhall,' drong Edmund op het laatst aan, zijn spraak een beetje onduidelijk alsof hij al behoorlijk onder invloed was, 'vertel me nou eens, van man tot man, wat zich heeft afgespeeld tussen u en dat kindermeisje, die gouvernante van u. Ik kan me niet voorstellen dat een van uw zóóns een avontuurtje met haar gehad heeft,' voegde hij met een dubbelzinnige grijns toe, implicerend dat een aantrekkelijke oudere man wellicht meer kans van slagen gehad had.

'Dat lelijke wicht,' sneerde hij.

'Niet nodig om in de haard te kijken terwijl je het vuur oppookt,' kakelde Edmund.

'Heb me nooit aangetrokken gevoeld tot een bonenstaak met een paardengezicht,' verklaarde Bramhall.

'Dus u gaat op zoek naar een wat aardiger exemplaar om haar te vervangen?' opperde ik.

'Nee. Ze zijn te oud voor een gouvernante, zeggen ze zelf. Twee dochters. Zal blij zijn als ik van ze af ben. Niet dat ik aan de grond zit, begrijpt u wel, maar het houdt niet over.'

'Gelukkig maar dat Lady Chase een flinke schatkist heeft,' zei ik. 'Houd in elk geval de schuldeisers op afstand.'

'Dat wachten bevalt me niet. Ik zit er tot mijn nek toe in.'

'Bent u dan van plan om een rechtszaak aan te spannen om haar zoon officieel dood te laten verklaren?'

'Waarom zou ik die moeite doen? We leven hier als vorsten, genieten van het goede der aarde – tenminste, wat daar nog van over is nadat Lady Chase de vijfduizend gespijzigd heeft. En dat reken ik u aan, Campion. Al die liefdadigheid van u.'

Het was niet nodig dat Edmund me tegen mijn schenen schopte: ik hield mijn mond wel. 'Dus u wacht het gewoon af?'

'Na zeven jaar – automatisch dood verklaard. Waarom zou ik geld uitgeven aan een stelletje inhalige advocaten? Ik blijf gewoon hier. Zit mijn tijd uit.'

'Lady Chase zal ongetwijfeld bijdragen aan het bal ter ere van uw dochters, als ze voorgesteld worden?'

'Zwemt in de centen, dus waarom niet? Allebei, met een beetje geluk. Trekken we in in haar huis in Londen. Grosvenor Square, goed genoeg voor mij.'

'Maar u hebt in de stad ook nog een eigen woning?'

'Inderdaad.' Hij zette zijn glas met een klap op tafel. Dronken of niet, de locatie van het huis zou hij niet onthullen.

Ik stond met veel ceremonieel op van tafel, om vervolgens van gedachte te veranderen. 'Verdraaid, bijna vergeten. Een vriend van me zoekt een gouvernante voor zijn dochters. Liefst met een varkensneus, heeft zijn vrouw gezegd. Zou uw juffrouw hoe-heet-ze-ook-weer misschien in die betrekking geïnteresseerd zijn?'

Hij spreidde zijn armen en maaide daarbij bijna een karaf omver. 'Hoe moet ik dat weten? Spullen gepakt en opgestapt. Zomaar. Geen idee waar ze gebleven is.'

'U hebt haar niet ontslagen?'

'Heeft mijn vrouw gedaan. Of nee, de meisjes. Met een maand opzegtermijn. Je moet dat soort dingen netjes regelen. Volgende wat ik hoorde, was dat ze vertrokken was. Joost mag weten waarheen – ik heb geen flauw idee. Eerlijk waar. Ja, eerlijk waar. Waar gaat u naartoe?'

Hansard was ook opgestaan.

'U zei dat we ons bij de dames zouden voegen,' loog hij. 'We hebben ons wat laten gaan, Bramhall, wij allemaal. We moeten niet al te diep in het glaasje kijken, dat waarderen ze niet, weet u.'

‘Ik? Beschonken? Nooit van mijn leven!’ Hij kwam met een ruk overeind. De snelheid waarmee zijn gezichtsuitdrukking veranderde, was haast komisch en hij sloeg zijn hand voor zijn mond. ‘Even de vissen voeren.’

8

Hoewel Bramhall best stevig gedronken had, verbaasde het me toch dat hij moest overgeven, en ik moet tot mijn schaamte bekennen dat ik me afvroeg of Edmund misschien iets in zijn glas gedaan had om het eindeloos durende onderhoud nu dan toch af te breken. Edmund leek echter net zo verbaasd als ik over de plotselinge aanval van misselijkheid, hoewel er op zijn gezicht geen bezorgdheid te lezen was.

Bramhall zelf veegde elk advies om zich terug te trekken in zijn slaapkamer en wat bij te komen van tafel, en zei dat hij zich binnen de kortste keren weer kiplekker zou voelen. 'Als ik elke keer als ik moest overgeven in mijn bed ging liggen, zou ik een triest geval zijn – en ik heb ook geen behoefte aan medisch advies, dokter Hansard, welbedankt.'

'U hebt regelmatig last van misselijkheid?' vroeg dokter Hansard op kalme toon, terwijl hij zijn pols opnam en eiste dat hij zijn tong zou uitsteken.

'Goede wijn, zwaar voedsel,' antwoordde Bramhall met een achteloos handgebaar. 'Een slokje cognac en ik ben weer helemaal de oude.'

Dat leek inderdaad het geval te zijn. Hij trok zijn dasje recht en bette zijn klamme voorhoofd, en leek er nu, na zijn maag geleegd te hebben, beter aan toe dan daarvoor. Hij paste zijn woordkeuze, die je eerder zou verwachten bij een stalknecht dan bij een heer, aan zodat hij in de salon niet uit de toon zou vallen en even later waren we klaar om ons bij de dames te voegen, voorzien van een glimlach die er toch op zijn minst oprecht uitzag. In de salon was een zinnig gesprek over juffrouw Southey – om nog maar te zwijgen van de man die in het water was aangetroffen – natuurlijk niet mogelijk. Het was alsof iemand de woorden 'dood' en 'verdwijning' volkomen uit het vocabulaire had geschrapt, alsof de concepten alleen al onuitsprekelijk walgelijk waren.

Terwijl er in de kamer over allerlei oppervlakkige dingen gebabbeld werd, liet Lady Dorothea, oogverblindend mooi in haar prachtige jurk, zich door mij begeleiden bij het zingen van een lied. Toen even later een kaartspel werd voorgesteld, leek ze te suggereren dat zij niet zou deelnemen, zodat wij ons samen in een hoekje van de salon konden terugtrekken. Ik wist dat Hansard zo'n aversie had tegen gokken – of er zo aan verslaafd was – dat hij zich zelfs niet zou inlaten met een onschuldig spelletje whist. Gretig, alsof ik het een voorrecht vond, bood ik aan om zijn plaats naast Lady Bramhall in te nemen. Tot mijn verbazing was ze een bijzonder sluwe speelster, even scherpzinnig als mevrouw Hansard. Ook Sir Marcus, ogenschijnlijk weer behoorlijk nuchter, speelde met verve. Hoe graag ik bepaalde gespreksonderwerpen ook had willen aansnijden, ik moest mijn aandacht toch echt bij de kaarten houden. Uiteindelijk verloren we, maar wel op waardige wijze.

De thee werd binnengebracht, en opnieuw zagen we ons verplicht tot het voeren van nietszeggende gesprekjes. Ik was in elk geval bijzonder opgelucht toen we uiteindelijk afscheid konden nemen. We reden achter elkaar aan de oprijlaan af, en Hansards bediende, George, steeg zelf af om de poort te openen, zodat we mevrouw Powell niet hoefden te storen. Toen hij de poort achter ons gesloten had, haastte hij zich naar mijn rijtuig. 'Meneer Campion, mag ik u namens de dokter vriendelijk verzoeken hem en mevrouw Hansard te volgen naar Langley park? Ik heb vernomen dat uw slaapkamer daar voor u in gereedheid gebracht is, meneer.'

Ik kon geen reden bedenken waarom ik mijn goede vrienden zou vergezellen, maar ik zou hen nooit bewust beledigen. Daarom stemde ik toe. We arriveerden in de salon, waar nog een heerlijk vuur brandde en Burns ons opwachtte met enkele karaffen op een dienblad.

Zodra hij hem had weggestuurd, wreef Hansard in zijn handen – niet van de kou, maar van voldoening, leek het. 'Wat een bijzonder nuttige, interessante avond was dat, vindt u ook niet? Mede door die aanval van misselijkheid van onze zogenaamde gastheer, natuurlijk.'

'Nuttig? Interessant? U maakt een grapje.' Ik had zonder het te merken blijkbaar toch genoeg gedronken om mijn manieren te vergeten. 'Hoe bedoelt u precies?' voegde ik op nederige toon toe.

'We zijn allerlei dingen te weten gekomen waarvan we eerder niet op de hoogte waren,' sprak Edmund zelfvoldaan. 'Ik had nooit gedacht dat Lady Bramhall ook nog iets in de melk te brokkelen had, bijvoorbeeld. Ik beschouwde haar als een volkomen nul, maar Bramhall houdt vol dat zij degene is die juffrouw Southey heeft aangenomen, en ook degene die haar heeft ontslagen.'

'Dus dan kan zij ons vertellen waar haar familie woont?'

Hij spreidde zijn handen. 'Als iemand Lady Bramhall vraagt zich zo'n simpel feit te herinneren, valt ze onmiddellijk terug in haar warrige, hersenloze toestand.'

'Maar ze zal toch in elk geval een brief schrijven aan de rentmeester die hun huis in Londen beheert om hem te vragen de papieren van het meisje bij elkaar te zoeken? Juffrouw Southey is ongetwijfeld aangenomen op basis van referenties – vast en zeker afkomstig van dames uit Lady Bramhalls kennissenkring. Het kan niet anders of ze herinnert zich hún namen,' riep ik uit.

'Helaas, die is ze jammer genoeg ook vergeten. Maar ik twijfel er niet aan of de Londense rentmeester beschikt over zelfs die gegevens.'

'Voor iemand die zo vergeetachtig is, is ze opmerkelijk bedreven in een spelletje kaart,' zei mevrouw Hansard op kalme toon, terwijl ze een glas madera van haar man aannam, die mij vervolgens, zoals gebruikelijk, voorzag van een uitstekende cognac.

'Denkt u echt dat ze geen enkel idee heeft van wat er met juffrouw Southey gebeurd is?' vroeg ik. 'Sir Marcus verzekerde ons ervan dat *hij* niets wist, en ik ben geneigd hem te geloven.'

'Ik denk dat zij het ook niet weet. Ze leek te denken dat het een van de gebruikelijke eigenaardigheden van een gouvernante was om te besluiten haar opzegtermijn niet vol te maken. Ze zegt dat het een verrassing voor haar was toen juffrouw Southey zich die avond niet, zoals gebruikelijk, in de salon vervoegde. En wat betreft haar hutkoffer, Lady Bramhall denkt dat die is overgebracht naar de zolder – die zou, zo zei ze, te zwaar geweest zijn voor juffrouw Southey om zelf mee te nemen. Al vroeg ze zich wel af hoe het mogelijk was dat die arme jonge vrouw alles wat ze ooit kostbaar geacht had, had achtergelaten. Blijkbaar hadden Lady Honoria en Miss Georgiana destijds, vlak na haar aankomst, bedacht dat het leuk zou zijn om de hutkoffer te doorzoeken en de kleren van hun gouvernante te gebruiken voor een toneelstukje, en werd juffrouw Southey toen gegrepen door een hysterische woede.'

'Waardoor de meisjes ontdekten dat ze macht over haar hadden,' peinsde Edmund. 'En heb je ook kunnen achterhalen, mijn liefste, hoe het kwam dat juffrouw Southey tot aan haar middel in het water stond vlak voordat ze het lichaam ontdekte?'

'Lady Bramhall was duidelijk niet bereid daar iets over te zeggen. Maar mijn gesprekje met Miss Georgiana was niet geheel onvruchtbaar. Het was duidelijk dat de meisjes het vermakelijk achtten om de bonnet van die arme juffrouw Southey in het water te gooien en haar te bevelen hem te gaan halen – op straffe van ontslag.'

'Die bonnet was het verliezen van haar betrekking nauwelijks waard,' herinnerde ik me. 'Maar waarom zouden ze haar ontslaan als ze besloot een van haar eigen bezittingen achter te laten? Dreigden ze wellicht om een ander, duisterder geheim te verraden als ze niet gehoorzaamde? Ik herinner me dergelijke "uitdagingen" nog van Eton.'

'Dan zou het misschien nuttig zijn om de hutkoffer te openen,' mijmerde Hansard. Er verscheen een plotselinge grijns rond zijn mond. 'Over het algemeen bekritiseer ik je gebrek aan logisch inzicht, Tobias, maar vanavond ben ik er blij mee.'

'De hutkoffer openen, Edmund? Hoe dacht je dat voor elkaar te krijgen?' wierp mevrouw Hansard tegen.

'Vanuit mijn functie als lekenrechter. Daar had ik eerder aan moeten denken, is het niet?' Hij sloeg met zijn vuist in zijn handpalm, sprong op en beende de kamer door, haast briesend van woede. Maar bij de achtermuur draaide hij zich om, zijn gelaatstrekken verzacht door een glimlach. Hij keek om zich heen, spreidde zijn handen en verklaarde vanuit het niets: 'Je hebt deze kamer zo gezellig gemaakt, Maria. Behaaglijk, en toch elegant. Soms als ik, zoals vanavond, in de verleiding ben om een kaartspelletje te spelen, dan stel ik me voor dat ik alles zou verliezen, zoals me ooit eerder is overkomen. Maar wat ik gewonnen heb...'

Er verschenen tranen in zijn ogen. Zijn vrouw stond op en nam zijn handen in de hare.

Plotseling realiseerde ik me hoe laat het al was. Ze deden geen pogingen om me over te halen mijn bedtijd nog wat uit te stellen.

We vormden een bijzonder ernstig tweetal toen we de volgende ochtend onze opwachting maakten bij Moreton Hall. We vroegen naar Sir Marcus en weigerden genoegen te nemen met het antwoord van de butler, dat zijn meester ons pas tegen de middag zou kunnen ontvangen.

'Dit is geen gewoon ochtendbezoekje, Timmins,' snauwde Hansard. 'Hij beschikt over informatie die wij nodig hebben, en wel meteen.'

'U wilt me toch niet nog eens spreken over die verrekte gouvernante?' vroeg Sir Marcus op barse toon, gekleed in een brokaten kamerjas toen hij zich zo'n tien minuten later in de bibliotheek bij ons voegde. 'Wat nu weer?'

'Sir Marcus, ik zou u net zo goed kunnen vragen naar de ongelukkige man die de brug over de beek verstopte. Juffrouw Southey was slechts de persoon die hem ontdekte. We zullen haar echter nodig hebben tijdens het gerechtelijk onderzoek dat ongetwijfeld zal plaatsvinden. Tenzij u natuurlijk liever wilt dat uw dochters in de getuigenbank plaatsnemen?'

Voor zover ik iets van het rechtssysteem begreep, zouden ze dat waarschijnlijk evengoed wel moeten, maar ik hield mijn mond.

Dokter Hansard ging verder. 'Lady Bramhall is zo vriendelijk geweest om toe te zeggen dat ze contact met uw Londense rentmeester zou opnemen om hem om informatie te vragen.' Ik had durven zweren dat er een schaduw over het gezicht van Sir Marcus trok, heel even maar. 'We kunnen echter niet op zijn antwoord wachten. We moeten de hutkoffer van juffrouw Southey onderzoeken op aanwijzingen die ons wellicht iets kunnen vertellen over haar mogelijke verblijfplaats. U hebt gisteravond duidelijk te kennen gegeven dat u geen idee hebt hoe het haar sinds het moment van haar vertrek vergaan is. Daarom moeten we op zoek naar andere middelen.'

Sir Marcus hief geërgerd zijn handen, maar ontbood desondanks Timmins. De butler was zo snel ter plaatse dat ik hem verdacht van afluisteren.

De butler gaf blijk van aanzienlijke – en mogelijk goed gespeelde – verbazing en ging ons in eigen persoon voor naar de zolder waar, naar men mocht aannemen, de hutkoffer van juffrouw Southey zou zijn opgeslagen. Ons oog viel meteen op de kisten en koffers van andere bedienden, en op de vloer lag de reisuitrusting van Sir Marcus en zijn familie op een grote hoop. Van de hutkoffer van juffrouw Southey was echter geen spoor te bekennen.

Hansard keek Timmins aan. 'Die hutkoffer moet gevonden worden. Hoor je me? Eerder gaan wij hier niet weg.'

De butler boog en ontdeed zijn handschoenen met pietluttige gebaartjes van denkbeeldig stof. Zo'n zoektocht was duidelijk beneden zijn stand, maar zijn trouw aan Lady Chase weerhield hem van het zelfs maar optrekken van zijn wenkbrauwen. Hij bracht ons naar beneden alsof de steile ladder waarlangs we moesten afdalen een deftig trapportaal was.

'Als u zo vriendelijk zou willen zijn om in de zitkamer te wachten, heren, dan zal ik verdere maatregelen treffen.'

'En als hij niets vindt?' vroeg ik ongeduldig, na tien minuten stilzitten en wachten.

'Dat op zichzelf zou al veelzeggend zijn. Ik begrijp je frustratie, Tobias – konden we al die informatie maar in één keer bemachtigen. Maar een paar minuten wachten bespaart ons wellicht uren jakkeren over het platteland.'

Ik schudde mijn hoofd en keek geïrriteerd het vertrek rond. 'We laten ons afleiden, Edmund. Juffrouw Southey is misschien een belangrijke getuige, maar voor zover wij weten is ze ook niet meer dan dat: een getuige. Wij zouden ons bezig moeten houden met het vaststellen van de identiteit van die dode man!'

'Denkt u niet dat ik die arme George opdracht gegeven heb om het hele dorp te doorkruisen om iedereen die deze vreemdeling wellicht gezien heeft – iedereen die welke vreemdeling dan ook gezien heeft – te vragen zich te melden?'

'Daar ben ik zeker van – en ook van het feit dat Jem hem daarbij geholpen zou hebben als hij in orde was geweest. Maar niemand heeft ons enige informatie verschaft. Helemaal niets. Tenzij –?'

'Tenzij ik een belangrijke ontwikkeling voor je heb achtergehouden?' vroeg hij, zijn stem vriendelijk ondanks mijn woede. 'Nee, Tobias, je weet wel beter.'

Ik sloeg mijn ogen neer en knikte beschaamd.

'Maar ik heb wel een voorstel. De begrafenisplechtigheid vindt later vanmiddag plaats, is het niet?'

Ik knikte. 'Dat late tijdstip heb ik gekozen zodat de mannen die bij de begrafenis aanwezig wilden zijn er geen loon bij zouden inschieten. Ze verdienen al zo weinig.'

Hij knikte. 'U hebt ze geleerd om barmhartig te zijn. En wie dat niet is, is misschien gewoon nieuwsgierig. Ik zou graag willen dat u de mensen bij het graf nogmaals oproept tot het onthullen van informatie. Misschien kunt u zelfs een beloning uitloven – iets wat in deze moeilijke tijden dankbaar ontvangen zou worden.'

'Edmund, ik heb voor mijn beurt gesproken. Vergeef me dat alsjeblieft.'

Hij nam mijn uitgestoken hand aan en sloeg me vriendschappelijk op de schouder. 'Te veel van Sir Marcus' port, beste jongen – dat verklaart je overhaaste conclusies. En de dreunende hoofdpijn en het holle gevoel in je maag, denk ik zo. Geen wonder dat Bramhall misselijk was.'

'Ik heb nauwelijks iets gedronken, Edmund. De bocht die Timmins tijdens het diner serveerde was zo zuur dat ik het bij één slok heb gehouden. Het is niets voor Lady Chase om inferieure wijn te serveren.'

'Maar misschien wel Sir Marcus' manier om dat wat hij als

verkwisting beschouwt een beetje recht te trekken. Hij was het er duidelijk niet mee eens dat Lady Chase haar gasten de beste champagne voorzette. Maar u kunt zich wel voorstellen wat Timmins gedacht zal hebben.'

'Natuurlijk. En toen we port voorgezet kregen volgde ik uw voorbeeld en goot het in de plant.'

Edmund wilde zijn pruik afzetten om beter op zijn hoofd te kunnen krabben, maar herinnerde zich toen dat mevrouw Hansard hem vlak voor hun huwelijk had laten beloven dat hij zich voortaan zonder pruik aan de wereld zou vertonen. Hij keek verrast naar zijn hand en woelde toen evengoed met zijn vingers door zijn haar. 'Wat vreemd. Ik voelde me ook wat katterig – en mijn lieve Maria, die zich nooit aan iets te buiten zal gaan, vertelde me vanmorgen dat ze hoofdpijn had.' Hij zweeg.

De deur ging stilletjes open, alsof Timmins hoopte dat hij ons zou betrappen op het uitwisselen van schandelijke geheimen. Hij leek echter minstens even verward als wij.

'Het spijt me, dokter Hansard, meneer Campion, maar ik moet bekennen dat ik de bagage van juffrouw Southey nergens kan vinden. Ik heb uiteraard navraag gedaan onder de bedienden.'

'Uitstekend. In dat geval, Timmins, zouden we graag willen spreken met de bedienden die de hutkoffer naar beneden gebracht hebben en haar hebben zien vertrekken.'

Een butler zo volmaakt als Timmins kon men onmogelijk van blozen beschuldigen, maar hij verkeerde duidelijk in ernstige ontreddering.

'Ik vrees dat ik er niet in geslaagd ben vast te stellen wie haar geholpen heeft, dokter Hansard. Het lijkt erop dat haar nauwelijks een afscheid bereid is, en dat door mensen die beter hadden moeten weten,' gaf hij toe, vertrouwelijk voorover buigend.

Ik kon me niet voorstellen dat hij voldoende ontdooid zou zijn om de jonge vrouw de hand te schudden en haar het beste te wensen, maar desondanks knikte ik hem bemoedigend toe, in de hoop verdere informatie te ontlokken. 'Is ze te voet vertrokken? Of heeft ze een rijtuig laten komen?'

'Te voet, als ik het goed begrepen heb. Ongetwijfeld in de

hoop dat ze op het kruispunt buiten het dorp een koets zou aantreffen.'

'Een wandeling van vijf kilometer, in het donker. Geen wonder dat ze haar spaarzame bezittingen niet mee kon nemen.'

'Ze had een hoedendoos en een reistas bij zich,' corrigeerde Timmins, om vervolgens, net even te laat, toe te voegen: 'Tenminste, dat heeft men mij verteld.'

'Plattelandsmeisjes zijn gewend om grote afstanden te voet af te leggen, maar zij niet. Ze zal niet erg zijn opgeschoten. En dan was ze natuurlijk ook nog geschokt en uitgeput als gevolg van haar belevenissen die middag. Het bevreemdt mij dat ze zich niet meteen in haar slaapkamer heeft teruggetrokken – zelfs Jem, mijn stalknecht, had te kampen met een flinke verkoudheid.'

'Wat u zegt, meneer. Het spijt me vreselijk dat te horen.' Timmins boog beleefd. Hij was duidelijk tot de conclusie gekomen dat hij de ruimte maar beter kon verlaten. 'Als ik de overige bagage van juffrouw Southey gevonden heb, zal ik u onmiddellijk bericht sturen, meneer Campion.'

Dokter Hansard kuchte. 'Hartelijk dank voor je verslag. Desondanks ben ik van mening dat we nogmaals met mevrouw Sandys moeten spreken. Zou je zo vriendelijk willen zijn ons aan te kondigen, Timmins?'

Mevrouw Sandys, die op het moment dat we haar stoorden bij het raam zat en staaltjes stof met elkaar vergeleek, toonde zich niet hartelijker dan tijdens ons vorige gesprek, maar deze keer, in het bijzijn van Timmins en dokter Hansard, kon ze me moeilijk in de hal laten staan. Ze liet ons beleefd binnen, hoewel niet bijzonder enthousiast.

Te oordelen naar haar kamer had ze in Lady Chase een gulle werkgeefster gevonden. In de tijd dat mevrouw Hansard bij een rijke familie als huishoudster diende, had ze genoegen moeten nemen met enkele armoedige vertrekken en wat versleten meubels. Mevrouw Sandys beschikte echter over een ruime, onlangs geschilderde zitkamer – haar positie waardig. Het leek er zelfs op dat ze haar eigen dienstmeisje had. Ze rinkelde met een belletje en een meisje dat nauwelijks oud genoeg leek om het zonder haar moeder te kunnen stellen, haastte zich naar binnen en maakte een revérence. Het kind werd weggestuurd om thee en cake voor ons te halen.

We wachtten tot ze zich van haar taak gekweten had voordat we het gesprek op juffrouw Southey brachten.

'We hebben begrepen dat u uw uiterste best gedaan hebt om haar enig comfort te verschaffen,' begon ik, glimlachend ten teken dat ik haar poging mijn verzoek in te willigen waardeerde, 'maar dat uw inspanningen tenietgedaan werden door mensen die beter hadden moeten weten – dat uw orders om een haardvuur te ontsteken, bijvoorbeeld, door iemand anders werden ingetrokken. Vertel ons alstublieft alles wat u weet over juffrouw Southey, over haar leven hier en de manier waarop ze ontslagen en vertrokken is.'

Mevrouw Sandys deed haar mond open, ogenschijnlijk verontwaardigd.

'U mag vrijuit spreken,' voegde dokter Hansard op geruststellende toon toe, 'in de wetenschap dat alles wat u zegt binnen deze vier muren blijft.'

Ze stond met één vloeiende beweging op, deed haar deur open en sloot hem weer, en leunde er even tegenaan. 'Ik heb deze betrekking nodig, heren.'

'En iemand heeft laten doorschemeren dat hij Lady Chase zover kan krijgen dat zij u ontslaat?' vroeg dokter Hansard. 'Ik ben er zeker van dat dat niet mogelijk is, tenzij zijzelf een reden heeft om ontevreden over u te zijn.'

Ik knikte instemmend. 'En ik beloof u dat, wanneer er ook maar de geringste poging wordt ondernomen om u in diskrediet te brengen, meneer Campion en ik zullen ingrijpen. Tenslotte maakt u al vele jaren deel uit van haar huishouden.'

'Nee, dat is niet het geval,' flapte ze eruit, alsof het een bekentenis was die ze maar beter zo snel mogelijk kon doen. 'Ik ben nog maar enkele maanden bij haar in dienst. En ik ben ook niet afkomstig uit dit dorp, zoals de meeste andere bedienden – die eerst op Moreton Priory werkten en hun positie kwijtraakten toen dat leeg kwam te staan.'

Waarom was zij, zelf een buitenstaander, dan niet veel vriendelijker geweest tegen een andere buitenstaander? Maar ik zei niets: ik wilde haar verhaal niet onderbreken.

'Bedienden nemen een voorbeeld aan wie boven hen geplaatst is, meneer. En toen ze zagen dat Lady Honoria en Miss Georgiana haar bespotten, haalden anderen het in hun hoofd om juffrouw Southey eveneens te plagen.'

'De bedienden?' drong dokter Hansard aan. 'Alle bedienden? Zelfs de meest hooggeplaatste?'

Ze knikte nauwelijks merkbaar, maar keek paniekerig om zich heen, alsof zelfs de schilderijen aan de muur haar zouden kunnen verraden.

'En misschien ook iemand in het bijzonder?'

Ze wrong haar handen in wat een intense innerlijke strijd leek te zijn, maar weigerde resoluut deze vraag te beantwoorden. Ons bezoek was tenslotte niet volledig geheim. We waren hiernaartoe gebracht door Timmins – zonder meer een van de meest vooraanstaande bedienden.

Uiteindelijk staakten we onze pogingen, al waren we tijdens het gesprek wel tot de conclusie gekomen dat er nóg een staflid was dat we verder moesten ondervragen – Furnival, de rentmeester. Het leek mij beter om mevrouw Sandys daar niet van op de hoogte te stellen, maar haar maar gewoon met rust te laten. Ik bedankte haar vriendelijk en verzekerde haar ervan dat mevrouw Trent, mijn huishoudster, het bijzonder op prijs zou stellen als ze haar – wanneer ze daar tijd voor had – eens een bezoekje zou brengen.

'Keurig gedaan,' complimenteerde dokter Hansard me nadat we al buigend afscheid genomen hadden. 'En dan nu onze rondes, de uwe ter genezing van de ziel en de mijne ter genezing van het lichaam.'

Ik stak een vinger op om hem te onderbreken. En toen, alsof we een stelletje schooljongens waren, wees ik met duim naar achteren om aan te geven dat we nog niet naar buiten gingen, maar juist verder de gang in zouden lopen – naar de plek waar het kantoor van meneer Furnival gevestigd was.

Furnival zat achter een groot, gebarsten bureau dat naar de

halfopen deur gericht was. Druk doende met een grootboek en een ganzenveer zat hij duidelijk niet op bezoek te wachten. Desondanks stond hij op en maakte hij een formele buiging. Waarschijnlijk was hij niet vergeten dat hij, de laatste keer dat we hem zagen, in ons bijzijn door Lady Chase op zijn plek gezet was.

'Goedemorgen, Furnival,' sprak Hansard, terwijl hij plaats nam in de rechte stoel tegenover hem. 'Wij zijn hier om te vragen naar de inlichtingen die u namens Lady Chase hebt ingewonnen over haar vermiste zoon.'

Ik leunde achteloos tegen de deurstijl. Pas toen ik mijn armen losjes over elkaar sloeg, besefte ik hoe dreigend ik op deze manier waarschijnlijk overkwam. Ik wilde het gesprek echter niet onderbreken en alle andere stoelen die eventueel beschikbaar zouden zijn gingen schuil onder stapels papier, waardoor ik besloot te blijven staan waar ik stond.

'Haar *overleden* zoon. Heren,' ging hij verder, terwijl hij zijn vergroeide handen hief, 'hoe kan hij nu, na al die tijd, nog in leven zijn? Sinds de schermutseling waarbij hij het leven liet zijn drie jaren voorbijgegaan. Elke officier is ondervraagd, zelfs Sir Arthur Wellesley zelf. Er zijn advertenties geplaatst in elke noemenswaardige krant, in elke stad van enige omvang. Zelfs in de krant van Lissabon. Maar we hebben nooit enige reactie ontvangen. Ik heb talloze keren geprobeerd aan te voeren dat het verder voortzetten van deze zoektocht een verspilling is van tijd en geld – de schatkist van mevrouw is diep, maar niet zonder bodem,' voegde hij eraan toe.

Hansard knikje was een teken van begrip en medeleven. 'Maar ze wil het niet opgeven?'

'Dat hebt u zelf gezien,' zei Furnival op bittere toon. 'Maar zelfs als we aannemen dat de overleden man inderdaad hierheen is afgereisd met een advertentie in zijn schoen, dan nog zie ik niet in hoe dat ons zou kunnen helpen Lord Wombourn te vinden – Lord Chase, moet ik zeggen. In de advertentie wordt immers gevraagd naar informatie over zijn verblijfplaats – wat net zo goed een bevestiging van zijn dood zou kunnen inhouden.'

'Maar zou iemand zich zo ver buiten Londen begeven, alleen maar om slecht nieuws te brengen?'

'Als dat hem een flinke beloning zou opleveren, wel,' antwoordde Furnival vol overtuiging. 'U zult zich ongetwijfeld herinneren dat dat in de advertentie beloofd werd.'

'Al was er volgens mij geen sprake van een specifiek bedrag,' zei Hansard peinzend. Hij sloeg zijn mantel om zich heen en kwam half overeind. 'Een huis als dit heeft ongetwijfeld veel aandacht nodig, Furnival.'

'Dat heeft het zeker. En dit is nog maar één van de landerijen die de familie Chase in eigendom heeft. Lady Chase bezit huizen in Devonshire en Yorkshire, grenzend aan het Grosvenor Square house. Ik heb in beide huizen uiteraard assistenten aangesteld, maar ik blijf zelf eindverantwoordelijke.' Hij richtte zich op en zijn rug kraakte hoorbaar.

'Laat me u tenminste iets geven tegen uw kwalen en pijntjes,' zei Hansard. 'Ik zal mijn stalknecht later vandaag een flesje massageolie laten brengen, en wat druppels. Haal ze niet door elkaar, Furnival, of we hebben nog een dode te betreuren. Dan nog een laatste vraag: bent u vanmiddag aanwezig bij de begrafenis van die arme vreemdeling? Bij gebrek aan familie?'

Voor het eerst tijdens het gesprek leek Furnival niet helemaal zeker van zichzelf. Desondanks glimlachte hij. 'Ik zal mijn best doen,' beloofde hij.

Hoezeer Furnival ook zijn best deed, het was niet genoeg, en hij maakte geen deel uit van het groepje van de ongeveer dertig mannen, afkomstig uit het dorp en van Moreton Hall, die zich verzameld hadden om hun naamloze broeder de laatste eer te bewijzen. Het daglicht maakte plaats voor de schemering en de mannen stonden blootshoofds in de miezerende regen. Tijdens mijn korte praatje nodigde ik hen uit om aanwezig te zijn bij het gerechtelijk onderzoek dat de volgende dag op hetzelfde tijdstip gehouden zou worden, in de ontvangsthal van Moreton Hall. Dat het onderzoek op dat moment zou plaatsvinden, was besloten door onze nieuwe rechter van instructie, de heer Vernon, onlangs overgekomen uit Nuneaton. Ik legde uit dat elk stukje bewijs, hoe klein ook, van belang was om de identiteit van deze arme man te kunnen vaststellen, die nu in dit graf lag en over wie dokter Toone juist een eerste handvol aarde had uitgestrooid. Er klonk een instemmend, zij het gedempt geroezemoes. Iedereen was het er over eens dat de familie van de man gevonden moest worden zodat ze op de hoogte konden worden gesteld van hun verlies. Toen ik even later de beloning noemde, werd het geroezemoes luider.

De laatste woorden gesproken en de laatste rituelen voltrokken, trokken Toone – door de Hansards uitgenodigd om te blijven overnachten – Hansard en ikzelf ons terug in de pastorie, waar mevrouw Hansard en mevrouw Trent ons opwachtten. De laatste zou behoorlijk opgewonden zijn, ongetwijfeld van plan alles in het werk te stellen om ons – en zichzelf net zozeer – te bewijzen dat het feit dat ik mijn maaltijden zo vaak buitenshuis gebruikte op geen enkele wijze verband hield met haar kookkunst. En wij waren er net zo op gebrand om haar te bewijzen dat het absoluut niet onze bedoeling was om haar vaardigheden in diskrediet te brengen. Ze had echter ronduit geweigerd om de maaltijd samen met ons te gebruiken en ook Jem, die er ondanks zijn aanhoudende loopneus op gestaan had de begrafenis bij te wonen, trok zich terug in de keuken, waar behalve mevrouw Trent ook George aanwezig was, de stalknecht van de Hansards.

Het was alsof mevrouw Trent een diner had aangericht voor de prins-regent zelf, zo overdadig was de maaltijd, zo geweldig van kwaliteit en zo gevarieerd wat betreft de gerechten. Dokter Toone was meer geïnteresseerd in de wijn dan in het voedsel, een feit dat naar ik vermoedde niet onopgemerkt aan Hansard voorbij ging.

'Wat doen we nu?' wilde hij na het ledigen van zijn derde glas weten.

'Geduldig wachten op het gerechtelijk onderzoek,' zei ik. 'Hoe graag ik ook op Titus' rug zou springen en in volle galop op zoek gaan naar de vermiste Lord Chase, ik vrees toch dat men mij zal oproepen om plaats te nemen in de getuigenbank.'

'Niet op zoek naar de vermiste juffrouw Southey?' vroeg hij, terwijl hij zijn wenkbrauw veelbetekenend optrok.

'De droevige realiteit, mijn beste Toone, is dat een man nu eenmaal niet op twee plaatsen tegelijk kan zijn,' legde Hansard geduldig uit.

Ik leek daar echter toch een manier voor te moeten vinden – wij alle drie, eigenlijk. De bel bij de voordeur werd krachtig geluid. Susan was zo van streek door deze ongewenste onderbreking dat ze een revérence maakte en naar de voordeur holde, terwijl Maria haar net een terrine wilde aangeven.

Binnen enkele tellen was ze terug. 'Het is Matthew, meneer, moet u dringend spreken, zegt hij.'

Matthew was jachtopziener op het landgoed dat grensde aan dat van Lady Chase. Met een schuldbewust knikje naar mijn vrienden liet ik mijn servet op tafel vallen en ik volgde het meisje naar de gang. Matthews gestalte, langer en breder dan ooit, vulde de deuropening.

'Nee, dominee, ik kom niet binnen, niet in mijn vieze kleren. Maar ik denk wel dat u mee moet komen om te zien wat ik gevonden heb, en wel nu meteen.'

9

'Maar het is donker,' was mijn dwaze reactie.

Matthew knipperde met zijn ogen tegen het kaarslicht. 'Daar hebt u gelijk in, dominee. Dat realiseerde ik me niet toen ik ontdekte dat –'

'Wat heb je ontdekt?' Mijn hart ging als een razende tekeer.

'Het spijt me, dominee – dit moet maar wachten tot morgen. Dat ding zal er tenslotte niet zomaar vandoor gaan.' Hij deed een stap naar achteren. 'Ik heb Gundy in het bos achtergelaten.' Salmagundy was zonder twijfel de lelijkste hond ooit, en toch was zijn meester dol op hem. 'Hij zal het wel bewaken.'

Het feit dat hij zijn vondst omschreef als 'het' en niet als 'hij' of 'zij' was een geruststelling.

'Wat heb je dan gevonden, Matthew?' vroeg ik. 'Alsjeblieft, kom even binnen.'

Hij schudde zijn hoofd, zijn blik gevestigd op zijn smerige laarzen. 'Nee, en ik heb er echt verkeerd aan gedaan om u hiermee lastig te vallen.'

'Wat heb je aan een dominee als hij niet te allen tijde beschikbaar is?' vroeg ik lachend. 'Of aan een dokter, want ik had je nog niet verteld dat dokter Hansard hier ook is.'

Op dat moment stapte – nee, stormde – mevrouw Trent de hal in. 'Schaam je, Matthew! Aan de voordeur komen, en fatsoenlijke mensen storen tijdens hun avondmaaltijd!'

'En een bijzonder smakelijke avondmaaltijd, mag ik wel zeggen,' onderbrak ik haar, wensend dat ik minder wijn gedronken had.

'Maar ik ben er zeker van,' zei mevrouw Hansard op stellige toon, met een glimlachje terwijl ze zich bij ons voegde, 'dat wanneer de mannen eropuit moeten wij tweeën, mevrouw Trent, prima in staat zullen zijn een gedeelte ervan, of misschien wel alles, warm te houden tot aan hun terugkeer. En misschien dat ik u in de tussentijd mag vragen naar het recept van die verrukkelijke gekonfijte kweepeer...' Ze haakte haar arm onopvallend door die van mevrouw Trent en trok haar met zich mee, precies op het moment dat de twee artsen uit de eetkamer tevoorschijn kwamen.

Matthew wist niet hoe hij het had. 'Dat ik u hierbij betrokken heb... Het moet me inderdaad in de bol geslagen zijn. Mijn excuses, heren.' Hij wilde zich omdraaien.

'In 's hemelsnaam, Matthew,' riep ik uit, enigszins getergd. 'Ik begin te geloven dat het vaderschap je verstand heeft aangetast. Wat heb je nou gevonden, waar is het, en is het echt noodzakelijk om het vanavond nog op te halen?'

'Ik heb een hutkoffer gevonden, meneer, vol met vrouwenkleding. Om eerlijk te zijn ben ik er in het donker over gestruikeld. Ik zou 'm hiernaartoe gesleept hebben, meneer, maar ik wist dat dokter Hansard het niet prettig vindt als dingen verplaatst worden voordat hij ze zelf gezien heeft – in... in...'

'*In situ.* Goed gedaan, Matthew,' zei Hansard, die achter mij stond, vol genegenheid. 'Denk je dat je de weg terug kunt vinden? Dokter Toone hier is niet uitgerust voor een wandeling in het donker, maar dominee Campion en ik kunnen ons even omkleden.'

Ik knikte. Edmund ging nooit ergens naartoe, zelfs als was het een sociale aangelegenheid, zonder een paar laarzen in zijn koets te leggen, maar het ging te ver om dergelijke voorzorgen ook van Toone te verwachten. Ik nam echter aan dat, wanneer ik hem tenminste van een volle karaf wijn voorzag, hij het niet erg zou vinden om een koude, smerige wandeling op te geven in ruil voor een goed boek bij een warm haardvuur.

Op dat moment kwam ook Jem een kijkje nemen in de hal en toen hij hoorde wat er aan de hand was, wilde hij gelijk zijn overjas aantrekken. Dokter Hansard verbood hem echter nadrukkelijk zich in de nachtelijke kou te begeven.

'Niet dat je erg veel zult zien, zelfs niet bij het licht van een lantaarn,' bromde Jem. 'Waarom zet die lapzwans het terrein niet af met touw en kijkt u er morgen naar?' Hij beende weg, al mopperend. Hoewel ik niet alles kon verstaan, kwam het erop neer dat Matthew zo dom was als het achtereind van een varken en dat hij dat van dat touw zelf had moeten bedenken voordat hij fatsoenlijke mensen stoorde tijdens hun avondmaaltijd en ze direct mee het donker in sleurde.

Als iemand zijn slechte humeur al had opgemerkt, dan zou ik hem verontschuldigd hebben op grond van diepe teleurstelling. Maar nog voor we bij de stallen waren aangekomen, waar we op zoek gingen naar het door hem genoemde touw, bekroop mij het vermoeden dat hij wellicht gelijk had – hoewel ik deze gedachte niet met de anderen deelde. Ik kon ons ongemak alleen wijten aan ons gebrek aan vooruitziendheid, wat wellicht weer samenhing met de invloed van koppige wijn op een lege maag, maar mijn gevoel van spijt nam toe met elke stap die mij verder bij mijn eetkamer en de inspanningen van mevrouw Trent vandaan bracht.

Te langen leste – het voelde aan alsof we vele kilometers door het bos hadden afgelegd, hoewel het in werkelijkheid vast niet meer dan een paar honderd meter was geweest – vertraagde Matthew zijn pas. Als hij een hond was geweest, zou ik gedacht hebben dat hij het spoor kwijtgeraakt was. Maar uiteindelijk veranderde hij van richting en stapte vastberaden verder, over wat in zijn ogen waarschijnlijk een paadje was, ook al zag ik alleen kreupelhout.

'Binnendoorweggetje,' zei hij kortaf.

En misschien was het dat ook. Enkele minuten later stonden we weer stil, aan de rand van een open plek. Matthews pet en sjaal hingen aan een boom, als bonte mistletoe, maar dat was niet de reden waarom hij zo abrupt inhield. 'Gundy!' riep hij. 'Gundy? Ik had hem hier achtergelaten om de koffer te bewaken,' zei hij vol overtuiging. 'Hij zou nooit zomaar aan de wandel gegaan zijn. Uitgesloten.' Hij riep en floot, maar tevergeefs.

Ik werd bevangen door overweldigende angst, zo hevig dat ik nauwelijks om me heen durfde kijken. Matthew had Gundy als puppy onder zijn hoede genomen, en ze waren onafscheidelijk. Ik vond het dan misschien een monster, maar Matthew praatte met zijn hond zoals anderen met mensen zouden praten.

'Daar,' zei Hansard, terwijl hij zijn lantaarn omhooghield en wees.

‘Gundy? Toch niet dood?’ jammerde Matthew, en hij stak de open plek zo snel hij kon over.

Handsard volgde, al even verontrust. Feitelijk bereikte hij het dier zelfs als eerste. Ik volgde wat behoedzamer, me ervan bewust dat we hier gekomen waren met de specifieke bedoeling om de omgeving niet te verstoren. Mijn lantaarn verlichtte een rechthoekige afdruk in het gras, ongeveer een meter lang en ruim een halve meter breed – de afmeting, zo veronderstelde ik, van een hutkoffer – en in de modder zag ik verschillende diepe voetafdrukken in een grillig patroon, alsof iemand hier ter plekke een dansje had gedaan. En ik zag afdrukken van hondenpoten. Had Gundy geprobeerd iemand tegen te houden?

Inmiddels had Hansard de hond, die languit op de grond lag, bereikt en hij controleerde zijn hartslag en ademhaling.

‘Hij leeft nog,’ deelde hij mee. ‘Maar nog maar nauwelijks. Kijk maar – hij heeft een klap op zijn kop gehad en hij heeft flink gebloed. We moeten de wond verbinden voordat we proberen hem te verplaatsen. Hoe kan ik toch zo dom geweest zijn om mijn koffertje in de pastorie achter te laten?’

Ondanks de motregen en de snijdende wind deed Matthew zijn jas uit en begon hij aan zijn overhemd te trekken.

‘Heel goed. Hou hem nu even stil, terwijl ik hem verzorg. Tobias, meer licht, alsjeblieft. Wat ben je allemaal aan het doen, man?’ vroeg hij op stekelige toon.

‘Een stukje terrein afzetten dat u waarschijnlijk bijzonder interessant zult vinden.’ Ik voegde de daad bij het woord voordat ik op hen toeliep en bij het gewonde dier neerknielde. ‘En hoe kan ik u helpen?’

‘Het beste wat u kunt doen, dominee, nu u toch al op uw knieën zit, is dat waar u goed in bent. Een woordje wisselen met de Almachtige,’ snauwde Matthew.

Ik vermaande hem niet. In het licht van de lantaarn zag ik hoe hij de poten van het dier op verwondingen controleerde terwijl er ondertussen tranen over zijn wangen rolden en op de vacht van het dier uiteenspatten. Hij leek het niet eens te merken. Ik wilde noch Matthew, noch de dokter in de weg zitten en nam daarom maar plaats bij Gundy’s kop – in de hoop dat beide mannen op die manier zo veel mogelijk van het vage schijnsel zouden profiteren. Maar toen ik de lantaarn wat liet zakken, werd mijn interesse gewekt door iets anders. Achter een van zijn vervaarlijk uitziende gele tanden was een stukje stof blijven hangen. Ik wikkelde mijn zakdoek stevig om mijn hand, voor het geval dat de hond juist op dat moment bij bewustzijn zou komen, en trok het stukje stof vlug uit zijn bek. Ik vouwde de zakdoek om het stukje stof heen, zodat het goed bewaard zou blijven, en stak het pakketje vervolgens in mijn binnenzak.

Zo ik al had nagedacht over een manier om onze patiënt te vervoeren, een geïmproviseerde draagbaar of iets dergelijks, dan deden die gedachten niet ter zake. Matthew was vastbesloten de hond in zijn armen te dragen. Ik had hem nog niet vaak met zijn pasgeboren zoontje gezien, maar ik durfde te zweren dat hij het jongetje onmogelijk met meer liefde en tederheid kon behandelen dan deze lelijke bastaardhond. Toen Hansard de jas die Matthew eerder had uitgetrokken om zijn schouders legde, schudde hij die af, zodat Gundy ook nog eens door de jas bedekt werd.

Ondertussen was ik teruggestuurd naar de pastorie om Hansards dokterstas te halen en daarmee naar Matthews huis te rijden. Het was een griezelige ervaring, waar ik geen enkel genoegen aan beleefde, door het in diepe duisternis gehulde bos wandelen, vertrouwend op mijn nachtzicht en met alleen een sputterende lantaarn als gezelschap. En er was nog meer. Ik hoorde het geluid van knappende twijgjes en ritselende struiken – en voetstappen die niet van mijzelf afkomstig waren. Het leek erop dat elk konijn en elke woelmuis in heel Warwickshire hier rondscharrelde. En mijn onderzoek naar uilen was dan wel bijzonder boeiend in de veilige omgeving van mijn eigen studeerkamer – hier buiten, waar ze geluidloos op de wind zweefden of plotselinge duikvluchten maakten, was het een heel ander verhaal.

Maar ik kwam zonder ongelukken thuis, waar ik me nederig bij de achterdeur meldde om te voorkomen dat ik het misdrijf van het achterlaten van mevrouw Trents feestmaal nog verergerde door haar brandschone vloer te besmeuren. Ze overhandigde me dokter Hansards tas met een boze blik en een grauw, zo afkeurend dat ik het niet waagde haar te vertellen dat zijn patiënt vier voeten had in plaats van twee. Titus brieste en bokte toen ik hem mee naar buiten nam, de koude nacht in, maar zette er, toen hij zich daar eenmaal bij neergelegd had, stevig de pas in. Waarschijnlijk dacht hij dat we op weg waren naar Langley Park, en had hij wel oren naar de wortels en de aandacht die hem daar altijd wachtten. Pas toen hij in de gaten kreeg dat hij ergens anders heen gevoerd werd, deed hij een paar halfslachtige pogingen tot bijten. Ik hield mezelf voor dat zijn humeur niets meer was dan een weerspiegeling van het mijne en besloot daarom tot het zingen van een van mijn favoriete gezangen. Zo arriveerden we bij het huis van Matthew.

Zijn vrouw zat bij het vuur, waar ze haar baby zoogde. Matthew en Edmund waren naar de bijkeuken verbannen, waar ze gehurkt op de vloer zaten.

'Zal hij het overleven?' vroeg ik met verstikte stem, geraakt door hun emotie.

'Jawel. Hij lijkt op zijn baasje – hij heeft net zo'n harde kop. Geef me mijn tas eens aan. Brave kerel.' Hij pakte de tas met een glimlach aan. 'Ik weet dat u een wat zwakke maag hebt, dus waarom laat u ons dit niet afhandelen en keert u terug naar de dames?'

'Geen denken aan. Ik heb Titus al gewaarschuwd dat hem op de terugweg een dubbele last te wachten staat.'

'Nou, laat dat brave beest dan maar weten dat ik hier over een minuut of tien klaar ben.'

Er waren bijna drie uur voorbijgegaan sinds we van tafel waren gegaan, maar nu konden we dan eindelijk opnieuw plaatsnemen, sterk ruikend naar lavendelwater. Mevrouw Hansard en mevrouw Trent waren al die tijd in de keuken geweest, wat betekende dat dokter Toon alleen gelaten was met de karaf wijn en zijn benevelde dromen. Op de een of andere manier hadden de dames het voor elkaar gekregen om een iets minder uitgebreide, maar nog steeds overheerlijke maaltijd voor ons warm te houden. We hadden vooraf afgesproken dat we hen niet op de hoogte zouden stellen van de behandeling van de hond. Ik was er zeker van dat mevrouw Trent het een en ander te zeggen zou hebben over de patiënt in kwestie en dat dat niet allemaal mooie woorden zouden zijn… en ik nam aan dat, behalve Edmund, iedereen het nog met haar eens zou zijn ook. Al vertelde ik later, toen de port en de champagne ingeschonken waren, wel over het stukje stof dat ik gevonden had – en, belangrijker nog, dat er nergens een spoor van de hutkoffer of de inhoud ervan te vinden was.

'Niets!' Edmund balde zijn vuist en liet die met kracht neerkomen in zijn handpalm.

'Maar ik heb bewijs gevonden, onweerlegbaar, als ik me niet vergis, dat de koffer daar wel gestaan hééft,' ging ik verder.

Deze keer reageerde Edmund met applaus. 'Goed gedaan, Tobias. U en Maria steken mij onderhand werkelijk naar de kroon.'

'Een probleem waarnemen is één ding, het oplossen ervan is iets heel anders. Dat laat ik met liefde aan u over, mijn vriend.'

Toone zag reden voor een toost en aarzelde geen seconde. 'Op het doen van waarnemingen. *En op degene die daarin ieder overtreft*,' voegde hij toe, met een buiging naar mevrouw Hansard.

Wat hij niet waarnam, maar ik wel, was de bezorgde blik die tussen de beide echtgenoten werd uitgewisseld. Mevrouw Hansard maakte zich duidelijk zorgen over Toone, die, als hij nog meer alcohol nuttigde, beslist onder de tafel zou eindigen. In reactie daarop toverde ik een dwaze glimlach op mijn gezicht, alsof ik Lady Bramhall was, en probeerde ik haar aarzelende manier van spreken te imiteren: 'Zullen we ons terugtrekken, dames?'

Edmund lachte hartelijk, hoewel ik vrees dat mijn zwakke poging tot humor dat enthousiasme niet verdiende. 'Dat moet u zeker doen, *lady*. En wij heren zullen ons onverwijld bij u voegen, of niet soms, Toone?' Inmiddels waren wij alle drie al opgestaan, dus hij kon moeilijk weigeren. Hopelijk zouden de thee die mevrouw Trent ons zo dadelijk zou voorzetten en het ritje in de frisse buitenlucht hem voldoende bij zinnen brengen om te voorkomen dat hij door Turner en Edmund naar bed gebracht moest worden.

De volgende ochtend had ik me nog maar nauwelijks aangekleed toen Edmund de bel bij de voordeur luidde. Zijn ogen waren helder, ondanks onze belevenissen van de vorige avond, Hij had, zo liet hij me opgewekt weten, al een bezoekje gebracht aan zijn viervoetige patiënt. Het beest probeerde zich uit alle macht aan zijn verband te ontworstelen en had alweer honger. Omdat hij het telkens wanneer Matthew hem alleen probeerde te laten op een janken zette, zo luid dat het ongetwijfeld tot in Leamington te horen was, waren de mannen overeengekomen dat Matthew thuis zou blijven en dat Edmund hem bij zijn werkgever zou verontschuldigen. En waarschijnlijk – zo vermoedde ik althans – zou de dokter er ook voor zorgen Matthew zijn loon voor deze dag op mysterieuze wijze alsnog zou ontvangen.

'Toone ligt nog te snurken in zijn bed, Tobias, dus de eer van het verrichten van onderzoek op die open plek valt u en mij toe. Als we iets zouden kunnen vinden om vanavond aan de rechter te laten zien, zou dat een goede zaak zijn.'

'We hebben al iets,' bracht ik hem in herinnering. 'We hebben dat stukje stof dat ik uit Gundy's bek gehaald heb.' Inmiddels had ik het veilig opgeborgen in de afsluitbare lade van mijn bureau.

'Natuurlijk.' Hij sloeg zichzelf tegen het voorhoofd. 'Hoe kon ik dat vergeten? Te veel port,' antwoordde hij grimmig nog voor ik iets kon zeggen.

'Het enige wat we nu nog hoeven doen,' ging ik met enige trots verder, 'is de jas vinden waaraan dit stukje stof ontbreekt, dan weten we ook wie de koffer gestolen heeft.'

Hij schudde zijn hoofd met een medelijdende glimlach. 'Ach, jullie jongens van Cambridge met jullie logica. Vind die jas en je vindt de persoon die de koffer van die open plek gehaald heeft.'

Ik knikte, op mijn plek gezet. 'Maar niet noodzakelijkerwijs dezelfde man als die de koffer daar in eerste instantie heeft achtergelaten,' stemde ik in.

'En uw logica vertelt u dat het een man was? Kan het geen

vrouw geweest zijn? Juffrouw Southey zelf? Juffrouw Southey was een bijzonder vaardige pianiste. Haar armen waren even sterk als die van een man.'

Ik staarde hem verbijsterd aan. 'Maar hij was zo zwaar. Dan zou u net zo goed kunnen beweren dat Lady Bramhall hem verplaatst heeft.'

'Dat kan zeker. U hebt zelf gezien hoe gespierd haar handen zijn.'

Ik was er niet zeker van of hij een grapje maakte of niet. Daarom ging ik op ernstige toon verder: 'Is het mogelijk dat iemand juffrouw Southey vergezelde toen ze de Court verliet?'

'Zeer goed mogelijk. Het is ongelofelijk moeilijk om te verdwijnen zonder sporen achter te laten, tenzij je geholpen wordt.'

We reden kalmpjes naar het bos, als twee doodgewone heren die zomaar voor hun plezier een ritje maakten. We spraken over Toone en uitten onze bezorgdheid over zijn drankgebruik. Hij was tenslotte geen student meer, voor wie een toestand van voortdurende dronkenschap haast een principekwestie was. In de kringen waarin mijn vader verkeerde was totale nuchterheid geen vereiste, zeker niet naarmate de avond vorderde, maar in gezelschap van de gastvrouw in benevelde toestand verkeren was beslist ongepast.

'De eerste keer dat we elkaar ontmoetten,' peinsde ik hardop, 'kwam Toone op mij over als een uitzonderlijk bekwame arts – zou zijn drankgebruik zijn vaardigheden op negatieve wijze beïnvloeden?'

'Ik hoop en bid dat dat niet het geval is, Tobias – u kende hem al toen hij nog een student was. Hoe gedroeg hij zich toen?'

'Behoorlijk explosief, moet ik toegeven,' antwoordde ik. In werkelijkheid was hij een gemene, gewelddadige smeerlap geweest, die mij vaak – zonder enige reden – in elkaar geslagen had. Ik vroeg me soms wel eens af of hij zich aan de geneeskunst gewijd had als een soort boetedoening voor de zware zonden uit zijn jeugd.

'Hm.' Hij zei niets meer terwijl we het bos inreden, eerst achter elkaar aan, totdat we niet verder konden en afstegen om onze paarden te voet verder te leiden. Uiteindelijk bonden we ze op korte afstand van de open plek aan een boom.

Op het eerste gezicht lag het grasveld er nog precies zo bij als we het hadden achtergelaten, het touw nog steeds rond de plek waar het gras geknakt was. Hansard hurkte neer en bekeek het van alle kanten, maar uiteindelijk was zijn conclusie niet anders dan de mijne – dat Gundy geprobeerd had de hutkoffer te verdedigen, maar daar niet in geslaagd was. Die koffer kon inmiddels natuurlijk overal zijn.

'Mijn logica vertelt mij,' begon Hansard langzaam, 'dat iemand – man of vrouw – die zo'n zware last met zich meedraagt langzamer zal lopen dan anders, en diepere voetsporen achterlaat. Zien we die hier ergens?'

'Die voetafdrukken daar. Van een man, misschien? Al kunnen ze natuurlijk net zo goed afkomstig zijn van Matthew, wankelend onder het gewicht van zijn hond.'

'Eens kijken waar ze naartoe gaan.' Hij volgde de sporen, gehinderd door uitlopers van braamstruiken die hij met zijn zweep opzij sloeg. 'Aha, naar het bospad. Dus dan kunnen ze inderdaad van Matthew zijn. Maar zijn er nog andere voetsporen, die misschien in een andere richting lopen?'

In navolging van zijn voorbeeld tuurde ik naar de grond, voor me en achter me, naar links en naar rechts. 'Als die ellendeling niet gevolgd wilde worden, zal hij waarschijnlijk ook naar het pad gelopen zijn, in de wetenschap dat de grond daar tot een harde laag is aangestampt en zijn aanwezigheid niet zou verraden.'

'Zou hij zo helder hebben kunnen denken? Waarschijnlijk heeft hij zijn ontmoeting met Gundy niet als erg prettig ervaren en zal hij in zijn paniek...'

Edmund liep langzaam terug naar de open plek. Hij bleef bij het touw staan en bekeek het aandachtig, alsof daar het antwoord te vinden was. En misschien was dat ook zo. 'Zat er bloed op dat stukje stof?'

'Niet voor zover ik gezien heb. U hoopte op een spoor van bloeddruppels, zodat we dat zouden kunnen volgen?'

'Dat zou nuttig geweest zijn. Maar misschien zit het er niet in.' Hij hief zijn arm, alsof hij een aanvaller afweerde. 'Hoe hoog denkt u dat een woedende hond zou kunnen springen?'

'Gundy? Naar de keel, zou ik denken. En zijn beoogde slachtoffer zou zich op deze manier verdedigen –' Ik kruiste mijn armen in de lucht, op een paar centimeter van mijn gezicht.

Hij zuchtte. 'Als we de onderarmen van alle mannen – en vrouwen – in het dorp toch eens zouden kunnen inspecteren. Goed, Tobias, ik zie hier niets wat ons verder zou kunnen helpen. Mag ik voorstellen dat we uw touw losmaken en terugkeren naar onze huizen? Tenslotte hebben we onze dagelijkse verplichtingen om aan te voldoen, en ik zal ervoor moeten zorgen dat Toone tijdens dat verhoor van vanmiddag nuchter is – of in elk geval aanspreekbaar.'

Ik kuchte verlegen. 'De modder die in de neusgaten van de dode man is aangetroffen – zal mevrouw Hansard...?'

'Plaatsnemen in de getuigenbank? Heb je je verstand verloren, man?'

'Ik wilde vragen of ze genoemd zal worden in het getuigenis van dokter Toone. U moet weten, Edmund, dat de dorpelingen het maar niets vinden als er "een fatsoenlijke vent aan stukken gesneden wordt", zelfs niet wanneer een man dat doet. Als het gerucht de ronde zou doen dat zij een bijdrage geleverd heeft aan wat nodig was voor het bemachtigen van deze informatie, hoe waardevol ook, zal dat haar reputatie ernstig schaden.' Ik hoefde niet toe te voegen dat sommige vrouwen uit het dorp al meer dan genoeg onterechte vijandigheid jegens haar koesterden, jaloers omdat zij van bediende – hoe hooggeacht ook – was verhoogd tot meesteres over Edmunds niet onaanzienlijke bezit.

Hij legde zijn hand op mijn schouder. 'U hebt gelijk, Tobias. Daar moet ik hem zeker op wijzen. Dank u.' In zijn stem klonk wellicht meer emotie door dan in deze situatie gepast was. Hij dwong zichzelf zijn zelfbeheersing te hervinden. 'Het lijkt me dat er, met het oog op de innerlijke rust en zelfs de veiligheid van Lady Chase, nog iets is wat op dit moment niet in het openbaar aan de orde moet komen – waarmee ik uiteraard doel op de ring en het krantenknipsel.'

Ik liet mijn hoofd hangen. 'Hoezeer ik het ook met u eens ben,' zei ik na enige tijd, 'zie ik niet in hoe we het noemen hiervan zouden kunnen vermijden – als er naar gevraagd wordt. We zweren niet alleen de waarheid te vertellen, maar de héle waarheid, is het niet?'

'Natuurlijk. Maar ik zeg u nu alvast dat ik vrees voor de mogelijke gevolgen.'

De stilte die volgde leek uren te duren. Uiteindelijk zei ik voorzichtig: 'Edmund, er zijn mensen in het dorp met een nog scherpere blik dan u of ik. Moeten we hun wellicht vragen om de paden af te speuren? Misschien dat ze behalve sporen zelfs de hutkoffer zelf zullen vinden, achtergelaten na het veiligstellen van de inhoud ervan?'

Hij pakte mijn arm. 'En wie weet wat ze verder nog zullen aantreffen? Goed werk, Tobias. Laten we er meteen een paar mannen op uit sturen.'

Hoewel ik mijn verplichtingen wat betreft het zichtbare niet verzaakt had, was ik als geestelijke ernstig tekortgeschoten. Een goede dominee heeft nu eenmaal meer verantwoordelijkheden dan dopen, trouwen en grafredes houden. Dus toen ik eenmaal in het dorp was teruggekeerd, begaf ik me onmiddellijk naar de kerk om daar te knielen en al mijn zorgen aan de Almachtige op te dragen. Daarna loofde ik zijn naam met een psalm en het collectgebed voor deze dag. Ik sloot af met wat in mijn beleving altijd het meest heerlijke gedeelte van mijn gebedstijd was – eenvoudige, stille aanbidding. Wat onze zoektocht ook zou opleveren, wat deze dag ook bracht, mijn vrienden en ik stonden er niet alleen voor.

IO

Meneer Vernon, de rechter van instructie, keurde het majestueuze Moreton Hall nauwelijks een blik waardig, alsof hij gewend was aan het voorzitten van rechtszaken onder de blinde ogen van Griekse en Romeinse goden. Het feit dat sommige van zijn juryleden, slechts eenvoudige boerenarbeiders, hun ogen uitkeken, ontlokte hem niet meer dan een glimlachje dat het midden hield tussen geamuseerd en geïrriteerd. Hij was een modern uitziende man van een jaar of veertig, met brede schouders, een rechte rug en haar dat nog steeds donker van kleur was. Hij ging elegant gekleed, zijn mantel ongetwijfeld vervaardigd door Weston zelf. Er was een eikenhouten tafel voor hem neergezet, evenals een sierlijke maar uitzonderlijk ongemakkelijke Elizabethaanse stoel, beiden afkomstig uit de wapenkamer. Zijn griffier, die even verderop had plaatsgenomen, zat op een eenvoudige kruk – veel minder voornaam, maar waarschijnlijk een stuk comfortabeler.

Vernon leek aangenaam verrast door de aanwezigheid van Lady Chase en hij begroette haar met een respectvolle buiging. Zelf had ik ook niet verwacht dat zij de rechtszaak zou bijwonen. Waarschijnlijk zou dit proces maar van korte duur zijn, en bestaan uit het ondervragen van ondergetekende over de manier waarop ik het lichaam had aangetroffen, een kort verslag van onze pogingen om de man te identificeren, Toones bewijzen dat hij al was overleden voordat hij in het water viel en dan – tenzij er sprake was van feiten waarvan ik niet op de hoogte was – zou een verdaging volgen.

Ik werd inderdaad als eerste opgeroepen om in de getuigenbank plaats te nemen, maar ik was nog maar nauwelijks aan mijn relaas begonnen toen ik door rechter Vernon onderbroken werd.

'U vertelt me net dat u niet de eerste was die op de plaats in kwestie aanwezig was, meneer Campion. Mag ik vragen wie dan wel?'

'Twee jongedames stonden aan de rand van de buiten zijn oevers getreden beek, edelachtbare, en een derde, hun gouvernante, bevond zich zelfs ín het water.'

'Om welke reden? Met de bedoeling om deze in haar beleving verdrinkende man de helpende hand toe te steken?'

'Dat denk ik niet, edelachtbare. Ze raakte ernstig van streek toen ik haar wees op de geringe afstand tussen haarzelf en het slachtoffer.'

'Maar wat deed ze dan in het water? Waar is ze?' wilde hij weten, ongeduldig om zich heen kijkend alsof ze uit een van de missen tevoorschijn zou komen. 'Laat haar voor zichzelf spreken.'

Ik hoestte. 'Juffrouw Southey is niet aanwezig, edelachtbare. Ze heeft haar betrekking bij de Bramhalls diezelfde dag nog opgezegd en is meteen daarna uit het district vertrokken. Ze is tot op heden onvindbaar.'

'Dat is een schande. Verlaat de getuigenbank, meneer. Nu onmiddellijk. En laat meneer Bramhall naar voren komen.'

De griffier fluisterde hem haastig een correctie toe.

'Ook goed. Laat *Sir Marcus* Bramhall naar voren komen. Niet aanwezig? Niet aanwezig? Waar voor de duivel zit die man? Hij en zijn gouvernante, dit is regelrechte minachting van het hof! Dominee Campion, een ogenblik, alstublieft.'

Ik was al onderweg naar mijn zitplaats, naast de Hansards, maar draaide me gehoorzaam om.

'De jongedames over wie u sprak – hun namen. En zijn zij aanwezig? U hoeft niet opnieuw naar voren te komen, meneer – een eenvoudig ja of nee?'

'Ik zie ze hier niet, meneer.'

'Waar zijn zij dan? En wat zijn hun namen? Ik waarschuw u, meneer, als u geen antwoord geeft, beschouw ik ook dat als minachting van het hof.'

Als ik een monocle had gehad, vrees ik dat ik die op dat moment geheven zou hebben. Nederige plattelandsdominee of niet, er stroomde toch nog genoeg van mijn vaders bloed door mijn aderen om in verzet te komen tegen zo'n barbaarse behandeling. Ik stond mezelf een houterige buiging toe. 'Edelachtbare, een eenvoudig verzoek zou hebben volstaan. De jongedames in kwestie zijn de dochters van Sir Marcus Bramhall, Lady Honoria en Miss Georgiana. En zoals ik al eerder zei, ze zijn niet bij dit proces aanwezig.' Ik boog nogmaals en ging zitten.

'En wie van de aanwezigen treedt dan wel op als vertegenwoordiger van Sir Marcus en zijn familie?' bulderde Vernon, met een priemende blik op de aanwezigen.

Lady Chase stond op. Lang, en desondanks elegant, was ze zo'n indrukwekkende verschijning dat ik hier en daar mensen naar adem hoorde happen. 'Ik beweer niet dat ik de familie van mijn overleden man, Lord Chase, vertegenwoordig, maar ik kan het hof wel mededelen dat, hoewel ze bij mij te gast zijn, Sir Marcus vandaag met zijn hele gezin van huis lijkt te zijn.'

Furnival stond op en haastte zich de hal uit.

'Sterker nog,' ging ze verder, 'ik heb begrepen dat er sprake was van een reis per koets. Mijn rentmeester doet op ditzelfde moment navraag naar hen.' Ze boog lichtjes en ging weer zitten.

'Dank u, Lady Chase,' zei Vernon, duidelijk tot bedaren gebracht. 'Dan wil ik nu, hoewel dat in het verslag wellicht wat rommelig zal overkomen, meneer Campion verzoeken om opnieuw in de getuigenbank plaats te nemen. Als u zo vriendelijk zou willen zijn, meneer Campion? Dank u. Wilt u dan alstublieft verder gaan met uw verslag van de gebeurtenissen die volgden?'

Ik had mijn getuigenverklaring afgelegd, en Hansard eveneens. De enige informatie die een enkeling kippenvel bezorgde was dat het haar van de arme man gelijkenis vertoonde met dat van een Afrikaan.

'En was zijn huidskleur daarmee in overeenstemming?'

'Zijn huid was niet donkerder dan die van een man die regelmatig in de buitenlucht verkeert, edelachtbare.'

'Dat zou dus kunnen betekenen dat er buitenlands bloed door zijn aderen stroomt?'

'Dat kan zeker.'

'Dus het slachtoffer kan onmogelijk de vermiste Lord Wombourn geweest zijn?'

'Uitgesloten, meneer. De man in kwestie beschikte, behalve over ongewoon haar, over een volmaakt gebit. Ik heb Lord Wombourn ooit eens behandeld na een ongeluk tijdens het jagen, waarbij een stukje van een van zijn tanden was afgebroken – een voortand,' voegde hij toe, waarbij hij een van zijn eigen voortanden aanraakte om twijfel te voorkomen.

'Wat kunt u ons verder nog over deze man vertellen?'

'Hij was arm. Een van zijn laarzen was lek en hij had het gat opgevuld met krantenpapier. Zijn kleding, ooit waarschijnlijk van uitstekende kwaliteit, was tot op de draad versleten. Zijn zakflacon, die we vlak bij het lichaam in een graspol hebben aangetroffen, was vervaardigd uit eenvoudig tin en bovendien behoorlijk gedeukt.'

Vernon keek op. 'Twee vragen, met uw welnemen? Hoe is deze flacon gevonden?'

Edmund vertelde hem over de zoektocht die we ondernomen hadden.

Vernon knikte goedkeurend. 'Maar heb ik goed begrepen dat u deze flacon niet op het lichaam zelf gevonden hebt?'

'Inderdaad, meneer. Het flesje bevond zich verder stroomopwaarts, op de plek waar de man, naar ik vermoed, oorspronkelijk gelegen heeft.'

'Dat vermoedt u? Dat *vermoedt* u? Dokter Hansard, u bent een arts met een benijdenswaardige reputatie, maar ik moet u toch vragen om bij de feiten te blijven en niet te vervallen tot speculatie.'

Ik durfde Edmund niet aan te kijken, bang als ik was dat ik dan in lachen zou uitbarsten, wat op dit moment bijzonder ongepast zou zijn. Maar zou hij na deze vermaning nog iets zeggen over de ring?

Hij beet op zijn lip, als om zijn vergissing te erkennen, en wellicht omdat zijn geweten begon op te spelen. Zou hij de hele waarheid vertellen, of Lady Chase beschermen? Uiteindelijk hoefde hij die beslissing echter niet zelf te nemen.

'Zonder verder in te gaan op theorieën over de mogelijke herkomst van de flacon, rest mij nog één vraag: Hebt u verder nog iets gevonden tijdens deze ongetwijfeld bijzonder nauwkeurige zoektocht?'

'Ik niet, meneer, maar iemand anders wel. De jongen uit het dorp over wie ik het al eerder had. Hij heeft een leren buideltje gevonden, met daarin een ring. De ring werd vervolgens door Lady Chase herkend als het eigendom van haar zoon, Lord Wombourn.'

Hoe ernstig dit moment ook was, enige opschudding was niet te voorkomen. Verschillende vrouwen barstten in tranen uit en twee mannen gooiden al juichend hun pet in de lucht.

'Hij leeft! God zij dank, hij leeft! Lady Chase had toch gelijk!' Overal in het vertrek klonk geroezemoes.

Uiteindelijk maande Vernon de aanwezigen opnieuw tot stilte, maar op zijn gezicht was een intense bewogenheid te lezen. 'Laten we God smeken dat deze veronderstelling inderdaad waar zal blijken te zijn. Het enige dat echter in het verslag opgenomen dient te worden, is dat er een ring gevonden is die identiek is aan de ring van Lord Wombourn. Mijn diepe verontschuldigingen, mevrouw.'

De volgende die plaatsnam in de getuigenbank was dokter Toone, die verslag deed van de toestand van de overledene.

'Modder in zijn neusgaten? Wat heeft dat met deze zaak te maken?' wilde Vernon weten, duidelijk van zijn stuk.

Ik wierp een heimelijke blik op mevrouw Hansard, die reageerde met wat ik bij ieder ander een knipoog genoemd zou hebben.

'Naar mijn mening,' antwoordde Toone, 'is dat een aanwijzing dat de overledene met zijn gezicht in de modder lag terwijl hij nog leefde, en heeft hij tijdens het ademen modder geïnhaleerd. Of hij eenvoudigweg in de modder lag of dat zijn gezicht in de modder gedrukt werd totdat hij stikte, daarover zou ik uiteraard niet willen speculeren,' voegde hij met engelachtige onschuld toe, en heel even voelde ik een sprankje genegenheid voor hem. 'Wat ik wel kan bevestigen is dat zijn longen geen water bevatten, wat als hij was verdronken wel het geval zou zijn geweest.'

'En hoe bent u dit te weten gekomen?'

Toone keek hem onbewogen aan. 'Op de gebruikelijke manier, edelachtbare.'

'Door het uitvoeren van een postmortaal onderzoek?'

De woorden deden degenen die in staat waren de betekenis ervan te begrijpen huiveren. Naarmate het meer mensen begon te dagen, steeg er een verontwaardigd gefluister op. Ik bad God dat Toone ter wille van Maria zijn tong in toom zou houden.

Hij ging verder, zijn aandacht enkel op Vernon gericht. 'Ik moet toevoegen dat het proces van ontbinding al begonnen was, vooral in zijn gezicht. Het was misschien maar gelukkig dat de jongedames de vindplaats al verlaten hadden toen het lichaam geborgen werd.'

'Uitstekend, dokter Toone – u mag de getuigenbank verlaten. Maar blijf nog wel in deze ruimte. Wellicht bent u straks nog nodig.'

En dat was hij ook – zij het niet als getuige. Hij en Edmund werden ontboden in hun hoedanigheid als arts toen zowel Lady Honoria als Miss Georgiana in katzwijm vielen nadat ze, toen ze na hun rijtochtje op Moreton Hall terugkeerden, om de beurt ontboden werden voor het afleggen van een getuigenverklaring. Ze leken geen van beiden in staat om ten overstaan van publiek uit te leggen waarom juffrouw Southey zich in de beek bevond; en beiden namen hun toevlucht tot een hysterische uitbarsting die, in elk geval in mijn ogen, volkomen geveinsd was. Ik had het idee dat ik niet de enige cynicus was. Met zijn handen wapperend om de geur van het reukzout en het lavendelwater uit zijn omgeving te weren, stuurde Vernon de meisjes de hal uit, met het dringende verzoek aan de twee medici om alles te doen wat in hun macht lag om hen het zwijgen op te leggen.

Terwijl hun gegil nog door de ruimte klonk, gelukkig enigszins gedempt door de grote mahoniehouten deuren, gaf Vernon hun vader opdracht om in de getuigenbank plaats te nemen. Het was hem in dit geval echter niet om een getuigenverklaring te doen.

'Ik begrijp niet hoe een man met enig gezond verstand, wat u naar ik aanneem toch bent, ooit heeft kunnen toestaan dat een ooggetuige zomaar uit uw staf vertrokken is – ik zeg bewust niet "uit uw huis", want ik heb begrepen dat u bij Lady Chase te gast bent. Ik verzoek u met klem om al het mogelijke te doen om de jongedame in kwestie op te sporen. Ik heb vernomen dat Moreton St Jude niet de beschikking heeft over een eigen agent die een bijdrage zou kunnen leveren aan het achterhalen van de identiteit van de overledene. Is er iemand anders die deze taak op zich genomen heeft? Nee? Dan ga ik nu over tot het verdagen van deze zaak, dames en heren, maar als de sessie eenmaal is afgesloten zou ik graag nog even persoonlijk met meneer Campion spreken. Uw medewerking, alstublieft.'

Vernon zat in de leunstoel tegenover mij, nippend van de sherry die mevrouw Hansard ons nog gauw even gebracht had voordat ze zich verontschuldigde en ons alleen liet. Bij zijn elleboog stond een presenteerblaadje met overheerlijke koeken. We hadden voorgesteld dat hij de nacht zou doorbrengen op Langley Park, hoewel de reden daarvoor – dat dat sociaal gezien minder gevoelig zou liggen dan wanneer hij op Moreton Hall verbleef, in het gezelschap van de familie die hij kort daarvoor zo vermanend had toegesproken – door niemand werd uitgesproken. Hij had echter nog maar nauwelijks een voet over de drempel gezet of Edmund werd weggeroepen om te assisteren bij een moeilijke bevalling, en Toone had besloten hem te vergezellen, erop gebrand, zo zei hij, om te leren van de meester.

'Bent u de enige verstandige man in het hele dorp, Campion?' vroeg Vernon met een lachje.

Ik schudde vol overtuiging mijn hoofd. 'Dokter Hansard is zowel een onderlegde wetenschapper als ook een uitmuntende arts. Het sterftecijfer in deze omgeving is uitzonderlijk laag, en zijn bedrevenheid in het ter wereld brengen van kinderen is met niets te vergelijken. De moeder die hij op dit moment bijstaat zou niet in betere handen kunnen zijn, al was Sir William Knighton zelf beschikbaar. Als een man als hij beweert dat Toone op het gebied van lijkschouwingen zijn meerdere is, dan moeten we dat zonder meer van hem aannemen. Maar ondertussen hebben Hansard en ik sinds de verdwijning van die arme juffrouw Southey niet stilgezeten,' legde ik uit, eindigend met de mededeling dat de zoektocht in het bos die Edmund en ik gisteren in gang gezet hadden tot nog toe geen resultaat had opgeleverd.

'Maar waarom zou iemand er met de hutkoffer van deze jongedame vandoor willen gaan?' vroeg hij zich uiteindelijk hardop af, nadat hij mijn hele verhaal had aangehoord zonder me te onderbreken. Hij liet zijn agressieve houding langzaam maar zeker varen. 'En het risico lopen om een stuk van zijn mouw te verliezen,' voegde hij met twinkelende ogen toe. Misschien zou ik hem zelfs nog aardig gaan vinden.

'Daar kan ik kort over zijn. De armoede hier op het platteland is zo wijdverbreid dat veel mensen – en mijn eigen gemeenteleden vormen daarop geen uitzondering – in verleiding zouden komen om de inhoud ervan te stelen, en dan heb ik het nog niet eens over de koffer zelf. Ik acht het goed mogelijk dat een wanhopige man bereid zou zijn geweest om de hond die tussen hem en zijn mogelijke "buit" instond, te vermoorden. Maar,' ging ik verder, terwijl ik nog een blok hout op het vuur gooide, 'in dit geval lijkt het allemaal iets te toevallig. Al onze pogingen om meer over het vertrek van de jonge vrouw te weten te komen zijn op niets uitgelopen, en hoewel Lady Bramhall de beheerder van haar huis in Londen een brief gestuurd heeft met het verzoek om ons op de hoogte te stellen van alle details die over juffrouw Southey bekend zijn – haar familie, haar referenties, en ga zo maar door – heeft ze voor zover ik weet nog geen antwoord gehad: en in elk geval geen antwoord dat ze met Hansard of mij heeft willen delen. Al is het uiteraard goed mogelijk dat u meer succes zult hebben.'

Hij knikte grimmig. 'Ik vroeg me al af waarom Hansard voorstelde dat ik mij hier zou terugtrekken. Maar ik denk dat hij daar goed aan gedaan heeft. Ik kan het gedrag van de Bramhalls niet anders omschrijven dan als zeer merkwaardig. En men kan moeilijk *en famille* dineren met mensen jegens wie men ernstige verdenkingen koestert. Al vrees ik dat ik Sir Marcus morgen toch verder aan de tand zal moeten voelen over de gebeurtenissen omtrent juffrouw Southey – en Lady Bramhall wellicht ook, hoezeer het me normaalgesproken ook tegenstaat om het schone geslacht aan een verhoor te onderwerpen. Bovendien ben ik van mening dat we onze zoektocht verder moeten uitbreiden.' Hij stond op, sloeg met zijn vuist in zijn handpalm en begon geïrriteerd heen en weer te lopen. 'Niet te geloven dat dit gebied niet één eigen agent heeft. En dat in deze moderne tijd! Al denk ik overigens niet dat zo iemand in staat zou zijn om veel meer te doen dan hier en daar een stroper oppakken of een eenvoudige diefstal oplossen.'

'Het opsporen van die vermiste koffer zou waarschijnlijk wel binnen zijn taakomschrijving passen,' opperde ik. 'Zowel Hansard als ik hebben andere verplichtingen, verantwoordelijkheden waaraan we ons niet kunnen onttrekken. Ikzelf zou van harte bereid zijn om op weg te gaan naar Londen om verdere inlichtingen in te winnen over de vermiste Lord Chase, maar om eerlijk te zijn zou ik, zelfs als ik mijn kudde aan de zorg van een tijdelijke herder zou kunnen toevertrouwen, niet weten waar ik moest beginnen.'

Vernon ging weer zitten. 'We kunnen natuurlijk een beroep doen op de politie uit de grote stad – de Runners.'

'Maar die hebben geen bijzonder goede reputatie. En de wetshandhavers daar zijn ronduit lui.'

'Dat klopt. Ik hoopte van harte dat Colquhoun daar verandering in zou weten te brengen, maar toen hij het veld moest ruimen en Richard Ford benoemd werd tot hoogste commissaris van Bow Street kwam daarmee een einde aan elke mogelijkheid om Londen om te vormen tot een gezagsgetrouwe stad. De enige agenten voor wie men nu nog op zijn hoede is, zijn die van Napoleon! O, ik geef toe dat die patrouilles te paard enig succes hebben gehad, evenals de inspanningen van de rivierpolitie, maar waar moet het geld vandaan komen om toezicht te houden op de broeinesten van de misdaad, op die vervallen woonkazernes overal? Om straten te ontdoen van zakkenrollers en kruimeldieven? Van prostitutie?' Zo ging hij nog een paar minuten door, wat mij herinnerde aan de tijd waarin de wetshandhaving in de hoofdstad mij, als zoon van een rijke familie, op dezelfde wijze bezighield.

Tegenwoordig golden mijn zorgen echter allereerst mijn parochie, en misschien wel in de slechtst mogelijke zin van het woord. Bovendien moest ik het gesprek op een of andere manier zien terug te brengen op dat wat nu het zwaarste moest wegen. Wie was de dode man? Waar was juffrouw Southey? En, belangrijker nog, was de jonge Lord Chase nog in leven?

Het was Toone die mij tijdens het diner, noodgedwongen geserveerd op een tijdstip waarvan zelfs de meest moderne Londenaren onder de indruk zouden zijn, plotseling van nieuwe inspiratie voorzag. Of misschien was het de Almachtige, die ik vandaag niet alleen dank verschuldigd was voor de heerlijke maaltijd die mevrouw Trent en haar kok uit het niets tevoorschijn hadden getoverd, maar ook voor een geslaagde bevalling: de jonge vrouw in het dorp had een flinke zoon ter wereld gebracht, en volgens de dokter waren moeder en zoon beiden buiten gevaar.

Toen alle bedienden waren weggestuurd, het enige ongebruikelijke de aanwezigheid van onze voorname gast, legde Toone ons uit hoe hij bij een lijkschouwing te werk ging – een verre van gepast onderwerp tijdens het nuttigen van een jonge gans, geserveerd met lamszadel, geroosterde groenten en macaroni. Blijkbaar maakte hij voordat hij aan de autopsie begon een schets van de overledene, tijdens het de lijkschouwing gevolgd door meer gedetailleerde schetsen van de relevante lichaamsdelen.

'Dus u beschikt over een tekening van de man die we in de beek hebben aangetroffen?' vroeg ik, terwijl zich in mijn achterhoofd langzaam maar zeker een plan ontvouwde.

'Inderdaad.'

'Zou deze tekening dan niet geschikt zijn om aan het publiek te tonen?'

'De schets zou geschikt zijn om aan medeartsen te laten zien, dat wel. Maar aan het grote publiek? Nee. Dat zou te schokkend zijn.'

Vernon keek me aan alsof ik gek geworden was. Hansard glimlachte echter bemoedigend.

'Zou het mogelijk zijn om de schets aan te passen, zodat het lijkt alsof het een tekening van een levende persoon is?' hield ik aan.

Toone fronste en schudde zijn hoofd. 'Waarom zou iemand zoiets willen?'

'Omdat het mij tijdens een gesprek met meneer Vernon hier inviel dat een groot deel van de inwoners van Londen niet geletterd is – dat de advertenties die Furnival in opdracht van Lady Chase in kranten heeft laten plaatsen in werkelijkheid misschien zelfs vrijwel nutteloos geweest zijn. Toegegeven, de man in de beek had de advertentie waarschijnlijk gezien en begrepen, maar wat te denken van zijn omgeving? Als we zijn familie en vrienden van zijn lot op de hoogte willen stellen, hebben we wellicht behoefte aan andere manieren van communicatie. We hebben een plaatje nodig.' Enigszins beschaamd over de lengte van mijn toespraak nam ik een grote slok wijn.

Op Vernons gezicht verscheen een goedkeurend glimlachje. 'Wat een voortreffelijk idee, dominee.'

Toone schudde zijn hoofd. 'Mijn vaardigheden beperken zich tot het schetsen – en niet bijzonder goed, moet ik toevoegen – van iets wat ik voor me zie. Ik ben geen kunstenaar, dat ik de doden leven in kan blazen. Die vorm van tekenen is over het algemeen een meer vrouwelijke bezigheid, iets waar Lady Honoria en Miss Georgiana wellicht in onderricht zijn; maar zelfs als dat het geval is zou ik hen, met hun neiging tot luidruchtige hysterie, niet aan zo'n taak blootstellen.'

Mevrouw Hansard doorbrak de sombere stilte die volgde. 'Ik kan me voorstellen, heren, dat ze misschien wel pogingen hebben ondernomen om hun gouvernante te tekenen. Zij was een altijd beschikbaar model. Ik durf te zweren dat de meisjes sinds haar vertrek geen voet meer in het klaslokaal gezet hebben.'

'Sta mij toe u te feliciteren, Hansard, met zo'n uitmuntende echtgenote. Mevrouw Hansard, ik zal mijn persoonlijke bediende morgenochtend meteen naar hen toe sturen om deze tekeningen te vorderen.'

'Als ik u was,' kwam Hansard droogjes tussenbeide, 'zou ik zelf gaan, bekleed met het gezag van uw functie. Mijn autoriteit als lekenrechter wordt door hen stelselmatig in de wind geslagen; het is mogelijk dat ze datzelfde ook bij u zullen proberen.'

'Dan gaan we samen,' sprak Vernon beslist. 'Maar Toone, u was toch ook in staat tot het maken van die anatomische schetsen. Bent u er dan werkelijk zeker van dat het u niet zou lukken ze om te vormen tot iets... meer kunstzinnigs?'

'Ik betwijfel het ten zeerste.'

Ik moest denken aan de zitkamer van onze geliefde mevrouw Hansard in de tijd dat ze nog op de priorij werkte. De muren hingen vol met silhouetten die door haarzelf getekend waren. Ze was dan geen hooggeboren jongedame die door een tekenleraar was onderwezen, ze beschikte wel over de vaardigheden en de nuchterheid om te doen wat op dit moment nodig was. De enige vraag was nog hoe ik dit kon voorstellen zonder haar aandeel in het verrichten van de lijkschouwing te onthullen.

Ik keek naar mevrouw Hansard, net zolang tot haar blik de mijne ontmoette, en trok toen een wenkbrauw op. Toen ik haar aandacht had, deed ik alsof ik aan het tekenen was en wees ik daarna naar haar. Het duurde even voordat ze begreep wat ik bedoelde, maar toen het tot haar doordrong schudde ze nauwelijks merkbaar haar hoofd en wierp een blik op haar man, alsof ze wilde zeggen dat ze daarvoor zijn toestemming nodig had. In de wetenschap dat ik erop kon rekenen dat ze dat onder vier ogen met hem zou overleggen, glimlachte ik warm en veranderde van onderwerp.

Het was al zo laat dat een langdurig nagesprek onder het genot van een glas port niet aan de orde was, hoewel mevrouw Hansard zich deze keer wel uit de eetkamer had teruggetrokken om ons, mannen, gelegenheid te geven mannenzaken te bespreken. Tijdens haar afwezigheid kwam het gesprek echter op allerlei ingewikkelde medische procedures, en het was moeilijk te zeggen wie er uiteindelijk het meest opgelucht was – Vernon of ik – toen ons groepje zich bij mevrouw Hansard voegde voor een kopje thee.

Mevrouw Hansard liet de thee vrijwel onmiddellijk binnenbrengen, en terwijl ze ons inschonk zei ze op kalme toon: 'Ik heb de kwestie van de hutkoffer nogmaals overdacht, heren. Als we vermoeden dat de koffer gestolen is door een arme stakker die zijn gezin voor de hongerdood wilde behoeden, dan is een tegenovergestelde belofte wellicht de manier om hem terug te krijgen.'

'Door middel van smeergeld, bedoelt u?' wilde Toone weten.

'Een beloning,' corrigeerde ze hem vriendelijk.

'Uitstekend,' prees Vernon haar. 'We moeten enkele aanplakbiljetten vervaardigen en die tentoonstellen op centrale plaatsen.'

Ze schudde haar hoofd, een geamuseerde twinkeling in haar ogen. 'U hoeft het alleen maar aan de bedienden hier in huis te laten weten, dan zal het nieuws tegen het ontbijt overal in het dorp bekend zijn. Ik durf te zweren dat de hutkoffer morgen nog voor de middag gevonden is. Hoewel ik niets over de inhoud durf te zeggen.'

'Daar heb ik wel een guinea voor over,' sprak Vernon. 'Geef uw bedienden opdracht het overal rond te bazuinen.'

'Daar is geen opdracht voor nodig,' zei ik met een glimlach, terwijl Edmund Burns ontbood, die het nieuws in ontvangst nam met een wel zo hooghartige glimlach dat zijn vurige interesse nauwelijks nog merkbaar was. Hij trok zich beheerst en waardig van ons terug, maar ik durfde er meer dan Vernons guinea onder te verwedden dat het nieuws binnen één oogwenk in de keuken bekend zou zijn.

'Als we de hutkoffer eenmaal hebben gevonden,' mompelde Hansard, met een glimlach naar zijn vrouw, 'wat doen we er dan mee?'

'Hem laten bewaken,' was haar kordate antwoord. 'Totdat je hem aan het meest nauwkeurige onderzoek hebt onderworpen.'

'Kunt u iemand aanbevelen?' vroeg Vernon.

'Misschien uw koster, Tobias?' stelde Maria voor.

'Simon Clark? Wat een geweldig idee. Die arme Simon kan wel wat extra afleiding gebruiken.'

'Inderdaad,' stemde Edmund in. 'Hij kwijnt weg sinds zijn vrouw hem ontvallen is, God hebbe haar ziel. Maar ik heb het idee dat hij tegenwoordig bang is voor zijn eigen schaduw – hoe hij de wet zou moeten handhaven is mij een raadsel.'

Ik had het zelf niet beter kunnen zeggen.

'Misschien dat de verantwoordelijkheid hem juist in staat stelt zich te herpakken,' zei Maria.

En daarmee was de zaak afgedaan. We waren het er allemaal over eens dat het tijd was om onze slaapkamers op te zoeken.

Ik ging echter niet meteen naar bed. Mijn verlangen om zelf op onderzoek uit te gaan werd steeds sterker en noopte mij tot het schrijven van de jongeman die mijn geliefde kudde al eens eerder onder zijn hoede genomen had toen ik elders verplichtingen had. In de verwachting dat hij er geen aanstoot aan zou nemen – hoewel ik moet toegeven dat ik vooral gedreven werd door het besef dat hij zich zonder enige financiële bijstand geen snelle manier van reizen kon veroorloven – verborg ik een guinea onder de was waarmee ik de brief verzegelde. Gerustgesteld door het gevoel dat ik eindelijk een positieve stap gezet had, sliep ik zoals ik altijd sliep wanneer ik op Langley Park verbleef: als een innig geliefd kind.

II

Ik was al van Langley Park vertrokken nog voor de anderen ontwaakten. Mijn gastheer en gastvrouw zouden zonder meer begrijpen dat Jem vol ongeduld wachtte op een verslag van alle gebeurtenissen die de voorgaande dag hadden plaatsgevonden.

Ik had Titus al drooggewreven en voorzag hem juist van een, naar ik vermoedde tweede, ontbijt toen Jem de stal binnenkwam.

'U bent vroeg op,' zei hij kribbig, wat ik niet van hem gewend was.

Had ik hem beledigd? Of zat het Jem, die altijd zo punctueel was, dwars dat hij niet aan zijn eigen standaard voldaan had? 'Dat is nog niets. Jij bent opgestaan van je ziekbed,' zei ik vriendelijk.

'Wat die ziekte betreft, ik ben even gezond als u. En frisse lucht heeft voor zover ik weet nog nooit iemand kwaad gedaan.'

'Tenzij ik het helemaal bij het verkeerde eind heb,' merkte ik op, terwijl ik een pluk stro pakte om mijn handen aan af te vegen, 'is die frisse lucht niet bevorderlijk voor jouw humeur, Jem. Of heb ik je op een of andere manier beledigd?'

'Onzin. Wie voor de duivel is dat?' Hij draaide zich om naar een jongen uit het dorp, die schuchter dichterbij kwam, een en al armen en benen, ellebogen en knieën. Omdat ik wist dat Jem alle kinderen uit het dorp kende, van hun kruintje tot hun tenen, om het zo maar te zeggen, kon die vraag alleen maar retorisch zijn.

'Will Pargeter, tot uw dienst, meneer.' Hij deed een paar stappen naar achteren, zijn ogen groot van ontzag, en herinnerde zich toen pas dat hij zijn pet moest afnemen. 'Met een boodschap voor de dominee, meneer.' Hij keek me schichtig aan, ongetwijfeld bang voor nog zo'n explosieve reactie.

Met een naar ik hoopte geruststellende glimlach legde ik mijn hand op zijn schouder. Zijn botten lagen veel te dicht onder de oppervlakte, zoals bij de meeste kinderen uit het dorp het geval was. Zelfs de vrijgevigheid van Lady Chase was niet voldoende voor jongens in de groei. 'En wat mag die boodschap dan wel zijn?'

'Hij komt van moedertje Powell,' antwoordde Will. 'Haar complimenten, dominee, en zou u zo vriendelijk willen zijn om een glas sleutelbloemenwijn te gebruiken wanneer dat u uitkomt?'

'Dank je, Will. Ren dan nu alsjeblieft terug naar mevrouw Powell om haar te bedanken voor haar vriendelijke uitnodiging, die ik met alle plezier aanneem.' Ik stak hem een penny toe.

Verleiding streed met oprechtheid; de laatste won. 'Dominee, meneer, ze heeft gezegd dat ze geen antwoord nodig had – dat u langs kon komen als u toevallig toch in de buurt moest zijn.'

'Dank je, Will. Maar ik wil toch graag dat je mijn boodschap overbrengt.' Ik drukte de penny in zijn groezelige handpalm. 'Ga maar gauw.' Ik richtte me tot Jem. 'Het is beter als hij er iets voor moet doen, niet?'

Hoewel dat zijn eigen stelregel was, knikte hij slechts met tegenzin.

'Heb je al ontbeten? Nee?' drong ik aan. 'Ik ook niet. Laten we de warmte van mevrouw Trents keuken opzoeken – jouw neus is misschien nog wat verstopt, maar ik kan het verse brood hier al ruiken – dan zal ik je op de hoogte stellen van alles wat er sinds het verhoor heeft plaatsgevonden.'

'De baby van Ann Wood, bedoelt u? Het gaat hen allebei goed – hoewel ik gehoord heb dat Daniel niet blij was met de aanwezigheid van dokter Toone in de slaapkamer van zijn vrouw. Waarschijnlijk door die afschuwelijke geruchten over hoe hij dode mensen aan stukken snijdt,' verklaarde hij kalmpjes, alsof hij nog nooit een lijk gezien had, laat staan dat hij dokter Hansard geregeld met zijn scherpe ogen van dienst geweest was.

Zonder te vragen hoe hij aan al die informatie kwam – soms geloofde ik echt dat roddels zich verplaatsten met de snelheid van de wind, zelfs nog sneller dan de snelste vogels – sloeg ik hem op de schouder. 'Kom mee, man: als onze lieve Heer had gewild dat we het koud zouden hebben, dan had Hij niet toegestaan dat we fornuizen zouden bouwen om ons bij te warmen.'

Uiteindelijk gaf ik Jem toestemming om mij en de verwarde Titus te vergezellen naar het poortwachtershuisje, omdat Ben wel wat beweging kon gebruiken en ik mezelf ervan overtuigd had dat een kort ritje Jem geen kwaad zou doen.

Mevrouw Powell begroette hem alsof hij zojuist uit het graf was opgestaan. Hij was vol lof over haar heerlijke zwarte bessenwijn waaraan hij zijn spoedige herstel toeschreef.

Voordat we het wisten – en ondanks het vroege uur – werd erop aangedrongen dat we, zoals Will al gezegd had, een glas sleutelbloemenwijn zouden gebruiken. We wisselden waarschuwende blikken uit, maar konden haar aanbod onmogelijk in zijn geheel afslaan omdat we het vriendelijke oude vrouwtje dan ongetwijfeld zouden beledigen. Het was Jem die uiteindelijk zei dat hij de voorkeur gaf aan een glas bier.

Het bier van mevrouw Powell bleek echter bijna even sterk te zijn als haar wijn, dus we namen heel kleine slokjes. Ik wis dat het onbeleefd was – en bovendien zinloos – om meteen in te gaan op de reden van mijn bezoek. Daar was ze toch al van op de hoogte. In plaats daarvan stelde ik enige, naar ik hoopte intelligente vragen over haar gezondheid, de gezondheid van haar man en zelfs de gezondheid van al haar familieleden, dichtbij en ver weg. Er was in elk geval ook goed nieuws: de klachten en pijntjes van meneer Powell waren dankzij de dagelijkse doses rozenbotteljenever zo verminderd dat hij zichzelf weer in staat achtte om naar de markt te wandelen. Ik nam me voor dit aan Edmund te vertellen, die altijd erg benieuwd was naar huismiddeltjes tegen kwalen die maar al te vaak voorkwamen.

Nu haar man haar niet voor de voeten liep, zo stelde ze, kon ze eindelijk haar keuken eens goed schoonmaken. Met andere woorden, ze werd door onze aanwezigheid opgehouden.

Dus nu kon ik – eindelijk – vragen of haar nog interessante geruchten ter ore waren gekomen.

'Wat bijzonder dat u dat vraagt, dominee.'

Uiteraard wisten we allemaal dat daar niets bijzonders aan was.

'Die jonge gouvernante – juffrouw Southey. Het lijkt erop dat haar hutkoffer weer is opgedoken. Voor de tweede keer,' voegde ze vol genoegen toe. 'Misschien heeft het iets te maken met de beloning die die meneer uit Nuneaton heeft uitgeloofd. De meneer die Sir Marcus zijn plek gewezen heeft,' legde ze uit, zich duidelijk verkneukelend. 'Alleen deze keer zal de koffer waarschijnlijk niet verdwijnen. De rechter heeft die arme treurige Simon Clark tijdelijk benoemd tot politieagent. Zegt dat als u hem de kerk toevertrouwt, hij hem de hutkoffer kan toevertrouwen.'

Ik verried mijn aandeel niet. 'En de koffer is op ditzelfde moment in Simons bezit?'

'Jawel, maar niet in zijn hut. Ze hebben de koffer naar Langley Park gebracht – ik durf te zweren dat de goede dokter u zodra u thuiskomt zal laten halen.'

Hansard had altijd beweerd dat de dorpelingen wisten wat je deed nog voordat je het zelf wist; zijn gelijk werd opnieuw bewezen. Omdat ik erg benieuwd was wat hij in Moreton Hall nog te weten gekomen was, begon ik voorzichtig naar het afscheid toe te werken, in de wetenschap dat dat minstens net zo veel tijd in beslag zou nemen als de begroeting. We zaten al bijna op onze paarden toen mevrouw Powell zich herinnerde dat ze mevrouw Hansard een pot van haar overheerlijke ingemaakte pruimen beloofd had, en ze trippelde terug naar binnen, om even later terug te keren met twee potten, omdat, zo zei ze met een knipoog, ze wist dat ik er ook dol op was.

'Maar u moet wel oppassen voor de pitten,' voegde ze toe terwijl ik de potten in mijn zadeltas deed, 'want mijn ogen zijn niet meer wat ze geweest zijn en ik kan niet met zekerheid zeggen dat ik ze er allemaal uitgehaald heb... Maar ik sta hier maar te ratelen, dominee, terwijl ik u het echte nieuws nog niet eens verteld heb, of wel soms? Wat er allemaal met die hutkoffer gebeurd is kan de goede dokter u ook wel vertellen, is het niet? Maar wat hij niet zal weten, omdat ik er met geen levende ziel een woord over gewisseld heb, behalve nu met u, is dat iemand die arme gouvernante gezien heeft toen ze uit het huis wegging. Of werd weggestuurd. Ze is vertrokken in een sjees, dominee, en zo is het. Ik heb haar niet gezien omdat ze door de andere poort gegaan zijn, de poort die Sir Marcus heeft laten openen voor handelslieden en dergelijke. En ik heb gehoord –' ze wenkte ons dichterbij en liet haar stem dalen, alsof zelfs de bomen haar zouden kunnen verraden, 'dat er een heel belangrijke persoon op de bok zat.'

'Een heel belangrijke persoon? Dat was dan vast en zeker Sir Marcus zelf.'

Ze trok haar wenkbrauwen op bij de klank van Jems stem, maar antwoordde: 'Hij! Lieve hemel, nee – heb je niet gezien hoe hij de teugels hanteert, jonge Jem? Stront aan z'n handen, dat heb-ie,' kakelde mevrouw Powell. 'Kijk eens aan. Je had vast niet gedacht dat ik wist hoe jullie daar in die stal met elkaar praten. Maar ik hou het allemaal goed in de gaten.' Ze grinnikte, vast en zeker denkend aan die jonge blagen die hun gesprekken op volle sterkte voortzetten als zij voorbijkwam, zonder erbij stil te staan dat het oude dametje oren had. Ik hoopte dat de dingen die ze had opgevangen klopten.

'Maar wie was het dan?' drong Jem aan, een ruwe ondertoon in zijn stem. 'Eropuit gaan op een donkere novemberavond? Om een *gouvernante* van dienst te zijn?'

'Luister, jonge Jem, ik herhaal alleen wat ik gehoord heb. En zelfs als je me niet gelooft, hoef je niet zo tegen me tekeer te gaan. Ik ben geen klein kind! Ze zeiden in het dorp al dat je grauwde als een beer met kiespijn,' voegde ze toe, terwijl ze hem bezorgd aankeek.

'Het spijt me, mevrouw Powell,' zei hij vlug. 'Ik ben de afgelopen paar dagen inderdaad behoorlijk chagrijnig. Meester Toby heeft zelfs nog donderpreek gehouden vlak voordat we op weg gingen.'

'Hm. Misschien moet jij ook wat van die pruimen eten. Daarna voel je je vast beter.'

Ze dwaalden af, en ik onderbrak hun gesprek zo vlug ik kon. 'Als het Sir Marcus niet was, wie bestuurde die koets dan, mevrouw Powell? Het is echt heel belangrijk dat we dat weten.

Misschien zelfs een zaak van leven en dood.'

'Denkt u niet dat ik mijn uiterste best doe om dat voor u te achterhalen? Jullie jonge mannen, jullie willen alles altijd gisteren al... Wat u nodig hebt, dominee, is een aardige jonge dame om mee in het huwelijk te treden – en jij ook, Jem.'

We besloten eenstemmig, zelfs zonder er woorden aan vuil te maken, om de huwelijksplannen die mevrouw Powell voor ons had te negeren en stoven ervandoor, in een jongensachtig wedstrijdje door de velden, totdat we allebei buiten adem waren. We zouden juist de uiterwaard oversteken toen we in de verte Edmund en rechter Vernon zagen rijden, op weg van Moreton Hall naar Langley Park, hun kleding afgestemd op hun rol: twee keurige heren die een officieel ochtendbezoek aflegden en voor de gelegenheid zelfs Hansards persoonlijke bediende, George, hadden meegebracht, gekleed in zijn beste uniform. Natuurlijk keerden we om, sloten bij hen aan en reden gezamenlijk via de achteringang het erf van Langley Park op.

Ik wist dat Jem hierdoor in een lastig parket gebracht werd. Zijn positie vereiste eigenlijk dat hij George in de stallen zou assisteren. Maar dan zou hij niet in ons gezelschap verkeren op het moment dat wij de ontwikkelingen van vandaag zouden bespreken, zowel de dingen die wij in het poortwachtershuisje te weten gekomen waren als dat wat er in Moreton Hall was voorgevallen. Ik wist niet wat ik met deze situatie aan moest.

Mijn redding was te danken aan mijn dierbare vriendin, mevrouw Hansard, die zich ondanks de ijskoude wind naar buiten haastte om ons te begroeten.

'Schaamt u zich niet, Tobias! Die arme Jem mee naar buiten nemen op een koude dag als vandaag. Kijk nou toch eens wat een kleur hij heeft. Wilt u hem dood hebben? Jem, kom onmiddellijk van dat paard af. Naar Edmunds studeerkamer, jij.'

Edmund viel haar zonder verdere aansporing bij. 'Heb je dat pijnstillende drankje dat ik bij je heb achtergelaten eigenlijk wel gebruikt? Nee? Als ik het niet dacht.'

Het zou lastig voor Jem geweest zijn om er zelfs maar van te proeven, vooral omdat Edmund helemaal geen drankje had achtergelaten. Hij steeg echter zonder morren af, overhandigde mij de teugels van zijn paard en liet zich als een ontsnapte kip het huis in jagen. Hoe belangrijk hij het ook vond om zijn plichten te vervullen, hij had het, net als wij allemaal als de zaken omgekeerd waren, bijzonder vervelend gevonden om niet aanwezig te kunnen zijn bij onze beraadslagingen.

Het kwam erop neer dat George alle paarden in zijn eentje moest verzorgen, al dacht ik niet dat hij zich ook maar één seconde voor de gek liet houden door het toneelspel. Maar Jem had in elk geval zijn waardigheid behouden.

Hoe weinig sympathie ik ook voor Lady Honoria en Miss Georgiana koesterde, ik moest toegeven dat de tekeningen die ze van juffrouw Southey gemaakt hadden uitzonderlijk goed waren. Vernon had ze met een zwierig gebaar op Edmunds bureau gelegd. We hadden ons allemaal bij de zogenaamd ziekelijke Jem in de studeerkamer gevoegd, en bij het horen van onze stemmen kwam ook Toone binnen slenteren. Na zijn drankinname van de vorige avond leek zijn behoefte aan een geneesheer vele malen groter dan die van Jem. Het was duidelijk dat de studeerkamer niet groot genoeg was om ons allemaal van een comfortabele zitplaats te voorzien, en Maria ging ons voor naar de bibliotheek, waar een groot vuur het opnam tegen het sombere, grauwe daglicht. Ik koesterde de hoop dat Hansard en Jem zich voor ons vertrek misschien nog even in de studeerkamer zouden terugtrekken – zijn huidige stemming kwam mij zo vreemd voor dat ik me zorgen maakte.

Vernon spreidde de tekeningen uit op een beschilderd tafeltje, met de afbeelding van felgekleurde vogels. Mijn ouders hadden ook dit soort tafels, grotere zelfs, in hun huis in Londen, maar deze vond ik toch mooier, simpelweg vanwege de kwaliteit van het handwerk.

Ik pakte een van de velletjes papier op en bekeek het van dichtbij. Het portret was niet alleen een goede weergave van de gelaatstrekken van juffrouw Southey, het gaf ook iets weer van het ijzeren karakter dat volgens mij achter haar onopvallende uiterlijk schuilging.

'Als iemand die jongedames toch eens zover kon krijgen dat ze hun vaardigheden ook na hun schooltijd zouden blijven ontwikkelen,' zuchtte Edmund, met een blik over mijn schouder. 'Hier is duidelijk sprake van talent.'

'Zeer zeker. En er zou gemakkelijk een gravure van gemaakt kunnen worden, mocht het nodig zijn om deze afbeelding verder te verspreiden,' zei Vernon op stellige toon.

'Nog steeds geen nieuws over haar van Lady Bramhall? Ze herinnert zich nog steeds niet wie van haar vriendinnen haar juffrouw Southey heeft aangeraden?' vroeg Maria. 'Ik moet bekennen dat het idee om het gezicht van die jonge vrouw overal te publiceren me niet bijzonder aanstaat – alsof ze een voortvluchtige misdadigster is in plaats van iemand die we ook gewoon willen vinden omdat we ons zorgen maken over haar veiligheid...' Haar stem stierf weg, en ze keek me zijdelings aan. Ik twijfelde er niet aan dat we allebei terugdachten aan een andere jonge vrouw. Lizzie, die ik zo innig had liefgehad, zou zogenaamd uit de regio vertrokken zijn, terwijl ze in werkelijkheid even verderop in het bos lag, vermoord en alleen. Maria pakte onopvallend mijn hand vast en kneep er zachtjes in.

'Lady Bramhall zei tegen ons dat ze Furnival gevraagd heeft om alle correspondentie af te wikkelen,' zei Hansard, om op bittere toon toe te voegen: 'alsof zij ooit iets anders doet dan luieren, terwijl zijn dagen al gevuld zijn met meer taken dan een man redelijkerwijs kan uitvoeren.'

'Maar Furnival is de rentmeester van Lady Chase, niet de persoonlijke secretaris van Lady Bramhall,' wierp Maria tegen. In haar tijd als huishoudster had zij ongetwijfeld te maken gehad met vergelijkbare eisen van gasten, die een beroep deden op haar, hoewel ze over hun eigen bedienden beschikten.

'Dan hoop ik maar dat de drukte die zijn andere taken met zich meebrengen niet betekent dat deze blijft liggen,' zei ik.

'Ik denk dat hij het na het gesprekje dat ik vanochtend met hem gevoerd heb als een prioriteit zal beschouwen, of het nu zijn verantwoordelijkheid is of niet,' stelde Vernon. 'Ik heb tegen hem gezegd dat ik alle correspondentie eind deze week in mijn bezit wil hebben.'

'We hebben nog meer nieuws over juffrouw Southey, zij het uit andere bron,' zei ik zachtjes. 'Jem en ik hebben gehoord dat juffrouw Southey niet stiekem van het landgoed is weggeslopen, maar dat ze in stijl vervoerd is – in een rijtuig, maar liefst.'

'Bestuurd door "een heel belangrijke persoon",' voegde Jem toe.

'Wie is die bron dan wel?' vroeg Vernon.

Jem schudde zijn hoofd, duidelijk minder geneigd Vernon in vertrouwen te nemen dan ik. Hij had gelijk. We moesten moedertje Powell beschermen.

'Was het misschien Sir Marcus zelf?' Vernon had blijkbaar erg veel zin om nog eens met hem in discussie te gaan. Hij wreef vergenoegd in zijn handen bij het vooruitzicht.

'Er werd op dat moment gezegd dat hij met zijn gezin aan tafel zat,' zei Maria. 'Weet u nog, Tobias, mevrouw Sandys weigerde om de maaltijd te onderbreken – en wij waren te laf om aan te dringen.'

'Het maakt niet uit. Zijn aanwezigheid is gemakkelijk te verifiëren,' zei Vernon optimistisch.

'Zou Lady Bramhall – en hun dochters, niet te vergeten – niet gewoon liegen als Sir Marcus hen daartoe opdracht gaf? En goede banen zijn schaars, dus zouden zijn bedienden niet ook geneigd zijn tot een leugentje om bestwil?' vroeg Edmund zich hardop af.

'We zullen hem onder ede ondervragen,' was het antwoord van Vernon.

'Onze bron is er zeker van dat het Sir Marcus niet geweest kan zijn,' zei ik uiteindelijk. 'Hij rijdt zo slecht dat men hem onmiddellijk herkend zou hebben.'

Er volgde een korte, mogelijk ongelovige stilte.

'Als ze niet stilletjes is vertrokken, op eigen houtje,' zei ik, in een poging het gesprek nieuw leven in te blazen, 'waarom is haar hutkoffer dan achtergebleven, vervolgens verdwenen en toen ergens onbewaakt aangetroffen?'

'En daarna weer weggehaald van de plaats waar Matthew hem had gevonden,' voegde Jem toe. 'De persoon die dat gedaan heeft, wilde die koffer echt heel graag hebben – anders had hij Salmagundy niet halfdood geslagen.'

'Al is die hond gelukkig net zo taai als zijn baasje,' zei Edmund, 'en is hij over een paar dagen weer helemaal de oude.'

'Laten we die koffer eens bekijken,' stelde Maria voor. 'Hij staat tenslotte vlakbij, hier op het erf, en ik ben er zeker van dat Simon hem met alle plezier aan ons overdraagt zodat hij zich in de keuken kan warmen.'

'Laat de koffer naar de bijkeuken brengen,' zei Edmund. 'Daar is het weliswaar nooit warm, maar het is er in elk geval niet zo koud als in de oude varkensstal – Maria wilde de speklapjes verder bij het huis vandaan hebben,' legde hij uit terwijl hij ons voorging, 'dus nu verblijven ze in een nieuw, veel luxer onderkomen. Beter dan dat van de meeste dorpelingen, om eerlijk te zijn.'

Ik was even bang dat we Simon Clark languit op de vloer van de oude varkensstal zouden aantreffen, bewusteloos geslagen, net als Salmagundy, dus het was een opluchting om te zien dat hij in orde was, al had hij het wel behoorlijk koud. Hij bracht de hutkoffer naar de bijkeuken en stapte vervolgens gehoorzaam de keuken binnen.

Mevrouw Hansard glimlachte veelbetekenend. Ze wachtte totdat hij de zware deur achter zich had dichtgedaan voordat ze fluisterde: 'Mevrouw Benn denkt dat hij gewoon wat krachtvoer nodig heeft. En wie weet, als hij genoeg te eten heeft, zou hij dan geen stoere boswachter of landarbeider kunnen zijn? Zijn loon zou een welkome aanvulling zijn op de schamele vergoeding die de kerk hem geeft.'

'Mijn liefste, je bent onverbeterlijk,' zei Hansard, zijn stem een mengeling van genegenheid en irritatie.

'Ik ben niet van plan om een goede kok te laten wegkwijnen in dat armzalige huisje van hem,' was haar reactie.

'Dus dit is de hutkoffer,' zei Vernon, die niet in het minst geïnteresseerd was in eventuele relaties tussen onze dorpelingen.

'Wie heeft hem hier afgeleverd?' vroeg ik.

'Een van Matthews vrienden – ook een jachtopziener,' zei Maria. 'Hij heeft zijn guinea gehad, hoewel hij in eerste instantie bezwaar maakte. Het enige wat hij gedaan had was die koffer vinden, zei hij, tussen de braamstruiken, omgeven door flarden van wat misschien ooit een jas geweest was.'

'Dus onze dief heeft opgemerkt dat de hond een scheur in zijn jas gemaakt had en heeft zich van het bewijsmateriaal ontdaan. Verdraaid nog aan toe. En de inhoud?' drong Vernon aan.

'Ik twijfel er niet aan dat de kleren binnenkort gebruikt zullen worden om iemand in een aangrenzend dorp warm te houden – ik denk niet dat een van Tobias' gemeenteleden brutaal genoeg zou zijn om ze te dragen. Niet naar de kerk, in elk geval.'

Toone keek naar de koffer. 'Hm. Nogal ouderwets, maar verder best aardig. Bijzonder goede kwaliteit voor een gouvernante, mag ik wel zeggen. Ik neem aan dat een van haar vorige werkgevers hem haar misschien gegeven heeft.'

Ik had opeens een visioen van een sterke man die de koffer van het dak van een rijtuig haalde en hem op de grond zette, aan de voeten van een jonge vrouw die hem nauwelijks kon dragen.

'Of haar familie is aan lager wal geraakt,' zei Hansard. 'Maar hoe deze hutkoffer ook in haar bezit gekomen is, ze was bereid hem achter te laten.'

'Niet veel ruimte in een sjees, voor een koffer van deze afmetingen,' merkte Jem op. 'En als hij vol zat, zou hij ontzettend zwaar geweest zijn.'

'Vol. Maar nu is hij helemaal leeg.'

Maria boog voorover en liet haar handen langs de voering glijden. Die was nog min of meer intact, hoewel de ooit scharlakenrode stof flets geworden was. Vervolgens richtte ze haar aandacht op de randen, en in het bijzonder op de uitstekende sierspijkertjes die in precies de kleine gaatjes in het deksel pasten, waardoor de koffer goed sloot. Ze probeerde ze een voor een in te drukken of los te trekken.

'Toen ik nog een jong dienstmeisje was, ontmoette ik eens een dame met een bijzonder fascinerende koffer. Eenvoudig en stevig – net als deze – en met sierspijkertjes langs de rand – net als deze. Maar met die sierspijkers kon je de bodem van de koffer openmaken, en daarin bevond zich een geheime lade voor juwelen of brieven, of andere dingen die deze dame voor zichzelf zou willen houden.'

'Maar als iemand de koffer zou stelen, zou hij dat wat er in die lade zat ongetwijfeld ook meenemen,' wierp Vernon tegen.

'Een struikrover heeft over het algemeen haast. Hij zou de koffer leeg kieperen, meenemen wat hem interesseert en vervolgens maken dat hij wegkwam. Dat was in elk geval de gedachte,' zei ze met trager wordende stem terwijl ze zich omdraaide en het deksel van de koffer aan hetzelfde onderzoek onderwierp.

'Zal ik dat ding eens met een bijl bewerken? Dat gaat veel sneller,' stelde Jem voor.

'Jawel, maar dan sloop je een prima... terwijl...' Inmiddels was ze bij de buitenkant van de koffer aangekomen. Ze zakte door haar knieën en bleef gehurkt zitten. 'Ach, uiteindelijk kan het misschien niet anders. Maar ik heb er een hekel aan om dingen kapot te maken als dat niet hoeft. En misschien, daar moet ik eerlijk over zijn, zonder dat dat resultaat heeft.'

'Simon Clark is een vakkundige timmerman,' zei ik. 'Misschien zou hij –?'

Maar terwijl ik me omdraaide om hem te roepen, slaakte Maria een triomfantelijke kreet, en een van de zijpanelen schoof omlaag, een haast onzichtbare gleuf in. 'Ja hoor, een geheim vak.'

'En wat zit erin?' wilde Toone weten, opgewonden als een schooljongen. Waar was de beheerste, zelfgenoegzame 'man van de wereld' opeens gebleven?

'Wat het ook is,' antwoordde dokter Hansard, 'mag ik voorstellen dat rechter Vernon het uit het geheime vak verwijdert en mee terug neemt naar de bibliotheek. Het is te koud om hier eindeloos te blijven rondhangen. Meneer Vernon, mag ik u verzoeken?'

12

We hadden allemaal dringende behoefte aan de wijn en de koeken die mevrouw Hansard liet brengen, maar we raakten ze niet aan voordat Vernon de papieren die hij uiterst voorzichtig naar de bibliotheek gedragen had, opengevouwen had.

'Tss! Alleen maar een paar oude rekeningen, verder niets! Van een meneer John Knight, vishandelaar, Honey Lane, grenzend aan Cheapside... verse haringen, gevuld met kuit... een flinke hoeveelheid oesters... En hier nog een. Van ene meneer Wilson, leverancier van... Willen we echt weten welke soorten thee en koffie die man verhandelt?' Hij gooide ze teleurgesteld op tafel.

'Daar zijn we niet bijzonder in geïnteresseerd,' antwoordde dokter Hansard kalm. 'Maar voor wie waren die rekeningen bestemd? Dat is misschien wel van belang.'

'Eens even kijken – aha, een meneer Chamberlain, uit Hanstown. Een respectabele maar niet bijzonder gewilde buurt.' Hij wapperde het velletje papier heen en weer en legde het vervolgens weer neer.

'Verder niets?'

Hij bladerde nogmaals door het stapeltje. 'Wat facturen van een hoedenmaker, en nog eentje van een fourniturenhandelaar.'

'Dus we mogen aannemen dat er in het huishouden van meneer Chamberlain ook een vrouw aanwezig is,' zei Hansard.

'Het enige wat we mogen aannemen is dat er in het huishouden van meneer Chamberlain een vrouw aanwezig *was*,' corrigeerde Vernon hem.

Ik smoorde een ongepast lachje.

'Zijn de rekeningen voorzien van een datum?' vroeg mevrouw Hansard gehaast.

'Ze zijn allemaal van een jaar of zes, zeven geleden. De eerste uit 1803, de laatste uit 1806.'

Ik spreidde mijn handen. 'Waarom zou iemand zo'n geheime bergplaats gebruiken om oude rekeningen te bewaren? Bent u er zeker van, meneer Vernon, dat u niets over het hoofd gezien hebt?'

'Wat had je dan verwacht?' snauwde hij, lichtgeraakt als gevolg van zijn teleurstelling.

'Iets dat een bijzondere waarde had voor de eigenaar van de koffer. Een persoonlijke brief. Een miniatuur. Een ring. Een lint.' Ik glimlachte, zogenaamd treurig. 'Ik vrees dat ik nogal sentimenteel ben.'

'U brengt slechts ons aller hoop onder woorden,' zei mevrouw Hansard op ferme toon, alsof ze de anderen uitdaagde haar tegen te spreken.

Dat deed niemand, al was iedereen opeens wel erg geïnteresseerd in de koeken en de wijn.

'Wellicht zouden deze rekeningen hetzelfde doel kunnen dienen als een brief, in die zin dat ze ons van een adres voorzien,' zei Hansard peinzend. Hij keek naar Vernon en toen naar mij, een spottende blik in zijn ogen. 'Als we navraag doen bij meneer Chamberlain, is het niet onmogelijk dat we te horen krijgen dat juffrouw Southey daar ooit gewoond heeft.'

'Ik zal onmiddellijk schrijven,' riep Vernon uit. Voordat iemand iets kon zeggen, richtte hij zijn blik op het handwerktafeltje van mevrouw Hansard. 'En dit? Wat zijn dit?' Hij raapte een stapeltje schetsen op die enige gelijkenis vertoonden met degenen die hij en Hansard uit Moreton Hall hadden meegenomen.

Maar dit waren geen schetsen van het gezicht van een jonge vrouw. Op deze tekeningen was het gezicht afgebeeld van de jongeman die ik had moeten begraven. Zijn gezicht zoals het eruitzag toen hij nog leefde, voordat het door wormen aangevreten was. Ik wist een diepe zucht te onderdrukken – mevrouw Hansard had de starre gelaatstrekken leven ingeblazen en zijn dode ogen van een glinstering voorzien. Ik keek de kunstenares bewust niet aan, uit angst dat ik haar zou verraden, maar eigenlijk wilde ik niets liever dan vol bewondering haar hand pakken.

'Toone, ik dacht dat u zei dat u er niet goed in was om gelaatstrekken van doden nieuw leven in te blazen,' ging Vernon verder. 'Maar deze schetsen, hoewel iets minder goed dan het werk van de jongedames – zijn zeer geslaagd.'

In reactie op het compliment schudde Toone bescheiden het hoofd, maar hij wees het niet af. Blijkbaar waren hij en mevrouw Hansard overeengekomen dat haar rol in deze kwestie beter niet genoemd kon worden.

'Het gaat dus om iemand die, hoewel hij zelf geen Afrikaan is, wel wat Afrikaanse trekjes heeft,' stelde Vernon vast, al bladerend. 'Is hij misschien een nakomeling van een slaaf, bevrijd of ontsnapt? Of van een zeeman? Verwekt bij een Engelse straatmeid?'

Toone knikte. 'Mogelijk. Wat volgens mij moet betekenen dat hij uit een havenstad komt – Bristol, Liverpool, iets in die richting.'

'Furnival heeft ons verteld dat hij de laatste tijd alleen nog advertenties plaatst in kranten in Londen,' zei ik, 'wat uiteraard ook overeenstemt met uw theorie. We moeten dus naar Londen.'

'Maar waar in Londen precies?' wilde Vernon weten, waarna hij minachtend toevoegde: 'Londen is niet zo'n achtergebleven gehucht als Moreton St Jude.'

'Misschien zullen de Runners zijn gezicht herkennen,' opperde ik. 'En we kunnen voldoende affiches laten drukken om ze op elke straathoek in elk stadsdeel, rijk of arm, aan te plakken.'

'Maar dat vergt tijd en geld. En hoewel Lady Chase van dat laatste misschien meer dan genoeg heeft, is het eerste bepaald niet onuitputtelijk,' zei Hansard, met een glimlach naar mij.

'Dat probleem voorzag ik al. En eerlijk gezegd heb ik al een verzoek gestuurd aan de jonge dominee Rogers, die ook mijn plaatsvervanger was toen wij in Bath waren,' biechtte ik op. 'Toen waren we met z'n vieren. Ik heb er echter nog eens over nagedacht en meen dat ik deze keer wellicht meer resultaat zal boeken als ik me niet anders voordoe dan ik ben – een eenvoudige geestelijke. Al zou ik Jem natuurlijk wel meenemen.'

'Een arme geestelijke zou misschien nog beter zijn – eentje zonder knecht,' zei Jem.

Ik keek hem verbijsterd aan. Hij zou er toch niet de voorkeur aan geven om in het dorp achter te blijven?

'Ik denk dat ik genoeg van de kerk weet om zelf ook door te kunnen gaan voor geestelijke,' zei Jem, zijn gezichtsuitdrukking een vreemde mengeling van verlegenheid en heldenmoed. 'We zouden samen kunnen werken of elk apart, Toby – wat denk je daarvan?' voegde hij geestdriftig toe.

Hoe fijn ik het ook vond om hem eindelijk weer eens te zien stralen, ik was toch niet zo enthousiast over zijn plan.

Maar het was mevrouw Hansard die vroeg: 'Wat zou daar het nut van zijn, Jem?'

'Als je je begeeft in die delen van Londen waar mensen zoals onze ongelukkige bezoeker zich ophouden, ben ik van mening dat je jezelf moet kunnen beschermen. Jij bent een zachtmoedig mens, Toby. Ik zou me zorgen maken over je veiligheid. Maar er zijn andere taken die jij weer beter kunt vervullen dat ik. Zoals bijvoorbeeld die brief aan meneer Chamberlain. Neem me niet kwalijk, meneer Vernon, maar denkt u niet dat het beter zou zijn als dominee Tobias Campion deze meneer Chamberlain een persoonlijk bezoek brengt? Een brief waarin om informatie gevraagd wordt zou hij gemakkelijk opzij kunnen leggen, hoe voornaam de schrijver ervan ook is,' voegde hij toe, met een buiging naar Vernon, die zo verbijsterd keek alsof hij de tafel had horen spreken.

'Jem heeft helemaal gelijk,' zei Edmund. 'Tobias' plotselinge, onverwachte aankomst zou meneer Chamberlain minder gelegenheid geven om uitvluchten te zoeken of zelfs te liegen. Dus als ik het goed begrijp stel jij voor om, met het oog op de veiligheid, gezamenlijk te reizen en dan, als jullie eenmaal in Londen zijn aangekomen, elk je eigen weg te gaan – waarbij jij, Jem, Tobias' identiteit aanneemt?'

'Of een andere. Ik kan me niet voorstellen dat iemand daar me zal vragen om mijn identiteit te bewijzen, u wel?' Hij glimlachte droogjes, als een gelijke, niet als een knecht.

En zo behandelde Hansard hem ook. Hij sloeg hem op de schouder en zei: 'Je hebt natuurlijk gelijk.'

'Ik kan eenvoudigweg de titel dominee voor mijn eigen naam zetten,' mijmerde Jem.

'Dominee James Turbeville – dat klinkt bijzonder goed,'

stemde mevrouw Hansard met een warme glimlach in.

'Of misschien... Ja, ik zou graag James Yeomans willen heten. Dat heeft een... betrouwbare klank, om het zo maar te zeggen. Tenzij u natuurlijk denkt dat iemand er bezwaar tegen zou hebben dat ik mij voordoe als geestelijke?' Jem leek plotseling bezorgd.

'Je bent toch niet van plan om godsdienstige taken te verrichten?' vroeg Vernon. 'Dan zie ik geen bezwaren.'

Edmund was het met hem eens. 'Ik ook niet. Sterker nog, ik zou bijzonder graag met jullie meegaan, in een of andere vermomming, mits Toone hier de zorg voor mijn patiënten kan overnemen.'

'En ik ook, en Turner, en George, en rechter Vernon ongetwijfeld ook,' riep mevrouw Hansard uit. 'Maar dit is geen moment voor het opvoeren van toneelstukjes, mijn liefste. Als, zoals dokter Toone vermoedt, deze arme man –' ze wees naar haar tekeningen '– inderdaad vermoord is, hebben we te maken met gevaarlijke mensen. We moeten niets doen wat de indruk zou kunnen wekken dat Jem niet is wie hij zegt dat hij is. Dan zijn hij en Tobias hun leven niet langer zeker. En bovendien moeten we een opvallende uittocht uit het dorp zien te voorkomen. Misschien is het het beste als Tobias voorwendt dat hij op bezoek gaat bij een ziek familielid. Men zou niet anders verwachten dan dat Jem hem vergezelt.'

'Per boerenkar?' vroeg Jem, met een ondeugende grijns. 'Een eenvoudige plattelandsdominee zou geen eigen rijtuig tot zijn beschikking hebben, Toby.'

'De postkoets?' stelde ik voor. 'En als we eenmaal in Londen zijn aangekomen, zinken we rustig aan weg in de anonimiteit.'

'Huur een rijtuig, en doe hetzelfde,' grauwde Vernon, duidelijk gepikeerd dat hij – hoe subtiel ook – werd buitengesloten. 'Dan kom je tenminste veilig aan. En waar wilden jullie verblijven? *Grillon's*? *Brown's*?'

'Als we dat bij aankomst besluiten is dat vroeg genoeg,' zei ik, wat afstandelijk. Ik vond het geen probleem om aan dokter en mevrouw Hansard te laten weten dat ik van plan was om de eerste nacht door te brengen in het huis van mijn ouders, maar ik wilde liever dat Vernon me zou blijven zien zoals ik nu was – als een eenvoudige dominee. Als hij enig vermoeden had van mijn familiebetrekkingen, zou hij me waarschijnlijk met vleiende opmerkingen overladen, precies zoals hij zelf ook van anderen verwachtte. 'Ik zal er uiteraard voor zorgen dat dokter en mevrouw Hansard op de hoogte gesteld worden van onze verblijfplaats – *Ibbetson's*, naar alle waarschijnlijkheid.'

Mijn abruptheid was zo opvallend dat hij zijn wenkbrauwen optrok. Ik hoopte van harte dat het me nog eens zou lukken om die onbewuste gewoonte – het overnemen van mijn vaders manier van spreken wanneer ik geïrriteerd was – af te leren. Vernon en ik zouden waarschijnlijk vervallen zijn tot een strijd met onze monocles, ware het niet dat ik het gebruik van dergelijke voorwerpen al lang geleden had afgezworen.

'Uitstekend, dominee,' zei hij, met precies de juiste dosis ironie, 'als u er dan op staat om per postkoets te reizen, en wel anoniem, mag ik u dan een plaats aanbieden in hetzelfde rijtuig als waarmee ik naar Leamington zal terugkeren? Ik kan de bijzonderheden rondom uw reis in eigen persoon afhandelen, zodat niemand ooit op de hoogte zal zijn van uw identiteit.'

'Wij zouden u bijzonder erkentelijk zijn,' zei ik met een buiging. Er mocht geen misverstand over bestaan dat Jem, stalknecht of niet, recht had op de respectvolle behandeling die hem, als de eerbiedwaardige geestelijke die hij binnenkort zou zijn, toekwam.

Jem boog ook, zijn buiging tot in detail gelijk aan de mijne. Toen we nog jong waren had hij regelmatig meegedaan aan de toneelstukjes die wij thuis opvoerden, maar ik had me nooit eerder gerealiseerd hoe goed hij was in het imiteren van anderen. Hij kon gemakkelijk doorgaan voor een geestelijke. Als zijn stem al een accent had, dan was het vaag, en niet anders dan dat van de meeste andere plattelandsdominees die ik kende. Beter dat dan die overdreven lijzige manier van praten die zo in zwang was onder wat ik alleen maar kon omschrijven als vrijzinnige prins-bisschoppen.

Jem stak een waarschuwende vinger op. 'Het is goed mogelijk dat er nog meer in die koffer zit. Simon is een uitmuntende meubelmaker. Hij is daar pas mee gestopt toen zijn vrouw ziek werd en hij voor haar moest zorgen. Waarom zouden we hem niet vragen om er nog eens naar te kijken, voordat we halsoverkop vertrekken?'

'Of beter nog,' opperde Vernon, 'laat hem ernaar kijken terwijl jullie voorbereidingen treffen voor de reis. Er moeten koffers worden ingepakt, bedienden op de hoogte gesteld – en ongetwijfeld moet er afscheid genomen worden. Het kan niet anders of enkele jongedames staat een gebroken hart te wachten.'

'We moeten hem voorstellen aan mevrouw Powell – ze zouden het ongetwijfeld goed met elkaar kunnen vinden,' mompelde Jem terwijl we gezamenlijk naar huis reden, zijn behoefte aan bescherming tegen de kou vergeten.

'Dat zouden ze zeker.' Wat mij in werkelijkheid bezighield, was wat ik tegen Lady Dorothea moest zeggen. Ik vond het niet prettig om te liegen, zeker niet als ik iemand daarbij recht in het gezicht keek. Maar ik had het gevoel dat ik niet zonder meer kon verdwijnen, zonder zelfs maar gedag te zeggen.

'Je bent niet bijzonder verheugd over deze reis, is het wel, Toby? Anders zou je dagen geleden al vertrokken zijn,' zei hij, terwijl hij Ben inhield en stapvoets naast me kwam rijden. 'Heb je bange voorgevoelens?'

'Niet zoals Hamlet ze had – ik maak me niet werkelijk bezorgd over onze veiligheid in Londen. Misschien ben ik lui geworden, hier in deze slaperige omgeving. Of misschien heb ik eenvoudigweg het gevoel dat hier nog veel te veel antwoorden te vinden zijn, vlak onder onze neus, als we maar wisten wat de juiste vragen waren.'

'Ben je van plan om persoonlijk afscheid te nemen van Lady Dorothea?'

'Maak er niet meer van dan dat het is. Zij is op zoek naar een betere huwelijkskandidaat dan een dorpsdominee, en hoewel we elkaars gezelschap op prijs stellen en ik me in eerste instantie zeer tot haar aangetrokken voelde, heb ik het gevoel dat ik haar nauwelijks ken. Niet zoals Hansard Maria kende voordat zij elkaar de liefde verklaarden. Ik krijg haar mooie gezichtje te zien, en haar figuur zoals dat in die moderne jurken uitkomt, maar ik ben niet méér op de hoogte van wat zich in haar innerlijk afspeelt dan dat ik bij juffrouw Southey was. Nog minder, zelfs. Van juffrouw Southey wist ik dat er iets was wat ze verborgen wilde houden. Dat kan ik van Lady Dorothea niet zeggen. Ze zou zo'n houten beeldje kunnen zijn dat mijn grootouders in de vensterbank hadden staan als ze langere tijd van huis waren, zodat het zou lijken alsof het huis bewoond was.'

'Wat wilde juffrouw Southey dan verborgen houden?'

Ik sloeg tegen mijn voorhoofd, waar beide paarden onmiddellijk op reageerden. 'Blauwe plekken. Jem, op zekere avond had ze blauwe plekken op haar armen.'

'Wat – wie – had die veroorzaakt?'

'Zodra ze zag dat ik ze had opgemerkt, bedekte ze ze. En de rest van de avond bleef ze angstvallig uit mijn buurt, zodat ik haar niet aan kon spreken. Ik moet tot mijn schaamte bekennen dat Lady Dorothea mij op dat moment meer bezighield dan die arme juffrouw Southey.'

Hij keek me aan, zijn blik haast even ondoorgrondelijk als die van juffrouw Southey. 'Het was niet gemakkelijk om met haar te praten. Telkens als ik haar aansprak, maakte ze me duidelijk dat ik niet meer was dan een stalknecht.'

Was dat de verklaring voor Jems slechte humeur? Een onbeantwoorde passie? Of was hij gewoon verontwaardigd dat iemand, die net zo afhankelijk van anderen was als hij, hem behandelde alsof hij minderwaardig was?

'En nu is ze verdwenen,' zei ik, bij gebrek aan een scherpzinnige reactie. 'Het rijtuig bestuurd door een belangrijk persoon. Waarom, Jem, lijken roddels vleugels te hebben als het om zinloze nieuwtjes gaat, maar zijn het net slakken als het belangrijke informatie betreft?'

Lady Dorothea was omgeven door de andere dames uit haar familie. Alleen Lady Chase was nergens te bekennen. Ik wist dat ze zo veel mogelijk tijd in haar eigen vertrekken doorbracht, omdat ze de andere vrouwen allemaal even ergerlijk vond, zij het om verschillende redenen. Waarom ze niet gewoon deed wat het meest voor de hand lag – hun allemaal opdracht geven om terug te keren naar de plaats waar ze vandaan kwamen – was mij een raadsel. Mijn vader zou korte metten maken met dergelijke ongewenste gasten. Ik wist nog goed hoe hij ooit de bedienden van bepaalde kennissen opdracht gegeven had om de bagage van hun meesters in te pakken, zonder de moeite te nemen om de betrokken dames en heren van hun vertrek in kennis te stellen. Mijn moeder handelde subtieler: in de kamers van gasten die ze liever kwijt dan rijk was, nam de hoeveelheid kolen en warm water die dagelijks geleverd werd langzaam maar zeker af. Misschien had Lady Chase met de slechte wijn die enige dagen geleden bij het diner geserveerd werd wel hetzelfde doel voor ogen.

Overal in het vertrek werden borduurwerkjes opzij gelegd en lippen getuit. Noch Lady Dorothea, noch haar nichtjes hadden ook maar de geringste interesse in mij, maar ik was een man, dus was flirten met mij een zinvolle oefening. Gelukkig bleef mij een ongemakkelijk gesprek onder vier ogen, waaraan men veel meer betekenis had kunnen verlenen dan terecht was, bespaard.

Na het uitwisselen van de gebruikelijke plichtplegingen kwam ik meteen ter zake met de mededeling dat ik het dorp gedurende enkele dagen zou moeten verlaten. 'Een van mijn familieleden is onwel geworden, en ik moet haar een bezoek brengen.' Als ze daarin geïnteresseerd geweest waren, had ik hen kunnen voorzien van een groot aantal verzonnen details over deze dame. Zo hadden Jem en ik bijvoorbeeld vastgesteld dat ze de achtenswaardige directrice was van een exclusieve kostschool voor jongedames, ergens in Kent. Maar afgezien van de gedachteloos uitgesproken hoop dat haar herstel voorspoedig zou verlopen en dat onze reis niet al te moeizaam zou zijn, hadden ze geen belangstelling voor haar.

Ik maakte een buiging en ging toen op zoek naar Lady Chase, om haar hetzelfde verzonnen verhaal te vertellen. Zij moest daar tenslotte ook van op de hoogte zijn, en ook van de details, voor het geval dat de andere dames alsnog navraag zouden doen naar de reden van mijn afwezigheid.

'Maar in werkelijkheid vertrekken Jem en ik naar Londen. We verblijven in eerste instantie in het huis van mijn ouders, aan Berkely Square. Of we daar blijven of alsnog verhuizen naar een accommodatie die beter past bij twee dorpsdominees –' ik vertelde haar over Jems plan '– hangt af van onze vorderingen.'

'Hoe zullen de bedienden Jem behandelen, als hij zich voordoet als uw gast?' vroeg ze op ernstige toon, terwijl ze haar naaiwerk neerlegde en mij aankeek over de rand van het brilletje dat ze sinds kort af en toe droeg.

'In deze tijd van het jaar is het in Londen uitzonderlijk rustig. Dus met een beetje geluk hebben mijn ouders slechts een paar bedienden achtergelaten, alleen de hoogstnoodzakelijke, en zullen zij Jem niet herkennen. De hemel verhoede dat mijn vader zou besluiten om een bezoekje aan de hoofdstad te brengen – die is zo overtuigd van zijn eigen superioriteit dat hij als hij de zoon van zijn stalknecht in de logeerkamer zou aantreffen vast en zeker een toeval krijgt.' Ik lachte, maar was er niet helemaal zeker van dat mijn grapje geen kern van waarheid bevatte.

'Misschien zou hij hem niet eens herkennen. Goed zo, Tobias, ik wil dat u dit aanneemt als onkostenvergoeding. Ik ben er zeker van dat u uw vervanger van een ruime vergoeding zult voorzien, en ik weet dat uw salaris grotendeels opgaat aan de behoeften van uw gemeente. Wanneer hebt u voor het laatst uw tienden geïnd?' vroeg ze, haar hand dwingend geheven. 'Dat dacht ik al. Dus – omdat u deze reis enkel en alleen maakt om mij een plezier te doen – zult u alles wat ik u geef aannemen. Hou uw inkomsten en uitgaven bij, als u dat prettig vindt. En u doet mij één plechtige belofte: op het moment dat het veilig is om uw vermomming te laten varen, zult u zo veel nieuwe boeken voor mij kopen als u maar kunt dragen. Als ik de winter moet doorbrengen met... Als ik de winter hier moet doorbrengen, heb ik behoefte aan afleiding.'

'De familie zal ongetwijfeld binnen afzienbare tijd vertrekken,' zei ik.

'Hoe langer ze hier blijven, hoe langer de dreigende rechtszaak om mijn geliefde Hugo dood te laten verklaren kan worden uitgesteld. Er gaan geruchten dat ik de kosten voor het bal ter ere van mijn achternichtjes op me zal nemen. Als het dan niet anders kan, moet ik hen toch op zijn minst wat manieren bijbrengen.'

'Dus ze blijven bij u logeren totdat ze u leeggezogen hebben en gaan dan over tot een rechtszaak,' zei ik, mijn stem overslaand van woede.

'Niet als u Hugo eerst vindt,' zei ze. Ze stond op en stak me haar hand toe, zodat ik er een kus op kon drukken. 'God zegene u in uw nobele streven, mijn beste Tobias.'

13

Toen we arriveerden bleek al snel dat, zoals we in deze tijd van het jaar ook verwacht hadden, het grootste deel van Berkely Square was afgesloten en dat het merendeel van het personeel was overgebracht naar Derbyshire om de staf daar bij te staan. Mijn vader en zijn vrienden waren daar op dit moment aan het jagen, iets wat ik ooit ook erg belangrijk had gevonden, en hun vrouwen zouden de tijd doden met eindeloos, oppervlakkig gekwebbel – het soort praatjes waar mijn moeder hevige hoofdpijn van kreeg.

Tussen het moment waarop ik de bel luidde en het moment waarop de voordeur langzaam openzwaaide, verstreek een eeuwigheid. Mitten, de butler, was blijkbaar afgereisd naar het noorden, evenals de bedienden die rechtstreeks onder hem vielen, en het was mevrouw Tilbury, de huishoudster, die ons welkom heette. Haar begroeting was in eerste instantie wat aarzelend, zelfs onwillig te noemen.

'Mevrouw Tilbury? Tilly? Herinnert u zich mij nog?' vroeg ik, terwijl ik haar kromme handen vastpakte en ze kuste.

'Meester Toby, bent u dat echt? Ach, beheerst u zich toch, alstublieft,' voegde ze toe terwijl ik haar omvatte in een kinderlijke omhelzing.

Het duurde niet lang voordat ze zich hersteld had en me toesprak alsof ik de verloren zoon zelf was, waarbij ze me bezwoer dat ik geen pietsje veranderd was sinds zij me voor het laatst gezien had. Haar samengeknepen ogen en het feit dat ze haar gezicht vlak bij het mijne moest houden waren echter veelzeggend, en Jem – in zijn rol als eerwaarde James Yeomans – kon gerust ademhalen; meer dan een oppervlakkige inspectie had hij van haar niet te vrezen. Mijn moeder had de afgelopen jaren al een aantal keer geprobeerd haar met pensioen te sturen, maar het arme vrouwtje hield krampachtig vast aan het idee dat haar rol in het huishouden nog altijd van essentieel belang was. Mijn vader drong er sterk op aan dat Mama een manier zou vinden om haar – in zijn woorden – de laan uit te sturen, voordat ze van de wenteltrap zou vallen en haar nek zou breken.

'U zult genoegen moeten nemen met het huis zoals het is, meester Toby,' sprak ze, gebarend naar de meubels in de groene salon, die allemaal met lakens bedekt waren. 'Veranderingen,' voegde ze fluisterend toe, maar wel zo luid dat Jem alles kon horen. 'Zo'n closet. Nee, dat is een leugen. *Vier* van die closets. En een nette badkamer voor mevrouw, zei hij, hoewel ik er niets netjes aan vind, en ik wel een ander woord zou weten. Voor hem ook, trouwens.'

'Bramah waterclosets, bedoelt u?' vroeg ik.

'Ja, precies. Maar u hoeft zich geen zorgen te maken, meester Toby – absoluut niet nodig dat keurige mensen zichzelf uitkleden in zo'n grote, lege kamer, niet als ze ook in hun eigen slaapkamer kunnen baden, in een zitbad voor het vuur. Dus zegt u dat gerust tegen uw bediende.'

'Om eerlijk te zijn,' zei ik op vriendelijke toon, 'heb ik nu ik een geestelijke ben niet langer beschikking over een persoonlijke bediende, en datzelfde geldt voor mijn vriend hier, meneer Yeomans. Ons verblijf hier is maar van korte duur, Tilly.'

'Ik zal in uw kamer onmiddellijk een vuur laten ontsteken, meester Toby, en ook een in de beste logeerkamer. De jonge Wilfred is een keurige, hardwerkende jongen – hij zal in uw behoeften voorzien. Maar de herrie van die bouwlieden is verschrikkelijk, meester Toby. Zoiets hebt u nog nooit gehoord.'

'Ik betwijfel of we veel tijd in het huis zullen doorbrengen, Tilly. Kokkin is vast en zeker ook overgeplaatst naar Derbyshire, is het niet?'

'Zeker, en Pierre ook, de chef-kok die uw vader in dienst genomen heeft.'

'Dan dineren we op de club.'

Twee reacties volgden. Naast mij zag ik Jem verstijven, en het gezicht van mevrouw Tilbury betrok.

'Maar we zullen eerst plaatsnemen in uw zitkamer,' zei ik vlug, 'dan kunt u ons een glas wijn inschenken en ons op de hoogte stellen van al het nieuws. Hoe is het met Mittens rug?

En is er nog nieuws van zijn zoon – die ene die op dat oorlogsschip dient?'

Omdat we geen van beiden avondkleding hadden meegenomen, begaven we ons die avond echter niet naar *Boodle's*, maar naar *Brown's Hotel*. Niemand keek vreemd op bij het zien van twee respectabele geestelijken die daar het diner gebruikten, en de maaltijd was werkelijk voortreffelijk.

Jem ging helemaal op in zijn nieuwe rol, hoewel hij na een glas Bordeaux zijn liet stem dalen en opmerkte dat de drukte en het rumoer van de stad hem, nu hij aan de stilte van het platteland gewend geraakt was, niet meer bevielen.

'Ik denk er precies zo over,' zei ik. 'En de viezigheid en de stank op straat zijn nog wel het ergst. Arm zijn op het platteland is vast al beroerd genoeg, maar hier, waar er geen vriendelijke landheer is die in tijden van honger de nood verlicht! En dan te bedenken dat ik ooit werkelijk van mening was dat Londen de enige plaats was waar ik wilde wonen. Maar wat je morgen in het oosten van de stad zult aantreffen, Jem – James –, is nog veel erger.'

Hij knikte. 'Toby, ik heb nog eens nagedacht...' Hij wachtte even terwijl een bediende onze soepborden afruimde. 'Als ik een arme geestelijke moet voorstellen, kan ik onmogelijk op Berkeley Square verblijven, zelfs niet als gast. Als ik informatie bij mensen wil inwinnen, moet ik een van hen worden en onder hen wonen.'

'Je hebt natuurlijk gelijk. Het toeval wil dat diezelfde gedachte ook al bij mij was opgekomen. Maar behalve armoedig moet de plek waar je verblijft toch ook respectabel zijn. Ik zou voor geen goud willen dat jij in een of ander smerig, van ongedierte vergeven logement verblijft terwijl ik in mijn eigen huis door luxe omgeven ben – en dan heb ik het nog niet eens over die nieuwe waterclosets. Ik moet denken aan een man die in dezelfde tijd als ik aan Cambridge studeerde, en met wie ik af en toe nog een briefwisseling voer. Hij is ook als predikant geordend, maar had niet, zoals ik, het geluk een vrijgevige beschermvrouwe te treffen.'

'Vrijgevig, jazeker,' merkte Jem met een scheve grijns op, terwijl hij en ik allebei terugdachten aan het lot van de dame in kwestie.

'Touché. Maar Charles Frane werkt als hulppredikant in Southwark – de predikant die boven hem staat heeft een aantal parochies onder zijn hoede, maar dient zelf alleen de meest bemiddelde.'

'En daar hoort Southwark niet bij.'

'Inderdaad. Charles en zijn vrouw zijn niet gezegend met nageslacht, althans, nog niet, dus ze hebben meer dan genoeg kamers. Ik ben er zeker van dat ze er geen enkel bezwaar tegen zullen hebben om een paar penny's extra te verdienen door jou van kost en inwoning te voorzien.'

'Southwark lijkt me een heel goede plek om te beginnen met het aanplakken van die affiches die je hebt laten drukken. Geweldig, Toby. Ja, ik zou u dankbaar zijn als u die Charles Frane zou willen schrijven om hem dit idee voor te leggen. En u – gaat u naar Hanstown?'

'Hans Crescent, om precies te zijn. Maar niet voordat jij je intrek genomen hebt bij Charles.'

'Voorzien van een wit boord?'

'Waarom niet? Dat hadden we toch afgesproken?'

'Maar u dan – ik vraag me af of het niet beter zou zijn als u zich zou gedragen alsof u tot de crème de la crème behoort, in navolging van rechter Vernon. Als meneer Chamberlain van Hans Crescent een deftige heer is, is de kans op een respectvolle behandeling groter wanneer hij u beschouwt als zijn meerdere dan wanneer hij denkt dat u slechts een eenvoudige geestelijke bent.'

'Dat zou inderdaad het geval kunnen zijn... Maar jammer genoeg ben ik daar niet op gekleed.'

'U denkt toch niet dat uw vroegere lijfknecht – hoe heette hij ook alweer? U weet wel wie ik bedoel, vele malen arroganter dan uzelf ooit geweest bent...'

'Dat mag ik hopen. Een persoonlijke bediende met ambities die een nederige theologiestudent moest dienen – dat kan natuurlijk helemaal niet. Cumberbatch. Stel je zijn gezichtsuitdrukking eens voor als hij de pastorie zou zien! Hoe dan ook, wat wilde je over hem zeggen?'

'Hij was dan misschien wat opgeblazen, maar ik durf te wedden dat hij zijn taak naar behoren uitvoerde en dat al uw kleren keurig zijn opgeborgen in afwachting van uw terugkeer.'

'Maar dan zijn ze al drie jaar uit de mode. Hoewel ik vermoed dat dat juist een voordeel is – het duurt altijd even voordat men op het platteland de Londense mode overneemt.'

'Juist. Misschien ruikt u enigszins naar kamfer, maar uw uiterlijk zal overeenstemmen met uw rol als edelman van het platteland.'

'Dat is dan bij deze besloten. Ik zal het proberen.' Ik wachtte tot de bediende het tafelkleed van tafel gehaald had en ons cognac aanbood. 'Nee, Jem, ik stel voor dat we morgen tijd nemen voor wat vermaak – op fatsoenlijke wijze, passend bij ons ambt als geestelijke, maar desalniettemin vermaak.'

Het was niet meer dan logisch dat we een bezoek brachten aan Westminster Abbey en St Paul's. Ik was blij dat ik deze volgorde had voorgesteld, temeer toen Jem vol onbehagen opmerkte dat de eerste kathedraal veel te veel gedenktekens ter ere van rijke mensen bevatte om nog werkelijk een Godshuis te kunnen zijn. St Paul's beviel hem veel beter, ondanks het onprettige ritje daarnaartoe. De koetsier gaf zijn paard er zo ongenadig van langs dat ik vreesde dat Jem indien nodig bereid zou zijn tot een vuistgevecht om hem van verdere mishandeling te weerhouden. Zijn woedende blik was echter genoeg om de man tot kalmte te dwingen. Toen we eenmaal in de kathedraal binnengegaan waren, hief hij zijn blik om de luister ervan op zich te laten inwerken en hij knielde naast mij neer om te bidden alsof hij niet anders gewend was. Ik geloof dat zijn gebeden voor het slagen van onze onderneming even vroom waren als de mijne, en wat eerbied en ontzag betreft liet zijn gedrag aan niets te wensen over – ook niet toen we even later de rest van het ontzagwekkende gebouw bezichtigden.

In de wetenschap dat er gedurende de komende dagen geen

sprake zou zijn van vermaak of ontspanning – in elk geval niet voor Jem – had ik de jonge Wilfred in het geheim gevraagd om kaartjes voor het theater te reserveren, en een tafeltje bij de *Piazza.* Ik herinnerde me hoe goed Jem vroeger in toneelspelen was, en dan vooral in de stukken van Shakespeare. Het lag dan ook voor de hand om iets van de grote dichter te kiezen. Het werd *Othello* – en ik hoefde maar naar Jems gezicht te kijken om te weten dat ik de juiste keuze gemaakt had.

Omdat we onder een schuilnaam in de stad waren en ik er bovendien voor wilde waken dat ik Jem door middel van overdreven verkwisting voor het hoofd zou stoten, verzweeg ik de loge die onze familie in het theater in bezit had en namen we plaats tussen de gewone mensen. Het publiek was zo fatsoenlijk als ik me maar kon wensen en de prestaties van de toneelspelers om nooit te vergeten. Het vuil van de hoofdstad miste ik dan misschien niet, maar ik besefte met een plotselinge pijnscheut dat ik sommige andere dingen die de stad te bieden had wel degelijk miste.

Jem leek totaal overweldigd en deed zijn mond nauwelijks nog open, zelfs niet toen ik bij het diner champagne bestelde in de hoop dat dat zijn tong losser zou maken. Telkens wanneer ik zo'n gebaar maakte, was ik op mijn hoede. Ik wilde koste wat het kost voorkomen dat hij zich beledigd of gekleineerd zou voelen, waardoor de kloof tussen zijn afkomst en de mijne onoverbrugbaar zou worden. Dat zou misschien mogelijk zijn, ware het niet dat hij vrijwel tot op de penny wist van hoeveel geld ik tegenwoordig moest rondkomen, en hoeveel ik weggaf, in mijn nieuwe, *echte* leven in het dorp.

Hoewel we haar en Wilfred verboden hadden op te blijven, had mevrouw Tilbury ervoor gezorgd dat ons bij onze terugkomst in de kleine salon een warm vuur brandde, en dat er cognac en port voor ons klaarstond. We waren echter allebei zo vermoeid als gevolg van de uitstapjes van vandaag dat we niet langer dan een minuut of tien bleven zitten, alleen om plannen voor de volgende ochtend te maken. Charles Frane had mijn brief onmiddellijk beantwoord met de verzekering dat een vriend van mij ook een vriend van hem was, en mijn aanbod om voor zijn gastvrijheid te betalen nam hij met enige tegenzin aan. Zijn vrouw was echter – zijn hand had zelfs bij het schrijven van de woorden getrild – in een zekere, veelbelovende toestand, waardoor hij het zich niet kon veroorloven een geringe vergoeding af te slaan.

'Kan de kerk ten aanzien van haar werknemers niet wat ruimhartiger zijn?' vroeg Jem op barse toon.

'Ach, ze is bijzonder ruimhartig voor sommigen,' antwoordde ik droogjes. 'De predikant die eindverantwoordelijke is over Charles' parochie heeft in elk geval de moeite genomen om een hulppredikant aan te nemen en erop toe te zien dat daar geld voor vrijkwam. Anderen doen zelfs dat niet. God geve dat er een dag komt waarop iedereen de gewoonte om meerdere ambten tegelijk te bekleden net zo verfoeilijk vindt als ik – als een man niet in staat is zorg te dragen voor alle zielen die aan hem zijn toevertrouwd, heeft hij niet het recht zich hun herder te noemen, en al helemaal niet om van zijn vele parochies een financiële bijdrage op te strijken. Geen enkel recht op de tienden, op de mooie pastorie of de andere privileges die al die parochies met zich meebrengen...' De persoon tegen wie ik deze donderpreek afstak was natuurlijk allang bekeerd.

Maar Jem stak zijn vinger op. 'Ga alstublieft door, Toby. Als ik wil doorgaan voor een man van de kerk moet ik op de hoogte zijn van al dit soort controverses.'

Maar vijf minuten later, toen ik hem aankeek omdat ik behoefte had aan een betuiging van instemming, zat hij te slapen. Het was bijna drie uur 's ochtends en wij waren beiden gewend aan plattelandstijden. Ik haalde het glas cognac voorzichtig uit zijn hand en hij ontwaakte met een schok.

Hij rekte zich uit, mompelde een verontschuldiging en stond op. Toen glimlachte hij. 'Dank u, Toby. Dit was echt een van de mooiste dagen van mijn leven.'

14

De volgende ochtend – onze oogleden zwaar, maar nog nagenietend van de heerlijke vrije dag die we gisteren gehad hadden – trok Jem het kostuum aan dat een arme dominee van hem moest maken. Ikzelf hulde me in de kleding die ik vroeger elke dag gedragen had, en veranderde terstond in een heuse lekenrechter. We bekeken elkaar eens goed.

'Ik ben bang dat je er te sterk en te gezond uitziet, Jem. Maar daar is niets aan te doen.'

'Ik kan proberen er hongerig uit te zien? En bezorgd? Maar zo heel veel maakt het niet uit – wie van het platteland afkomstig is ziet er altijd gezonder uit dan die groezelige mensen hier in de stad. En wat u betreft, Toby, u moet zich wat statiger bewegen. Denk maar aan die neef van u die meent dat hij God zelf is: herinnert u zich hoe hij zijn neus altijd in de lucht steekt? Toe, oefen eens wat met die monocle.'

Jem probeerde er neerslachtig uit te zien en ik trok het spottende, hooghartige gezicht van mijn neef, met wie ik het al nooit had kunnen vinden. In deze rol hielden we een rijtuig aan dat al even erg stonk als het vorige, hoewel de anonimiteit van deze manier van transport goed van pas kwam. De koets stak London Bridge over en ratelde vervolgens door straten waar de uitwerpselen en de rottende groenten de stenen aan het zicht onttrokken, op weg naar het huis van mijn vriend Charles Frane, in Southwark. Het huis bood uitzicht op de kathedraal, die hoog boven een allegaartje aan fabrieken, brouwerijen en houtzagerijen uittorende. De giftige, misselijkmakende dampen van de looierijen en leerhandelaren die overal waar je keek gevestigd waren zouden de pastorie onleefbaar gemaakt hebben, ware het niet dat het gebouw zelf werd omgeven door een grote, maar slecht onderhouden tuin.

Ondanks de edele gelaatstrekken en de trotse houding die hem tot een uitstekende deken gemaakt zouden hebben, was

Charles Frane herder over de zielen van degenen die niet de historische kathedraal tot geestelijk thuis hadden, maar die behoorden bij de kleine en relatief moderne kerk van St Stephen the Martyr. Hoezeer ik ook mijn best deed, ik kon me onmogelijk voorstellen dat dit armzalige huis van God nog veel langer overeind zou blijven. Het vocht was via de muren omhoog getrokken en de buitenmuur had ter hoogte van het zuidelijke dwarsschip dringende behoefte aan enkele steunpilaren om instorting te voorkomen. Maar de toestand van de kerk was nog niets in vergelijking met de toestand van Franes gemeenteleden en hun onderkomens. Zelfs de allerarmste leden van mijn gemeente zouden een oprecht medelijden voelen bij het zien van deze behoeftige stakkers, met jenever als enige hulpmiddel om hun beklagenswaardig korte leven te volbrengen, waarna ze wegzonken in de gezegende vergetelheid van de dood.

Te midden van deze ellende woonden Frane en zijn vrouw, in een huis dat deugdelijk te noemen was, maar ook niet meer dan dat. Ik was er zeker van dat mevrouw Frane, een getergd uitziende vrouw van rond de dertig, slechts met de grootst mogelijke inspanningen in staat was tot het handhaven van een aanvaardbare mate van netheid – en weinig meer dan dat. Ze werd bijgestaan door een slonzige kok en een paar meisjes die de kleuterschool nauwelijks ontgroeid leken te zijn. Hoe ze zich staande moest houden als de baby eenmaal geboren was, was mij een raadsel.

Opeens had ik een briljante ingeving. Mijn moeder had er constant op aangedrongen dat ik me zou verbinden aan een van de parochies waar zij bij betrokken was – vanavond zou ik haar schrijven met het verzoek om zo'n positie aan te bieden aan de Franes. Twee sterke, jonge mensen zouden hier misschien kunnen overleven, maar niemand zou ooit veroordeeld mogen worden tot het grootbrengen van zijn zozeer gewenste kind in een omgeving als deze. Ik overwoog even om Frane in mijn parochie uit te nodigen, als permanente hulppredikant, maar dat zou betekenen dat ik niet langer in staat zou zijn mijn kudde te geven wat ik wilde – zowel in materieel als in geestelijk opzicht.

Terwijl mevrouw Frane voorbereidingen trof voor de lunch

die ze ons per se wilde aanbieden, trokken wij mannen ons terug in wat zij de huiskamer noemde – hoewel het vertrek deze titel nauwelijks waardig was. Heel misschien zou er iets positiefs over de grauwe, door rook verkleurde wanden en het versleten houtwerk gezegd kunnen worden op dagen dat de zon de moed had om in dit stadsdeel te schijnen.

Het was noodzakelijk geweest om, met het oog op het belang van zowel snelheid als vertrouwelijkheid, iets van onze motieven aan Frane te onthullen. Ik had echter bewust verzwegen dat Jem in werkelijkheid mijn stalknecht was. En wat ik ook voor me had gehouden, was dat zijn priesterboord slechts een vermomming was. Ik hechtte echter zozeer aan de waarheid dat ik besloot het tweede stukje informatie toch met hem te delen, ook omdat ik dacht dat het wellicht tot zijn verbeelding zou spreken – over het eerste hield ik angstvallig mijn mond.

Frane reageerde zo afkeurend op mijn bekentenis dat ik blij was dat ik de waarheid over Jems gebruikelijke werkzaamheden verzwegen had. Zelfs zijn neusvleugels bewogen verontwaardigd op en neer, een reactie die ik maar moeilijk kon verenigen met de vele grappen die hij op Cambridge had uitgehaald en die, zonder de tussenkomst van een oom die toevallig met de directeur bevriend was, wellicht zouden zijn uitgelopen op een permanente schorsing.

'Zich voordoen als een man van de kerk? Zoiets uitzinnigs heb ik nog nooit gehoord. Het gebrek aan eerbied! Het... Mijn hele wezen komt hiertegen in opstand.'

Ik beet op mijn lip. Misschien had ik in zijn plaats eenzelfde afkeer gevoeld. En hoe durfde ik zijn geestelijke omzwenking te veroordelen terwijl ikzelf sinds onze studententijd ook de nodige, diepgaande veranderingen had ondergaan?

Het was aan Jem om het woord te nemen. 'Het spijt me dat u hier niet mee instemt,' zei hij kalmpjes, terwijl hij het glas sherry dat hij – heel begrijpelijk – nauwelijks had aangeraakt op een groezelig tafeltje zette. 'Maar u moet weten dat het soms noodzakelijk is om van twee kwaden de minst slechte te kiezen. Naar mijn mening is een moordenaar gelegenheid geven zijn straf te ontlopen in deze situatie het grotere kwaad, en als ik daar verandering in kan brengen door me enkele dagen te kleden als geestelijke – een ambt dan niets in mij oproept dan respect en bewondering – dan zij dat zo.'

Zijn stem had de kalmte en het gezag – ja, zelfs de exacte intonatie – die ook de stem van dokter Hansard had. Het was dan ook niet verwonderlijk dat Frane enigszins bijtrok.

'Sterker nog,' voegde ik toe, 'we geloven zelfs dat ons eigen leven gevaar zou lopen, om nog maar te zwijgen van dat van andere keurige mensen, als onze plannen algemeen bekend zouden raken. Jem – James, moet ik zeggen – zal zich voordoen als dominee en ik zal voor korte tijd terugkeren naar mijn oude, nutteloze manier van leven, als stadse edelman.' Ik glimlachte vluchtig naar Jem, hem erkentelijk voor het idee.

'Ik zie niet in waarom deze beide imitaties nu zo nodig zijn,' hield Frane vol. 'Campion is zeer wel in staat tot het stellen van alle mogelijke vragen. Hij maakte de colleges op Cambridge tot een ware beproeving door precies dat te doen.'

'Ten eerste, Charles, ontbreekt het mij aan volkse manieren – en hoezeer ik het ook probeer, ik lijk dat verrekte Eton-accent wel nooit kwijt te raken.'

'En kunt u zich voorstellen dat Tobias in staat zou zijn zich in een vuistgevecht te verdedigen?'

'Naar ik begrepen heb is hij in deze kunst onderwezen door de grote Cribb zelf,' wierp Charles tegen.

'Dat is hij inderdaad, en met zijn basiskennis is dan ook niets mis. Maar hij zou eerlijk vechten. En neemt u het me niet kwalijk, meneer Frane, ik verwacht niet dat onze nog onbekende vijand even fatsoenlijk zal zijn. Ik zou hem op elke noodzakelijke manier bevechten.'

'Meneer Yeomans, probeert u me te vertellen dat u zonder gewetensbezwaren zou overgaan tot...?' De rest van de zin bleef beschuldigend in de lucht hangen.

'Tot een straatgevecht? Inderdaad,' zei Jem op ferme toon. 'Ik wil niemand kwaad doen, meneer Frane. Maar als iemand zichzelf moet verdedigen, heb ik liever dat ik dat ben dan Tobias.' Hij beet op zijn lip, alsof hij nog meer had willen zeggen – waarschijnlijk iets wat zou verwijzen naar de lichamelijke kracht die wij beiden door onze respectievelijke manier van leven ontwikkeld hadden. Na enige aarzeling vroeg hij, als op aanwijzing van onze goede vriend Hansard: 'Zou u diezelfde vraag stellen aan een Bow Street Runner?'

Uiteindelijk schudde Frane het hoofd. Hij stond op uit zijn stoel en drentelde wat heen en weer door de kamer, totdat hij bleef staan om uit te kijken over de doodse tuin. Zijn zicht werd belemmerd door de motregen: kleine, maar hardnekkige druppeltjes die in grijze stroompjes langs het smerige raam omlaag gleden.

'We werken samen met de rechter die onderzoek doet naar de identiteit van een onbekende man die in onze omgeving onder verdachte omstandigheden om het leven gekomen is. Hij heeft ons toestemming gegeven deze affiches op centrale plaatsen op te hangen,' zei ik, wuivend met een stapeltje papier.

Hij keek even, zijn blik koud als ijs, en trok zijn wenkbrauwen afkeurend op. 'Een beloning? Daar komen ze vast op af, als vliegen op een mesthoop.'

'Dat is ook onze hoop. Zoals u ziet bevatten de affiches enkele witregels, die nog door mij ingevuld moeten worden – een naam en een adres waar mensen zich kunnen vervoegen wanneer ze over informatie beschikken. De naam die ik zal opschrijven is die van dominee James Yeomans. Maar kunt u, bij gebrek aan een mesthoop, ons misschien de naam geven van een pension waar James dagelijks enkele uren kan doorbrengen – een fatsoenlijke herberg, misschien?'

Frane ging weer zitten, bulderend van het lachen. 'Een fatsoenlijke herberg? Hebt u ooit van de term *oxymoron* gehoord, Tobias? In dit deel van de stad hebben we donkere steegjes en spelonkachtige kroegen – om nog maar te zwijgen van de straten waar dergelijke walgelijke hokken gevestigd zijn – waar mensen zich bezatten.'

'Zit er niet één bij die net iets minder onfatsoenlijk is dan de rest?' hield ik aan. 'Of hebt u liever dat zijn informanten zich hier melden?'

Hij kromp zichtbaar ineen. 'Goeie God, nee. De ellendelingen die zo af en toe naar de kerk komen aanmoedigen om zich te bekeren is één ding – ze toelaten op de drempel van je eigen huis is iets heel anders.'

Ik durfde Jem niet aan te kijken. 'Zullen we dan voorstellen dat ze naar de kerk zelf komen? In de hal? Waar kan ik wat appels en noten kopen, om de kinderen over te halen om het nieuws te verspreiden?' Om niet de indruk te wekken dat ik van hem verwachtte dat hij daarvoor zou betalen, haalde ik enkele guineas tevoorschijn.

'Dat zal onze dienstmeid doen,' zei hij kortaf, terwijl hij zijn blik met moeite van het geld losmaakte.

Zou zijn salaris erg veel hoger zijn dan dit kleine stapeltje goud? Blijkbaar droeg zijn geachte oom niet of nauwelijks bij aan de kosten die het handhaven van dit huishouden met zich meebracht. Hoewel ik me zojuist had voorgenomen een brief aan mijn moeder te schrijven, maakte ik me zorgen over Frane: zou hij een goede dominee kunnen zijn, in welke parochie ook, als hij zijn gemeente hier zo intens verachtte?

Dit was het moment waarop we geroepen werden voor de lunch. Het zou verkeerd zijn om kritiek te uiten op het armzalige voedsel, omdat het waarschijnlijk alles – en zelfs meer – was dan ze zich konden veroorloven. Maar ik had grote moeite met het bestek en het servies, dat duidelijke sporen van eerdere maaltijden vertoonde. Mezelf weerhouden van het schoonvegen van mijn glas was een schier bovenmenselijke inspanning.

Waar kwam deze plotselinge kieskeurigheid vandaan? Als mijn gemeenteleden mij een verfrissing aanboden, was die ook niet vrij van het vuil waar zij dag aan dag in leefden. Genoot plattelandsvuil op de een of andere manier de voorkeur boven stadsvuil?

Of was het mijn gevoel, dat men hier ook niet geprobeerd had er het beste van te maken? In mijn hele parochie was niemand te vinden die, hoe bouwvallig zijn of haar huisje ook was, een mok niet eerst afveegde voor hij werd volgeschonken en de stoel niet eerst afnam voordat hij mij werd aangeboden – of de vensterbank, in hutjes waar men geen stoelen had.

'Als meneer Yeomans van plan is St Stephen's als hoofdkwartier te gebruiken, om het zo maar te noemen, waar moet hij dan de rest van de dag doorbrengen?' vroeg Frane.

'Ik zal me voortslepen van het ene drankhol naar het andere – hoort u wel, ik ken het taaltje al,' zei hij. 'Taveernes en kroegen, mevrouw Frane,' voegde hij met een verontschuldigende buiging toe.

'Al drinkend, ongetwijfeld. Dat is pas echt een goede reden voor de ruil die u van plan bent,' sprak Charles met een droog glimlachje. 'U kon al nooit tegen drank, is het wel, Tobias?'

Het was gemakkelijker om in te stemmen dan om tegen te werpen dat hij degene was die altijd te veel dronk, en als deze gedachte maakte dat hij minder bezwaar had tegen ons complot, dan had ik daar vrede mee.

Uiteindelijk nam ik afscheid van alle aanwezigen, met de belofte dat ik dagelijks een boodschapper zou sturen om te horen hoe het Jem vergaan was. In reactie op mijn zegenbede pakte hij mijn hand en zei op dringende toon: 'Onthoud wel dat ik niet de enige ben die ongemakkelijke vragen zal stellen, mijn beste Toby.'

Impulsief en – gezien de chaotische toestand van de wegen – nogal dwaas, huurde ik een sjees waarmee ik zelf naar Hanstown zou kunnen rijden. Dat was wat Vernon gedaan zou hebben en bovendien bespaarde het me een zoveelste ritje in een openbare koets, slechts omgeven door de geur van mottenballen.

Zoals Jem al voorspeld had waren al mijn kledingstukken zorgvuldig bewaard gebleven, wellicht in opdracht van mijn vader die nooit werkelijk geloofd had dat ik het door mij gekozen pad tot het einde toe zou bewandelen. Hij had waarschijnlijk verwacht dat ik al veel eerder naar huis teruggekeerd was, en dat mijn verblijf bovendien permanent van karakter zou zijn. Er was een tijd waarin ik de bijstand van een bediende nodig gehad had om mij in mijn prachtige, op maat gemaakte jas te helpen. Nu ik op het platteland woonde en mijn eetpatroon daaraan had aangepast, kostte het aantrekken van de jas nauwelijks enige moeite – een gegeven dat ik moest verzwijgen voor mevrouw Tilbury, en zeker voor mevrouw Trent, die zich anders vast en zeker tot doel zouden stellen om me flink bij te voeren. Mijn laarzen glommen nog steeds als spiegels. Ze pasten zo goed dat ik me voornam om ze mee terug te nemen naar Warwickshire, hoewel ik betwijfelde of ze zonder Cumberbatch' mysterieuze smeersel van schoenpoets en champagne hun glans zouden behouden.

Hans Crescent was de natuurlijk leefomgeving van mensen die mijn vader zou hebben afgedaan als omhooggevallen stedelingen en advocaten, fatsoenlijk genoeg, maar geen plek waar men de aanwezigheid van de *bon ton* zou verwachten. Het was zelfs zo dat de huizen, hoewel ze nog niet zo lang geleden gebouwd waren, nu al versleten en uitgewoond aandeden. Er was echter één uitzondering: het huis van meneer Chamberlain. Het onberispelijk geverfde houtwerk glansde in de winterse zon.

Ik liet de sjees achter onder de hoede van de magere palfrenier wiens diensten ik tegelijk met het rijtuig had ingehuurd en beklom gehaast de traptreden naar de voordeur, waar ik de glimmende deurklopper enkele malen liet neerkomen. De deur werd geopend door een vriendelijk ogende vrouw, haar blonde haar bedekt met een schone, kanten hoofddoek. Haar schort was al even smetteloos.

'Zou ik meneer Chamberlain misschien even kunnen spreken?' vroeg ik, mijn Eton-accent wat aangedikt, maar in evenwicht gebracht door een naar ik hoopte bemoedigende glimlach.

'Meneer Chamberlain?' Haar gezicht verloor elke uitdrukking. 'U vergist zich. Er woont hier geen meneer Chamberlain.'

Ik deed een stap naar voren en voorkwam dat ze de deur in mijn gezicht zou sluiten door mijn voet tussen de deur en het deurkozijn te zetten. 'Maar vroeger woonde die hier wel?' Ik paste de klank van mijn stem aan, zodat mijn opmerking tegelijkertijd kon doorgaan voor een vraag en een conclusie.

Ze bloosde, wat haar verder zo bleke huid geen goed deed. 'Wat weet u van meneer Chamberlain?'

'Ik heb iets gevonden dat hem toebehoort, en dat wil ik hem graag teruggeven.'

'Maar – Maar ik –' Ze liet de deur los en vouwde haar handen krampachtig samen. De knokkels staken wit af tegen het rode vlees.

Ik nam mijn hoed af. 'Ik vertegenwoordig rechter Vernon, de onderzoeksrechter die is aangesteld over zuidelijk Warwickshire. Misschien kunnen we dit gesprek in een meer discrete setting voortzetten?'

'Mijn man is niet thuis – het zou niet gepast zijn...' Ze draaide zich om toen ze achter zich in de gang voetstappen hoorde.

Het kind – ze moest een jaar of zes geweest zijn – trok aan de rok van de vrouw. 'Mama. Mama!'

Ik verbaasde me over de bloedband. Het kleine meisje was haast zo donker als een zigeuner, haar zwarte haar en haar donkere ogen zo anders dan de roodblonde lokken en de hazelnootkleurige ogen van de vrouw. Ik glimlachte, het hooghartige, bazige air van iemand die een rechter vertegenwoordigde tijdelijk vervangen door de vriendelijke, haast vaderlijke houding van een dorpsdominee. Sterker nog, ik deed wat ik meestal deed wanneer ik een kind van deze leeftijd ontmoette: ik hurkte bij haar neer, zodat onze ogen op ongeveer dezelfde hoogte waren. 'En wie mag u wel wezen, jongedame?'

'Ik heet Emma Harriet Larwood.' Ze maakte beleefd een knixje. 'En wie bent u, meneer?'

Haar moeder leek verscheurd tussen haar wens om mijn antwoord te horen en haar wens om het kind bij mij vandaan te houden.

'Mijn naam is Tobias Hampton,' zei ik, mijn achternaam ontleend aan het wat afgelegen landgoed van een van mijn broers. Ik stak mijn hand uit om de hare te schudden.

Maar dat stond haar moeder niet toe. 'Ik kan alleen maar voorstellen, meneer Hampton, dat u terugkeert op een tijdstip dat beter schikt. Ik verwacht mijn man thuis tussen vier en vijf uur vanmiddag.'

'Maar het is niet uw man die ik graag zou spreken. De enige reden voor mijn komst is het inwinnen van inlichtingen omtrent meneer Chamberlain.'

'Ook dat is een kwestie die u met mijn man zult moeten bespreken. Goedendag, meneer.'

Tot de verbijstering – en de verrukking – van de palfrenier zond ik hem weg met een flinke fooi en het verzoek het rijtuig weer naar het koetshuis te brengen. Ondertussen glipte ik tussen de oude huizen door, zodat ik de achterzijde ervan in het vizier had. Ik was precies op tijd om te zien hoe een mager joch van een jaar of tien via de bijkeuken uit het huis van de Larwoods tevoorschijn kwam. Zo discreet ik kon – ach, wat ik wel niet zou overhebben voor vaardigheden als die van Matthew – achtervolgde ik hem via een wirwar van straatjes, een route die in de richting van St Paul's voerde. Met andere woorden, hij was op weg naar het stadscentrum – vast en zeker de plek waar meneer Larwood zich op dit moment bevond.

Hoewel hij niet één keer omkeek, leek de jongen aan te voelen dat hij in de gaten gehouden werd. Hij begon sneller te rennen, dook steegjes in en nam binnendoorweggetjes door tuinen. Na anderhalve kilometer, misschien iets meer, moest ik toegeven dat hij me ontglipt was.

Dus, verdwaald en behoorlijk oververhit als gevolg van mijn formele kleding, stond me slechts één ding te doen – me afvragen waarom mijn bezoekje aan Hans Crescent zo belangrijk was dat men het nodig achtte om een boodschapper naar de werkplek van meneer Larwood te sturen. En dat er bovendien zo veel moeite gedaan werd om te voorkomen dat ik zou ontdekken waar dat was.

Ik volgde dezelfde route terug, waarbij ik tot de conclusie kwam – niet geheel verbazingwekkend – dat mijn elegante laarzen toch minder comfortabel waren dan ik had gedacht. Ik besloot even uit te rusten bij een taveerne waar ik, onder het genot van een glas verbazingwekkend smakelijk bier, mijn volgende stap overdacht. De waard drong erop aan dat ik ook iets zou eten, en omdat ik tot aan meneer Larwoods beloofde terugkeer rond vier uur toch niets anders te doen had, bestelde ik een al even smakelijke rundvleesschotel.

Het was klokslag vier uur toen ik opnieuw mijn opwachting maakte in Hans Crescent. Deze keer werd er echter niet op mijn kloppen gereageerd. Daar waar de luiken niet gesloten waren,

waren de gordijnen dichtgetrokken. Er was niet slechts 'niemand thuis' – dit huis was verlaten.

Er was niet eens een bediende die me kon binnenlaten toen ik bij de achterdeur aanklopte. Ik staarde er ongelovig naar.

De schemering viel in en het werd snel donker. Ik bevond me in een slecht verlichte, niet al te beste wijk in Londen. Ik had me vreselijk laten beetnemen. Mijn ellende was compleet, dacht ik, toen het begon te regenen en mijn keurige kostuum doorweekt raakte. Ik besloot om te keren en vermoeid en beschaamd terug te sjokken naar Berkely Square.

Maar het mocht niet zo zijn. Er was nog iemand anders in de tuin. Iemand die uit een schuurtje tevoorschijn kwam. Ik dacht aan Cribb en deed mijn uiterste best me zijn voorschriften te herinneren terwijl ik de vlug naderende voetstappen hoorde. Ik zette me schrap en haalde met kracht uit. Maar zoals Jem al gevreesd had, probeerde ik eerlijk te vechten. Ik voelde nog een harde klap tegen mijn hoofd, en daarna niets meer.

15

Het viel niet mee om die arme mevrouw Tilbury ervan te weerhouden Sir Henry Halford zelf te laten ontbieden om mijn verwondingen te verzorgen, maar ik hield vol dat, hoewel mijn trots een gevoelige klap gekregen had, de schade voor de rest erg meeviel. Uiteindelijk, na het mompelen van iets wat ik niet helemaal verstond, liet ze me met rust. Wilfred had nog steeds zijn gezicht niet laten zien, wat ik – zelfs in mijn verwarde staat – vreemd vond.

Vervuld van een diep zelfmedelijden wist ik me uiteindelijk van mijn deftige kleding te ontdoen. Mijn jas, in tegenstelling tot mijn hoed, die eruitzag alsof iemand er bovenop gesprongen was, was vrijwel onbeschadigd en ik had er alle vertrouwen in dat Wilfred of Tilly het voor elkaar zou krijgen om de spettertjes bloed uit de stof te verwijderen. De kraag van mijn overhemd was een heel ander verhaal; de manchetten waren ook ontzettend smerig. Gelukkig was het overhemd zelf nog in redelijke staat. Maar zelfs een uitstekende naaister als mevrouw Trent zou niet in staat zijn om de scheuren in mijn kniebroek te repareren.

Zelf was ik er, afgezien van een bult op mijn achterhoofd, niet veel slechter aan toe dan een schooljongen die naar gevallen was en wat vervelende blauwe plekken en schaafwonden had opgelopen. Het enige waar ik echt last van had, waren mijn voeten, en ik probeerde de oorzaak van het ongemak – die verdraaide laarzen – voorzichtig uit te trekken. Ik vrees dat ik daarbij kreunde van pijn. Enigszins geïrriteerd trok ik aan het bellenkoord om Wilfred te ontbieden. Toen pas bedacht ik dat Tobias Campion in zijn hoedanigheid als dominee zijn eigen boontjes had moeten doppen, ook als er sprake was van enig ongemak. Maar ik had nu eenmaal gebeld, dus kon ik net zo goed om een glas cognac vragen.

Er werd vrijwel onmiddellijk op mijn deur geklopt. Had de

jongen buiten staan wachten tot ik hem riep? Dan moest ik wel een afschrikwekkende meester zijn. Maar terwijl ik hem toestemming gaf om binnen te komen en me omdraaide om me te verontschuldigen, hoorde ik een bekende stem dreunen: 'Niet nodig om mij aan te kondigen, knul.'

Met één van mijn voeten nog in een laars gestoken, sprong ik overeind. 'Mijn beste Edmund: bent u dat echt? Wat brengt u hier?'

'Nieuwsgierigheid. Ik wilde het herenhuis van uw familie altijd al eens met eigen ogen zien.' Zijn vriendelijke glimlach maakte plaats voor een frons. 'En het lijkt erop dat ik op precies het juiste moment gekomen ben.' Hij knielde neer en trok de laars met een ruk van mijn voet. 'Die Wilfred van jou heeft de koetsier stevig aangepakt – probeerde me een veel groter bedrag te ontfutselen dan de rit in werkelijkheid kostte totdat Wilfred tegen hem zei dat hij het veel te bont maakte en hij, eh... op moest lazeren. Hij heeft zojuist mijn bagage naar boven gebracht en is op dit moment bezig met het uitpakken ervan. Ik zal hem vragen dat te laten voor wat het is en warm water en handdoeken te brengen. Dan zal ik eens zien wat ik kan doen om je weer een beetje te fatsoeneren.' Hij snelde de kamer uit en was binnen enkele tellen terug. 'Hoofd voorover, alsjeblieft.' Hij keek ernaar, maar raakte mijn nek en achterhoofd nog niet aan. 'Hm. Wat is er gestolen?'

'Heel weinig. Mijn geld zat nog in mijn zak. Maar mijn horloge hebben ze wel meegenomen – niet het horloge dat mijn grootvader me gegeven heeft – en mijn horlogeketting –'

'Horlogeketting, Tobias? Ik dacht dat u zich van dergelijke snuisterijen onthield.'

'Ik vond dat ik mijn rol van moderne heer zo realistisch mogelijk moest invullen,' zei ik, 'voor het geval dat het nodig zou zijn om meneer Chamberlain onder druk te zetten. In werkelijkheid heb ik de situatie echter zo verkeerd ingeschat dat ik me zijn hele gezin door de vingers heb laten glippen. Ze zijn ertussenuit geknepen, zoals Matthew het zou zeggen.'

'En wat hebt u gedaan om u een hinderlaag en een pak slaag op de hals te halen?' Er werd op de deur geklopt. Wilfred kwam binnen en Edmund glimlachte. 'Dank je. Zet het allemaal maar op de wastafel, alsjeblieft. In mijn koffer zul je een flesje lavendelwater aantreffen. Zou je zo vriendelijk willen zijn dat ook hierheen te brengen?' De jongen trok zich vol verbijstering terug en Edmund concentreerde zich op het wassen van zijn handen. Pas toen bevoelde hij mijn verwondingen en duwde er hier en daar op.

Hij ging zo in zijn werk op dat hij Wilfreds terugkeer niet opmerkte.

De jongen schraapte beleefd zijn keel. 'Het lavendelwater, meneer. En ik heb de vrijheid genomen om wat verband mee te brengen.'

'Goed gedaan. Dan is het nu tijd om het ambtskostuum dat meneer vanavond zal dragen klaar te leggen, denk je ook niet? En dan roepen we je wel.'

'Uitstekend, meneer. Lord Tobias.' Wilfred deed wat hem gezegd werd en verdween gehoorzaam uit het zicht.

'Wat vreemd om met die titel te worden aangesproken,' zei ik, alsof het voeren van een gesprek mijn aandacht zou afleiden van het vooruitzicht dat hij mijn wonden straks zou willen schoonmaken. 'Dominee Campion – die woorden zijn oneindig veel zoeter, vindt u niet? Ik wil nooit meer een lord zijn,' voegde ik toe. 'Ik kan niet, zál niet, terugkeren naar mijn oude manier van leven, Edmund. Ik zou haast denken dat deze verwondingen Gods oordeel zijn over mijn dwaasheid en mijn ijdelheid.'

'In dat geval, denkend aan het karakter van sommige geestelijken die ik ken, zou ik als arts regelmatig geconfronteerd moeten worden met hoofdwonden en gescheurde kledij,' zei hij, terwijl hij zijn handen nogmaals waste. 'Je bent niet echt een knapperd, Toby, maar je kunt ermee door. Als je je manchetten wat omvouwt zal niemand iets bijzonders opvallen – behalve jou, natuurlijk. Heb je behoefte aan wat druppels tegen de pijn? Nee? Goed zo. Ik denk wel dat we Cribb moeten vragen om nog wat met je te trainen – om je te helpen herinneren wat je had moeten doen.'

'Het valt niet mee om iets doen als iemand je van achteren

besluipt en neerknuppelt!' protesteerde ik, wensend dat ik toch gevraagd had om die laudanumdruppels waar hij zo op tegen was.

Hij snoof – geamuseerd of minachtend, dat kon ik niet met zekerheid zeggen.

'Maar waar is mevrouw Hansard?' vroeg ik, zij het wat laat. 'Is ze niet met u meegekomen?'

Hij antwoordde, met een bravoure die in werkelijkheid slechts gespeeld was: 'Ze zegt dat ze me wel een paar dagen kan missen – maar niet langer dan een paar dagen. Dit is voor het eerst sinds onze bruiloft dat we niet samen zijn, Tobias...' Hij schraapte zijn keel voordat hij verder ging. 'Ze houdt vol dat er ook in het dorp navraag moet worden gedaan – bij mevrouw Powell, bijvoorbeeld – en dat dat voor haar vrij gemakkelijk te bewerkstelligen is. Bovendien heeft ze me beloofd om nooit op pad te gaan zonder metgezel, dus daarom heb ik besloten haar haar zin te geven.'

Ik vroeg me in stilte af of mevrouw Hansard het onprettig vond om zich voor te doen als iemand die gewend was aan een leven aan deze zijde van de gecapitonneerde deur. Als ze eens wist hoe natuurlijk dat Jem af leek te gaan. 'Ze neemt geen risico's?' drong ik aan.

Hansard liet zijn vuist met kracht in zijn handpalm neerkomen. 'Verdikkeme, Toby! Denk je niet dat ik me constant – en dan bedoel ik iedere seconde van de dag – zorgen maak over haar veiligheid? We vreesden allemaal – Lady Chase niet uitgezonderd – dat het te zeer zou opvallen als we er allemaal tegelijk vandoor zouden gaan. Toone zal op haar letten – tenminste, zolang hij niet stomdronken is.' Hij liep met grote stappen door de kamer. Uiteindelijk draaide hij zich om. 'En, waar dineren wij vrijgezellen vanavond?'

Ik had er niet bij stilgestaan dat hij na zijn reis natuurlijk zowel uitgeput als uitgehongerd moest zijn. Het was tijd om me weer als gastheer te gedragen.

Ik perste een glimlach tevoorschijn. 'Heeft Wilfred u uw kamer gewezen, Edmund?'

'De beste logeerkamer.'

'Dan vrees ik dat hij u moet overplaatsen naar een andere kamer – de op een na beste.'

'Op één na?' vroeg hij, een plagerige glinstering in zijn ogen.

'De beste wacht op de terugkeer van dominee James Yeomans, Edmund,' antwoordde ik met eenzelfde blik. Daarna voegde ik op serieuze toon toe: 'En ik zou hem voor geen geld ter wereld kleineren door hem te –'

'Hoe kunt u zoiets zelfs maar zeggen? Al verwacht ik uiteraard een verhitte discussie wanneer hij straks arriveert en zal smeken om in het kolenhok te mogen slapen in plaats van in een fatsoenlijke kamer. Heeft hij nog nieuws?'

'Nog niet. Hij brengt de nacht door in Southwark, en het zou me niet verbazen als het kolenhok inderdaad comfortabeler is dan de kamer die hij daar toegewezen gekregen heeft. Morgen stuur ik een boodschapper om inlichtingen te vragen, hoewel er nu ik de Larwoods op de vlucht gejaagd heb eigenlijk geen reden meer is waarom ik niet zelf zou gaan. Met u als mijn begeleider, waarschijnlijk,' voegde ik met een spottende buiging toe.

'We hebben wellicht andere dingen te doen. Ik denk dat we deze informatie aan de Runners moeten voorleggen. *Zij* zijn in elk geval bevoegd om die familie Larwood op te sporen, en beschikken bovendien over de benodigde mankracht. Hoewel we niet kunnen uitsluiten dat het feit dat u bent aangevallen losstaat van de verdwijning van de Larwoods, is het toch opvallend dat iemand u tegen het hoofd geslagen heeft en op uw handen heeft gestaan – en dat op hun erf. Als er dan toch mensen ondervraagd moeten worden, kunnen we net zo goed met hen beginnen.'

'Maar wat doen we als Jem ook hulp nodig heeft? Is het niet ironisch dat hij naar Southwark gegaan is omdat hij dacht dat dat te gevaarlijk was voor mij, en dat ik nu degene ben die – in een keurige tuin – dit heeft opgelopen?' Ik raakte mijn achterhoofd voorzichtig aan.

'Wat ik niet begrijp is deze afwijking van ons oorspronkelijke plan,' zei hij op scherpe toon. 'Jullie zouden je allebei voordoen als geestelijke.' Hij ging op de sofa zitten en staarde me aan.

'Zoals ik al zei, we dachten dat een vriendelijk bezoekje van een geestelijke misschien weinig effect zou hebben, dat een man met een voorkomen als dat van Vernon wellicht voldoende ontzag zou inboezemen.' Ik zou Jem de schuld niet in de schoenen schuiven. Misschien waren we allebei toch behoorlijk onder invloed van drank op het moment dat we dit plan bedachten.

Hij wierp me een sluwe blik toe, maar zei niets. 'Laat ik dan ook nog eens iets herhalen. Waar dineren we vanavond? De hemel zij gedankt dat Sir Marcus en zijn clan ons aan stadse tijden hebben laten wennen. Maar evengoed zou ik onderhand een gemest kalf op kunnen.'

'Met bijpassende groenten. Ik ben er zeker van dat we die wel ergens kunnen krijgen, maar niet hier. Ik heb die lieve, oude Tilly – de huishoudster – al laten weten dat ik vanavond voor mezelf zou zorgen, hoewel ik weet dat ze niets liever wil dan voor mij koken. Morgen, misschien... hebt u gepaste avondkledij bij u? In dat geval stel ik voor dat we een bezoekje brengen aan *Grillon's*...

'U hebt de Runners achter een onschuldige familie aangestuurd?' herhaalde Jem, zijn stem een mengeling van ongeloof en twijfel.

We waren binnengelaten door een van Frane's jonge dienstmeisjes, dat zich verontschuldigde voor de afwezigheid van haar meesteres. Ze leidde ons dezelfde droevige zitkamer binnen als eerst. Het zonlicht, hoewel nog steeds verzwakt door de sluierbewolking die tegen het einde van de dag in mist zou veranderen, deed het vertrek geen goed.

'Wellicht zijn ze verre van onschuldig. Neem het Tobias niet kwalijk – dit was mijn idee,' zei Edmund vastberaden. 'We kunnen onmogelijk het hele land afschuimen, op zoek naar dit gezin.'

'Maar stel dat hen geen enkele schuld treft? Hoe zou u reageren als er opeens een onbekende man op de stoep zou staan en een gesprek zou eisen met –'

In feite was dat precies wat Jem had voorgesteld. Me beklagen had echter geen zin en ik zou zeker geen beschuldigingen uiten. Tenslotte had ik maar al te graag met de verandering in de plannen ingestemd. En zelfs met het dragen van laarzen.

Edmund antwoordde: 'Dan zullen we in elk geval met hen kunnen spreken over de reden van hun vlucht. En hoe is het met jou, Jem? Ik heb niet het idee dat dominee James Yeomans bijzonder goed geslapen heeft.'

Jem keek om zich heen, alsof hij zich ervan wilde verzekeren dat er niemand aan de deur stond te luisteren. Hij liet zijn stem dalen. 'Meneer en mevrouw Frane doen ongetwijfeld hun best.' Hij zweeg abrupt en trok zijn mouw omhoog om de bultjes – onmiskenbaar vlooienbeten – op zijn arm te tonen.

'Wat zo ongeveer het meest vernietigende oordeel is dat iemand kan vellen,' bromde Edmund zachtjes. 'En heeft jouw onderzoek al iets opgeleverd?' vroeg hij op normale toon.

'Nog niets, tot op heden. Maar Toby's omkoperij heeft heel wat kinderen – en een aantal oudere mensen – een reden gegeven om zich rond vier uur bij de ingang van de kerk te verzamelen. Ik heb ze verteld waar we naar op zoek zijn, hun gevraagd of er misschien een van hun kennissen vermist was – wat naar ik vrees nogal cynische reacties aan de mensen ontlokte – en een beloning uitgeloofd voor informatie die bewezen kan worden. Ik was net van plan om enkele taveernes te gaan bezoeken toen u werd aangekondigd. Ik heb meneer Frane vergezeld tijdens het ochtendgebed,' voegde hij toe, alsof hij moest uitleggen waarom hij nog niet eerder aan het slempen geslagen was.

'Er waren maar een paar mensen aanwezig, alleen wij tweeën en de kosters. Toen ik afscheid van hen nam, hadden ze nog een begrafenis te bespreken. Er zijn er zo veel dat er gesproken wordt over het aankopen van meer grond, zodat de begraafplaats kan worden uitgebreid, maar meneer Frane vermoedt dat veel gezinnen hun overleden verwanten eenvoudigweg in de rivier dumpen, om geld uit te sparen.'

'Jammer genoeg zijn het niet alleen degenen die sterven in wat voor hun bed moet doorgaan die in de rivier belanden,' merkte dokter Hansard op. 'We behoren maatregelen te treffen om te voorkomen dat jij niet per ongeluk ook zo aan je einde komt.'

'Amen,' stemde ik in.

'In dat geval zou het beter zijn als u en ik niet in elkaars gezelschap gezien worden,' zei Jem, met een naar mijn mening wat geforceerde glimlach. 'Het afwijken van onze plannen heeft gisteren bepaald geen positief resultaat gehad, Toby, en dat spijt me oprecht.'

'Onzin. Mijn aanvallers zouden zich vast niet hebben laten weerhouden door een priesterboord,' zei ik haastig.

'Waar ik bang voor ben, Jem, is dat dat in jouw geval niet veel anders is,' zei Hansard op grimmige toon. 'Mag ik één suggestie doen? Ik heb begrepen dat je een boodschapper zou sturen wanneer je op interessant nieuws zou stuiten. Beloof me dan alsjeblieft dat je geen details zult onthullen. Eén enkel woord volstaat. *Eureka.* Ik heb het,' legde hij uit.

Ik onderdrukte het beeld dat zich aan mij opdrong – van Jem die, evenals de grote filosoof, naakt over straat rende – en zei: 'God geve dat dat moment spoedig komt. Hoe eerder we naar de veiligheid van ons dorp kunnen terugkeren, hoe beter.'

Ze keken me allebei aan. 'Veiligheid? In Moreton St Jude? Die was er niet voor de arme man in de beek, Tobias,' bracht Edmund mij in herinnering, 'en misschien ook niet voor ons, als dit eenmaal uitkomt.'

'Als we zijn geheimen toch eens konden ontrafelen,' zei Edmund vol vuur.

We stonden voor de Steen van Rosetta, die ik in 1801 of 1802 ook al eens bekeken had, toen hij voor het eerst tentoongesteld werd. Dokter Hansard had het British Museum echter sinds zijn terugkeer uit India niet meer bezocht, terwijl hij een intens verlangen had om dit wonder uit de oudheid met eigen ogen te aanschouwen. Ik had een rondleiding door het museum voorgesteld, om onze aandacht af te leiden van de beproevingen die Jem mogelijk zou ondergaan. We beseften maar al te goed dat, hoe graag we hem ook wilden beschermen, onze aanwezigheid Jem wellicht juist in gevaar zou brengen.

'Ik geloof dat daar op ditzelfde moment onderzoek naar wordt gedaan door een jonge Franse wetenschapper,' zei ik, puttend uit de geruchten waarvan mijn moeder in een van haar regelmatige, informele brieven melding gemaakt had.

'Frans? Dat lijkt me niet meer dan passend, gezien het feit dat de steen ook door Franse soldaten ontdekt is. Hoe dergelijke kunstwerken kunnen verworden tot oorlogsbuit, ruilmiddelen bij het sluiten van verdragen, is mij een raadsel. God weet wat we zouden moeten afstaan als we ooit door Napoleon overwonnen worden.' Hij keek op zijn horloge, wat al zeker de vierde keer was in het afgelopen halfuur. Hij vroeg zich, net als ik, af hoe het onze vriend verging en of hij nog wel veilig was.

Ik probeerde iets te bedenken dat voor enige verstrooiing zou zorgen, en dan het liefst iets waarbij geen verdere eisen aan mijn voeten gesteld werden. De glimmende laarzen waren dan misschien in mijn kamer achtergebleven, tenslotte hoefde een respectabele geestelijke zich niet druk te maken om iets anders dan comfort, maar hun wraak hield nog enige tijd aan. We zouden allebei plezier beleven aan het theaterstuk dat die avond aan Drury Lane werd opgevoerd. Zou ik onze leegstaande familieloge bespreken, of zou ik geld neertellen voor een eenvoudigere plaats? Ik legde de situatie aan Edmund voor.

'Ik denk dat u in het geval van Jem juist gehandeld hebt,' antwoordde hij na enige tijd. 'En ik denk dat we er goed aan doen om het comfort van de loge opnieuw aan ons voorbij te laten gaan. Ik zou niet willen dat hij ook maar even het idee zou hebben dat u mij anders behandelt en ik ben er zeker van dat het geheim, hoe voorzichtig we ook zijn, vroeger of later toch uitkomt. Laten we ons bij het gewone volk voegen, Tobias. Als de voorstelling dan slecht is, kunnen we de acteurs van het podium fluiten.'

De voorstelling was niet goed, maar ook niet slecht. We hadden mevrouw Tilbury beloofd dat we na afloop naar Berkely Square zouden terugkeren. Precies zoals mevrouw Trent gepikeerd zou zijn als ze niet de kans kreeg om met haar vaardigheden te pronken, zo wilde Tilly bewijzen dat ze nog steeds als geen ander in staat was om een stelletje vrijgezellen een maaltijd voor te zetten. Haar ogen waren inmiddels zo slecht dat ik niet voor de kwaliteit van het voedsel durfde instaan, maar ik was er zeker van dat het in kwantiteit niet voor een maaltijd van mevrouw Trent zou onderdoen.

We baanden ons een weg door mensenmenigte in de foyer. De hal was vergeven van opgeschilderde, in kleurige kleding gehulde dames die allemaal hun diensten aanboden. Ik nam Edmund bij de arm en voerde hem gehaast mee naar buiten.

'Bent u nu ook nog een puritein geworden?' vroeg hij met een glimlach.

'Dit soort situaties roept inderdaad een gevoel van walging bij me op.' En bij wie niet? De gefluisterde schunnigheden weerklonken nog in mijn oren.

'Walgt u van de mannen die deze vrouwen misbruiken, of van de vrouwen zelf?' Zijn stem was nu ernstig.

'Wat zijn dat voor vrouwen, die zich verlagen tot het verkopen van hun lichaam?' wilde ik weten.

'Vrouwen zonder alternatief.'

'Alternatief? Er zijn toch zeker altijd alternatieven? Denk maar aan de vrouwen in ons dorp, die dag en nacht ploeteren om hun gezin bij elkaar te houden. Zouden *zij* zich hier ooit mee inlaten?'

'Als hun mannen het platteland zouden verlaten en naar de stad vertrekken in de hoop dat ze daar een redelijk salaris zouden kunnen verdienen – wat zouden die vrouwen dan doen? O, ze kunnen een betrekking als naaister of dienstmeid zoeken, dat ben ik met u eens. Maar stel nou eens dat hun man sterft of door ronselaars wordt meegenomen, of eenvoudigweg verdwijnt? Hoe moet die vrouw dan overleven?'

'Dan zijn er altijd nog voorzieningen… of het armenhuis…' hield ik vol.

'Tobias, deze discussie is werkelijk te gek voor woorden. Zijn het niet onze eigen wetshandhavers die de armen die voorzieningen misgunnen en hen wanneer ze er aanspraak op proberen te maken terugsturen naar de kerk? En de armenhuizen… U hebt in uw eigen gemeente gezien hoe wanhopig mensen proberen om aan dat lot te ontkomen.'

'Inderdaad…' Ik beet op mijn lip. 'Maar dit vind ik net zo weerzinwekkend. Het idee alleen al dat de meest zuivere van

Gods schepselen, de vrouw, zich zou…'

'Zuiver? Bedenk eens tot wat voor kwaad een vrouw in staat is, Tobias. Dat hebben we in ons eigen dorp gezien. Ik ben met u eens dat het een walgelijke handel is, even verachtelijk als de slavernij. Maar bij elke transactie is sprake van twee partijen, de verkoper en de koper. Moet je de hengsten zien die die vrouwen bekijken, alsof het schilderijen in een museum zijn. En ik kan je wel vertellen dat ze met een schilderij waarschijnlijk voorzichtiger zouden omgaan. Dat zouden ze niet bij het afval zetten nadat ze het bekeken hadden.'

'Hun aanwezigheid alleen al maakt dat ik me smerig voel. En dan bedoel ik de kopers én de verkopers. Laten we nu weg gaan.'

Ik wachtte tot de alomtegenwoordige Wilfred, ditmaal in butlerskostuum – een jacquet dat twee maten te groot voor hem was – ons in de gele salon van madera voorzien had en het vertrek verliet. Veelbelovende geuren dreven ons tegemoet van achter de gecapitonneerde deur, en we voelden ons bijzonder welkom. Het diner zou in de eetkamer van de familie geserveerd worden zodra we de bel luidden, had Wilfred ons laten weten voordat hij zich al buigend uit de salon terugtrok.

'Ik heb het idee,' begon ik wat nerveus, me ervan bewust dat mijn inspanningen in de hoofdstad nou niet tot geweldige resultaten geleid hadden, 'dat er nog iets is wat u en ik – en dan vooral ik – kunnen doen om informatie over meneer Chamberlain te bemachtigen, en misschien zelfs over de Larwoods.' Aangemoedigd door Hansards vragende blik ging ik verder: 'Als ik naar Hans Crescent zou terugkeren in wat tegenwoordig mijn dagelijkse kleding is, zou ik mezelf kunnen voordoen als wie ik werkelijk ben – een plattelandsdominee die de familie graag wil opsporen om… wel – om een of andere reden,' eindigde ik zwakjes.

'U denkt niet dat men u eerder al bij het huis gezien heeft en u nu weg zal sturen?'

'Misschien hebben ze een arrogante plattelandsmeneer gezien, met opvallend glimmende laarzen, maar ik ben er zeker van dat ze geen verband zouden zien tussen hem en mij. De Larwoods hebben waarschijnlijk alles op alles moeten zetten om hun ontsnapping te laten slagen. Ik denk niet dat ze nog tijd hadden om de reden daarvoor in de wijde omgeving bekend te maken. Sterker nog, ze zullen het motief voor hun vlucht vast en zeker geheim hebben willen houden.'

'En u denkt dat u, mits u zich bedient van provinciaal schoeisel en ambtelijke kleding, informatie zult kunnen ontlokken aan nietsvermoedende gezinshoofden of hun babbelzieke bedienden? En welk excuus had u in gedachten?'

'Dat is iets wat we wellicht zouden kunnen bespreken tijdens de avondmaaltijd. Ik vrees dat ook mijn verstand ernstig te lijden gehad heeft van die klap tegen mijn hoofd, Edmund. Laten we hopen dat de stoofschotel van mevrouw Tilbury een genezende uitwerking zal hebben.'

16

Uiteindelijk besloten Edmund en ik dat ik bij het ondervragen van de buren van de Larwoods en hun bedienden de reden van mijn zoektocht vaag zou houden, beperkt tot discrete omschrijvingen als 'een familiekwestie' – wat mijn gespreksgenoten vervolgens naar eigen inzicht konden interpreteren. Ik zou me niet direct bij de voordeur – met of zonder glimmende klopper – van de huizen vervoegen, maar eerst mijn geluk beproeven bij de personeelsingang, zoals passend voor een nederige dominee.

Edmund zou zich ondertussen even verderop schuilhouden in een gehuurde koets, verdiept in een lange brief die hem overhandigd was op het moment dat we het huis verlieten. Hij was afkomstig van mevrouw Hansard. Ze had blijkbaar beloofd elke dag te schrijven en geen enkel detail ongenoemd te laten. Omdat er geen postzegel op de envelop geplakt was, nam ik aan dat dit een kostbare scheiding zou zijn, hoewel ze klein geschreven had en het papier tot het uiterste had benut.

We spraken af dat als ik niet terugkeerde na wat hem een redelijke termijn leek, hij me zou komen zoeken. Met zijn vechtlust, en niet te vergeten de indrukwekkende knuppel die hij bij zich had, kon ik me geen betere beschermengel wensen.

Mijn eerste bezoek, op een tijdstip waarop een ochtendbezoek aan de huiseigenaren zelf nog niet gepast zou zijn, voerde me naar het huis links van dat van de Larwoods. Mijn informanten, een slonzige kokkin en een opdringerige bediende, zouden hun werkgever wellicht tot wanhoop drijven met hun praatzucht – die een aanslag was op zowel hun tijd als de mijne – maar hun roddels bevatten geen bruikbare informatie met betrekking tot de familie Larwood. Ik gebaarde naar Edmund dat ik mijn bezoekje hier had afgerond en me nu naar de buren aan de rechterzijde zou begeven. Deze bedienden hadden het duidelijk veel te druk om zich bezig te houden met het soort oppervlakkige praatjes dat wellicht op onopvallende wijze zou leiden tot onthulling van de informatie waar ik naar op zoek was. Pas toen ik drie deuren verder was, stootte ik op goud, in de vorm van een kindermeisje, niet veel ouder dan twaalf jaar, dat bezig was met het wassen van kleine overgooiertjes.

'Vreemd dat u naar hen vraagt, eerwaarde, want hun kleine juffrouw Emma is beste vriendinnen met onze juffrouw Augusta.' Ze stopte even met schrobben en veegde haar rode handen af aan haar schort. 'De kinderjuf – kinderjuf Stoughton, bedoel ik – zegt dat ze net zusjes zijn. Niet zo gek, meisjes van dezelfde leeftijd die allebei alleen zijn.' Ze liet haar stem dalen. 'Meester Frederick is ons vorig jaar ontvallen door een keelontsteking en juffrouw Thomasina is door de engelen opgehaald toen ze de mazelen had.'

Mijn verbeelding speelde me onmiddellijk parten, maar ik wist haar te onderdrukken en knikte vol medeleven. 'Heeft juffrouw Emma geen broertjes of zusjes?'

'Nee. En geen aanwijzingen dat er een onderweg is ook, als u begrijpt wat ik bedoel.'

'En wat voor soort kind is juffrouw Emma?'

'Precies zoals juffrouw Augusta – altijd even vrolijk, en beeldschoon.'

Ik knikte, hopend dat ze me iets zou vertellen wat ik nog niet wist. 'Net als haar ouders, juffrouw – eh...?' vroeg ik quasi-onverschillig.

'Betty. Betty Ewers, tot uw dienst, meneer.' Ze maakte een knixje en ging verder alsof er geen onderbreking geweest was. 'Lieve hemel, nee. Die hebben peenhaar, allebei. Kastanjebruin, *zou* ik moeten zeggen. Maar zij is zo donker als de nacht.'

Zou Edmund daar iets uit kunnen opmaken?

'Alleen is er niets duisters aan haar,' ging het meisje verder. 'Een klein engeltje, dat is ze.'

Omdat wat zij zei overeenkwam met mijn eerste indruk, glimlachte ik bemoedigend. 'Maar kleine kinderen zijn vaak ondeugend – dat hoort erbij.'

'Juffrouw Emma niet. Haar kinderjuf – juffrouw Fowler, bedoel ik – zegt dat ze al kon lezen en rekenen voordat je dat zou verwachten. En als ze een liedje zingt, is het alsof je een vogeltje hoort.'

'Is juffrouw Fowler met de familie meegegaan?'

'Dat weet ik niet. Misschien wel, want ik heb haar sindsdien niet meer gezien, maar dat hoeft niets te betekenen, of wel? Ze danken je af, dat soort mensen, en dan moet jij maar zien dat je weer een nieuwe betrekking vindt – alsof die aan de bomen groeien,' zei ze met de bittere wijsheid van iemand die twee keer zo oud was als zij.

'Juffrouw Betty, zou juffrouw Stoughton misschien weten waar de familie van juffrouw Fowler woont?' Ik liet de munten in mijn zak verleidelijk rinkelen.

'Ik zou het haar kunnen vragen, eerwaarde.'

De muntjes rolden van mijn hand in de hare. Ze verdween met de snelheid van de wind.

Juffrouw Stoughton was een veel statigere dame die al zeker veertig zomers had zien komen en gaan en nog slechts een paar tanden in haar mond had. Ze begroette me met een stijf knixje en leek even te snuiven. Het was lastig te zeggen of deze vrouw zich, door zich te verbinden aan dit gezin in deze straat, had opgewerkt, of dat ze er juist op achteruit was gegaan. Het was een nuance die Mevrouw Hansard binnen enkele minuten zou hebben opgepikt, maar die mijn invoelingsvermogen te boven ging. Het was duidelijk dat ze mijn kleding beoordeelde en zowel het kostuum als de laarzen, waar haar blik op bleef rusten, armoedig genoeg achtte.

'Juffrouw Stoughton, het is van het grootste belang dat ik meneer en mevrouw Larwood te spreken krijg. Het is mogelijk dat juffrouw Fowler nog steeds bij hen in dienst is. Maar als dat niet het geval is, is ze wellicht op de hoogte van hun verblijfplaats. Hebt u misschien haar adres?' Haar zwijgen bracht me van mijn stuk.

Een bars glimlachje verscheen op haar gezicht. 'Ze is de dochter van een predikant zoals uzelf, meneer, helemaal in Northumberland, dus als ze daar zou zijn zou het niet meevallen om haar op korte termijn te spreken te krijgen.'

'Dat kunt u wel zeggen.' Ik probeerde de glimlach die ik wel vaker gebruikte om oudere dames in te palmen. 'Het is dan ook niet haar adres dat ik nodig heb, maar dat van haar werkgevers – aangenomen dat ze nog steeds voor hen werkt.'

'Ik kan geen enkele reden bedenken waarom dat niet het geval zou zijn. Ze is toegewijd aan juffrouw Emma, en het meisje aan haar.'

'Is ze al lang bij het gezin in dienst?'

'Ongeveer net zo lang als ik voor juffrouw Augusta zorg – laat het een paar maanden schelen. Ik was tijdens de bevalling bij mevrouw aanwezig,' voegde ze vol trots toe.

'En heeft juffrouw Fowler ook geholpen bij de geboorte van juffrouw Emma?'

Haar ogen vernauwden zich. 'Dat denk ik eerlijk gezegd niet. Juffrouw Emma is in het ouderlijk huis van meneer Larwood geboren, zei ze; ze was een maand of drie oud toen ze hiernaartoe verhuisden.'

Ik wist niet waarom, maar ik had het gevoel dat ze zojuist iets belangrijks gezegd had. 'Zou u mij misschien kunnen vertellen waar ik dat ouderlijk huis kan vinden? Zoals ik al zei, het is van het grootste belang dat ik hen te spreken krijg.'

Ze stond op het punt om antwoord te geven, maar stopte toen abrupt. 'Ik denk dat u dat aan meneer moet vragen,' zei ze uiteindelijk.

'En is hij thuis?'

'Op zijn werk.'

'Zijn vrouw? Ik kan niet genoeg benadrukken hoe dringend dit is.' Een muntstuk vond zijn weg naar haar hand.

'Is onwel.' Ze deed een stap naar achteren en wilde de deur sluiten. Maar op dat moment leek ze op een of andere wijze de waarde van het muntstuk te hebben vastgesteld en ze ontdooide precies genoeg om te zeggen: 'Hij werkt in het centrum van de stad, meneer. Bij een grote bank in de buurt van Charing Cross.'

'Drummond's, bedoelt u?' Mijn hart sprong op.

'Dat zou kunnen, ja.' Ze liep het huis weer in.

'Nog één laatste vraag, juffrouw Stoughton – wat is de naam van uw meester?' Ik toverde opnieuw mijn 'oude vrouwen glimlach' tevoorschijn. 'Ik kan moeilijk de bank binnenstappen en vragen naar een zekere heer die in Hans Crescent woont, denkt u wel?'

Ze zuchtte toegeeflijk. 'Dat zou niet kunnen, dominee. Vraag naar meneer Thorpe. Meneer Edwin Thorpe.'

'Mijn vader was al klant bij de oude meneer Drummond toen ik nog in een korte broek rondliep,' legde ik aan Edmund uit. Ik was naar het huurrijtuig gerend en verzocht de koetsier dringend om zijn paarden de sporen te geven. Met de nodige aanmoediging wist hij ze te bewegen tot een onregelmatige draf. 'Als ik een van zijn werknemers te spreken vraag, zal hij daar vast geen bezwaar tegen hebben. Dan hebben we eindelijk een betrouwbare informant!'

'Die wellicht al door de Runners ondervraagd is. Maar ik heb nieuws voor u – deze woordenvloed bestond, zo lijkt het, toch niet uit roddels alleen.' Hij vouwde de brief van mevrouw Hansard open en tikte ertegen. 'Ach, mijn liefste vrouw, waarom heb je ons dit niet in je allereerste alinea verteld?' sprak hij haar enigszins geërgerd toe.

'Ons wat verteld?' drong ik aan. Het was de eerste keer dat ik hem betrapte op iets van kritiek op zijn vrouw.

'Dat ze nog een geheime lade in de hutkoffer van de gouvernante gevonden hebben. Deze bevatte een haarlok, in een velletje papier gevouwen. Blond – waarschijnlijk babyhaar.'

Ik omvatte mijn gezicht met mijn handen in een poging tot concentratie. 'Dus we zijn op zoek naar een blond kind dat wellicht deel uitmaakt van het gezin van Chamberlain?'

Hij schudde zijn hoofd. 'Was de natuur maar zo rechtlijnig. Ik heb baby's gezien met haar zo licht dat het haast wit leek, dat bij het opgroeien even donker werd als het haar van onze overleden vriend. Maar we weten – we *veronderstellen* – dat er wel een kind in het spel is.'

'Het kind van de Larwoods was donker,' mijmerde ik. 'Terwijl de vader volgens het dienstmeisje dat ik sprak al even blond was als de moeder.'

'Werkelijk! Dus dat kind is op zijn allerminst een onverwachte speling van de natuur. Het zou bijzonder interessant zijn dit gezinnetje te ontmoeten. Maar er was nog iets verborgen in deze puinhoop van woorden en lijntjes.' Hij sloeg de bladzijden geïrriteerd om.

'Het is mogelijk dat ze voorzichtig was,' zei ze. 'Iemand die deze brief vluchtig doorleest, zou de informatie over het hoofd gezien hebben.'

'Precies. Maar dit was slecht nieuws, niet iets positiefs. Namelijk dat het de rentmeester van Lady Bramhall niet gelukt is om de hand te leggen op de papieren omtrent het in dienst nemen van juffrouw Southey. Hij schijnt te beweren dat hij geen toegang heeft tot haar persoonlijke papieren. Dus nu – nu pas! – heeft zij hem per ommegaande toestemming gegeven tot het doorzoeken van haar secretaire. God mag weten wanneer we al die losse eindjes eindelijk aan elkaar geknoopt zullen hebben... Ah, is dat daar Drummond's?'

Dat was het inderdaad – maar er bevonden zich hier in het centrum zo veel rijtuigen dat het nog wel een paar minuten duurde voordat we bij de entree van het majestueuze gebouw konden uitstappen, minuten die mijn vriend duidelijk bijzonder irriteerden. 'Al dat najagen van illusies, Tobias, terwijl wij allebei ons dagelijks werk te doen hebben.'

Maar zijn humeur knapte op toen we rechtstreeks naar de studeerkamer van meneer Drummond geleid werden.

'Lieve hemel, als dat meester Toby niet is.' Meneer Drummond begroette me warm, alsof het nog vorige week was dat hij speciaal voor mij suikerboontjes uit zijn kluis tevoorschijn toverde. 'Neem me alstublieft niet kwalijk: ik *behoor* natuurlijk te zeggen –'

'U zou me dominee Campion *kunnen* noemen,' zei ik met een stevige handdruk. 'Maar ik wordt net zo lief meester Toby genoemd.'

Hij bekeek me van top tot teen, met zijn vertrouwde, taxerende blik. 'Dus het verhaal is correct, dat er van u slechts een plattelandsdominee geworden is.'

Slechts! 'Ik heb gedaan wat ik moest doen,' zei ik op milde, maar naar ik hoopte vaste toon.

'Een leven in armoede, terwijl u als kind niets liever deed dan zittend op mijn schoot glanzende torentjes maken van hoopjes gouden guineas... Wel, wel.' Hij verplaatste zijn aandacht, hoewel rijkelijk laat, naar dokter Hansard en ik stelde de beide heren aan elkaar voor. We bezegelden de kennismaking met een glas goede sherry en knapperige biscuits.

Het was een kwestie van enkele minuten voordat meneer Edwin Thorpe het kantoor van meneer Drummond binnenkwam, een behoedzame, maar niet direct ongeruste uitdrukking op zijn gezicht. Het was niet eens noodzakelijk dat meneer Drummond hem ervan verzekerde dat wij uitermate respectabel waren of dat we onze motieven tot in detail uitlegden. Hij voorzag ons van een vage, mogelijke bestemming.

'Het enige wat ik weet is dat ze hun vakantie hebben doorgebracht op een boerderij in Devon. Tussen New Abbot en Dawlish, denk ik. Hij heeft beide steden genoemd. Het spijt me dat ik niet preciezer kan zijn, heren,' zei hij met een buiging en een half oog op zijn werkgever, 'maar over het algemeen vraagt men zijn vrienden niet naar het adres van hun schoonouders.'

'U hebt ons bijzonder goed geholpen,' riep ik uit, met meer enthousiasme dan ik in werkelijkheid voelde.

Er werden heel wat handen geschud voordat we het gebouw verlieten.

'Ergens in de omgeving van Teignmouth,' mijmerde Hansard terwijl we terugwandelden naar de sjees die nog steeds op ons stond te wachten. 'Naar mijn mening, Tobias, zouden we er goed aan doen om de Runners op de hoogte te stellen van de mogelijke verblijfplaats van de Larwoods, en hen vervolgens hun werk te laten doen. Wij kunnen niet zomaar in het wilde weg gaan rondtrekken, vooral niet als de Larwoods in werkelijkheid net zo goed naar Turnbridge Wells of Timboektoe afgereisd zouden kunnen zijn. Naar Berkely Square, alstublieft.'

De koetsier knikte, zijn wenkbrauwen gefronst alsof hij wilde zeggen dat hij het prima vond als deze zonderlinge plattelandsheren kriskras door de stad gereden wilden worden – zolang ze tenminste met het geld op de proppen kwamen. Zijn paarden vielen terug in hun, naar ik vermoedde gebruikelijke slentergang.

Ik kon er niets tegenin brengen. Mijn vriend had gelijk. Bovendien zouden we, als we uit Londen vertrokken, Jem in de steek laten – wat ik een onverdraaglijke gedachte vond. Ik bad dat we al snel iets van hem zouden horen en we vervolgens gezamenlijk naar Warwickshire zouden kunnen terugkeren. Ik zag hoe de hand van mijn vriend steeds weer afdwaalde naar de brief in zijn zak, en besefte dat dat moment voor hem niet vlug genoeg kon aanbreken.

Mevrouw Tilbury had in de zitkamer een lichte lunch voor ons klaargezet, kondigde Wilfred aan toen hij onze hoeden aannam. Omdat ik wist dat deze eenvoudige mededeling in werkelijkheid zeer gewichtig was, bedankte ik hem en zei dat we vooraf in mijn kamer een glas sherry zouden gebruiken.

'Ik heb het idee dat we zojuist nog gegeten hebben,' bromde Hansard toen hij zich een paar minuten later bij mij voegde. 'Dank je, Wilfred.' Hij hief zijn glas.

'Wilfred weet hoe veel moeite het mevrouw Tilbury – en mogelijk ook hemzelf – gekost heeft om de kamer gereed te maken,' verduidelijkte ik, terwijl ik ook een glas pakte. Ik keek de jongeman vragend aan.

'Sterker nog, meester Tobias, ze heeft drie extra bedienden ingezet om haar te helpen. De kroonluchter komt prachtig uit waar hij nu hangt, al zou ik dat zelf natuurlijk niet moeten zeggen.'

'Dus jij hebt ook geholpen? Bedankt daarvoor.'

Hij maakte een diepe buiging. 'In het hele vertrek geen laken meer te bekennen, en geen pluisje stof op het vloerkleed. U en de dokter zullen zeker trots op haar zijn. En op tafel zult u het Crown Derby servies aantreffen, gecompleteerd met het Stourbridge kristal.'

'Zeg maar tegen haar dat we op het punt staan om naar beneden te komen.'

Ik wachtte tot hij al buigend uit het vertrek verdwenen was. 'Dan komt het er nu op aan,' zei ik. 'Deze maaltijd moeten we eer aandoen. De arme vrouw is vrijwel blind, Edmund, dus dit is niet alleen een geweldige inspanning voor haar, maar ook een bewijs van liefde.'

'Blind? Dan is het onderzoeken van haar ogen wel het minste wat ik kan doen om haar te bedanken. Ik ken een heel bekwame arts in Londen, Tobias –'

'Dat zou geweldig zijn. Mijn moeder dringt er al jaren op aan dat ze eens een arts bezoekt. We zullen zien of ze zich door uw charme laat overhalen.'

We nuttigden de maaltijd in de eetkamer die die lieve Tilly zo prachtig voor ons had ingericht. Toen ik zo veel gegeten had dat mijn ribben haast letterlijk onder spanning stonden, trok ik me terug in een luie stoel, met de krant en een laatste glas wijn. Edmund glipte ondertussen de kamer uit, de bediendenvleugel in, in de hoop dat hij Tilly zou kunnen bewegen tot een onderzoek, iets wat hij, zo zei hij, het liefste alleen deed. Ik had de eerste paar bladzijden echter nog maar nauwelijks gelezen toen er een bel doordringend begon te rinkelen, gevolgd door het geluid van Wilfreds haastige voetstappen.

Ik was al overeind gekomen, mijn hand uitgestoken, toen hij, na een uiterst plichtmatig klopje, binnenkwam met een schotel waarop een velletje papier lag, netjes opgevouwen maar niet verzegeld.

U reker, stond erop.

Ik gooide het onmiddellijk in het vuur – zelfs Edmund zou nooit weten dat Jem moeite had met Grieks – en luidde de bel, waarop Wilfred onmiddellijk weer binnenkwam, alsof hij vlak voor de deur was blijven staan in de verwachting dat ik hem vrijwel meteen opnieuw zou ontbieden.

'Houd een rijtuig aan, alsjeblieft, Wilfred. Ik zal dokter Hansard zelf roepen.'

Hij knikte slechts, om vervolgens meteen op weg te gaan om mijn aanwijzingen op te volgen, De volgende keer dat ik mijn moeder schreef, zou ik voorstellen dat ze op zoek zou gaan naar een manier om deze schrandere, bereidwillige jongeman op korte termijn promotie te laten maken.

De paarden, even sjofel als altijd, vervoerden ons naar de pastorie van de Franes met een snelheid die deed vermoeden dat ze onze haast hadden aangevoeld. Meneer en mevrouw Frane ontvingen ons met een kille beleefdheid en de mededeling dat *meneer* Yeomans – niet *dominee*, merkte ik op – van huis was. De ontvangst van het jongetje dat wat bij de achterdeur rondhing, was vele malen hartelijker, vooral toen hij in de gaten kreeg waar we voor kwamen en hij zichzelf als gids aan de 'deftige heren' aanbood, om ze naar 'die heilige boon verderop aan Marsh Lane' te brengen.

'Willum, tot uw dienst, heren.' Hij maakte zelfs een houterige buiging.

Maar juist toen we op weg zouden gaan, kwam Frane naar buiten rennen, met een snelheid die ik voor het laatst van hem gezien had toen we nog aan Cambridge studeerden en hij op de vlucht was voor een woedende professor.

'Tobias, dokter Hansard – komt u alstublieft nog even terug. Vlug!'

Was mevrouw Frane ziek geworden? We renden zo snel we konden naar hem toe.

'Naar binnen – u allebei. Goed, ontdoe u van al uw waardevolle bezittingen.' Hij haalde een grote kist tevoorschijn. 'Neem in vredesnaam niet meer geld of bezittingen mee dan werkelijk noodzakelijk is. Zelfs zakdoeken zijn gewild: eventuele initialen worden losgetornd en de zakdoeken doorverkocht.'

We gehoorzaamden, verbijsterd, waarna Frane de kist op slot draaide en die vervolgens met zich meenam.

Het jochie dacht duidelijk dat de vertraging reden was voor nog meer buigingen en pluimstrijkerij, maar wij spoorden hem aan en beloofden hem een fourpence bij aankomst.

'Een grootje? Toe nou, baas, maak er een biggetje van.'

'Afgesproken,' stemde ik in, hoewel ik geen idee had wat ik zojuist beloofd had.

Onze route voerde door steegjes die de naam nauwelijks waardig waren, zo smal waren ze en zo bezaaid met stinkend afval. Het was er zo smerig dat ik maar liever niet keek, uit angst dat mijn maag in opstand zou komen.

'Een beetje ziekjes, of niet, meneer? Stoppen we gewoon even bij de volgende kroeg, voor een stevige neut. Nee? Druppie jenever dan? Dat zou ik wel lusten.'

'Breng ons er nou maar gewoon heen, knul,' zei Hansard op gezaghebbende toon.

Het kind haalde zijn schouders op, waarbij zijn magere ledematen zichtbaar waren door de gaten van zijn shirt, om daarna weer te verdwijnen.

Uiteindelijk, na een aantal bochten en kronkelweggetjes waardoor ik zo gedesoriënteerd raakte dat ik betwijfelde of ik de weg naar de pastorie ooit zou kunnen terugvinden zonder zijn hulp, die me duidelijk minimaal een florijn zou gaan kosten, kwam hij tot stilstand voor een woonkazerne. Het gebouw, dat misschien al wel tweehonderd jaar oud was, moest ooit een boerderij geweest zijn, maar nu was het vervallen en onderverdeeld in piepkleine, lage hokjes, waarvan sommige al niet eens meer bewoond werden. In de woonkazerne was luidruchtig gevloek te horen, het huilen van een vrouw en het klaaglijke gejammer van kinderen die haast verhongeren. Toch was dit de plek die Willum ons wilde binnenloodsen.

De stank van ongewassen mensen en hun uitwerpselen was overweldigend, zodat het haast leek alsof er sprake was van een fysieke kracht. Dokter Hansard drukte zonder enige schaamte zijn zakdoek tegen zijn neus, dus ik volgde zijn voorbeeld. We volgden het kind naar een trap die groots en majestueus had kunnen zijn, waren het niet dat iemand de trapstijl en de helft van de leuning had gegapt – waarschijnlijk om die als brandhout te gebruiken.

'Ben je thuis, Bess?' schreeuwde Willum.

'Waar voor de duivel zou ik anders moeten zijn?' krijste iemand terug.

'Ik heb die deftige heren voor je meegenomen. Nee, de makkers van die dominee,' zei hij, voorbijgaand aan een opmerking die te schunnig was om haar hier te herhalen. 'Op zoek naar Lanky.'

'Dan kunnen ze maar beter binnenkomen. Toe, Lanky, fris je effe een beetje op.'

Inmiddels stonden we al in de deuropening. Het eerste wat we zagen was het silhouet van Jem, dat afstak tegen het raam, dat op een kiertje stond. Hij veegde met een natte lap langs het gezicht en de handen van een lange jongeman, wiens donkere haar in vreemdsoortige plukken omhoog stond en die zijn rug angstig tegen de muur drukte, zo ver mogelijk bij de deur vandaan. Jem droogde ze af met zijn eigen zakdoek, het voorwerp dat, zo bleek al snel, Bess' hebzucht gewekt had. Ze was gekleed in de overblijfselen van een zwartrode fluwelen jurk die al zeker een jaar of tien uit de mode was, en zat gehurkt op een stapel vodden waar wellicht een matras onder lag. Hoewel ze veel magerder was, bestond er geen enkele twijfel over haar relatie tot de arme stakker die wij in Moreton St Jude hadden aangetroffen – haar haar was even zwart als het zijne, met dezelfde fijne krulletjes, en haar gelaatstrekken waren grof. Haar huid had een zachte olijfkleurige teint, maar was aangetast door de waterpokken en verre van schoon. Het vaststellen van haar leeftijd viel niet mee: ze zou twintig kunnen zijn, maar misschien ook wel dertig.

'Dat is Bess,' zei Willum, waarna hij toevoegde: 'Juffrouw Bess Monger, zus van 'Enry Monger, de dooie.'

'Dominee Campion, tot uw dienst, mevrouw. En dokter Hansard,' zei ik, niet wetend hoe ik een vrouw van haar allooi moest begroeten, hoewel ik desondanks mijn hand uitstak alsof ze van adellijke geboorte was.

Terwijl Hansard boog, pakte ze mijn hand, en kwam ik tot de ontdekking dat mijn gebaar niet werd geïnterpreteerd als een beleefde begroeting, maar als een manier om gemakkelijk overeind te komen.

'Hij is een maat van mijn broer,' verklaarde Bess met een handgebaar. ''Enry. Die waarvan hij zegt dat-ie dood is.' Ze vertoonde geen onmiddellijke tekenen van rouw. 'Heeft voor Lanky hier gezorgd sinds 'ie in Spanje gewond geraakt is.'

'Wat ontzettend vriendelijk van hem,' bracht ik uit.

'Jullie rijke stinkerds zijn niet de enige met eergevoel,' zei ze op scherpe toon. 'Lanky had 'Enry ook al eens gered. Dus wat kon 'Enry doen behalve hem verzorgen en hem hiernaartoe brengen? Maar dan ziet-ie die advertentie over hem, en hij doet wat 'm gezegd wordt en vertrekt naar het platteland om zijn beloning op te eisen, en daar gaat-ie... de pijp uit. En mij laat hij achter zonder geld.'

'Wat vreselijk voor u,' zei ik.

Het moet een vreemd gezicht geweest zijn, zoals we daar met zijn allen naar het raam stonden te staren, de een nog minder op zijn gemak dan de ander.

Jem deed een stap naar voren. 'Heren, mag ik u voorstellen aan Hugo, Lord Chase?'

17

Nu we het doel dat we voor ogen hadden bereikt hadden, ervoeren we naar ik vermoedde allemaal een gevoel van anticlimax. In de roes – of iets soortgelijks – van de zoektocht hadden we geen van allen overwogen wat onze volgende stap zou moeten zijn.

'Ik twijfel er niet aan dat je gelijk hebt, Jem,' zei Hansard. 'Maar we hebben bewijs nodig. Voldoende bewijs om elke mogelijke advocaat te overtuigen. Bramhall heeft voorbereidingen getroffen om hem dood te laten verklaren.'

Zonder ook maar iets te zeggen liep Bess naar de haard en ze stak haar hand haast nonchalant in de schoorsteen. Ze veegde het roet van het doosje en overhandigde het vervolgens aan Edmund. 'Jullie vriend hier geloofde me op mijn woord, maar als jullie liever op dat ding vertrouwen, ga dan vooral je gang.'

Een miniatuur van Lady Chase; een brief van zijn vader; een potloodschets van een gebouw dat ik niet herkende; een briefje van zijn bevelvoerend officier.

Ik voelde me desondanks gedwongen de rol van advocaat van de duivel op me te nemen en zei: 'Ik vrees dat de advocaten zouden zeggen dat deze voorwerpen gestolen zouden kunnen zijn.'

'Er is één bewijsstuk dat niet gestolen kan zijn,' zei Hansard op stellige toon. 'Mijn heer, zou u alstublieft even willen glimlachen?'

Er was wat aanmoediging van Bess voor nodig om hem zover te krijgen dat hij zijn medewerking verleende.

'Kijk naar die gebroken tand, Tobias – dit is inderdaad Lord Chase. Of, zoals Hamlet zou hebben gezegd, een deel van hem.'

Het was Bess die het woord nam. 'Weet niet waar jullie van plan zijn hem heen te brengen, heren, maar ik geloof nooit dat hij kalmpjes meegaat. Hij is de kamer zowat niet meer uit geweest sinds die arme ouwe 'Enry vertrokken is. En hij gaat helemaal nergens heen zonder mij, kan ik u vertellen.'

Dat bleek de simpele waarheid. Zelfs een voorzichtige zinspeling dat Lord Chase uit deze smerige omgeving zou vertrekken ontlokte hem een getergd gejammer. De arme man stortte zich in de beschermende armen van Bess, zoals een kind troost zou zoeken bij zijn kindermeisje, ondanks de neten die in haar geklitte haar zichtbaar waren.

Ze stak haar hand uit en streelde met een onverwacht teder gebaar zijn wang. Nu zagen we ook wat de reden was waarom zijn haar alle kanten op groeide – een netwerk van littekens, sommige afschuwelijk diep, liep kriskras over zijn hoofdhuid.

'Juffrouw Bess,' vroeg ik, 'wat zou u adviseren?'

Ze dacht even na. 'U kunt hem hier laten en mij betalen om voor hem te zorgen. Dat is namelijk het enige moment waarop ik hem alleen laat, weet u, om geld te verdienen voor ons dagelijks brood. Ja toch, Lanky? Ik ga weg en doe een paar mannen, zodat ik jou wat te eten kan geven.'

Ik kon Edmund niet aankijken. Ik zei met overslaande stem: 'Juffrouw Bess, het verkopen van dat miniatuurtje had u heel wat geld kunnen opleveren.'

'Was niet aan mij om dat te verkopen, toch? Net als die mooie ring die mijn broer had meegenomen.'

Om de een of andere reden leek mijn gestamelde belofte dat haar zeker een beloning wachtte volkomen ontoereikend.

Ik was er zeker van dat we ons geen van allen konden voorstellen dat we Hugo, stinkend als een bedelaar en al even belabberd gekleed, of Bess, in haar opzichtige jurk, mee zouden nemen naar Berkely Square, hoe slecht de ogen van mevrouw Tilbury ook waren. Zelfs Frane, en misschien vooral Frane, zou bezwaar maken tegen hun aanwezigheid, hoe tijdelijk ook.

Maar het was hoog tijd dat iemand iets zei. 'Mevrouw, ik beloof u dat u zichzelf nooit meer zult hoeven verkopen om aan voedsel te komen,' verklaarde ik kortweg. 'U zult deze kamer misschien korte tijd moeten verlaten, maar alleen om voor uzelf en – eh – Lanky – wat fatsoenlijke kleding te kopen.' Ik had het woord in algemene zin kunnen gebruiken, maar er was bij haar zo veel huid zichtbaar dat het niet anders kon of dat was zelfs in dit deel van de wereld onbetamelijk.

Haar ogen glinsterden. 'En waar moet ik dat van betalen? Vertelt u me dat maar eens.'

Ik richtte me tot Willum, die zich bezighield met het vangen van ongedierte, dat hij vervolgens fijnkneep tussen twee smerige, veel te lange duimnagels. 'Hoeveel geld zou dat kosten, Willum?'

'Een paar gele jongens, eerwaarde.'

Bess protesteerde. 'Kom op! Die vriend van die dominee ziet eruit alsof-ie genoeg centen heeft, zelfs als zij ze niet hebben!'

'*En* een paar zwijntjes wisselgeld voor u, dominee,' voegde hij onverbiddelijk toe.

'Wil je met haar meegaan?' vroeg ik deemoedig.

Hij bekeek me aandachtig, ongetwijfeld om me erop te wijzen dat ik hem geen geld had aangeboden.

'Je mag zelf twee zwijntjes houden,' zei ik. 'En Bess de rest.' Wist ik nou maar wat hij precies bedoelde met een zwijntje.

Het jongetje en de vrouw wisselden een blik uit.

Ze stemde toe. 'Blijf jij maar eventjes bij deze meneren, Lanky. Ze zullen je geen kwaad doen. En Bess neemt een lekker glaasje bier voor je mee terug.' Ze duwde hem van zich af en kietelde hem nog even onder zijn kin.

We maakten gebruik van haar afwezigheid door hem van zijn lompen te ontdoen en wasten hem met het koude water dat Jem buiten bij de pomp gehaald had. Ik zou mezelf ertoe gezet hebben zijn vinger- en teennagels te knippen, maar mijn zakmes was op onverklaarbare wijze uit mijn zak verdwenen.

'Ik vrees dat Frane gelijk had,' merkte Edmund op. 'Ik kan mijn bril ook nergens vinden.'

Jem produceerde een droge glimlach en haalde een mes uit zijn laars. Daar Edmund geen bril tot zijn beschikking had, liet ik me op mijn knieën op de vloer zakken en begon aan de onsmakelijke klus. Jem opende de aanval op de neten. Uiteindelijk, na gedaan te hebben wat we konden, wikkelden we de man, die al die tijd gezwegen en nauwelijks bewogen had, in mijn overjas en wachtten op de terugkeer van de anderen.

Hun afwezigheid stelde ons in elk geval in staat om vrijuit met elkaar te spreken.

Het verraste me niet bijzonder dat het Jem was die het woord nam. 'Een goedkope, maar respectabele taveerne lijkt mij de oplossing,' zei hij, hoewel de vraag niet hardop was uitgesproken. 'Dan kan ik bij hen blijven totdat u besloten hebt waar ze daarna naartoe gebracht moeten worden.'

Ik knikte. 'Je hebt gelijk. We moeten *hen* meenemen. Kijk maar, hij begint nu al ongerust te worden. Waarschijnlijk heeft ze hem nooit eerder zo lang alleen gelaten.'

Op het moment dat we hem hadden losgelaten, had Hugo zijn gezicht tegen het smerige raam gedrukt, en nu trok hij uit alle macht aan zijn haar, alsof hij door waanzin bevangen was. Hij sloeg Edmunds geruststellende hand van zich af.

'Maar we kunnen zo niet terug naar Moreton Hall,' zei Edmund. 'Nog niet.'

'U vreest voor het effect dat het op Lady Chase zal hebben wanneer ze hem in deze toestand ziet?' vroeg ik

'Ze zal doen wat nodig is, dat verzeker ik u. Nee, ik vrees voor het effect dat het op hem zal hebben. Sta even stil bij het einde van zijn sterke, gezonde vriend, Henry. Hugo zou zo kwetsbaar zijn als een baby. Ik blijf bij Jem, in de taveerne die de jonge Willum ons voorstelt, welke dat ook moge zijn. Jij, Toby, keert met de grootst mogelijke snelheid terug naar het dorp.' Hij knipte geïrriteerd met zijn vingers. 'Nee, niet naar het dorp. Naar Leamington. En van daaruit maakt u een kalme, ongehaaste reis terug naar uw huis, waar u de tijd neemt om Maria en mevrouw Trent te begroeten, en pas *daarna* maakt u uw opwachting bij Lady Chase om haar van het nieuws op de hoogte te stellen. Zij mag daar vervolgens echter niets van laten merken. Laat haar in plaats daarvan het besluit nemen een reisje te maken naar een van haar andere huizen – op een afgelegen landgoed. En zie erop toe dat ze niemand, maar dan ook *niemand,* op de hoogte stelt van de reden waarom ze deze reis maakt. Ik zou het liefste willen dat de mensen in haar omgeving niet eens zouden weten waar ze heen gaat, maar ik zie ook wel in dat geheimhouding op zich al reden tot argwaan zou kunnen zijn.'

'Maar hoe voorzien we in iets wat aanleiding geeft voor deze reis?' vroeg ik.

‘O, ik zal haar schrijven – en daarbij mijn handschrift wat aanpassen. Bovendien zullen jullie beiden ongetwijfeld in staat zijn tot het verzinnen van een passend excuus. Wellicht besluit u zelfs haar naar haar bestemming te vergezellen, tenslotte is ze bijzonder op u gesteld; misschien zal zelfs mijn lieve Maria zich bij u voegen. En wanneer u daar eenmaal uw intrek hebt genomen, zullen Jem en ik ook Hugo en Bess naar deze plaats overbrengen. Ondertussen zal ik op zoek gaan naar een arts die hem kan behandelen, één die in dergelijke zaken gespecialiseerd is. En dan zullen we allemaal terugkeren naar ons gebruikelijke leven in het dorp. Wij allemaal. Zelfs Lady Chase. Is dat duidelijk?’

Willum en Bess hadden voor Hugo wat respectabele arbeiderskleding uitgekozen, en voor Bess iets wat ze stijf tegen haar lichaam drukte. Wij trokken ons terug uit de kamer en wachtten op de overloop, daar Hugo zonder haar geen voet meer wilde verzetten, terwijl zij de reinigingswerkzaamheden uitvoerde die wij haar hadden opgedragen. Ze vloekte dat het kraakte, luidkeels, terwijl het ijskoude water haar huid raakte.

Uiteindelijk kwam ze naar buiten en liet zich door ons inspecteren. Ze droeg een zijden jurk die haast modieus te noemen was, afgezien van de dieprode en appelgroene strepen: vast en zeker een oude japon die uit elkaar gehaald was en in aangepaste vorm opnieuw in elkaar gezet. Haar hoed was voorzien van een ontstellend assortiment aan fruit en hoewel haar versleten fluwelen jasje ook groen was, paste het totaal niet bij het groen van haar jurk.

‘Ik zei toch al dat je eruit zou zien als een verdomde slet,’ mokte Willum.

‘Nou, dat is dan verdorie ook precies wat ik ben,’ antwoordde ze.

‘Maar het was niet de bedoeling dat je eruit zou zien als een verdomde slet. Dat heb ik gezegd. Je moet er fatsoenlijk uitzien.’

‘Voor vandaag is het goed genoeg,’ kwam Jem tussenbeide. ‘En dan mag je haar morgen weer mee naar de winkel nemen, Willum, tegen dezelfde vergoeding, en haar verkleden als een keurig dienstmeisje. En wat jou betreft –'

'U heeft toevallig geen koetsbediende nodig, meneer? Ik heb altijd al koetsbediende willen zijn.'

Jem lachte vriendelijk, haast liefdevol. 'Als je voor mij zou werken, zou je ver van huis zijn, Willum.'

'Maar ik heb geen huis, of wel soms? En ik zou me heel goed wassen, weet u.'

Hij klonk eerder gretig dan smekend, maar mijn hart brak. Lieve God, hoe kon ik zijn vergeten hem in mijn grootse plan te betrekken? 'Hoe lang zou je nodig hebben om aan kleding te komen? Zonder te overdrijven, denk erom.'

Zijn ogen lichtten op. 'Dat zou ik onderweg naar de *Bear* kunnen regelen, eerwaarde. Duurt maar een paar tellen.'

'Een paar tellen dan. Maar Jem –' Ik zweeg abrupt, mijn gezicht vuurrood van schaamte. 'Maar ik spoel je eigenhandig af onder de pomp als we eenmaal bij die *Bear* van jou gearriveerd zijn – begrepen?'

Uiteindelijk was het toch Jem die de taak van het wassen van de jongen op zich nam. Edmund en ik keerden terug naar het huis van de Franes, waar we onze bezittingen en het kleine beetje bagage dat Jem had achtergelaten ophaalden. We beloonden meneer en mevrouw Frane rijkelijk voor hun minimale en – in mijn beleving – met de nodige tegenzin geleverde inspanningen.

Terwijl we een rijtuig aanhielden, zei ik zachtjes: 'Ik vrees dat we niet voldoende rekening met die arme Bess gehouden hebben. Ze heeft tenslotte haar broer verloren. Haar beschermer –'

'Of misschien haar pooier. Jem en ik zullen vanavond gelegenheid hebben om met haar te spreken. Ik zou zelf in elk geval graag willen weten hoe Lord Chase daar terechtgekomen is – en hoelang hij al bij hen is.'

Eenmaal terug op Berkely Square schreef Edmund een brief aan Maria, die ik zou afleveren; daarna liet hij al zijn bagage en de rest van Jems bezittingen overbrengen naar de *Bear*, waarna hij zelf ook vertrok. 'We zullen daar in de gelagkamer een interessant gezelschap vormen, mijn beste Tobias. Ik wilde dat u erbij kon zijn.'

Wilfred had voor ons alle drie ingepakt, een vragende glinstering in zijn ogen, hoewel hij koppig weigerde die in woorden om te zetten. Ik zei er niets over, maar vroeg me wel af hoe het zou zijn om zo'n belangrijke rol in de zaken van anderen te spelen, zonder belangrijk genoeg geacht te worden om te weten wat dat precies voor zaken waren.

Het moment waarop ik Edmund, gezeten in het rijtuig dat Wilfred voor hem had aangehouden, uitzwaaide en zelf naar het huis terugkeerde kwam veel te snel. Achter mij deed Wilfred de deur geruisloos dicht.

'We hebben je zo veel last bezorgd,' zei ik met een glimlach. 'En toch klaag je nooit, of vraag je om de verklaringen waar je in feite recht op hebt.'

'Geenszins, mijn – meester Tobias,' zei hij stijfjes.

Wat kon ik daar tegenin brengen? Dit was de manier waarop we ons gedroegen, hoe zij hun lot aanvaardden. Ik zei: 'Geloof me, Wilfred, je tact en discretie worden meer gewaardeerd dan je misschien beseft. En als het moment komt waarop ik *kan* uitleggen wat zich heeft afgespeeld, dan zal ik dat ook doen. Dan heb ik nu, terwijl ik afscheid neem van mevrouw Tilbury, nog één laatste opdracht voor je. Ik moet vanavond nog terugreizen naar Leamington, en het is al te laat om nog met de postkoets mee te kunnen, is het niet? Ik wil dat je een span snelle paarden voor me huurt, met voorrijders. Spaar kosten noch moeite. Ik wens over een uur te vertrekken.'

Het probleem met grootse woorden als deze is de noodzaak ze te laten volgen door een groots gebaar, bijvoorbeeld het overhandigen van een goed gevulde beurs aan de geschokte bediende.

In werkelijkheid antwoordde Wilfred heel beheerst: 'Als snelheid van het grootste belang is, meester Tobias, waarom geeft u de stalknecht dan geen opdracht om de koets van uw broer gereed te laten maken?'

Ik was slechts een snotjongen, maar Charles was een man van grote klasse, wiens paarden nooit onderdeden voor volbloeden.

'Het span schimmels van meneer verveelt zich stierlijk, en datzelfde geldt ongetwijfeld voor de stalknechten en de voorrijders. Er is al zes weken geen beroep meer op hen gedaan. Een betere uitrusting is in heel Londen niet te vinden, durf ik te wedden.'

Ik keek hem geamuseerd aan. 'Dus ik heb de keuze tussen het huren van een onbekend rijtuig, bemand door onbekend personeel en voortgetrokken door onbekende paarden, of de onmiddellijke luxe van een met zorg uitgekozen team bekwame menners en volbloedpaarden.'

'En zelfs nog een escorte, meester Tobias.' Hij stond zichzelf een vluchtige grijns toe, die ik met alle plezier beantwoordde.

'Zou je zo vriendelijk willen zijn hun te vragen hoe snel ze klaar kunnen zijn voor vertrek?'

Mevrouw Tilbury leek volkomen van haar stuk toen ik haar op de hoogte stelde van mijn onverwachtse vertrek, en om haar gunstig te stemmen at ik nog wat van de kip die ze voor mijn avondmaaltijd bestemd had – vergezeld door een eindeloos aantal bijgerechten, waarschijnlijk.

'Laat het nu u de weg naar ons hebt teruggevonden alstublieft niet weer zo lang duren voordat u bij ons op bezoek komt, meester Tobias,' zei ze, mij tegen zich aan drukkend alsof het de laatste keer was. En de kans was groot dat het inderdaad de laatste keer was dat ze me *zag*, zoals Edmund me bedroefd had toevertrouwd. Haar ogen waren al zozeer aangetast dat geen enkele arts nog in staat zou zijn haar haar zicht terug te geven.

Ik deed een overhaaste belofte. 'Ik zal terugkomen. Al heel snel. En deze keer zal ik u van tevoren waarschuwen, lieve Tilly.' Deze belofte moest ik houden. En als mijn moeder haar eenmaal had overgehaald om met pensioen te gaan, moest ik haar regelmatig opzoeken. Ik vroeg me af waar ze zou worden ondergebracht. Ik kon erop vertrouwen dat mijn moeder erop zou toezien dat het haar aan niets zou ontbreken en dat ze volop zorg en aandacht kreeg – maar ik moest ook mijn steentje bijdragen.

En zo vertrok ik in stijl, de koets en de paarden zo schitterend dat de mond van de kleine Willum opengevallen zou zijn. Iemand moest iets voor hem regelen – een plek waar hij als leerjongen in dienst kon komen, of misschien inderdaad een baantje als koetsbediende. En er moest ook voor Bess gezorgd worden. Maar hoezeer ik ook mijn best deed, ik kon me niet voorstellen dat zij zich zou hullen in de zedige kledij van een dienstmeisje, of zelfs een melkmeid.

Deze gedachten hielden me voortdurend bezig terwijl ik mijn hoofd tegen de luxueuze, zachte kussens liet rusten. Tot mijn verbazing doezelde ik echter toch weg, en bracht ik het grootste deel van de nacht slapend door, slechts gewekt door het wisselen van de paarden. Dankzij de snelle paarden legden we zo'n vijftien kilometer per uur af, waardoor ik ondanks de lange rit op tijd in Leamington arriveerde om in de Angel te kunnen ontbijten.

Ik was er zo op gebrand om Edmunds instructies tot op de letter uit te voeren dat ik hem, met behulp van het vel ruwe papier, de botte pen en de troebele inkt die de pachtheer me ter beschikking gesteld had, meteen een briefje schreef om mijn veilige aankomst in Warwickshire te bevestigen – wat de bedienden van mijn broer onmiddellijk mee terug namen. Vervolgens, om de onverklaarbare pijn die ik in al mijn ledematen voelde wat te verlichten, maakte ik een wandelingetje door de stad en deed wat inkopen. Daarna keerde ik terug naar het huurrijtuig dat me in een sukkeldrafje naar huis bracht. Ik reisde via Langley Park, me bewust van het feit dat mevrouw Hansard vol spanning op nieuws wachtte.

Ik had het geluk haar aan in de tuin aan te treffen, in gesprek met de tuinman. Ze nam al snel afscheid van hem en stak haar arm door de mijne, klaar om terug te keren naar het huis. Ik voerde haar echter mee naar het gedeelte van hun tuin dat door wilde bloemen overwoekerd was, om te voorkomen dat iemand ons gesprek zou kunnen horen. Ik drukte haar Edmunds brief in de hand en stelde haar in de beschutting van het groen op de hoogte van al onze avonturen – of tenminste, dat probeerde ik.

Na enige tijd knikte ze ten teken dat ze mijn onsamenhangende verhaal in grote lijnen begrepen had. 'En Edmund wil graag dat ik Lady Chase vergezel bij het maken van deze reis?'

'Hij dacht dat dat wellicht uw voorkeur zou hebben. Maar hoe ik mijn hersens ook pijnig, ik kan geen enkele reden bedenken die u als verklaring voor het maken van deze reis zou kunnen aanvoeren. Wanneer Lady Chase haar zoon ontmoet heeft, zal ze zeker behoefte hebben aan vrouwelijk gezelschap, en hoe toegewijd de leden van haar huishoudelijke staf ongetwijfeld ook zijn, het leek Edmund niet verstandig om een van hen van dit geheim op de hoogte te stellen.'

'Ik zal met haar spreken en een plan bedenken om dit voor elkaar te krijgen,' zei ze op stellige toon. 'En u verlangt dezelfde discretie in ons huishouden?'

'Absoluut. En zelfs in het mijne. Hoewel Edmund niet voorzien heeft in een verklaring die het feit zou rechtvaardigen dat drie van ons het plotseling in het hoofd krijgen om af te reizen naar een of ander afgelegen gedeelte van het koninkrijk.'

Ze gaf me een kneepje in mijn hand. 'Lady Chase en ik zullen ook die kwestie overdenken. Ik neem aan dat u zich nu dan met gezwinde spoed naar de Hall zult haasten?'

'Zeker niet. Mijn orders waren nogal expliciet. Ik moest me allereerst bezighouden met mijn gebruikelijke taken, en ervoor zorgen dat men mij zou zien. Ik breng pas morgenochtend een officieel bezoekje aan Lady Chase.'

'En u vraagt uw plaatsvervanger om nog even te blijven? Helaas, die arme meneer Rogers lijkt niet in staat de juiste toon te treffen bij de dorpelingen – en zij niet bij hem.'

Ik lachte. 'Maar, zoals mevrouw Powell zou zeggen, hij is hier ook nog maar vijf minuten. Hoeveel tijd had ik wel niet nodig om hun respect te winnen, en dan nog maar mondjesmaat? Bovendien ben ik er zeker van dat het Edmunds vriendschap was, het feit dat hij mij steunde, wat uiteindelijk de balans deed doorslaan. Hem mogen ze graag en hem respecteren ze. Dus moeten ze wel proberen om mij ook op die manier te behandelen.'

'U doet uzelf geen recht. Mijn vraag hebt u echter nog niet beantwoord.'

'Ik vrees dat hij naar huis zal moeten gaan, anders zal mijn aanstaande vertrek vooraf beraamd lijken. Arme Rogers – hij kan zowel de buitenlucht als het geld goed gebruiken.'

'U kunt hem toch gewoon weer opnieuw ontbieden?'

Ik schudde mijn hoofd. 'Om u de waarheid te zeggen denk ik niet dat het erg lang zal duren om het landgoed dat Lady Chase uitkiest te bereiken. En daarna moeten we onmiddellijk terugkeren – ik wel, in elk geval.'

'Aha – u vindt het niet prettig om gescheiden te zijn van Lady Dorothea.'

'Ik wilde wel dat ik haar uit mijn gedachten kon bannen, mijn beste mevrouw Hansard. Overdag lukt dat wel, als ik me met andere dingen bezighoud. Maar wie is in staat zijn dromen te beheersen? Het is voor iedereen duidelijk dat ze niet geschikt zou zijn als domineesvrouw – maar wanneer haar heldere ogen geamuseerd glinsteren bij iets wat ik zeg of doe... Ja, ik geef het toe, ik heb nog steeds een zwak voor haar. Als ze zou weten waar ik in Londen gelogeerd had, hoe ik naar Leamington ben gereisd – maar dat zou betekenen dat ze mijn familie en alle bijkomstige rijkdommen liefhad, niet mij, is het wel?'

'Kom mee naar binnen voor een glas wijn, Tobias. Daarna ziet alles er ongetwijfeld weer veel beter uit.'

Zoals ik beloofd had, maakte ik pas de volgende ochtend mijn opwachting bij Moreton Hall, nadat ik Rogers met uitgebreide dankbetuigingen uitgeleide gedaan had, voorzien van twee manden vol fruit en groente uit mijn moestuin, een van de overheerlijke cakes van mevrouw Trent, een sappige ham en, hoewel hij daar niet van op de hoogte was, een paar extra guineas die ik in een vel papier gevouwen had en onder in zijn koffer had verborgen.

Ik werd direct meegevoerd naar de leeskamer van Lady Chase, waar ze samen met Furnival de boekhouding doornam. We wisselden beleefdheden uit en ik kon haar tot haar geruststelling meedelen dat de ziekte van mijn familielid schromelijk overdreven was. Dat kon ook haast niet anders, als je bedacht dat zelfs het bestaan van deze persoon een verzinsel was.

Uiteindelijk, met een gebaar dat deed denken aan dat van een verwend meisje, schoof ze de papieren van zich af en verklaarde dat ze genoeg had van die vervelende cijfertjes. Furnival mocht zich, zo hij dat nodig achtte, de volgende ochtend opnieuw bij haar vervoegen, maar nu ging ze een wandeling maken door de siertuin. Er stond weliswaar een 'luie bries', zoals de dorpelingen het noemden, die dwars door overkleding heen blies, maar verder was het een zonnige dag. Het was dan ook onwaarschijnlijk dat haar beslissing bij wie dan ook argwaan zou wekken. De oude man maakte een buiging en verliet de kamer, waarop Lady Chase mijn hand vastgreep en er zo hard in kneep dat het haast pijn deed.

'En?'

'Met alle respect, mevrouw, ik denk dat we uw plan ten uitvoer moeten brengen. Het is wat fris, maar een wandelingetje in de buitenlucht heeft nog nooit iemand kwaad gedaan.' Ik probeerde mijn stem kalm en gelijkmatig te houden, en mijn gezichtsuitdrukking neutraal.

'Hoe durft u mij zo in spanning te houden?'

Ik legde mijn vinger tegen mijn lippen. 'Ontbied alstublieft uw dienstmeid en vraag om uw bontmantel en uw bonnet. Misschien zelfs een mof.'

We waren nog maar nauwelijks buiten gehoorsafstand van het huis toen ik van wal stak, zo kalm als ik maar kon: 'U moet gewoon doorlopen en normaal blijven praten, alsof we het hebben over het zwarte vlekje op die roos daar.' Ik wees. 'Begrijpt u dat?'

Het duurde even, maar toen boog ze naar voren, zogenaamd om dezelfde bloem te inspecteren.

'Uw zoon leeft, mevrouw. Maar hij is niet gezond. Verre van dat.' Ik legde haar kort uit hoe hij eraan toe was.

'Breng hem onmiddellijk hierheen! Ik zal ervoor zorgen dat hij weer gezond wordt.'

'Dat is helaas niet mogelijk. Dokter Hansard is van mening – en dat zijn wij allemaal – dat het voor Hugo een groot gevaar zou betekenen als iemand zou ontdekken waar hij zich bevindt. U weet hoe het die andere man vergaan is, en hij was slechts een eenvoudige boodschapper.'

Ze wankelde alsof ze te veel gedronken had, en even dacht ik dat ze zou flauwvallen. Ik pakte haar echter bij de arm en hield haar overeind. 'Zit er een steentje in uw schoen, mevrouw? Laat me u helpen.'

Ze keek me wezenloos aan, maar besefte na enige tellen wat ik probeerde te doen en liet, nog steeds zwaar op mijn arm leunend, het muiltje van haar voet glijden en schudde het krachtig op en neer.

'Uitstekend,' zei ik. 'Dan zal ik u nu vertellen wat Edmund voorstelt...'

Het was nauwelijks verwonderlijk dat ze niet in staat was alles onmiddellijk te bevatten, en ik moest sommige details meerdere keren herhalen voordat ze ze werkelijk begreep.

'U vreest dat Hugo nooit meer de oude zal worden?' vroeg ze ten slotte verdrietig.

'Mevrouw, die vraag moet u niet aan mij stellen. Zelfs dokter Hansard is niet zeker van zijn zaak. Maar hij is bereid om op zoek te gaan naar de beste arts in het hele land, als u dat wenst – en dat is geen vraag. De beste, en meest discrete, uiteraard. Hij waarschuwt dat het landgoed dat u uitkiest wellicht moet worden omgevormd tot een ziekenhuis, een inrichting haast, om voor hem geschikt te kunnen zijn.'

'Hij heeft – had – prettige herinneringen...'

'En heeft die misschien nog steeds, mijn lieve mevrouw. Wellicht liggen deze herinneringen net onder de oppervlakte, klaar om tot leven gewekt te worden. Hij is gewond geraakt aan zijn hoofd, maar ik weet niet hoe ernstig deze verwondingen zijn. Hij lijkt zijn vermogen tot spreken verloren te zijn, maar niet zijn vermogen tot begrijpen. Hij is onrustig en gespannen, maar wel gezeglijk. Mijn verontschuldigingen – u wilde juist iets zeggen over een plaats waar hij van hield.'

Ze knikte. 'Mijn eigen kindermeisje heeft na haar pensioen haar intrek genomen in het tuinhuis van een van de landgoederen die na mijn weduwschap op mijn naam gezet zijn. Het bevindt zich in Shropshire, iets ten zuiden van Shrewsbury.

Misschien dat de rust en de vrede die daar heersen een genezende uitwerking zullen hebben.'

'Amen.'

'Ik zal tegen mijn bedienden zeggen dat die arme mevrouw Rooke stervende is aan een pijnlijke vrouwenkwaal. Heeft mevrouw Hansard daar misschien ook familie, en zou ze wellicht geïnteresseerd zijn in een zitplaats in mijn rijtuig?'

'Daar ben ik zeker van, mevrouw. En als dat niet het geval is, kunnen we altijd nog een beroep doen op de bron waaruit ook mijn familielid in Kent afkomstig is.'

18

Edmund had me ooit eens verteld over een oosters gezegde, dat reizen met hoop in je hart vaak verwachtingen wekte die niet overeenkwamen met wat je bij aankomst aantrof. Datzelfde, zo vreesde ik, was ook bij ons het geval toen we, allemaal afzonderlijk, afreisden naar Ditton Priors, het dorpje in Shropshire dat zich het dichtst bij het afgelegen landhuis bevond. Zoals Lady Chase al gezegd had, woonde haar vroegere kindermeisje, mevrouw Rooke, een levendig dametje van rond de zestig, in het tuinhuis op het landgoed, maar het grote huis zelf was al jaren geleden leeggehaald en gesloten omdat de vroegere Lord Chase het er onverdraaglijk kil en somber vond.

We waren niet verbaasd. Het leek echter ondoenlijk om het huis bewoonbaar te maken in de korte tijd die ons restte voordat het andere gezelschap zou arriveren, hoewel zij veel langzamer reisden en, natuurlijk, een veel grotere afstand moesten afleggen. Het was zelfs zo erg dat Lady Chase bij het zien van het huis bevangen werd door een appelflauwte – voor de eerste keer sinds wij haar kenden. We zagen ons genoodzaakt haar terug te brengen naar het tuinhuis, waar ze door mevrouw Rooke in bed gestopt werd.

'U zou zich moeten schamen, dat arme ding hiernaartoe brengen in de meest mistroostige tijd van het jaar. Maar goed, u zult er wel uw redenen voor hebben, neem ik aan?'

'Die hebben we inderdaad. En mevrouw zal u die vast en zeker tot in detail uitleggen wanneer ze eenmaal hersteld is.'

Er was maar weinig ruimte in het huisje, dat in werkelijkheid erg klein was, zelfs voor een tuinhuis. Mevrouw Rooke had haar eigen kamer afgestaan aan Lady Chase, haar beste logeerkamer gereedgemaakt voor mevrouw Hansard en, op mijn aandringen, zelf haar intrek genomen in de enige andere slaapkamer die het huis rijk was. En we konden haar kokkin annex huishoudster, die al zo veel extra werk te doen zou krijgen, onmogelijk vragen haar kamer af te staan. Ik kon een kamer delen met de tuinman, of moest genoegen nemen met de zolder, waar mijn voorkeur naar uitging. Hoewel de zolder niet van een haard voorzien was, rook het er heerlijk naar de appels die daar bewaard werden.

Terwijl we het landhuis gereedmaakten, keerde mevrouw Hansard weer helemaal terug in haar oude rol. Sinds haar huwelijk met Edmund was ze veranderd in een elegante dame, die ondanks haar leeftijd kon bogen op een goed, zelfs jeugdig figuur. Maar nu ontdeed ze zich van haar modieuze kleding en rolde haast letterlijk haar mouwen op om beter te kunnen werken. Ze begon met het inhuren van een legertje vrouwen uit het dorp, die ze genoeg betaalde om er zeker van te zijn dat ze hun mond zouden houden, zelfs als – in deze afgelegen streek – iemand naar hun activiteiten zou informeren.

En wat Lady Chase zelf betreft, was mevrouw Hansard van mening dat er maar één remedie was tegen haar sombere gemoedstoestand – niet uit het raam te staren naar de druilerige, niet aflatende motregen, maar haar handen uit de mouwen steken en een bijdrage leveren aan de verbeteringen. De rouwende moeder werd dan ook voorzien van een rol stof waaruit gordijnen geknipt moesten worden. En als de lappen eenmaal de juiste maat hadden, moest ze ze omzomen. Hoewel ze er in eerste instantie nauwelijks overheen zag, geloof ik echt dat het doen van iets wat zo duidelijk nut had haar stemming aanzienlijk verbeterde.

In de tussentijd maakte ik mezelf nuttig door op en neer te rijden naar Ludlow en Bridgenorth om allerlei aankopen te doen – van verf tot wasknijpers. Mijn allereerste poging om een schoorsteen te vegen liep uit op een enorme puinhoop en een al even grote hoeveelheid hoon, waardoor mijn bijdrage aan het haardvuur daarna alleen nog bestond uit het hakken van eindeloze hoeveelheden hout, zodat elke kamer gelucht kon worden.

Dankzij al onze inspanningen konden we de patiënt en zijn vrienden toen zij enige dagen later laat in de middag arriveerden, verwelkomen in iets wat zou kunnen worden omschreven als een bewoonbaar, zelfs gezellig huis.

Er was, helaas, geen sprake van een dramatisch of ontroerend weerzien – dat moest Lady Chase hebben beseft zodra ze zag hoe haar zoon eraan toe was, ook al strekte ze haar armen uit en riep ze zijn naam. Het moet echter gezegd worden dat zijn uiterlijke verschijning als gevolg van de combinatie van zorg en aandacht van Jem, Edmund en Bess – om nog maar te zwijgen van de inspanningen van de geneesheer en zijn assistent die zich bij het gezelschap gevoegd hadden – zeer verbeterd was. Maar Chase, net als de rest van de reizigers, was uitgeput; in tegenstelling tot de anderen was hij echter te zwak om in staat te zijn tot iets anders dan zich terugtrekken in zijn kamer.

'Totaal afgepeigerd, dat is-ie,' verklaarde Bess, terwijl ze hem onder zachte dwang de glanzende eikenhouten trap op duwde. 'Dus kijk nou niet zo sip, mevrouw C. Ik heb 'm binnen een paar tellen onder de wol.'

En daarmee verdwenen ze uit het zicht. De stem van Lady Chase was niet meer dan een hese fluistering; ze vocht tegen haar tranen, hoe begrijpelijk die onder deze omstandigheden ook waren. 'Hij herkent zijn eigen moeder niet eens.' En, duidelijk geschokt, ondanks de meer gepaste kleding die Willum voor die arme Bess had uitgezocht: 'Maar naar *die vrouw* glimlacht hij...' Ze zeeg neer in een stoel bij het vuur dat speciaal voor de gelegenheid in de ontvangsthal was aangestoken.

Edmund diepte een flesje hertshoorn op uit zijn dokterstas en mengde een paar druppels met water. 'Er is al enige verbetering waarneembaar, mevrouw,' hield hij vol en hij drukte het glas tegen haar lippen. 'Hij herinnert zich inmiddels dat zijn naam Hugo is – zonder dat iemand anders hem dat verteld heeft. En toen we het erf op kwamen rijden, zei hij iets over een schommel aan een touw.'

Haar ogen lichtten op. 'Dat herinnerde hij zich? Er hing er een aan de grote eikenboom op het grasveld. Zorg ervoor dat daar morgen een nieuwe schommel opgehangen wordt!'

'Dat is een goed idee.' Edmund keek om zich heen, op zoek naar mevrouw Hansard. Toen hij haar zag, haastte hij zich naar de overzijde van het vertrek en kuste haar hand. Hij hoefde niets te zeggen. En datzelfde gold voor haar, blozend als een schoolmeisje.

'Het diner kan worden geserveerd zodra iedereen daar klaar voor is,' zei ze, worstelend om zichzelf weer onder controle te krijgen. Ze wenkte twee van de nieuwe bedienden. 'Owen, Mary – denk aan jullie taak. Breng onze gasten naar de kamers die we voor ze hebben ingericht, en voorzie hen vervolgens van heet water. Vlug een beetje.' De bedienden haastten zich de kamer uit, onwennig in hun nieuwe uniform en onzeker over hun nieuwe verantwoordelijkheden, en de lady glimlachte, haar gezichtsuitdrukking tegelijkertijd geamuseerd en geërgerd.

Hoewel Lady Chase erop gestaan had dat haar bagage vanuit het tuinhuis zou worden overgebracht naar haar oude kamer in het landhuis, was er niet genoeg ruimte voor ons allemaal om haar voorbeeld te volgen. Dokter Hansard stelde voor dat mevrouw Hansard ook in het landhuis zou verblijven, om toezicht te houden, zei hij, op de werkzaamheden die de onervaren staf de volgende ochtend zou uitvoeren – een voorstel waartegen ze geen bezwaar maakte. Maar na de avondmaaltijd keerden Jem en ik terug naar het tuinhuis, met zijn naar appels geurende zolder.

'Acht je het waarschijnlijk dat dit verhaal een gelukkig einde kent?' vroeg ik aan Jem.

'Voor sommigen misschien wel. Maar een gelukkig einde voor alle betrokkenen lijkt me te veel gevraagd.' Hij doofde de kaars.

Wat bedoelde hij daarmee? Had zijn uitstapje naar een ander leven geleid tot ontevredenheid over zijn oude leven? Dat zou me nauwelijks verbazen. De enige vraag was welke richting hij dan zou inslaan. Maar op het moment dat ik mijn mond opende om het hem te vragen, ging zijn ademhaling over in gesnurk.

Nadat hij zichzelf ervan verzekerd had dat Hugo in de best mogelijke handen was, kondigde dokter Hansard aan dat het tijd was om het gezelschap te ontbinden. Mevrouw Rooke had de taak van huishoudster voor zover noodzakelijk op zich genomen, dus Maria en Edmund waren de eersten die op weg gingen – allereerst naar vrienden in Droitwich, om hun een bezoek te brengen, en vervolgens terug naar Langley Park.

Bess wilde koste wat het kost bij Hugo blijven, die duidelijk meer aan haar gehecht was dan Lady Chase prettig vond.

'Hoe zou ik anders kunnen? 'Enry heeft hem toch zeker bij mij achtergelaten?' redeneerde ze toen ze mij tijdens een korte pauze in mijn geïmproviseerde zagerij kwam opzoeken. Jem, die deze taak thuis op zich genomen zou hebben, had erg veel plezier om mijn stuntelige pogingen. Zelf besteedde hij zijn tijd aan het op orde brengen van de stallen, zodat die aan zijn hoge eisen zouden voldoen. Hij had ergens een bruikbare sjees gevonden en bovendien een betrouwbaar, zachtaardig trekpaard gekocht. 'Lanky – *Lord Chase*, moet ik nu zeggen – zou niet eens meer leven als 'Enry er niet geweest was. U hebt die littekens zelf gezien, of niet soms? Jammer dat jullie sjieke heren geen pruiken meer dragen, want als je het mij vraagt groeit dat haar van 'm nooit meer netjes terug. Maar hij zou het ook niet overleefd hebben zonder mij. Nadat 'Enry was weggegaan.' Haar stem, die tot dan toe opgewekt geklonken had, veranderde plotseling. 'Denkt u dat hij pijn gehad heeft, dominee? 'Enry? Op het laatst?' Ze vocht tegen haar tranen.

Ik legde mijn bijl even neer. 'Niet of nauwelijks. Op de plek waar we zijn zakflacon en Hugo's ring gevonden hebben, was niets te zien dat op een gevecht wees.'

'Heeft zich bezopen en is toen omgevallen? En toen stroomde de beek over en sleurde het water hem mee? Toe, dominee – zo dom ben ik nou ook weer niet. Al dat geheimzinnige gedoe.' Ze keek om zich heen en spreidde haar handen. 'U denkt dat iemand hem koud gemaakt heeft, of niet? En nu wilt u voorkomen dat ze Lanky ook iets aandoen.'

Ik keek haar recht in de ogen. 'Of jou, natuurlijk. Als ze denken dat jij informatie hebt over zijn verblijfplaats.'

'Ik durf te wedden dat dat de enige reden is dat z'n ma het met mij uithoudt,' zei ze, terwijl ze op een boomstam ging zitten. 'Ze denkt dat ik mijn mond voorbijpraat als ik terugga. Maar dat zou ik niet doen, dominee. Dat zou ik niet doen.'

'Dat weet ik. Je bent buitengewoon gul en vriendelijk voor die arme jongeman geweest. Ik heb groot respect voor je trouw en je toewijding, juffrouw Bess.'

Ze wierp me een grijns toe, vol zelfspot. 'Ik ben verkikkerd op 'm geraakt, of niet?'

'En nu wil je weten wat er van hem wordt?'

Ze hield haar hoofd schuin en dacht even na. 'Ja, dat zal het wel zijn. Als hij een gewone soldaat was geweest, was dat voor mij beter geweest, weet u. Als hij dan beter geworden was, zou hij bij me gebleven zijn en had hij voor de verandering eens een tijdje voor mij kunnen zorgen.' Ze zuchtte. 'Hier, trek uw vest aan – uw vingers vriezen er zowat af.'

Ik gehoorzaamde. 'Maar zoals de situatie nu is?'

'Zal de straat weer op moeten. Mannen zoeken. Zit niet veel anders op voor iemand zoals ik.'

'Ik had beloofd dat je zoiets nooit meer zou hoeven doen – als je al terug zou willen naar Londen. Lady Chase zal je de rest van je leven onderhouden, Bess.'

'Niet als u er niet om zeurt – dan niet. Kan de gedachte niet verdragen dat hij liever wil dat ik hem een nachtzoen geef dan zij.'

Ik vermoedde dat dat een eufemisme was, maar ik voelde me niet vrij om om opheldering te vragen. 'Ze zal heus vrijgevig zijn,' hield ik vol. 'Geef je de voorkeur aan een toelage zolang je leeft, of aan een betrekking?'

Ze keek me aan, haar handen op haar brede heupen. 'Ik zie mezelf nog niet werken in zo'n groot huis, u wel? Behalve als de heren natuurlijk zin hebben in een beetje... Nee?' Ze lachte bij het zien van mijn geschokte gezichtsuitdrukking. 'Maar teruggaan naar Londen, naar die kamer... Ik weet niet, dominee. Ik weet niet.'

Wie zou geen begrip hebben voor de twijfels van die arme vrouw? 'Heb je nooit een vak geleerd?'

'Ik heb wel eens geprobeerd om hoeden te maken, maar mijn ogen – die zijn niet scherp genoeg. En als het mijn ogen niet zijn dan is het de gin wel, en dan trillen mijn handen de hele tijd. Dat is het probleem, dominee. Als u me een zak geld geeft, dan geef ik het allemaal uit aan drank, en dan lig ik binnen de kortste keren in de goot.'

'Een wekelijkse of maandelijkse toelage dan? Nee? Hoe meer

geld, hoe groter de fuif?' Ik glimlachte droevig. 'We verzinnen wel iets.'

'Goed,' zei ze, terwijl ze haar sjaal om haar schouders trok en opstond, 'het heeft geen enkele zin dat we hier allebei op de tocht blijven staan en een longontsteking oplopen, of wel soms? Hij is vast alweer wakker, en dan ligt-ie om me te roepen.' Ze streek haar jurk recht met een gebaar dat Lady Chase vast en zeker herkend zou hebben. Ik wilde maar dat ik haar kon overhalen om eens een gesprekje met dit arme schepsel te voeren.

'Wacht even, Bess. Stel je eens voor dat je iets mocht wensen voor de toekomst. Wat zou je dan kiezen?'

Ze bleef abrupt staan en draaide zich om, al hoofdschuddend. 'Weet ik niet. Zoiets heeft niemand me ooit gevraagd, dominee. Dingen overkomen mij altijd gewoon, als u begrijpt wat ik bedoel.' Ze kauwde op haar duimnagel, alsof ze zich geconfronteerd zag met een onoplosbaar raadsel, en haalde uiteindelijk haar schouders op. Ze deed een paar passen bij me vandaan. 'Misschien blijf ik wel hier,' zei ze over haar schouder. Maar voordat ik kon reageren, was ze al onderweg naar het huis.

Ik pakte mijn bijl weer op, en liet hem met kracht neerkomen, gefrustreerd over mijn onvermogen om haar van een rooskleurige toekomst te voorzien. In elk geval, zo zei ik tegen mezelf, verrichte ze op dit moment nuttig werk, was ze schoon, had ze genoeg te eten en leerde ze – door naar het voorbeeld van mevrouw Rooke te kijken – hoe ze zichzelf op nuchtere, waardige wijze kon gedragen.

'Maar *mij* laat u hier toch niet achter, of wel, dominee?' wilde Willum weten. Ik zou net een nieuw blok in tweeën hakken toen hij plotseling opdook.

'Goeie genade, jongen, ik hak mijn vingers er bijna af!' schreeuwde ik, want van een van mijn vingers was inderdaad een flinke lap huid verdwenen. Er vloeide veel meer bloed dan je zou verwachten, en mijn zakdoek was in een mum van tijd doorweekt. Terwijl het bloed uit de wond stroomde, stroomden er verwensingen van mijn lippen. Toen dat wat afnam, zei ik op vriendelijker toon: 'Mijn verontschuldigingen, Willum. Het was niet mijn bedoeling om je de wind van voren te geven.

Maar je moet nooit iemand laten schrikken als hij iets gevaarlijks aan het doen is – nooit een kokkin besluipen, bijvoorbeeld, als ze net een fileermes in haar hand heeft. Begrepen?'

'Of een man als hij een geweer aan het laden is?'

'Precies. Dus jij wilt niet in Shropshire blijven, Willum? Het is hier erg mooi.' Om eerlijk te zijn wilde ik hem eigenlijk niet mee terug nemen naar Moreton St Jude. Ik was bang dat hij het niet kon laten om het een en ander over zijn recente avonturen los te laten, en dat hij daarmee de hele onderneming in gevaar zou brengen.

'Op een begraafplaats is nog meer te doen. Iedereen is even somber. En nou bent u ook nog boos en laat u me hier achter. U moet me helpen.' Soms – op een moment als dit – verdween zijn zelfverzekerde masker heel even en werd hij het kind dat hij in werkelijkheid was: bang en kwetsbaar. Er glinsterden zelfs tranen in zijn ogen.

Ik glimlachte en schudde mijn hoofd. 'Ik ben niet boos – misschien een beetje humeurig, om dezelfde reden als jij. Ik mis mijn thuis.'

'Ik het mijne niet, want ik heb niets om te missen – dat heb ik al tegen u gezegd.' Zijn onderlip trilde en de stilte werd drukkend.

Te langen leste bezweek ik, zoals hij waarschijnlijk vanaf het begin geweten had. 'Zou je het fijn vinden om mee te gaan en bij Jem en mij in de pastorie te wonen?' Ik had geen flauw idee welk baantje we hem zouden kunnen geven.

'Wel een beetje raar, of niet, een dorp met twéé dominees?'

'Jem is alleen dominee als hij in Londen is, Willum,' zei ik, in de hoop dat de kwestie daarmee was afgedaan.

'Ik ben niet achterlijk, hoor. Je kunt niet soms een dominee zijn en soms niet.'

'De rest van de tijd houdt Jem zich bezig met paarden,' zei ik, zonder zijn woorden te betwisten.

Dat was de waarheid, tenminste, zolang Jem nog bleef. Een tijdje geleden, na een teleurstelling in de liefde, was hij ook al ongedurig geweest. Misschien besefte hij, net als ik, dat hij veel meer zou kunnen zijn dan een eenvoudige stalknecht. Toegegeven, hij was niet erg bedreven in het lezen en schrijven van Grieks, maar het Engels beheerste hij goed, en hij had een keurig handschrift. Misschien kon Willum een deel van zijn taken – of wellicht zelfs alle – overnemen, zodat Jem als onderwijzer zou kunnen werken op de school die Lady Chase voor alle dorpskinderen wilde openen. Hij was geduldig genoeg, en streng, en zijn morele standaard was uitmuntend – tenslotte was hij niet slechts mijn stalknecht, niet slechts mijn vriend, maar ook mijn mentor.

'Ik ben goed met knollen. Ik heb altijd al koetsbediende willen zijn.'

'Ik heb geen koetsbediende nodig. Niet op het platteland.'

'Geen koetsbediende nodig? U bent een sjieke meneer, toch, al bent u dan honderd keer dominee? Dan lijkt het me logisch dat u een koetsbediende nodig heeft.'

'Niet op het platteland. Daar is het anders. Maar wat ik wel kan doen is de koetsier van Lady Chase vragen, of je op de terugweg naar Warwickshire op de bok mag zitten.'

Zijn gezicht klaarde op. 'Mag ik dan de teugels vasthouden?'

'Terwijl Lady Chase in de koets zit? Willum, je houdt me voor de gek.' Mijn hart werd week. 'Je moet mij iets beloven, dan beloof ik dat ik in elk geval zal vragen of je naast James mag zitten.'

'Mogen de kraaien mijn lever opvreten en de raven mijn ogen uitpikken als ik je laat zakken, kerel.'

Ik onderdrukte een huivering. Ik had gezien wat vogels konden doen, niet alleen met schapen, maar ook met mensen. 'Ik ben er zeker van dat je me niet teleur zult stellen. Want als je dat doet, stuur ik je onmiddellijk terug naar Londen. Ik wil dat je me plechtig belooft, dat je zwéért, dat je nooit, onder welke omstandigheden ook, tenzij ik je daar uitdrukkelijk toestemming voor gegeven heb, iets onthult over wat er in Londen is voorgevallen, of over wat er hier in Shropshire gebeurd is.'

'En ook niet over de reis hierheen?' vulde hij zelf aan.

'Inderdaad.'

Hij spuugde in zijn handpalm. Dit verbond moest blijkbaar bezegeld worden door een handdruk. 'Afgesproken. Ik zal het aan niemand vertellen. Niet dat ik daar iemand ken om het aan te vertellen, trouwens. Behalve u en dominee Yeomans dan, natuurlijk.'

'Lieve hemel, Willum, je maakt er nu al een rommeltje van. Hij is alleen dominee in Londen, weet je nog? Vanaf nu moet je hem meneer Jem noemen.' Ik zou hem niet vermoeien met de Turbeville/Yeomans kwestie.

Willum salueerde, of probeerde dat althans. 'Meneer Jem, dus.' Hij leek even verward en voegde toe: 'Maar u bent nog steeds dominee Campion, toch?'

'Dat ben ik inderdaad. Als jij dan nu deze blokken even opstapelt terwijl ik op zoek ga naar een schoon doekje voor die snee van mij?'

Zoals dokter Hansard ons geboden had, pakten we na aankomst in Moreton St Jude ons normale leventje weer op. Dokter Toone had nog twee baby's ter wereld geholpen, die de ouders het liefst onmiddellijk wilden laten dopen, voordat de winterse kou haar intrede deed. De oude meneer Jakeman was overleden terwijl hij op de poepdoos zat, wat aanleiding gaf tot bepaalde grappen die maar beter niet in gezelschap herhaald konden worden. De mimespelers gingen helemaal op in de repetities.

Lady Chase, hoe graag ze ook in Shropshire had willen blijven, was zeer geregeld in het dorp te zien, waar ze aalmoezen gaf en in behoeften voorzag; slechts drie van ons wisten dat ze regelmatig bericht kreeg over de toestand van haar zoon, brieven die bezorgd werden bij de pastorie of op Langley Park, maar nooit op Moreton Hall.

Toen ik haar een dag of twee, drie voor kerstmis in mijn studeerkamer ontving, overhandigde ik haar het laatste nieuws. Ze nipte afwezig van een glas madera, met een respectvolle revérence door Susan geserveerd, en las en herlas de brief, alsof ze het gezicht van haar zoon bestudeerde. Ze zweeg totdat Susan de kamer had verlaten en de deur zachtjes achter zich had dichtgedaan.

'Het weer is goed genoeg om te kunnen schommelen op die schommel die we voor hem hebben opgehangen,' zei ze. 'En hij begint zich ook andere gebeurtenissen te herinneren die daar hebben plaatsgevonden. Hij wandelt nu al helemaal naar het dorp, en ze hopen dat hij binnenkort misschien weer kan paardrijden. En – geloof het of niet – hij heeft gisteravond naar zijn uniform gevraagd.'

'Dat is buitengewoon goed nieuws,' begon ik, maar ik stak mijn vinger op toen ik in de hal rumoer hoorde.

Susan klopte op de deur. 'Er is een vreemde man gearriveerd,' deelde ze mee. 'En hij staat erop dat hij u onmiddellijk te spreken krijgt, ook al hebt u de lady op bezoek.' Ze maakte opnieuw een revérence, lager deze keer.

'Vraag hem te wachten in de zitkamer, Susan, als je zo goed zou willen zijn. Bied hem een hapje en een drankje aan en zeg tegen hem dat ik over enkele ogenblikken zal arriveren. Nou?'

'Ik wil alleen maar zeggen – hij ziet er nogal... woest uit, meneer. En hij praat heel raar, zodat ik hem bijna niet kan verstaan. Net als Willum,' voegde ze toe, alsof dat haar op dat moment inviel.

Ik had een vermoeden wie dit zou kunnen zijn. 'Doe evengoed wat ik je gezegd heb,' zei ik vriendelijk maar streng. 'En verzoek Jem om zich daar bij ons te voegen.'

Ze maakte nog een laatste knix en verliet met een roze blos de kamer.

Lady Chase stond op. 'Ik zal u alleen laten met deze intrigerende persoon, Tobias.'

'Dank u, mevrouw. Maar u vergeet één ding.' Ik wees naar het vuur, even onverbiddelijk als Edmund wanneer het ging om het vernietigen van informatie over Lord Chase. 'De brief, mevrouw.'

19

De bezoeker stond op en vergastte ons op een buiging en een minzame glimlach. 'Alfred Mullins van het korps van Runners, tot uw dienst, heren.'

Susan had gelijk. Meneer Mullins praatte net zoals Willum, waarschijnlijk omdat hij afkomstig was uit hetzelfde deel van het land – Londen. In feite was zijn accent het enige opvallende aan hem: zijn uiterlijke verschijning was onbestemd, zijn bouw onopvallend en zelfs over zijn leeftijd was weinig te zeggen. Was dat hoe een Runner er uit behoorde te zien wanneer hij niet in zijn kenmerkende rode vest gekleed was? Dergelijke anonimiteit kon noodzakelijk zijn bij het verrichten van sommige taken, waarbij herkenbaarheid een belemmering zou vormen. Maar ik vond de ingestudeerde onopvallendheid onprettig, om niet te zeggen verontrustend, omdat ik niet wist wat zich wellicht achter dat masker bevond.

'Als hemels manna, dat spul,' riep hij uit, terwijl hij zijn stompe vinger langs de rand van het bord liet glijden, als om zich ervan te verzekeren dat geen kruimeltje van de versnapering – wat het ook was – die Susan hem gebracht had verloren zou gaan.

Ik gebaarde dat hij weer kon gaan zitten en schonk zijn kroes nog eens vol. Jem, die in zijn favoriete stoel had plaatsgenomen, gaf eveneens de voorkeur aan bier; zelf nam ik een glas wijn.

'U hebt nieuws voor ons, meneer Mullins,' hielp ik hem herinneren. 'Maar voordat we tot het bespreken daarvan overgaan, vraag ik me af of u zou kunnen bewijzen dat u bent wie u zegt dat u bent?'

Hij trok een wenkbrauw op en liet me zijn aanstellingsbewijs zien. 'Niet veel mensen zijn zo scherp dat ze daarnaar vragen,' zei hij, alsof hij er nog niet over uit was of mijn behoedzaamheid een teken van wantrouwen was of juist van respect.

Ikzelf raakte er steeds meer van overtuigd dat Mullins niet de onhandige sul was voor wie hij graag gehouden wilde worden, maar een man met heel wat ervaring, en een scherp verstand.

'Dank u. En wat hebt u te melden?'

'Ik ben het hele land doorgereisd,' verzekerde hij ons. 'En de wegen werden met de minuut slechter en smeriger. De ene dag in Durham, de andere dag in Devon. Ik zweer het u, ik ben tot op de draad versleten – en mijn aambeien werden elke kilometer erger. Neem me niet kwalijk, eerwaarde.'

'Dominee Campion is voldoende,' zei ik. 'En welke nieuwe informatie hebt u voor ons?'

Hij haalde met veel vertoon zijn notitieboekje tevoorschijn, maar ik was er zeker van dat hij de feiten uit zijn hoofd geleerd had. 'Ik heb nog niet gesproken met de eigenaar van de tuin waarin u op klaarlichte dag beroofd bent, meneer, maar ik heb begrepen dat hij – of zij, moet ik zeggen – elk moment verwacht worden in Dawlish, in het graafschap Devon, om precies te zijn, om daar Kerst te vieren.'

'Maar daar zijn ze nog niet aangekomen? Waar hebben ze zich dan opgehouden in die, wat is het, drie weken sinds ze in allerijl uit Londen vertrokken zijn?'

Mijn vraag was retorisch bedoeld, maar hij reageerde met een gewiekste wedervraag, die verre van retorisch was. 'Waarom wilt u dat zo graag weten, als ik vragen mag?'

Met het gevoel dat ik hier plotseling de verdachte was, draaide ik wat om de zaak heen. 'De afstand van Londen naar Dawlish is gemakkelijk binnen een dag of drie, vier af te leggen – Devon is nou niet direct het einde van de wereld.'

'Tja, als je het zo bekijkt... Maar ik geef toe, dominee, dat ze een ongewone route hebben afgelegd, gezien hun bestemming. En ze hebben onderweg heel vreemde dingen gedaan, zoals kamers bespreken in één herberg en vervolgens verblijven in een andere. U weet zeker dat ze niet toevallig de kroonjuwelen gejat hebben?'

'Niet die van mij, in elk geval.'

'Gelukkig maar. En wat de kinderjuf betreft, die is inderdaad afkomstig uit Northumberland. Maar volgens mijn informant zou zij niet naar huis terugkeren, omdat ze nog steeds bij de

Larwoods in dienst is en zij haar steun rond de feestdagen hard nodig hebben. En de eerste sneeuw is al gevallen,' voegde hij treurig toe, niet geheel irrelevant.

Ik liet nog wat verfrissingen halen, niet in het minst omdat ik, hoezeer ik ook op dit nieuws gewacht – nee, gehoopt – had, dringende behoefte had aan een moment van reflectie. Deze informatie kwam op een moment waarop ik simpelweg niet in staat was actie te ondernemen. Hoe kon ik mijn kudde achtergelaten en de erediensten door iemand anders laten invullen tijdens dit allerbelangrijkste feest op de kerkelijke kalender – en bovendien voor de tweede keer? Het antwoord was eenvoudig. Dat kon niet.

Susan, een nieuwsgierige blik in haar ogen, bracht nog een schaal heerlijke, door mevrouw Trent gebakken koeken en een tweede kan bier. Ik moest een verklaring voor het bezoek van meneer Mullins bedenken, want – of ik mijn huishoudster en dienstmeisje nu geheimhouding liet zweren of niet – nog voor de avond viel zou iedereen in het dorp erover spreken.

Mullins was duidelijk gewend discreet te werk te gaan; hij bleef geduldig zwijgen totdat ze ons opnieuw alleen gelaten had.

'Wilt u dat ik naar dat gehucht ga, naar Dawlish, en het gezelschap aanhoud op grond van het vermoeden dat u door een van hun bedienden beroofd bent?' vroeg hij, zijn mond nog niet helemaal leeg.

Het klonk me in de oren als een absurde onderneming. Ik dacht even na. 'Het is Kerstmis, is het niet? De tijd van vrede en welbehagen? Ik ben er zeker van dat u ook een huis hebt om naartoe te gaan.' Ik glimlachte hem bemoedigend toe.

'Jazeker, dat heb ik. En een mevrouw Mullins, en een heel stel koters die op me zitten te wachten.' Hij zette zijn glas aan zijn mond, maar zijn ogen zagen alles.

'Wees zo goed om mij op de hoogte te stellen van het adres dat u ontdekt hebt, meneer Mullins. Dan kan ik onze volgende stap overdenken. En u, mijn goede vriend, kunt dan terugkeren naar Londen, in de wetenschap dat u uw taak naar tevredenheid hebt uitgevoerd.'

'Begrijp ik goed dat u niet langer wenst dat ik hen ondervraag? Tjonge jonge, als ik het niet dacht!' Hij keek me opnieuw doordringend aan. 'Ik vermoedde al vanaf het begin dat u alleen geïnteresseerd was in hun verblijfplaats – dat al dat geneuzel over een beroving kletspraat was.'

Ik trok mijn wenkbrauw op wierp hem een kille blik toe. 'Ik ben wel degelijk beroofd in de achtertuin van de Larwoods – uw collega's aan Bow Street hebben mijn verwondingen met eigen ogen gezien. Maar als een christen heb ik de plicht te vergeven.' Ik voegde een vrome ondertoon toe om mijn stem wat warmte te geven, maar durfde Jem daarbij niet aan te kijken.

'En waarom zou u dan willen weten waar ze zich ophouden? *Als* ik vragen mag?'

Mijn glimlach was haast zalvend. 'Dat ik niet wens dat deze schoften gerechtelijk vervolgd worden, meneer Mullins, betekent niet dat ik er vrede mee heb om hen mijn horloge te laten houden. Ik zal een brief schrijven om hen te vragen het terug te geven; als ze dat doen, is deze zaak voor mij gesloten.' Ik keek uit het raam en merkte op: 'Lieve hemel. De sneeuwvlokken komen nu niet meer als enkele verspieders, maar bij troepen tegelijk.'

'Evenals zorgen, volgens de grote dichter,' mijmerde Mullins hardop, zijn kin ietwat uitdagend geheven.

Ik knikte waarderend. Deze man was net zo min een geleerde als Jem.

Hij beschouwde mij duidelijk als niet meer dan zijn gelijke. 'Komt nogal vreemd op mij over dat u nu pas besloten hebt tot het betonen van wat christelijke vergeving, nadat ik eerst al het zware werk voor u gedaan. Maar vooruit, ik ben geen geestelijke, dus wat weet ik van dat soort dingen?'

'Ik had graag nog wat langer van Mullins' diensten gebruik gemaakt,' biechtte ik op aan Jem nadat we de Runner uitgeleide hadden gedaan. 'Hij wist dat, hoewel ik de waarheid sprak, wat ik vertelde verre van de hele waarheid was. Het scheelde niet veel of ons hele plan was door mijn toedoen in duigen gevallen, is het wel?' voegde ik openhartig toe.

Jem was zo vriendelijk om de laatste vraag te negeren. 'Het is een gewiekste kerel, slim en scherp, hoezeer hij ook zijn best doet om over te komen als een simpel figuur. Het was een goed idee,' zei hij instemmend, met een glimlach die ik al een tijdje niet meer bij hem gezien had, 'om hem naar Leamington te brengen en te wachten totdat zijn koets vertrokken was. Stel dat hij nog wat in het dorp had rondgesnuffeld en navraag had gedaan naar onze bezigheden? Dat moeten we niet hebben. Hij vindt het vast prettig om op deze gerieflijke wijze terug te kunnen reizen naar zijn gezin om de feestdagen met hen door te brengen – al betwijfel ik dat dit de laatste keer is dat we hem zien, Toby.'

'Ik ben bang dat je gelijk hebt. Ik hoop maar dat wij eerder in Dawlish arriveren dan hij.'

'U bent toch niet van plan om nog voor de Kerst te vertrekken?'

'Geen sprake van. En al helemaal niet nu het zo sneeuwt.'

'In het dorp zeggen ze dat het op zijn hoogst twee dagen zal sneeuwen, en dat de sneeuw niet blijft liggen. Waar ze die wijsheid vandaan halen is me een raadsel, maar ze lijken het altijd wel bij het rechte eind te hebben. Als dat nu ook zo is, zal het kerstfeest van Lady Chase in elk geval doorgang kunnen vinden – de Heer zij gedankt.'

'Daar zeg ik amen op. Maar zodra de feestdagen voorbij zijn – aangenomen dat de wegen begaanbaar zijn – moeten we op weg gaan.' Ik keek naar de etalages van de winkels, verlicht met fakkels. 'Ik denk dat we, voordat we weer in de pastorie verwacht worden, nog wel even tijd hebben om wat kleine cadeautjes voor de kinderen te kopen. Wat jij? Hun ouders hebben daar geen geld voor, en het kleine beetje dat ze bij elkaar weten te schrapen zullen ze besteden aan nuttige, verstandige geschenken als laarzen.'

Hij sloeg me op mijn schouder. 'Daar zie ik sinaasappels. En tollen en zweepjes...'

Er waren maar al te veel landeigenaren die dachten dat het organiseren van één overdadig kerstfeest voldoende was om alles wat de rest van het jaar ontbrak te compenseren: het feit dat ze hun arbeiders afscheepten met hongerloontjes en hen in krotten lieten wonen. Een geringe mate van vrijgevigheid in de vorm van een overdaad aan rundvlees en bier moest genoeg zijn om het dagelijkse tekort aan gezonde voeding recht te trekken. Nu was Lady Chase natuurlijk het toonbeeld van milde ruimhartigheid, maar ze gaf desondanks gehoor aan mijn opmerking dat een extra feest zeer gewaardeerd zou worden. Ik dacht dat het organiseren van zo'n evenement haar gedachten wat zou afleiden van haar zoon Hugo, die nog steeds in Shropshire verbleef.

Furnival had zijn gebruikelijke sombere gezicht getrokken toen hij van haar beslissing op de hoogte gesteld werd, maar inmiddels waren de mimespelers gevraagd een voorstelling voor te bereiden en was het kerstkoor nadrukkelijk uitgenodigd om op Moreton Hall te komen zingen. Het feest zelf zou op Kerstavond gehouden worden, waarna, zo had Lady Chase voorgesteld, iedereen die daartoe in staat was in de kerk verwacht werd voor het bijwonen van de nachtmis en het deelnemen aan de heilige communie. Tot mijn grote vreugde vroeg Lady Dorothea zelfs mijn toestemming om het kleine orkest dat de dienst muzikaal zou omlijsten te versterken door plaats te nemen achter het orgel.

Hoewel ik me schaamde voor mijn aanhoudende verliefdheid, voelde ik tijdens het feest in het landhuis, terwijl ze samen met de andere dames uit het huis in de grote hal stond om de gasten te ontvangen, toch het verlangen om haar ten dans te vragen. De dorpelingen waren stuk voor stuk omgeven door de overweldigende geur van mottenballen en vocht. De jurken van de vrouwen waren zo fel gekleurd dat je haast zou denken dat ze onlangs hun oude japonnen geverfd hadden om de stemming wat op te vrolijken. Lady Dorothea daarentegen – het contrast had niet groter kunnen zijn – ging gekleed in een zachtgroene jurk die uit twee lagen bestond, de onderste net iets lichter van kleur dan de bovenste, en ze droeg een ivoorkleurige waaier. Haar onberispelijke krullen glansden als gevolg van het borstelen, en waren een bewijs van haar goede gezondheid.

Toen ik de vraag stelde, was het alsof er een sluier over haar gezicht gleed. Het duurde echter niet lang voordat ze haar vrolijkheid hervond. 'Zou u niet veel beter een stevige boerendochter ten dans kunnen vragen? Polly Freeman bijvoorbeeld – als ik mag geloven wat de jongens over haar zeggen hebt u daar uw armen aan vol. Of Lucy Croft – als u het niet bezwaarlijk vindt dat ze loenst, natuurlijk.' Ze knipperde nadrukkelijk met haar eigen prachtige ogen om zich ervan te verzekeren dat ik het verschil opmerkte.

Ik kon het niet nalaten om te lachen. En toch wenste ik zelfs op dat bedwelmende moment dat ze geen grapjes zou maken ten koste van de meisjes die zo hun best gedaan hadden er goed uit te zien, veel meer dan zij, in aanmerking genomen dat het hen ontbrak aan zowel haar schoonheid als haar financiële middelen.

'Sterker nog, ik zal dansen met zo veel jongedames als ik maar kan, mits hun minnaars hen natuurlijk niet voor zichzelf opeisen – die lijken niet te weten dat het niet de bedoeling is dat je meer dan twee dansen met dezelfde partner danst. Maar ik zou het een grote eer vinden als u mij het genoegen wilt doen om een wals met mij te dansen.'

Misschien dat Furnival, die achter ons stond, mij in elk geval deels verantwoordelijk hield voor de uitgelatenheid op de dansvloer en de overvloed aan spijzen op de tafels. Een andere verklaring had ik niet voor de ijskoude haat die ik, heel even maar, in zijn ogen meende te zien toen hij in onze richting keek. Maar misschien waren het slechts zijn jichtige vingers die hem last bezorgden, want hij hobbelde de zaal door om mij de hand te schudden en me gezegende feestdagen te wensen.

'Ik heb u nog niet eens verwelkomd na uw reizen,' zei hij. 'Ik hoop dat uw familielid van haar ziekte hersteld is.'

'Ze heeft altijd een zwakke gezondheid gehad,' zei ik met een verontschuldigende glimlach.

'En het vroegere kindermeisje van Lady Chase?'

'Een moedig dametje, wier afkeer van onze bezorgdheid minstens even groot was als haar vreugde over onze aanwezigheid. De hemel zij dank dat de lady u heeft om op terug te vallen wanneer ze te maken heeft met dit soort onverwachte gebeurtenissen, Furnival.'

'Dank u, meneer. Het is misschien niet veel, maar ik doe mijn best.'

Lady Dorothea en ik namen enthousiast deel aan de eerste volksdans die ze beloofd had met mij te dansen. Ze stelde echter voor om tijdens de tweede dans even te gaan zitten, en ze ging me voor naar de blauwe salon, waar hapjes en drankjes voor de familie waren klaargezet – een breuk met de traditie, waar ik niet over te spreken was. Eén dag per jaar sociale gelijkheid was naar mijn mening wel het minste.

'U ziet er zo goed uit in uw avondkleding,' zei ze met een ondeugende glimlach. 'Op dat soort momenten wilde ik wel dat u me zou vertellen wat u heeft doen besluiten om predikant te worden. Ik heb het u al eens gevraagd, maar toen probeerde u het onderwerp overduidelijk te omzeilen. Vertel het me nu, alstublieft. Was het eenvoudigweg het lot van de jongste zoon?' Ze pakte een glas champagne van een dienblad dat binnen handbereik stond en hief het naar mij. Ik beantwoordde haar gebaar, maar werd bevangen door een somber gevoel. 'Denkt u dat er nooit iemand uit vrije wil voor de kerk kiest?' Ik kon niet anders dan me afvragen waarom ze juist deze avond had uitgekozen om me opnieuw te bevragen. Waren haar op een of andere manier geruchten met betrekking tot mijn bezigheden ter ore gekomen – in het bijzonder over het feit dat ik vrijelijk gebruik gemaakt had van het huis van mijn familie?

'*Nooit* is een groot woord. Maar wanneer we uitgaan van het spreekwoordelijke *nooit*, waarmee men in feite *niet bijzonder vaak* bedoelt, ja, dan denk ik dat inderdaad. Een man kan zichzelf onderscheiden in het leger, of nog beter, de marine, maar niet in de kerk. Een dominee stelt niets voor.'

'Heeft dat *niets* dezelfde betekenis als *nooit*? Ik geef toe, Lady Dorothea, dat ik altijd een *niets* zal zijn wanneer het gaat om een hoogstaande positie in de *ton* of het maken van mijn fortuin op de beurs. Maar ik kan dat wat ik hier doe, in de omgeving waarin ik mij bevind, onmogelijk omschrijven als *niets*. Mijn Meester heeft mij zijn werk toevertrouwd: zorgen voor mijn kudde, voor zowel de afzonderlijke mensen als het grote geheel. Ik ben verantwoordelijk voor het inprenten van hoogstaande principes, het voorzien in de eerste levensbehoeften wanneer –'

'Dat eerste zou ook door een schoolmeester gedaan kunnen worden, en Lady Chase heeft zich tot doel gesteld zorg te dragen voor het laatste.'

'Maar zou een van beiden zich geroepen voelen om de mensen niet alleen te onderwijzen in goede manieren, maar ook in het verschil tussen goed en kwaad? Lady Chase biedt aardse verlichting, moge God haar daarvoor zegenen, maar ik heb het voorrecht om mensen bekend te maken met de belofte van de hemel.' In een poging de spanning tussen ons wat te verminderen, voegde ik met een glimlach toe: 'Waarvan u vanavond getuige zult zijn, wanneer u speelt tijdens onze samenkomst.'

'O, wat de samenkomst betreft –' Een eindeloos moment lang vreesde ik dat ze op het punt stond haar belofte in te trekken. Misschien was dat ook zo. Maar haar opstandige bui leek over te waaien. 'Wat de samenkomst betreft, vrees ik dat ik me te zeer zal schamen voor mijn vergissingen om nog naar de preek te kunnen luisteren. Wie bedient de blaasbalgen tijdens mijn spel?'

'Simon Clark – een goedhartige, betrouwbare man. En muzikaal ook, wanneer zijn prestaties op de dansvloer maatgevend zijn. Hebt u niet gezien hoe hij de kok van dokter Hansard in het rond liet zwieren? Denkt u ook niet dat ze een fantastisch echtpaar zouden vormen?'

Ze keek me min of meer uitdrukkingsloos aan; het was duidelijk dat ze geen idee had wie ik bedoelde.

'Misschien moesten we onderhand eens teruggaan?' Ik bood haar mijn arm aan, me er maar al te zeer van bewust dat ons gesprekje onder vier ogen ons geen van beiden ook maar in de verste verte had gebracht waarop we hoopten.

Ze liet haar arm met een glimlach in de mijne glijden, en dwong me met diezelfde beweging tot stilstand. 'Als u dan zo nodig een kerk, een parochie, onder uw hoede moet hebben, waarom dan niet één in Londen, waar uw licht werkelijk zou kunnen schijnen? Uw familie heeft vast en zeker invloed.'

Ik besloot haar laatste zin te negeren. Hoe ze iets ontdekt had wat ik liever verborgen hield, was me een raadsel. Maar het was een onderwerp waarop ik niet bereid was in te gaan. 'Als ik een goede spreker was, zou ik wellicht in de verleiding zijn. Maar de stad – welke stad ook – is onvruchtbare grond voor een predikant die het moet hebben van zijn voorbeeldfunctie en het leren kennen van zijn gemeente. In Londen zou ik waarschijnlijk opgaan in de massa. Hier ben ik een bekende voor de mensen en wordt er – of in elk geval houd ik dat mezelf voor – op mij gelet. Mijn manieren, sterker nog, mijn gedrag, moet te allen tijde onberispelijk zijn.'

'Zoals de vrouw van Ceasar,' stemde ze in, zonder enthousiasme, of, naar ik vreesde, begrip. Of misschien begreep ze het juist maar al te goed. 'En wat is het onderwerp van uw preek, dominee Campion? Zal het plattelandsvolk wakker kunnen blijven?' Ze wees naar twee oude mannetjes die boven hun bierkroezen zaten te knikkebollen.

De kerk zat stampvol, de warmte van de komfoors die Simon had neergezet aangevuld door de warmte van de lichamen. Het oude gebouw was versierd met guirlandes waarvan Edmund me verzekerd had dat ze ontleend waren aan oudere, heidense tradities, maar gezien het feit dat de schoonheid ervan een glimlach tevoorschijn toverde op het gezicht van mensen die in hun leven maar weinig reden tot verwondering hadden, durfde ik erop te vertrouwen dat de Almachtige er met goedkeuring op neerzag – wat vast en zeker ook gold voor de steken die het kleine orkest hier en daar liet vallen en de heesheid die zo nu en dan te bemerken was bij het koor. Welke gedachten Hij over het spel van Lady Dorothea koesterde, kan ik niet zeggen. Wanneer ik alleen al aan deze jonge vrouw dacht, bracht dat een stortvloed van verwarring, boosheid en verlangen in mij teweeg, gevoelens die nog eens versterkt werden door de champagne, zodat ik mijn aandacht resoluut vestigde op de reden van onze samenkomst. Zelfs tijdens mijn preek, waarbij ik probeerde alle aanwezigen om de beurt in het gezicht te kijken, wendde ik mijn blik van haar af.

In elk geval zou ik, zo God het wilde, binnenkort in staat zijn om enige afstand van haar te nemen. Het weer was vrij zacht, zoals de dorpelingen al voorspeld hadden, en Jem en ik waren voornemens om over twee dagen te vertrekken. Misschien was het de gedachte aan onze reis die mijn verwijzingen naar de kindermoord in Bethlehem en de vlucht naar Egypte nog aangrijpender maakten dan anders.

Zelfs Furnival bedankte me bij het verlaten van de kerk en complimenteerde me met mijn preek. Ik wenste hem, en alle anderen net zo goed, een zalig Kerstfeest en een buitengewoon voorspoedig nieuw jaar.

20

'Dus zo is het om met een openbare koets te reizen,' merkte ik op, terwijl ik mijn verkrampte, verkleumde ledematen uitstrekte op de vaste grond rondom de *London Inn*, een ruim opgezet, modern gebouw dat op een heuvelrug gelegen was, op slechts enkele meters afstand van het strand van Dawlish.

Zoals de dorpelingen al voorzegd hadden, was de sneeuw weer even snel verdwenen als dat ze was komen opzetten, en we waren dan ook in vol vertrouwen vertrokken naar Devon.

We hadden een aanzienlijke hoeveelheid tijd doorgebracht in een rijtuig dat over een eigen wil leek te beschikken. Dat zou de vastbeslotenheid verklaren waarmee het bleef steken in elk hoopje sneeuw dat in de heuvels was achtergebleven, en daar waar de dooi had ingezet in de drassige ondergrond vastliep. De onheilspellende heuvels van Dartmoor, in de verte zichtbaar terwijl we de kleinere maar nauwelijks minder indrukwekkende heuvels van Haldon Moor overstaken, waren nog met sneeuw overdekt.

'Zo is dat, inderdaad,' zei Jem, die naast me kwam staan. De ervaring was voor hem ook nieuw, maar wel in een heel ander opzicht. Ik was gewend te reizen in een van de luxueuze rijtuigen van mijn familie, door alle gemak omgeven; zijn taak daarentegen was het begeleiden van die rijtuigen, maar al te vaak gevolgd door meerdere wagens vol bagage, zodat een tripje met het gezin uitmondde in een heuse karavaan, of het mennen van mijn paarden.

Er was geen sprake van dat hij tijdens deze reis weer gewoon mijn stalknecht zou zijn. Hij deed zich opnieuw voor als meneer James Yeomans, mijn vriend – hoewel hij deze keer geen kerkelijke aanstelling veinsde. Lady Chase's kerstcadeau aan hem, een blijk van dankbaarheid, zo hield ze vol, omdat hij Lord Chase zo liefdevol verzorgd had, bestond uit een smaakvol kostuum, compleet met bijpassende schoenen en laarzen. En die lieve mevrouw Hansard had hem enkele overhemden gegeven, door haarzelf genaaid.

'Denk je dat we de geur van uien ooit nog zullen kwijtraken?' vroeg ik aan hem. We hadden bijna honderd kilometer lang naast een boerendochter gezeten die ernstig te lijden had onder oorpijn en daarom een gebakken ui tegen haar hoofd gedrukt hield.

'Ik betwijfel het. Ik geloof dat de geur zelfs in mijn huid getrokken is!'

'Voor een volkomen reiniging moeten we wellicht een bad nemen in de zee,' stemde ik in, een opmerking die beantwoord werd met het spottende lachje waar ik op gehoopt had. De temperatuur in Dawlish was misschien wat aangenamer dan die in Warwickshire, maar de hemel boven de kristalheldere zee had die middag de diepblauwe kleur die een voorbode was van strenge vorst. 'Jem, zou jij onze bagage misschien kunnen opdiepen? Dan bespreek ik kamers voor ons.'

Het dienstmeisje dat ons begroette keek een beetje moeilijk toen ik haar, naast twee slaapkamers, vroeg om een eigen zitkamer. Ik nam mijn toevlucht, zoals ik tot mijn schaamte wel eens vaker deed wanneer ik gebrand was op het winnen van een discussie, tot het imiteren van mijn vader. Deze plotselinge vlaag van arrogantie had tot gevolg dat ze op een holletje op zoek ging naar de eigenaar, meneer Veale, die, in tegenstelling tot het meisje, een en al beleefdheid en welwillendheid was.

De beide kamers die zijn vrouw ons al buigend en knikkend toonde waren schoon en keurig ingericht, en ik twijfelde er niet aan dat de bedden netjes gelucht waren. We lieten weten wanneer we wilden dineren en gingen er vervolgens nog even opuit, vastbesloten te profiteren van het afnemende daglicht om een eerste indruk van Dawlish op te doen. We lieten de zee letterlijk links liggen en begaven ons landinwaarts.

'De stad is nauwelijks meer dan een bouwput,' zei Jem met onverholen afschuw, terwijl hij het werk in uitvoering overal om ons heen in ogenschouw nam.

Waar je ook keek, overal stonden mooie, nieuwe huizen, sommige voltooid en sommige nog in aanbouw.

'Dat kun je wel zeggen, ja – maar met die stroken moerasland die er tussen het dorp en de zee liggen is dit waarschijnlijk geen bijzonder gezonde omgeving.'

We liepen een brug op en keken uit over het riviertje die de stad in tweeën verdeelde. Het duurde niet lang of we werden aangesproken door een vriendelijke heer, naar wij aannamen een inwoner van de stad, die ons uitnodigde om te komen kijken naar het werk dat verricht was om de schade die veroorzaakt was door wat hij 'de overstromingen' noemde, te repareren.

'U moet weten,' zei hij, met het langzame, zangerige accent van iemand die in Devon geboren en getogen was, 'dat het de bedoeling was om Dawlish Water – of de Brook, zoals de dorpelingen het noemen, alsof er in het hele koninkrijk maar één zo'n riviertje te vinden is – in te dammen en samen te voegen tot één stroom, in de hoop dat we dan een mooi park zouden kunnen aanleggen. Maar twee jaar geleden hebben we te maken gehad met afschuwelijke overstromingen, en al het werk is te gronde gericht. Dus nu proberen we het opnieuw, met waterkeringen – zoals die daar, ziet u wel? – om de stroming af te remmen.'

'En er is hier bovendien sprake van twee risicofactoren, als ik het zo inschat,' zei Jem. 'Zowel het water dat vanuit het moeras omlaag stroomt als het zeewater dat onder bepaalde omstandigheden landinwaarts stroomt.'

'Zo is het precies. En er zijn nog een paar andere beken – die onze watermolens aandrijven. Maar als we de stad werkelijk ten volle willen ontwikkelen – en dit zou een uitstekende badplaats zijn voor keurige heren zoals u, met strandhuisjes langs de oostelijke oever – moeten we de kwaliteit van de lucht zien te verbeteren.'

'Want zolang er drassige grond is hebt u te kampen met moerasdampen?' vulde ik in.

'En zijn reumatische aandoeningen aan de orde van de dag. Er is hier elke winter sprake van een kleinschalige exodus, mensen die hun toevlucht zoeken in Bath. Die reis is veel gemakkelijker nu de postkoets ook hier een opstapplaats heeft – tot twee jaar geleden bevond de dichtstbijzijnde halte zich in Chudleigh en moest de rest van de reis per paard worden afgelegd.'

Ik snoof. 'Als de reis die de zieken en zwakken maken ook maar enigszins lijkt op de onze, hebben ze na hun terugkeer opnieuw behoefte aan een periode van herstel – van kneuzingen en blauwe plekken.'

'Dokter Penhallow is van mening dat dergelijke vormen van beweging een bijzonder heilzaam effect hebben op de inwendige organen,' verzekerde onze gesprekspartner ons, wellicht wat beledigd.

Het was inmiddels zo donker dat we een goede reden hadden om afscheid te nemen. Terwijl we onze hoeden afnamen, haalde hij een kartonnen kaartje tevoorschijn. 'Samuël Twiss, bouwmeester, tot uw dienst,' verklaarde hij, zijn gezicht vlug weer in de plooi in de hoop dat hij in de toekomst wellicht iets aan ons zou kunnen verdienen.

We wisselden alle noodzakelijke beleefdheden uit en keerden terug naar de herberg, waar we begroet werden door een laaiend vuur en een heerlijk glas warme punch.

De volgende dag was de sabbat, wat betekende dat onze zoektocht naar informatie even stil lag. We wandelden over het pad langs de rivier, oogverblindend glinsterend in het licht van de felle zon, en liepen naar St Gregory's, een kerk in verregaande staat van verval. Er was maar een klein groepje mensen aanwezig bij de ochtenddienst: ik hoopte en bad dat de dienst thuis, in Moreton St Jude, beter bezocht werd. De samenkomst daar werd geleid door een van Toones vrienden, een man met die bekend stond als een uitstekend prediker en die zondermeer bereid was om voor mij in te vallen. De predikant in deze kerk was het best te omschrijven als een geplaagd uitziende man van achter in de dertig. Mijn boord maakte onmiddellijk duidelijk dat ik evenals hij een geestelijke was, en daarmee zijn ambtsbroeder. Hij begroette me warm, maar putte zich zo uit in verontschuldigingen dat ik werkelijk met hem te doen had.

'Er moet – zal – een inzameling gehouden worden om dit armetierige huis van God te herstellen of zelfs te herbouwen,' verzekerde hij mij.

'Zeker. Uw gemeente bestaat ongetwijfeld uit een groot aantal mensen die nieuw zijn in de stad en die u daar graag in zullen bijstaan,' was mijn reactie.

Hij spreidde zijn handen in een veelbetekenend gebaar. Ik kon niet anders dan toegeven dat niet veel van de bewoners van die mooie nieuwe huizen bereid waren geweest zelfs maar in dit oude kerkgebouw aanwezig te zijn, alsof het hen te min was – wat betekende dat ze waarschijnlijk ook niet erg geneigd zouden zijn er geld in te investeren. 'Een groot deel van de huizen is slechts bestemd als zomerhuis,' ging hij verder, 'om verhuurd te worden aan mensen die uit Londen wegtrekken wanneer het daar te heet wordt en de stank niet meer te verdragen is. Ik heb begrepen dat we daarnaast bovendien een groot aantal zeelieden te verwachten hebben, hier en in Teignmouth, aan de andere zijde van die grote heuvel, of aan de overkant van de rivier, in Exmouth. Sommigen zullen uiteraard fatsoenlijke heren zijn, maar anderen niet veel meer dan vechtjassen die hun rijkdom te danken hebben aan het vervoeren van kostbare lading.'

We praatten nog een tijde over het dorp, en dan vooral over de merkwaardige rode kleur van de grond.

'Als u van zins zou zijn om een wandeling langs het strand te maken, zou u getuige zijn van een zelfs nog merkwaardiger fenomeen – daar waar de kliffen in contact komen met het zeewater hebben ze een duidelijk roze tint,' hoorde ik een bekende stem zeggen.

Ons gesprek werd onderbroken door de man met wie we de avond daarvoor hadden kennisgemaakt, meneer Twiss, die ons vlug voorstelde aan zijn vrouw en zijn twee dochters, Catherine en Julia. Hij voerde ons mee de kerk uit onder het afsteken van een nieuwe lofrede op zijn geliefde dorp. Mijn vader zou zo'n blaaskaak al snel het zwijgen hebben opgelegd, maar ik bedacht me dat het, sabbat of geen sabbat, goed mogelijk was dat meneer Twiss ons zou kunnen voorzien van informatie omtrent de familie Larwood – van wie wij nog niet eens een precies adres hadden. En zelfs als ik hun gezelschap beleefd had willen weigeren was het al te laat: Jem had juffrouw Catherine Twiss al aan zijn linkerarm en juffrouw Julia aan de rechter, en hij liet zich door hen naar de zee leiden, duidelijk van de vrouwelijke aandacht gecharmeerd.

Het was niet moeilijk te begrijpen waarom meneer Twiss en zijn collega-bouwers de Brook graag wilden indammen en rondom het water lieflijke wandelpaden aanleggen. De plek waar het riviertje in de zee uitmondde werd omgeven door een werkelijk schitterend strand, bestaande uit stevig, goudkleurig zand, een ideale omgeving voor jongens om te voetballen of een spelletje cricket te spelen. Aan de westelijke zijde van het strand lagen vissersbootjes afgemeerd, en achter de rotsmassa die de bootjes beschutting bood bevond zich nog een kleine baai, met twee grillig gevormde rode rotsen die boven het wateroppervlak uitstaken.

Meneer Twiss bulderde van het lachen toen ik hem naar de rotsen vroeg. 'Dat zijn standbeelden van u en meneer Yeomans.'

Mevrouw Twiss, een vrouw met een vriendelijk gezicht en een veel rustiger karakter dan haar man, schudde enigszins beschaamd het hoofd. 'Nee, dominee Campion. Neemt u hem alstublieft niet al te serieus. Al noemen we die rotsen inderdaad de Dominee en de Klerk. Meneer Twiss doelt op een legende die vertelt over een ambitieuze geestelijke die door de duivel zelf de zee in geleid werd en daar tot op deze dag gevangenzit, vergezeld door zijn doodsbange klerk.'

Twiss, op deze wijze tot de orde geroepen, bloosde en schraapte zijn keel, en hoopte dat we zijn opmerking niet als een belediging opvatten – 'Want dat was niet mijn bedoeling, dat verzeker ik u.'

'We nemen u niets kwalijk, meneer,' stelde ik hem gerust.

Daar het wandelpad te smal was voor drie personen, moest Jem juffrouw Catherine aan mijn zorg toevertrouwen. Ze was net als haar zus en haar moeder gehuld in een met bont afgezette fluwelen mantel – in de diepgroene kleur die die arme Bess destijds wellicht voor ogen had. Met een steekje realiseerde ik me hoe weinig ik sinds ik op deze prettige plaats was aangekomen aan Bess gedacht had, die nog steeds in Shropshire verbleef om Hugo te verplegen, of aan de jonge Willum, die erop gestaan had ons te vergezellen naar Warwickshire en die op dit moment onder het toeziend oog van Hansards stalknecht voor onze paarden zorgde. Wat vreemd moest het voor hen allebei geweest zijn om de feestdagen door te brengen op een plek die, zondermeer luxueus in vergelijking met hun bestaan tot dan toe, toch ook zo ver verwijderd was van alles wat bekend, zo niet geliefd, was.

Maar het zou onbeleefd zijn om geen gesprek te voeren met het knappe dametje naast me, dat uitermate toeschietelijk was met informatie over de sociale activiteiten hier, in Teignmouth, in Shaldon en zelfs in Newton Abbot. Om te voorkomen dat ik zou denken dat ze overdreven veel tijd in het westelijke deel van de stad doorbracht, somde ze ook de geneugten van Exeter, Exmouth en zelfs het verderop gelegen Lyme op. Zo te horen had haar zoektocht naar plezier haar al naar allerlei plaatsen gevoerd, en maakte ze duidelijk onderscheid tussen de bals en partijen die op al deze locaties gehouden werden.

'Wat Dawlish betreft,' zo verzekerde ze me, 'komt het, hoewel de gemeenschap niet erg groot is, niet vaak voor dat er op de kaartavonden van mijn ouders minder dan tien paren aanwezig zijn.'

Ik begon het langzaam aan te betreuren dat we geen van beiden avondkleding hadden meegebracht, wat gevolgd werd door het kwellende besef dat Jem dergelijke kleding niet eens bezat. Maar er volgde geen uitnodiging. Ze liet mijn arm los en holde al huppelend de heuvel af, heftig wuivend.

Haar zus volgde haar voorbeeld en haar ouders konden niet anders dan zich verontschuldigen voor hun dochters, die toch zo vreselijk onhandelbaar waren. Ik vermoedde echter dat het meneer Twiss deugd deed om te onthullen dat de mensen waar zijn dochters zo uitgelaten op af renden uit Londen afkomstig waren, en goed met hen bevriend.

Hoewel de Londenaren zich dik hadden ingepakt, begon mijn hart sneller te kloppen. Ik was er zeker van dat de lok haar die aan het hoedje ontsnapte terwijl juffrouw Julia haar vriendin omhelsde, roodblond van kleur was. Gedurende een kort moment leek het erop dat de twee groepjes wellicht tot één groot gezelschap samengevoegd zouden worden, maar al snel werd duidelijk dat de begroeting van de meisjes tegelijkertijd een afscheid was. De jonge man en vrouw wezen naar de top van de heuvel en toen naar de lucht, alsof ze waarschuwden dat het niet lang meer zou duren voordat de schemering inviel. Zwaaiend, hun gelach weerklinkend in de stilte, volgden ze hetzelfde pad terug omhoog waarlangs ze slechts enkele minuten eerder waren afgedaald.

De zon was plotseling achter de landtong gezakt, waardoor we van het ene op het andere moment door de schemering werden overvallen. Terwijl de beide meisjes Twiss terugrenden, vreesde ik met grote vreze dat een van hen zou vallen en een welgevormde enkel breken.

Het liep echter allemaal goed af en ook wij wandelden bij de zee vandaan – maar begaven ons niet naar de herberg. Op zeker moment – ik wist niet hoe en ik wist niet wanneer – was mij duidelijk geworden dat wij vanavond bij hen te gast zouden zijn.

'Niets uitzonderlijks,' haastte meneer Twiss zich te zeggen. 'Niets warms. Alleen een kleine sortering koude gerechten – het is tenslotte sabbat. En ik zou het bijzonder op prijs stellen, dominee, als u ons vanavond zou willen voorgaan in gebed alvorens we uit het Goede Boek lezen. En als u enkele woorden zou willen spreken zou dat zelfs nog beter zijn. Een welkome afwisseling op de preken van meneer Blair, hoewel Catherine een bijzonder prettige voorleesstem heeft, mag ik wel zeggen.'

Daar twijfelde ik geen moment aan. Ik ving Jems geamuseerde, instemmende blik en nam het aanbod namens ons beiden met graagte aan.

Hoewel er inderdaad slechts koude gerechten geserveerd werden, was er niets armoedigs aan deze avond. Het voedsel was voortreffelijk en de wijn goed gekozen, zonder praalzucht of opschepperij. Meneer Twiss behoorde duidelijk tot de werkende klasse, maar in zijn elegante, nieuwe huis handelde en sprak hij als een heer, en hij kleedde zich niet om voor de maaltijd omdat hij niet wilde dat wij ons ongemakkelijk zouden voelen in onze kniebroeken en laarzen. Ik vermoedde dat de jongedames wel even gepruild hadden toen hun moeder hun had meegedeeld dat ook zij van formele avondkledij moesten afzien. In plaats daarvan verwisselden de meisjes de gemakkelijke jurken die ze tijdens het wandelen gedragen hadden voor keurige, smaakvolle japonnen – in navolging van het voorbeeld van mevrouw Twiss.

Onder het genot van een heerlijke sherry, en vruchtenlikeur voor de meisjes, was ik in staat om – zonder al te nieuwsgierig over te komen of bijzonder specifiek te zijn – te vragen naar het jonge echtpaar dat we die middag bijna ontmoet hadden.

'Ze wonen in het centrum van Londen, zoals ik al zei. Hij heeft een goede positie bij de Oost-Indische Compagnie, meen ik, en hij is hard op weg om zijn fortuin te maken. De ouders van meneer Larwood wonen hier – hun boerderij is gelegen aan de weg naar Holcombe. Het kleine juffie is hun eerste kleinkind, dus u zult ongetwijfeld begrijpen hoe verheugd de Larwoods zijn wanneer hun zoon en zijn gezin de lange reis hiernaartoe ondernemen.'

'En mevrouw Marsh, zoals ze vroeger heette, komt uit Ideford, waar haar ouders vandaag de dag nog steeds wonen. Zij delen dus ook in de vreugde,' voegde mevrouw Twiss toe. 'Meneer en mevrouw zijn verre familie van elkaar, hij is haar achterachterneef, als ik me niet vergis. Maar dat zou je niet zeggen als je ze ziet – ze hadden haast broer en zus kunnen zijn, met hun goudblonde krullen.'

Als ik dacht dat dit wel wat overdreven was, zelfs voor een eufemisme, sprak ik dat in elk geval niet hardop uit. En ik kon ook niet opmerken – hoe graag ik dat ook wilde – dat hun dochtertje wel haast geadopteerd moest zijn. Ik zocht naar een geschikte reactie. 'Ik geloof dat ik wel eens van die jonge meneer Larwood gehoord heb,' mijmerde ik. 'Als ik het me goed herinner is hij bevriend met een werknemer van de grote Londense bank waar mijn vader vaste klant is – Drummond's. En ik heb mevrouw Larwood en juffrouw Emma ooit eens ontmoet.' Het misleiden van deze goede mensen voelde heel verkeerd aan.

'Dan wilt u ze vast een bezoek brengen. Ik zal u voordat u vertrekt van een routebeschrijving voorzien,' kondigde meneer Twiss aan.

'Zo goed kennen we elkaar nu ook weer niet,' protesteerde ik naar waarheid.

'O, maar dit echtpaar is zo gastvrij dat ze u graag zullen ontvangen. De oude meneer George Larwood, de vader van meneer John, is het grootste deel van de tijd aan huis gebonden wegens ernstige gewrichtsklachten, terwijl hij juist zo dol is op nieuwe gezichten. Nu de wegen zo smerig zijn dat zelfs een rijtuig nauwelijks vooruit komt krijgt hij bij lange na niet zo veel bezoek als hij zou willen.'

'Is het ver hiervandaan?' vroeg ik, haast zonder erbij na te denken.

'Voor een jongeman zoals u? Niet meer dan een half uur lopen,' verklaarde hij plechtig.

Mevrouw Twiss kwam tussenbeide, zich wellicht bewust van mijn ongemakkelijke gevoel. 'Uitstekend. Dominee Campion, het tijdstip waarop ik normaalgesproken de bedienden bijeenroep om deel te nemen aan het avondgebed is bijna aangebroken. Ik geloof dat mijn man u al gevraagd heeft of u zo vriendelijk zou willen zijn om ons voor te gaan…'

21

Ik had niet de indruk dat mij voldoende tijd restte om gevolg te geven aan de normale beleefdheidsvormen, die voorschreven dat ik, voordat ik de Larwoods een bezoek bracht, eerst mijn kaartje zou laten bezorgen. Daarom maakte ik direct de volgende dag mijn opwachting bij het huis waar de Twisses me op geattendeerd hadden, vlak buiten Holcombe. Misschien ging men hier wat vrijer met elkaar om, want het blozende dienstmeisje ging me zonder aarzelen voor naar de zitkamer. Enerzijds schaamde ik me dat ik mezelf aan deze vriendelijke familie opdrong; anderzijds deed het me deugd dat ik eindelijk een directe vraag kon stellen aan een van de partijen die volgens mij bij deze zaak betrokken was. Jem was vastbesloten buiten te blijven wachten – misschien dacht hij dat de Larwoods opnieuw zouden proberen te vluchten, of misschien gaf hij er de voorkeur aan niet opnieuw – al was het maar door het wekken van een suggestie – te liegen over zijn identiteit.

Mijn schuldgevoel was op zijn hevigst toen mij wat te drinken werd aangeboden door mevrouw George Larwood, een vriendelijke oudere dame met een kanten hoofddoekje op haar hoofd, hoewel dat haar dikke, krullende haar, dat hier en daar nog sporen van het oorspronkelijke roodbruin vertoonde, niet geheel bedekte. Ik weigerde beslist, verontschuldigde me en legde uit dat het de jongere meneer en mevrouw Larwood waren naar wie ik op zoek was. Ik bleef staan.

'Ik vrees dat het een vertrouwelijke zaak betreft,' voegde ik toe.

Ze bekeek me argwanend, luidde de bel en gaf het jonge dienstmeisje, wier vaalbruine haar in dit huishouden haast abnormaal leek, opdracht meneer John te gaan halen. Over zijn vrouw werd niet gesproken.

Mevrouw Larwood trok zich niet uit het vertrek terug toen

hij verscheen, maar nam plaats in de stoel bij het raam, waar ze zich aan haar naaiwerk wijdde.

Meneer John Larwood, die naar ik vermoedde achter in de dertig was, was een gespierde man met de houding van een getrainde soldaat. Hij droeg een jas die vrijwel zeker door Stultz ontworpen was, hoewel ik geen aanleiding had om te denken dat hij zich naast het drijven van handel nog met andere zaken bezighield. Zijn ogen waren zo blauw als de hemel de vorige dag geweest was, en zijn wenkbrauwen, die dezelfde kleur hadden als zijn haar, waren haast oranje.

Nu ik mijn priesterboord droeg kon ik niet anders dan volkomen eerlijk zijn en mezelf bekendmaken onder mijn eigen naam. 'Ik ben enkele weken geleden bij u thuis aan de deur geweest, meneer Larwood. Toen ik informeerde naar de verblijfplaats van meneer Chamberlain schrok uw vrouw daar zichtbaar van; ik denk zelfs dat mijn vraag de reden was waarom u de stad halsoverkop ontvlucht bent.'

'Er was mij slechts nieuws ter ore gekomen,' protesteerde hij.

'Ik denk dat ikzelf dat slechte nieuws was. Maar ik wilde u alleen een vraag stellen. Het was niet mijn bedoeling om u op welke wijze dan ook te bedreigen. Ik verzeker u dat u van mij geen enkel gevaar te duchten hebt.'

Ondanks mijn zachte stem en mijn oprechte woorden werd zijn toch al bleke gezicht krijtwit. Dat weerhield hem echter niet van het stellen van een vraag: 'Wat wilt u van meneer Chamberlain?'

'Ik wilde hem iets teruggeven dat aan hem toebehoorde. Al was dat slechts een onderdeel van een belangrijkere, meeromvattende missie, meneer Larwood, die betrekking had op een moord en een vermissing.'

Hij gebaarde met een knikje dat ik moest gaan zitten, maar zelf bleef hij staan. Waarschijnlijk, zo vermoedde ik, om zichzelf ervan te overtuigen dat hij de situatie onder controle had. 'U bent mij een verklaring verschuldigd.'

De spanning in het vertrek was te snijden. Ik besloot te gaan zitten, in de hoop dat de sfeer daardoor enigszins zou verbeteren. 'En die verklaring zult u krijgen, meneer Larwood – mits u mij eenzelfde voorrecht verleent. Ik had met uw vrouw afgesproken dat ik u om vier uur zou ontmoeten. Toen ik echter om vier uur aanklopte om die afspraak na te komen, trof ik niemand thuis. Ik begaf me toen naar de achterdeur van uw huis, in de hoop een van uw bedienden te spreken te krijgen, en werd daar neergeslagen door iemand die uit uw schuur tevoorschijn kwam, die mij vervolgens ook nog eens beroofde. Had u deze persoon daar opdracht toe gegeven? In dat geval,' ging ik verder, daar het antwoord op zijn gezicht te lezen was, 'zou ik u willen vragen mij mijn horloge terug te geven. De waarde ervan is louter sentimenteel.'

'Ja.' Het was onmogelijk vast te stellen of hij het eens was met mijn inschatting van de waarde van het horloge of dat hij instemde met mijn verzoek. Hij maakte echter geen aanstalten tot het roepen van een bediende of het zelf verlaten van de kamer.

'Mag ik u vragen wat u tot zoiets bewogen heeft?'

'Ik wilde... voorkomen dat u ons zou volgen. Ik hoop dat uw verwondingen niet ernstig waren.' Hij liet zich in de stoel tegenover de mijne vallen, zijn benen zo mager dat ik me erover verbaasde dat ze zijn gewicht konden dragen. 'Ik vraag het nog maar eens: wat wilt u van meneer Chamberlain?'

'Ik ken hem niet.' Ik hief mijn hand in een verzoenend gebaar. 'Werkelijk, ik verzeker u dat ik de waarheid spreek. Maar ik denk dat hij een bekende is van een jonge vrouw die, nadat er in mijn parochie een overleden man werd aangetroffen, onder bijzonder mysterieuze omstandigheden verdwenen is. De hutkoffer die ze heeft achtergelaten bevatte het adres van meneer Chamberlain, en enkele eigendommen.'

'Wat voor eigendommen?'

'Nog iets van sentimentele waarde. Maar niet voor mij. U hebt een dochter, meneer Larwood, wier donkere haar in uw familie op zijn minst uitzonderlijk is. Staat u mij toe te zeggen wat ik denk? Ik denk dat de Almachtige u en uw vrouw om wat voor reden dan ook geen eigen kinderen geschonken heeft, en dat u daarom dit meisje geadopteerd hebt.'

Het was alsof ik hem geslagen had. 'En wat dan nog?'

'Ik denk dat u haar het liefdevolle thuis hebt gegeven dat ze anders wellicht had moeten ontberen, en daar is niets schandelijks aan. Er worden dagelijks erfgenamen geadopteerd of jonge vrouwen in kinderloze huishoudens opgenomen om een oudere vrouw gezelschap te houden. Dus wellicht is er iemand anders voor wie een onthulling wel schaamte tot gevolg zou hebben, en probeert u die te beschermen? De biologische moeder?'

Hij stond abrupt op. 'Hoe raadt u het zo?' Hij hield zijn moeder, die op hem toeliep om hem te steunen, met een gebaar op afstand. Ze bleef staan, maar ik was er niet zeker van dat ze niet zou flauwvallen. Daarom stond ik ook op en haalde haar over om in mijn stoel plaats te nemen.

'Het voorwerp waarop ik doelde was de haarlok van een baby,' zei ik. 'Maar niet roodblond van kleur, zoals het uwe. En het haar van uw dochter is ook niet roodblond.'

'Het zou het leven van de vrouw ruïneren wanneer haar identiteit bekend gemaakt werd. Het is niet aan mij om haar geheim te onthullen.'

'Dat begrijp ik. Neem alstublieft van mij aan dat ik, wanneer de omstandigheden anders waren geweest, niet eens aan deze reis begonnen zou zijn. Maar zoals de situatie nu is, hebben we te maken met een zekere jongedame – wellicht ook de moeder van het kind – die door de rechter als getuige is opgeroepen. Beter dat ik u kom opzoeken dan een gerechtsdienaar, of een Bow Street Runner,' voegde ik toe. 'En nu ik hier toch ben, wil ik me er bovendien graag van verzekeren dat juffrouw Southey in goede gezondheid verkeert. Als er een man gedood wordt en er vervolgens een jonge vrouw verdwijnt, met achterlating van haar bagage, die dan ook nog eens wordt gestolen, dan bent u het ongetwijfeld met me eens dat dat reden is tot ongerustheid.'

Zou mijn vriend dokter Hansard de naam in deze fase van het gesprek al onthuld hebben? Had ik hier wijs aan gedaan? Maar het risico had wellicht toch resultaat.

Zonder iets te zeggen liep hij naar een tafeltje en schonk drie glazen wijn in, zijn handen zo hevig trillend dat hij wat op het tapijt morste.

'Er is geen reden tot bezorgdheid, meneer. Ik ben een geestelijke. Ik geef u mijn woord dat ik niets aan de rechter zal onthullen dat niet absoluut noodzakelijk is voor het verloop van de rechtszaak.' Ik nam puur uit beleefdheid een slokje van de wijn, die waterig en zuur was. 'Wat ik vrees is dat juffrouw Southey, wanneer ze weet dat ik naar haar op zoek ben, eenzelfde wanhopige poging tot vluchten zal ondernemen als u en uw gezin hebben gedaan, in de hoop zo aan al haar achtervolgers te ontsnappen.'

Hij knikte, alsof hij de redelijkheid daarvan wel inzag.

Met zachte en naar ik hoopte vriendelijke stem vroeg ik: 'Is het mogelijk dat juffrouw Southey de biologische moeder van uw dochter is?'

'Je kunt het hem maar het beste vertellen, mijn zoon,' zei mevrouw Larwood zachtjes, een zakdoekje tegen haar lippen gedrukt. 'Misschien dat hij dan weggaat en ons met rust laat.'

'Als iemand erachter komt, raken wij onze dochter kwijt,' bracht hij uit, alsof elk woord zijn keel schroeide.

Ik nam nog een risico. 'Omdat meneer Chamberlain niet wil dat het bekend wordt?'

Hij wierp me een woeste blik toe. 'Inderdaad.'

'Maar hij heeft geen enkel recht om haar bij u weg te halen. Niet tenzij ze zijn biologische kind is,' voegde ik toe.

'Dat is ze niet. Maar hij is een belangrijke man – heeft invloed –'

Ik had iemand anders vrijwel exact hetzelfde horen zeggen, toch? Ik pijnigde mijn geheugen, en uiteindelijk wist ik het weer: de oude mevrouw Powell had tegen me gezegd dat juffrouw Southey van Moreton Hall vertrokken was in het gezelschap van een belangrijke man. Ik was echter in de verleiding de overeenkomst af te doen als toeval – zo ongewoon was deze omschrijving nu ook weer niet.

'Voldoende invloed om een kind weg te halen uit een liefhebbend gezin? Tenzij hij inderdaad de vader is, lijkt dat me sterk.'

'Hij hecht bijzonder veel waarde aan – aan het beschermen van juffrouw Southeys goede naam.'

'In dat geval,' redeneerde ik, in de hoop dat dokter Hansard deze ene keer geen kritiek op mijn logica zou hebben gehad, 'is hij, als hij niet de vader van het kind is, misschien de vader van de moeder?'

'Ja,' fluisterde hij. 'Maar u bent hier niet naartoe gekomen om over hem te spreken, alleen over juffrouw Southey –'

'Is het een terechte aanname dat Southey niet haar werkelijke naam is?'

'Mogelijk.'

'En is de naam Chamberlain dan ook verzonnen?'

'Dat weet ik niet.' Hij keek me recht in de ogen. 'Ik geef u mijn woord, ik ben niet op de hoogte van de werkelijke naam van een van beide partijen.'

Ik geloofde hem. Ik drukte mijn vingertoppen tegen mijn slapen, onzeker wat ik nu nog moest vragen. Uiteindelijk opperde ik: 'Ik denk dat ik juffrouw Southey persoonlijk moet spreken. Weet u waar zij op dit moment verblijft?'

'Niet rechtstreeks. Er is me gezegd dat – mocht het ooit nodig zijn – ik haar kon schrijven via een tussenpersoon.'

'En wie mag dat dan wel zijn?'

Mevrouw Larwood stond op. 'Hij laat ons niet met rust, geestelijke of niet, totdat hij ons volkomen heeft uitgewrongen en al onze geheimen heeft blootgelegd.' Ze drukte het zakdoekje tegen haar ogen en vluchtte de kamer uit.

'Uw moeder houdt net zo veel van het kind als u,' merkte ik op.

'Ze heeft ons leven glans gegeven,' bevestigde hij. 'Meneer Campion, ik zou niet meer van haar kunnen houden wanneer ze mijn eigen vlees en bloed was. Datzelfde geldt voor mijn vrouw. Kunt u niet... moet u...? Stel dat ik juffrouw Southey zou kunnen overhalen om die rechter van u een brief te schrijven, waarin ze precies uitlegt wat ze gezien heeft en waarom ze vertrokken is – zou dat niet voldoende zijn?'

'Ik wilde met mijn hele hart dat dat het geval was. Maar er is een man vermoord, meneer Larwood. Een goede man, die haast letterlijk gestorven is opdat een ander zou mogen leven. Een arme man, die niet uit was op welke beloning ook, maar alleen op het geluk van zijn vriend. Hij ligt op dit moment in een anoniem graf op de begraafplaats naast mijn kerk. Vindt u ook niet dat zo'n man recht heeft op gerechtigheid?'

Ik denk dat ik hem bijna overtuigd had toen we vlak bij het huis een kind hoorden schreeuwden.

'Lieve God, dat is Emma! Wat gebeurt er met haar?' En daarmee stormde hij de kamer uit.

22

Het was alsof het hele huishouden, mijzelf incluis, ten prooi viel aan een paniekaanval, als een kudde schapen die wordt opgeschrikt door de schaduw van een vogel. Ik neem aan dat de Larwoods al behoorlijk ondersteboven waren van mijn verschijning. Waarschijnlijk zagen ze alles wat er verder gebeurde in dat licht, en was mij de rol van schurk toebedeeld. Dus toen ze zagen dat hun geliefde kind in het gezelschap van een onbekende verkeerde, dachten ze allemaal onmiddellijk het ergste.

Ik zag in elk geval dat het geen kwaadaardige ontvoerder was die juffrouw Emma vasthield en met een grapje haar tranen droogde. Het was Jem.

'Geef haar terug – in Gods naam, man, heb medelijden,' smeekte mevrouw Larwood.

Larwood zag eruit alsof hij in staat was de aanvaller met zijn blote handen te doden, maar zich inhield uit angst dat de gemene belager zijn dochter kwaad zou doen.

Ondertussen deed ik mijn best – tevergeefs, naar het scheen – om iedereen gerust te stellen. 'Ze is in veilige handen, meneer Larwood. Deze man is mijn vriend, meneer Yeomans – alstublieft, houdt u toch op met schreeuwen. Hij is mijn vriend, zeg ik toch. Genoeg! Jem, breng dat kind hier, alsjeblieft.'

Jem, die niet wist wat zich zojuist tussen ons had afgespeeld, keek me beteuterd aan en zette het al even verbijsterde kleine meisje op de grond. Haar reactie op de bezorgde gezichten overal om haar heen liet zich raden, en ze begon onmiddellijk weer te jammeren. Meneer Larwood rende op haar af en tilde haar op, wat slechts tot gevolg had dat ze nog harder huilde en begon te roepen om haar moeder of haar geliefde kindermeisje, een vermoeid uitziende vrouw die zich nu bij ons voegde.

Jem keek van de een naar de ander. 'Juffrouw Emma struikelde en haalde daarbij haar hand open. Kijk maar, dat is mijn zakdoek. Die heb ik gebruikt om de wond te verbinden.' Hij richtte zich met een vriendelijke glimlach tot het meisje. 'We waren net tot de conclusie gekomen dat ze niet hier ter plekke zou overlijden, is het niet, juffrouw Emma? En ik had beloofd dat we op zoek zouden gaan naar haar mama.'

'Dit is mijn vriend, meneer Yeomans,' herhaalde ik. 'Hij wilde niet met mij mee naar binnen gaan omdat hij niet wilde dat hem zaken ter ore zouden komen die alleen uw familie aangaan. Maar u zou hem uw leven kunnen toevertrouwen – en dat van uw dochter net zo goed.'

'U zei dat ik op uw schouders mocht rijden,' hielp juffrouw Emma hem herinneren, waarbij ze haar armpjes naar hem uitstak.

Meneer Larwood drukte haar tegen zich aan, maar het kind bewoog zo wild dat ze vast en zeker zou vallen. Zich neerleggend bij het onvermijdelijke zette hij haar op de grond, waarna ze onmiddellijk naar mijn vriend toe rende. Desondanks wachtte hij op een instemmend knikje van haar ouders voordat hij haar optilde. 'Jongedame,' zei hij, zijn hoofd iets omhoog zodat ze hem zou kunnen horen, 'wijs me de weg naar de kinderkamer, zodat we die hand van u netjes kunnen schoonmaken. En misschien dat uw kindermeisje nog wel een verbandje voor u heeft.'

Juffrouw Fowler glimlachte, hoewel nog steeds wat op haar hoede, en ging hem voor naar binnen. Inmiddels zong juffrouw Emma het hoogste lied – en zoals Betty Ewers al beweerd had, beschikte het meisje over een lief stemmetje en kon ze goed wijs houden, een heel verschil met het monotone gebrom dat vaak te horen was wanneer de kinderen bij ons in het dorp musiceerden. De anderen volgden, als in een optocht, daar ons gezelschap inmiddels was uitgebreid met de oudere mevrouw Larwood, een huisbediende, het dienstmeisje dat me had binnengelaten en een stevig gebouwde, strijdlustig ogende man uit wiens grijzende haar en moeizame tred ik opmaakte dat hij meneer Larwood senior moest zijn.

We verzamelden ons opnieuw in het vertrek waar men mij in eerste instantie binnengebracht had, maar de dames, beiden snel tot tranen geneigd, waren het met meneer John Larwood eens dat het beter was als zij zich in de kinderkamer terugtrokken om te zien hoe juffrouw Emma het maakte. Hij haalde een fles cognac tevoorschijn die vele malen beter van kwaliteit was dan de wijn, en bood mij en zijn vader – met wie ik een beleefde buiging uitwisselde – een glas aan.

'Uw vriend heeft overduidelijk het vertrouwen van mijn dochter gewonnen,' moest de jongere man toegeven.

'Hij kan bogen op het vertrouwen en de liefde van iedereen die hem kent,' stelde ik. 'Sterker nog, ik had hem moeten vragen om in mijn plaats met u te spreken, want zijn eenvoudige welsprekendheid was waarschijnlijk veel overtuigender geweest dan mijn stuntelige opmerkingen dat we alleen maar uit zijn op dat wat voor iedereen het beste is. Er is echter één ding dat u moet weten,' voegde ik toe. 'Toen ik ben aangevallen en beroofd, heb ik daarvan aangifte gedaan bij de Bow Street Runners, die uw adres voor mij achterhaald hebben. De man die deze zaak behandelt is een bijzonder vasthoudend persoon, Alfred Mullins genaamd. Het zou me niet verbazen als hij vandaag of morgen bij u voor de deur staat, hoewel ik hem heb laten weten dat de zaak wat mij betreft gesloten was.'

'Niet als hij uit Londen moet komen,' wierp meneer George Larwood tegen. 'Ik heb gehoord dat men in de omgeving van Marlborough met hevige sneeuwval te maken heeft. Rijtuigen die in de sneeuw blijven steken, paarden met gebroken benen – en ga zo maar door. Ik haat sneeuw. We hebben er hier niet vaak mee te maken, de Heer zij gedankt, en als er al wat valt dan blijft het niet liggen, zoals in de moerassen wel het geval is. Wat dacht u van die arme Fransen,' ging hij verder, wijzend op een oude krant, 'die moeten helemaal uit Moskou komen in dat Russische noodweer.'

'Ik heb geen greintje medelijden met hen,' sprak zijn zoon gedecideerd.

'Sterker nog, ik heb een afkeer van elke afzonderlijke Fransoos. Maar het is die moordzuchtige leider van hen, dat satanskind Napoleon, die ik het meest haat. Een half miljoen mannen heeft hij meegevoerd naar Moskou, officieren en soldaten, en naar verluid hebben slechts twintigduizend van hen de overkant van de Memel bereikt. De rest is niet door de Russen gedood, eervol, in de strijd, maar domweg bezweken aan honger en kou.'

'Maar als de weersomstandigheden daar in de herfst ook meer op herfst hadden geleken in plaats van op winter, dan waren er nu nog veel meer over geweest – en ik ben er zeker van dat ze ons in dat geval op het oog hadden gehad als eerstvolgend doelwit,' zei zijn zoon.

'Hij zal het vast niet nog eens proberen,' zei ik.

'Ik geef het u op een briefje: die kleine schreeuwlelijk is tot alles in staat. En als al die Fransen en Amerikanen in die nieuwe gevangenis in Dartmoor in opstand komen, wat blijft er dan nog van ons over?'

In elk geval had ik zijn aandacht even afgeleid van zijn bezorgdheid om zijn familie, al leek het gevaar dat hij van buitenlandse legers te duchten had zelfs nog groter. En misschien gold dat wel voor ons allemaal.

'Wat ik zou willen voorstellen, heren, is dit,' zei ik, terugkerend naar de enige kwestie waarover ik, hoe beperkt ook, enige mate van controle had. 'Als u mij voorziet van een pen en inkt kan ik een brief aan meneer Mullins schrijven, een verklaring onder ede, waarin ik bevestig dat we tot een vriendschappelijke oplossing gekomen zijn en hem dringend verzoek u met rust te laten. Wellicht verberg ik nog een guinea onder het zegel om zijn geweten te sussen. Maar voordat ik dat doe, wil ik u vragen mij zelfs nog meer vertrouwen te schenken. U hebt ongetwijfeld een mogelijkheid om in geval van nood met juffrouw Southey in contact te komen zonder dat u zich daarvoor eerst tot meneer Chamberlain hoeft te wenden?'

'U kunt alle papier en inkt krijgen die u maar wilt,' zei meneer John Larwood met een vastbesloten ondertoon. 'Maar aan dat laatste verzoek kan ik niet voldoen. Het enige waarover ik beschik is zijn adres. Ik geef u mijn woord.'

'En bent u bereid me dat toe te vertrouwen? Ik beloof u volkomen discretie. En ik zal ook aan meneer Mullins schrijven dat men u gedreigd heeft met chantage, en dat hij u wanneer u hem daarom vraagt moet voorzien van alle mogelijke hulp en bijstand.'

De mannen wisselden een blik uit.

'Het is toch chantage, waarmee meneer Chamberlain dreigt, of niet? En omdat u zelf de wet niet overtreden hebt, moet u beschermd worden tegen degenen die dat wel doen. Daarnaast handelt u feitelijk in opdracht van rechtbank van Warwickshire, en hebt u dus dubbel recht op bescherming.'

Ik had iets belangrijks gezegd, zoveel was duidelijk.

'Warwickshire?' herhaalde meneer George Larwood, hoewel de vraag meer aan zijn zoon gericht was dan aan mij. 'Is dat niet waar –?'

'Waar meneer Chamberlain woont?' vulde ik aan. 'Ik smeek u, geef me nu meteen zijn adres.'

'We weten niet waar hij woont,' antwoordde de jongere man. 'Als we ooit contact met hem wilden opnemen moesten we een brief sturen naar een herberg in Warwick. De *Rose and Crown*. En we moesten niet verwachten dat er onmiddellijk een reactie kwam –'

'Wat suggereert dat hij zijn brieven niet dagelijks ophaalt,' concludeerde ik. Was dokter Hansard hier maar.

'Dat dachten wij ook. Dat hij waarschijnlijk ergens anders woont, en alleen op marktdag bij de herberg langsgaat,' zei zijn vader.

Marktdag was een redelijke aanname wanneer je op het platteland woonde en van dergelijke dingen afhankelijk was.

'Is er enige reden waarom u hem zou willen schrijven? Een noodgeval dat gemeld moet worden?'

Beiden schudden hun hoofd. 'Alleen *in extremis*,' verklaarde de jongere meneer Larwood. 'Zodat juffrouw Southey aanwezig zou kunnen zijn bij...' Hij slikte moeizaam.

'Zo'n bericht sturen zou te wreed voor woorden zijn,' zei ik vlug. 'Ik moet overleggen met de lekenrechter die deze zaak onder zijn hoede heeft en hem vragen welke aanpak hij in dit geval adviseert. Heren, gezien de omstandigheden kan ik niet anders dan u complimenteren met uw houding. Een en al voorkomendheid en geduld. Maar ik denk dat nu het moment is aangebroken waarop meneer Yeomans en ik uit Devon moeten vertrekken, en wel onmiddellijk.'

De oude man knikte. 'Dat moet u inderdaad. Als u tenminste niet in Bristol wilt stranden en vanwege de hevige sneeuwval een week vertraging oplopen.' Waarschijnlijk beschikte hij over hetzelfde vermogen om het weer te voorspellen als onze dorpelingen.

'Maar eerst uw brief aan meneer Mullins,' zei zijn zoon, terwijl hij naar het inktstel op het sierlijke schrijftafeltje reikte en in een van de laatjes een vel papier vond dat de toets kon doorstaan. 'Wilt u misschien iets eten? U en meneer Yeomans? We hebben altijd koud vlees en kaas klaarstaan. Ik zal ondertussen opdracht geven de paarden voor het rijtuig te spannen, dan kan een van de knechten u naar Dawlish brengen, waar u een postkoets kunt bespreken. U hebt slechts twee uur de tijd om uw koffers te pakken.'

'Een deel ervan is in elk geval gemakkelijk,' zei Jem.

Hij had onze kleding in onze valiezen gepropt terwijl ik kaartjes kocht voor de terugtocht, en nu zaten we – zij het niet geheel comfortabel – in een koets die we tot dusver slechts deelden met een vriendelijk uitziende vrouw van een jaar of veertig en een meisje dat zo jong en zo knap was dat het mij verbaasde dat ze alleen reisde, zonder chaperonne of zelfs maar een dienstmeisje. Ze was te verlegen om een gesprek te voeren, zelfs met een geestelijke zoals ik, en misschien achtte ze het beneden haar stand om met de andere vrouw te praten, die ons op de hoogte stelde van alle details rond haar nieuwe betrekking in Collumpton. Na eerst slaap te veinzen was het meisje nu werkelijk in slaap gevallen, haar rozerode lippen iets vaneen geweken. Haar hoedje, dat tegen het kussen aangedrukt was, werd helemaal platgedrukt terwijl de koets over hobbels en door kuilen stuiterde. In elk geval moesten we dankbaar zijn, zo zei de oudere vrouw, dat we tot nu toe nog geen last hadden gehad van sneeuw. Bij elke wissel van de paarden snoof ze de buitenlucht op, zoals men op het platteland gewend was te doen, en verklaarde dat we voorlopig niets ergers te vrezen hadden dan een flinke nachtvorst. Naarmate het licht afnam en de dag overging in de nacht, bleek dat ze gelijk gehad had en ze knikte tevreden toen we haar bij het bereiken van haar bestemming uit de koets hielpen.

'Welk deel?' vroeg ik nederig aan Jem, temeer omdat ik zelf geen flauw idee had wat ons nu te doen stond.'Die herberg waar we meneer Chamberlain naartoe moeten lokken. Een goede stalknecht kunnen ze daar altijd wel gebruiken – en ik ben er zeker van dat u een brief kunt opstellen die de beheerder zal overhalen om mij in dienst te nemen.'

'Als stalknecht? Bij een herberg? Mijn beste Jem, daar komt niets van in.'

'Asjeblieft, Toby. Ik ben geen blozend jong meisje dat om haar reputatie moet denken. We hebben iemand nodig die toezicht houdt op de opschudding die door een brief aan meneer Chamberlain veroorzaakt wordt. Ik heb toch goed begrepen dat het een brief moest zijn? Uitstekend. Dan ben ik degene die de wacht houdt en deze man indien nodig naar zijn huis volgt.' Toen ik niets zei, voegde hij gespannen toe: 'Ik geloof dat de jonge Willum net zo goed voor uw stal zorgt als ik.'

'Hij doet het ongetwijfeld goed genoeg – maar niet zo goed als jij, Jem. Wat ik me echter afvraag is of hij, nu hij ondertussen ongetwijfeld tot de conclusie gekomen is dat er in het dorp ook niet veel te beleven valt, niet liever bij jou zou zijn. In dit soort situaties is twee paar ogen beter dan één. En hij heeft een bijzonder scherpe blik.'

'Dat is zeker. Maar –'

'Je twijfelt eraan of ik in staat zal zijn om gedurende één week mijn eigen stal te beheren? In deze tijd van het jaar zijn er vast wel tien mannen die staan te springen om een baantje. En de ervaring die ze daarmee opdoen komt vast nog wel vaker van pas. Ze zullen het niet bijzonder goed doen, maar in elk geval kun jij dan... In hemelsnaam, Jem, je kunt toch niet altijd een stalknecht blijven? Wat zou je zelf graag willen doen?'

Het was te donker om zijn gezicht te kunnen zien, maar ik had durven zweren dat de verbazing in zijn stem oprecht was. 'Doen? Maar ik doe wat ik hoor te doen – wat past bij wie ik ben. Een stalknecht.'

'Zo ben je geboren. Maar je moet weten dat je over uitzonderlijke talenten beschikt, waarmee je ver zou kunnen komen in de wereld. Als je, God verhoede het, dienst zou nemen in het leger zou je ongetwijfeld snel opklimmen.'

'Ik moet zeggen dat ik me vaak heb afgevraagd of dat mijn plicht was... Maar om u de waarheid te zeggen, Toby, ben ik erg gesteld op mijn gemak. Urenlang marcheren om vervolgens ergens in de kou je tent op te slaan; slecht voedsel; onverdraaglijke verveling; en dan, als het zover komt dat er gevochten moet worden, het risico dat je gedood wordt of hier of daar een ledemaat verliest – nee, ik kan niet zeggen dat ik me graag zou aanmelden.'

'Een officiersaanstelling?' Ik was er zeker van dat mijn moeder mijn vader zou kunnen overhalen zo'n positie voor hem te kopen, misschien zelfs in de cavalerie.

'Op mijn leeftijd? Constant verkeren in het gezelschap van jongens die net van de universiteit gekomen zijn? Nee, bedankt.'

Ik kon niet anders dan instemmen.

'Dit leven bevalt me, om eerlijk te zijn,' ging hij verder. 'En dan vooral dit rondtrekken over het platteland, wat een vleugje spanning toevoegt. Wat zou een man zich nog meer kunnen wensen?'

'Een man zou kunnen verlangen naar een mooi meisje dat hem thuis opwacht als hij terugkomt van zijn uitstapjes.'

'Datzelfde geldt voor een geestelijke. Maar voor zover ik het zie hebben we haar nog geen van beiden gevonden. Die juffrouw Julia – zij zou een man het hoofd op hol kunnen brengen, hem achtervolgen in zijn dromen. Maar daar zou het dan ook bij blijven, want ik kan me niet voorstellen dat meneer Twiss genoegen zou nemen met een stalknecht als schoonzoon.'

'Noch een dorpsdominee,' stemde ik in. 'Maar wat dromen betreft, Jem – ik heb ook een droom. Je weet toch dat Lady Chase van plan is een school te openen voor alle kinderen in het dorp, en dat ze iedereen die op haar grondgebied woont wil verplichten zijn kinderen naar school te sturen totdat ze een jaar of elf, twaalf zijn?'

'Dat hebt u genoemd, ja.'

'Die kinderen zouden een schoolmeester nodig hebben. En volgens mij zou jij daar bijzonder goed geschikt voor zijn.'

Ik hoorde hem naar adem happen. Maar er volgde een lange stilte voordat hij, heel langzaam, zei: 'Nee, dat is een taak voor iemand die aan de universiteit gestudeerd heeft.'

'Als het om Eton of Harrow zou gaan, zou ik je gelijk geven. Maar denk je dat de dames die lesgeven op meisjesscholen een universitaire opleiding genoten hebben? Als zij hun pupillen de grondbeginselen van het lezen en rekenen kunnen bijbrengen is dat al genoeg. Maar jij! Jij bent net zo belezen als veel van mijn kennissen – of eigenlijk steek je met kop en schouders boven hen uit, want zij hebben een academische achtergrond. Je bent geduldig. En je beschikt over andere vaardigheden om door te geven – want Lady Chase wil dat de kinderen op haar school niet alleen boekenwijsheid opdoen. De meisjes moeten leren naaien en koken, de jongens moeten onderwezen worden in het verbouwen van groente en het verzorgen van dieren. Zie je jezelf niet –?'

Maar ik kon mijn zin niet afmaken. Plotseling werden we allemaal opzij gesmeten. Even leek het erop dat de koets zou kapseizen, maar uiteindelijk bleef hij toch overeind, en we reden verder alsof er niets gebeurd was. De schokken waren echter heftig genoeg om de jonge vrouw te doen ontwaken, en ze gilde van schrik.

'Maakt u zich alstublieft niet ongerust,' zei ik vlug, me afvragend of ik haar handen moest vastpakken om haar gerust te stellen maar vrezend dat dat haar verontrusting alleen maar zou doen toenemen. 'U bevindt zich in een koets, mevrouw. Ik denk dat u wellicht wat hebt geslapen?'

'Natuurlijk. Natuurlijk. Maar het is zo donker en – alstublieft, vertel me waar we zijn?'

'In de buurt van Taunton, mevrouw, tenminste, dat denk ik. En we hebben nog een lange weg te gaan. Dus waarom probeert u niet verder te slapen?'

'Ik zou vrezen – dat ik opnieuw door dergelijke dromen geplaagd zou worden,' fluisterde ze.

Ik dacht echter dat de werkelijke reden waarom ze bang was

om in slaap te vallen meer van doen had met het feit dat ze alleen was met twee vreemde mannen. Dus ik begon een oppervlakkig gesprekje dat een prima tijdverdrijf was, maar wat het voortzetten van het gesprek tussen Jem en mij verhinderde. Ik denk dat we uiteindelijk allemaal in slaap vielen.

23

'Dus dat is besloten,' verklaarde rechter Vernon, terwijl hij triomfantelijk achterover leunde en zijn duimen in de zakken van zijn vest stak. Ik zou bijna zeggen dat we weer 'thuis' waren, maar in werkelijkheid waren we op Langley Park, waar we in de elegante eetkamer zaten en opnieuw genoten van de overvloedige gastvrijheid van de Hansards. 'Uitstekend. Ik zal eigenhandig een officiële brief aan deze juffrouw Southey schrijven, om haar te laten weten dat ze er goed aan zou doen om zo spoedig mogelijk contact op te nemen met mijn advocatenkantoor. Met enig geluk zal ze geïntrigeerd zijn en niet verontrust.'

'Evenals de verschrikkelijke meneer Chamberlain,' stemde dokter Hansard in. 'Stelt u zich eens voor, dreigen om een kind weg te halen bij de enige ouders die het ooit gekend heeft. Ronduit onmenselijk.' Hij zette zijn lege portglas met een klap op tafel, alsof hij ons uitdaagde hem tegen te spreken.

Wat we ook tegen zijn opmerking hadden kunnen inbrengen, dit was niet de plaats voor een discussie. Bovendien was ik ervan overtuigd dat we het in dit geval allemaal met hem eens waren.

Ons gezelschap was compleet, afgezien van Jem die, hoe voorspelbaar, volhield dat zijn plaats beneden was. Rechter Vernon zou hem niet hebben tegengesproken. Hij had het liefst dat mensen, en dan vooral degenen die hij als de lagere klasse beschouwde, hun plaats kenden en daarbij bleven.

Maar Lady Chase en mevrouw Hansard, die zich op dit moment hadden teruggetrokken in de tekenkamer, waar wij ons over niet al te lange tijd bij hen zouden voegen, waren verrukt geweest over mijn opmerking dat Jem de aangewezen persoon zou zijn om onze dorpsschool te leiden. Maria, wist ik, had Jem lief als een zoon; Lady Chase was telkens weer onder de indruk van zijn beschaafde manieren in situaties waarin anderen zich als boerenkinkels zouden hebben gedragen. Mijn enige bezwaar was dat een positie als schoolmeester nog steeds betekende dat hij bij samenkomsten als deze niet als gelijke beschouwd werd. Hoewel we allemaal voorbeelden kenden van schoolmeesters en schooljuffrouwen die op feesten en partijen werden uitgenodigd om de gastenlijst aan te vullen, hadden ze niet de sociale positie die rechtvaardigde dat ze deel uitmaakten van een select gezelschap als het onze. In mijn hart wist ik echter dat, hoewel hij er geen enkel bezwaar tegen had om zijn opwachting te maken tijdens informele samenkomsten en zondermeer bereid was om mij, als mijn mentor, te vertellen wat hij van dingen dacht, Jem zichzelf nooit naar voren zou *schuiven*. Naar mijn mening was dat een duidelijk bewijs van zijn innerlijke goedheid en fatsoen; zelfs mevrouw Tilbury, die altijd onmiddellijk in de gaten had wanneer ze met poseurs te maken had, had hem behandeld met genegenheid en respect.

'En Jem zal zich als stalknecht aanbieden bij de *Rose and Crown*. Denkt u dat die jonge *William* van u werkelijk in staat is Jem bij zijn werk te assisteren?' vroeg Vernon.

'Laat Jem daar eerst zelf maar eens in dienst treden,' zei Hansard. 'Dan hebben we het daarna wel over Willum. Goed, heren, zullen we ons bij de dames voegen?'

Vernon was misschien wat verbaasd over de haastige gang van zaken terwijl hij verwacht had nog langer aan de eettafel te zitten; ik niet. Hoewel dokter Hansard de meeste aspecten van het leven als prettig leek te ervaren en aan sommige ervan vreugde ontleende, was hij alleen werkelijk gelukkig wanneer hij zich in het gezelschap van zijn vrouw bevond.

'Maar wat moet u zonder stalknecht beginnen?' wilde Vernon weten terwijl we de tekenkamer binnenliepen.

Ik ving Maria's blik. 'Het zou mij verbazen als Simon Clark, mijn koster, zichzelf niet als tijdelijke vervanger aanbiedt. Mijn regelmatige bezoekjes aan Langley Park zouden aansporing genoeg moeten zijn, denkt u ook niet, mevrouw Hansard?'

'Dat geloof ik zeker. En u moet toegeven, mijn beste Tobias, hoezeer zijn verschijning erop vooruit gegaan is.' Ze richtte zich tot rechter Vernon en voorzag hem al glimlachend van uitleg. 'Hij heeft een oogje op onze kokkin, meneer, en ik geloof werkelijk dat ze goed bij elkaar zouden passen. Zijn kleding hangt niet langer in losse plooien om hem heen, alsof hij een tot leven gekomen vogelverschrikker is; zijn ogen hebben weer glans; zijn haar is geknipt en hij is keurig geschoren.'

'Betekent dat dat uw kokkin haar taken verwaarloost?'

'Beslist niet. U hebt zelf gezien hoe de tafel vanavond haast doorboog onder het voedsel.'

'Sterker nog, ze breidt het aantal gerechten dat ze meester is voortdurend uit,' voegde Maria toe. 'Ze maakt het eerst voor hem klaar, en pas als hij erover te spreken is – niet eerder – serveert ze het aan ons.'

'Zijn smaak moet uitzonderlijk verfijnd zijn.'

'Volgens mij zou hij zijn laarzen nog opeten als zij ze in een pastei zou verwerken,' was Hansards reactie.

'Dat is goed mogelijk. Zal ik thee laten brengen, heren?'

Twee lange, trage weken verstreken voordat de tweede stalknecht van de *Rose and Crown* door griep getroffen werd en Jem, die al die tijd hoopvol rond de herberg had rondgehangen, kauwend op een ontelbaar aantal strootjes, zijn diensten kon aanbieden.

Zijn tijd was echter niet helemaal verspild. Hij had ontdekt wie de vaste bezoekers waren en waarom, en hij had Willum geregeld achter iemand aangestuurd om uit te zoeken waar de persoon in kwestie woonde. Er was één ongemakkelijk moment geweest, vertelde hij me terwijl we in de *King's Head*, een andere taveerne in Warwickshire, een glas bier gebruikten, toen hij bijna in botsing gekomen was met de rentmeester van Lady Chase, Furnival. We hadden uiteraard een verklaring verzonnen voor Jems langdurige afwezigheid, maar een zieke tante in Derbyshire was nauwelijks te verenigen met het lanterfanten rond een herberg ergens in Warwick. Furnival was echter diep in gedachten verzonken, zijn hoed op zijn hoofd gedrukt en zijn kraag omhoog tegen de bitterkoude wind, en Jem was er snel tussenuit geknepen. Desondanks was hij blij dat hij eindelijk was aangenomen en bekend kon maken dat hij bij mij uit dienst trad daar hij elders in zaken van het hart verwikkeld geraakt was.

Het was alsof hij elke man en vrouw in het dorp persoonlijk had aangeschreven, zo snel deed het schokkende nieuws de ronde. In elk huis waar mijn dagelijkse ronde mij heen voerde werd ik begroet met evenveel medeleven als wanneer hij zou zijn overleden.

Mijn lippen opeen geperst en hoofdschuddend over dit grove verraad verklaarde ik dat ik hem deze grote misdaad zou vergeven, als hij berouw toonde en terugkeerde. In de tussentijd deed Simon zijn uiterste best, maar als timmerman en meubelmaker had hij niet werkelijk plezier in het werken met paarden, en het maken van tochtjes binnen de parochie – door de regen en sneeuw – vond hij ronduit vervelend. Het zou voor iedereen een grote opluchting zijn als Jem een blauwtje liep en met zijn staart tussen zijn benen terugkeerde.

De verdwijning van Willum was veel makkelijker te verklaren. Het lag voor de hand dat zo'n straatschoffie uit Londen – stuk voor stuk dieven en klaplopers – vroeg of laat aan de kuierlatten zou trekken, en opgeruimd stond netjes. Dwaze dominee, die gedacht had dat hij hem zou kunnen bekeren en op de rechte weg leiden.

Het moment waarop Vernon zijn brief moest versturen was nu ook aangebroken. Alle voorbereidingen waren getroffen. Ter geruststelling stelden we de Larwoods, die inmiddels weer naar Londen waren teruggekeerd, op de hoogte van het proces dat in gang gezet was en we moedigden hen aan de geduchte Alfred Mullins van de Bow Street Runners om bescherming te verzoeken.

In antwoord op mijn schrijven ontving ik een officiële brief van meneer Mullins. Hij had de familie geadviseerd hun toevlucht te zoeken bij een van zijn neven, die in het achterland van Kent woonde, en toen het gezin dat in verband met de hevige sneeuwval geweigerd had, had hij de diensten van zijn jongere broer aangeboden, onlangs wegens oorlogswonden uitgetreden uit de marine, die hen dag en nacht zou kunnen bewaken. Dat aanbod hadden ze aangenomen en meneer George Mullins zou al geïnstalleerd zijn tegen de tijd dat ik deze brief ontving. Desondanks beschouwde ik de sneeuw – hoewel ik er geen liefhebber van was – als hun beste bescherming.

Intussen bedacht ik dat ik voor de komende winter dringende behoefte had aan een nieuwe hoed en nieuwe handschoenen en vertrok ik naar Warwick, naar het scheen in een impulsieve opwelling. Simon zat naast mij op de bok, stilletjes mokkend. Ik had voorgesteld dat hij in de pastorie zou blijven, maar zijn plichtsgevoel, in combinatie met wat ik nu aanzag voor een talent voor martelaarschap, maakte dat hij zich koste wat het kost genoodzaakt zag mij te vergezellen.

Mijn paarden en mijn rijtuig toevertrouwd aan de zorgen van de stalknecht bij de *King's Head* stuurde ik Simon op weg voor het doen van de aankopen waar de kok van mevrouw Hansard om gevraagd had. Zelf legde ik me toe op de taak waarvoor ik zogenaamd van huis gegaan was. Een plattelandsdominee is echter snel tevreden, dus nadat ik mijn aankopen naar de *King's Head* gestuurd had, had ik nog aardig wat tijd over en ik overwoog om naar de *Rose and Crown* te wandelen en Jem een bezoekje te brengen. Ik realiseerde me echter dat dat het toppunt van dwaasheid zou zijn, dus dwong ik mezelf om gewoon maar wat door de straten te slenteren. En zo kwam ik, min of meer toevallig, uit bij het kantoor van de advocaat die rechter Vernon bij ons complot betrokken had. Ik zag dat er binnen nog kaarsen brandden en besloot impulsief om het kantoor in te stappen.

Meneer Knightley was een man van een jaar of veertig, maar hij zag er ouder uit. Van zijn tanden waren nog slechts stompjes over en als gevolg daarvan waren zijn wangen behoorlijk ingevallen. Hij begroette me vol argwaan, en deed pas alsof hij luisterde toen ik naast mijn eigen naam ook die van rechter Vernon noemde. Tot mijn verbazing reageerde hij echter alleen maar door te vragen of ik mezelf kon identificeren – alsof ik, net als meneer Mullins, een Runner was.

Opnieuw was de arrogantie die ik van mijn vader had afgekeken mijn redding. 'Hebt u het liefste dat ik de doopliturgie of de begrafenisliturgie declameer?'

Zijn gezicht vertrok in wat wellicht een waarderende glimlach was, en hij veegde de houten stoel aan de andere zijde van zijn gigantische, rommelige bureau schoon. 'Ja, meneer Vernon zei al dat u wel wat van de oude hertog weg had. Welkom, mijn beste Lord –'

Hij boog, maar ik pakte zijn hand en schudde die.

'Dominee Campion,' corrigeerde ik hem, beleefd maar resoluut.

Dus die verduivelde Vernon had mijn geheim ontdekt en vervolgens ook nog eens onthuld. Kon ik de Hansards iets verwijten? Natuurlijk niet. Ik wist dat zij nog liever zouden sterven dan mij op deze manier verraden. 'Mijn referenties zijn dus in orde,' stelde ik vast. 'Mag ik u dan nu vragen of iemand op de brief van rechter Vernon gereageerd heeft?'

Hij gebaarde naar de stoel die hij zojuist had schoongeveegd. 'Dat mag u, meneer. Het geval wil dat er juist deze middag iemand bij mij is langs geweest.'

'Deze middag?' herhaalde ik onnozel.

'Inderdaad. U bent net tien minuten te laat. Hij vertrok enigszins gehaast, moet ik zeggen.'

'Wat zou daar de reden van zijn?'

'Het feit dat ik weigerde om de instructies van de rechter in de wind te slaan. Hij heeft me meer dan eens op het hart gedrukt dat de brief alleen overhandigd mocht worden aan de jongedame in kwestie. Daarom kon ik onmogelijk ingaan op het verzoek van mijn bezoeker, om de brief aan hem toe te vertrouwen opdat hij voor de aflevering ervan kon zorg dragen.'

'En hoe reageerde hij op uw weigering?'

'Met grote woede. Ik geef toe dat het niet veel scheelde of ik had de knuppel die ik hier achter mijn bureau bewaar ter hand genomen. Hij leek bij nader inzien echter toch te besluiten zich in te houden, en hij vertrok met niet meer dan een trap tegen de deur om lucht te geven aan zijn gevoelens. Ik heb medelijden met de eerstvolgende persoon die zijn pad kruist.' Hij schudde droevig zijn hoofd. 'Mag ik u uitnodigen om een glas wijn met mij te gebruiken, meneer?'

Ik sloeg zijn aanbod af, enigszins ongeduldig. 'Ik moet die bezoeker van u dringend spreken, meneer. Wat was zijn naam?'

'Helaas, dat was nog een reden waarom ik weigerde hem het

document te overhandigen: hij was niet bereid zijn naam te maken, of een adres achter te laten. En wat zijn verschijning betreft zult u hier in de stad nu de wind zo koud is talloze heren treffen die aan dezelfde omschrijving voldoen – zijn bontmuts omlaag getrokken tot vlak boven zijn ogen, en zijn kraag omhoog. Hij heeft zelfs zijn handschoenen niet uitgetrokken.'

'Zelfs toen hij binnen was heeft hij zijn hoofddeksel niet afgezet?'

'Een man die herkenning wil voorkomen zal zich niet bijster veel aan de etiquette gelegen laten liggen,' zei hij droogjes.

'Zijn stem?'

'Die van een oudere man. In elk geval van middelbare leeftijd. Maar misschien was ook zijn stem vervormd – zijn mond was bedekt met een sjaal.'

'Zou u hem herkennen?'

Hij hief zijn handen. 'Onder de omstandigheden...'

'Meneer Knightley, ik vrees dat mijn vertrek al even haastig zal zijn als dat van uw onbekende gast. Zelfs als ik hem niet kan achtervolgen, dan kan ik elk geval aan rechter Vernon mededelen wat zich hier vanmiddag heeft afgespeeld.'

Deze keer ging ik zonder aarzelen op weg naar de *Rose and Crown* om Jem op te zoeken. Maar voordat ik de herberg bereikt had, viel mijn oog op een klein groepje mensen, verzameld rond een gekleurd hoopje dat bewoog en kreunde. Een hond? Als het opgeschoten jongens waren geweest zou ik gedacht hebben dat ze de hond voor hun plezier kwelden. Maar dit waren beschaafde mannen en vrouwen.

Ik haastte me naar voren, aangespoord door een haast hysterisch klinkende vrouw, die luidkeels om een dokter riep. Ik weet niet welk angstig voorgevoel mij dreef, maar zelfs terwijl ik me tussen de mensen door naar voren bewoog, wist ik wat ik zou aantreffen. Daar, zijn kleren gescheurd en onder het bloed, lag Willum.

'Dominee,' kreunde hij zwakjes.

'Je bent nu veilig. Jem en ik zullen voor je zorgen.' Ik twijfelde aan mijn eigen woorden, maar beet de omstanders over mijn schouder toe: 'Ga naar de *Rose and Crown* en haal de nieuwe stalknecht. Jem Turbeville. En vraag hem om een deur of een plank mee te nemen – het been van die arme Willum is op meerdere plaatsen gebroken.' Ik wees op het uitstekende bot. Onder het spreken deed ik mijn jas uit en legde die voorzichtig over het jongetje heen.

Hij beloonde me met een waterig glimlachje. Een trillende hand zocht de mijne en greep die vast.

Het leek wel een uur te duren voordat Jem eindelijk kwam. Waarschijnlijk waren er in werkelijkheid nauwelijks drie minuten verstreken. Hij werd vergezeld door een man die ik niet herkende, maar die zichzelf bekendmaakte als apotheker en mij opzij duwde.

Ik wilde niet dat de jongen behandeld zou worden door de eerste de beste pillendraaier, maar navraag leerde me dat de enige bevoegde arts net nu de stad uit was.

Met zijn tweeën tilden ze het gewonde kind op een plank, een soort tafelblad, en wikkelden hem in mijn jas.

'Je wilde altijd al eens zien hoe de slaapkamers van de *Rose and Crown* er vanbinnen uitzagen, toch? Dat gaat dan nu gebeuren, kerel,' zei Jem met dreunende stem. 'Toe, hou die ogen open en blijf tegen me praten terwijl we je meenemen. Ik ben wel benieuwd naar de streken die je deze keer weer hebt uitgehaald, hoor.'

Ik hield een jochie aan dat op Willum leek en gaf hem opdracht zo snel hij kon naar de *King's Head* te rennen om Simon te waarschuwen en mijn rijtuig te laten komen. Daarna haastte ik me achter de kleine optocht aan – ik zou het bijna een rouwstoet genoemd hebben, zo somber zag het groepje mensen eruit – naar de *Rose and Crown*.

Ik gaf Simon ademloos opdracht om zo snel hij kon naar Langley Park te rijden. Maar hoe hij zich ook haastte, en hoezeer mijn goede vriend Edmund zich op zijn beurt weer naar de *Rose and Crown* haastte, ik vreesde dat hun gejakker zinloos zou zijn. Halverwege de trap had ik Willums gejammer al zwakker horen worden. Ik bad dat dat stelletje kwakzalvers het kind geen cognac had gegeven. Sterke drank was nog steeds een geliefd slaapmiddel, maar Edmund ging altijd vreselijk tekeer over de gevaren ervan.

'Laudanum druppels,' merkte Jem op terwijl ik naast hem plaatsnam. 'De pijn was niet te dragen. We moesten zijn kleren van zijn lijf knippen om hem verder lijden te besparen. U had gelijk – het been is verbrijzeld. Meneer Eyams meent dat hij ook een schedelbreuk heeft opgelopen en dat zijn kaak gebroken is. Bovendien is er, zo zegt hij, sprake van inwendige bloedingen. Het enige wat hij kan doen, zegt hij, is zijn pijn zo veel mogelijk verzachten totdat het onvermijdelijke einde is aangebroken.'

'Waarom zei je tegen het kereltje dat hij zijn ogen open moest houden? En dat hij tegen je moest blijven praten?' Ik streek het haar van Willums voorhoofd. De paarsblauwe kneuzingen en schaafwonden die zichtbaar werden deden me vrezen dat mijn aanraking misschien alleen nog maar meer pijn had veroorzaakt.

'Omdat Edmund – dokter Hansard, moet ik zeggen – gelooft dat het goed is om een patiënt wakker te houden, omdat hij dan meer kans heeft om te vechten. Maar hij zal het – tenzij er een wonder gebeurt, Toby – naar alle waarschijnlijkheid niet redden.'

'Wie heeft dit op zijn geweten?' vroeg ik met opeengeklemde tanden.

'Daar kom ik wel achter. En dan zal ik ervoor zorgen dat hij nooit meer een vlieg kwaad doet,' zei Jem op stellige toon. 'De boom in met die vergeving, Toby. Ik wil wraak!'

24

Na verloop van tijd nam het effect van het laudanum wat af, en Willum werd onrustig. Ik herinnerde me wat onze arts had gedaan nadat mijn oudere broer tijdens het jagen een lelijke val gemaakt had, en ik bedekte Willums gloeiende ledematen en zijn gezwollen gezicht met vochtige doeken die ik in koud water geweekt en vervolgens uitgewrongen had. Maar ik liet niet toe dat de apotheker hem nog meer bloed aftapte, niet zonder dat dokter Hansard daarmee had ingestemd.

Jem, die na ons gebed voor de genezing van het kind nog steeds op zijn knieën naast mij zat, liet Willums hand in de zijne rusten. De hand van het jongetje was nu veel te gezwollen om nog iets vast te kunnen pakken. 'Vertel het me alsjeblieft, Willum,' drong hij aan. 'Wie heeft dit gedaan?'

Er kwam geen antwoord. Uiteindelijk maakten we uit zijn gekreun op dat hij graag wat water wilde. Hem optillen om hem uit een beker te laten drinken was te gevaarlijk, dus Jem vroeg om een lepel; zo liet hij de ene na de andere druppel tussen de uitgedroogde lippen van het kind vallen. Ondertussen bleef hij de vraag herhalen.

Na enige tijd leken de woorden door te dringen door de deken van pijn die Willum omhulde. Zijn ogen gingen open, voor zover de zwelling dat toeliet.

'Het is goed, Willum. Ik ben het, je vriend Jem, en hier naast je staat dominee Campion.'

'Niemand kan je nu nog pijn doen,' voegde ik toe.

Glimlachte hij? De apotheker had de gebroken tanden uit zijn mond moeten halen, dus ik kon me nauwelijks voorstellen dat hij dat kon.

Het leek eindeloos te duren voordat op het erf geroezemoes klonk, gevolgd door het geluid van paardenhoeven. Durfden we hopen dat Edmund zojuist was aangekomen? En als dat het geval was, kon hij dan – met Gods hulp – een wonder bewerken?

Bestond het werk van onze Heer toen Hij hier op aarde was niet ook uit het genezen van de zieken? Ik smeekte God dat zijn dienstknecht Edmund vanavond zou mogen delen in de kracht van zijn Meester.

We hoorden iemand met twee treden tegelijk de trap op stormen. En daar was onze goede vriend dan eindelijk.

Hij maakte er niet meer woorden aan vuil dan strikt noodzakelijk. 'Tobias, Maria volgt met het rijtuig, vergezeld door Simon. Jem, ik heb de kleren die je op Langley Park bewaart voor je meegenomen – een schoon overhemd is beter dan een dat naar de stallen ruikt. Tobias – we hebben zeep en water nodig, en schone handdoeken, begrepen?' voegde hij toe terwijl ik de hal in rende.

Hij was vastbesloten mij aan het werk te houden totdat Maria arriveerde. Eerst moest ik lakens aan repen scheuren, die als verband konden dienen, en vervolgens stuurde hij me naar zijn paard om de schone houten latjes te halen die hij als spalken gebruikte. Daarna moest ik een kamer voor de Hansards bespreken, een kamer voor mijzelf, een kamer voor Jem en zelfs eentje voor Simon. Toen golden zijn zorgen het paard zelf: het was een koude avond en na zijn zware inspanningen had het dier een warme stal nodig. Telkens wanneer ik naar de kamer terugkeerde, was er nog een stukje van Willums lichaam met zwachtels bedekt; er hing een kruidige geur, niet alleen de geur van lavendel, maar ook van andere kruiden of specerijen. Het was mijn taak om de bloederige lakens en de kleding van die arme Willum op te ruimen. Edmund werkte met een militaire precisie die geen enkel obstakel duldde.

Ik bood aan om, naast de klusjes die Edmund me te doen gaf, de werkzaamheden over te nemen die normaalgesproken een tweede stalknecht toevallen. Daar had ik het zo druk mee dat ik geen idee had hoe laat het was, toen Simon de sjees van mevrouw Hansard voorzichtig het erf van de herberg op draaide. Terwijl ik het hoofdstel van de paarden vastpakte, sprong zij al uit het rijtuig, kwiek als een vrouw van half haar leeftijd, waarna ze naar enkele manden reikte en Simon opdracht gaf de rest van de bundels en pakjes uit te laden.

Ze keek pas op van haar bezigheden toen ik haar riep. Ze rende op me af, haar beide handen vol, en wist me op een of andere manier te omhelzen zonder iets te laten vallen. 'Lieve Tobias, God zij gedankt dat u hier was – maar wat bent u aan het doen?' Ze wierp een blik op de mouwen van mijn overhemd en mijn smerige laarzen.

'Dat is niet belangrijk. Edmund concentreert zich volledig op de verzorging van Willum en Jem assisteert hem daarbij.'

'Is Willum nog in leven?'

'Ternauwernood.'

'Simon – wees zo goed de paarden te verzorgen. Meneer Campion zal al deze dingen naar binnen dragen.'

Hoewel het klonk alsof ze hem om een gunst vroeg, was het gezag waarmee ze haar verzoek deed onmiskenbaar. Simon tikte tegen zijn pet en nam mijn plaats in.

We haastten ons gezamenlijk naar binnen, alle plichtplegingen vergeten, terwijl ik haar voorging naar boven, naar de kamer van de zieke, waar nu nog slechts drie kaarsen brandden. Beide mannen hadden hun overkleding uitgetrokken en waren besmeurd met bloed van het kind. Ze zaten geknield, alsof ze vurig in gebed waren. Willum was van top tot teen ingezwachteld en lag volkomen stil.

Maria wist haar wanhoop nauwelijks te onderdrukken. 'Hebben we hem verloren?'

'Nog niet. Maar het is goed mogelijk dat dat alsnog gebeurt. Al moet ik zeggen dat de jongen een sterke geest heeft. Hij is wel vaker in elkaar geslagen. Door Gods genade – en dankzij het snelle denken en handelen van Tobias en Jem – mogen we hoop hebben. Wellicht zullen onze gebeden verhoord worden. Hij heeft naar u gevraagd, Tobias. Hij zei dat hij u iets wilde vertellen.'

Ik was inmiddels neergeknield naast de anderen. 'Wat was dat dan?'

'Hij zei – in precies deze bewoordingen: "Zeg tegen de dominee dat het die knakker van de Hall was die dit gedaan heeft."'

'Sir Marcus! Lieve God! Ik wist dat hij ijdel en hebzuchtig was, maar ik had nooit gedacht – of misschien ook wel. Ik weet het niet. Maar een dergelijke beschuldiging, van een jongetje op wat mogelijk zijn sterfbed zal zijn – daar moet iets mee gedaan worden, vindt u ook niet?'

'Dat moet zeker. Een zo zware beschuldiging moet bij de autoriteiten bekend gemaakt worden. We moeten de rechter morgen meteen op de hoogte stellen. En ik denk dat we rechter Vernon moeten laten komen. Maar ondertussen hebben we belangrijker werk te doen. Willum zal nog enkele uren slapen, dus Maria en ik zullen dineren – ik weet, mijn liefste, dat je niet in staat zult zijn ook maar iets door je keel te krijgen, maar je moet het toch proberen. En in elk geval zal ik je gezelschap zeer op prijs stellen,' zei hij, met een tedere glimlach.

'Ik zal nu meteen een maaltijd bestellen,' zei ze met tranen in haar ogen en ze verliet de kamer.

'Tobias, nu bent u degene die naar de stallen ruikt. Ga uzelf wassen en omkleden – ik ben ervan overtuigd dat Maria alles wat u nodig zult hebben van Langley Park heeft meegenomen. Jem, het waken over de jongen laat ik aan jou over. Als er ook maar iets in zijn toestand verandert, zul je me onmiddellijk laten roepen.'

'Natuurlijk.' Hij knikte en liet zich opnieuw op zijn knieën zakken.

'Jem,' zei ik vriendelijk, 'ik geloof werkelijk dat de Almachtige je gebeden net zo goed zal horen als je een gemakkelijke houding aanneemt.' Ik hield mijn hand boven Willums hoofd. 'En moge Hij je zegenen en behoeden, en zijn licht over je laten schijnen.' Ik draaide me verschrikt om. 'Jem, heeft hij ooit gezegd dat hij gedoopt is? Laten we dat nu onmiddellijk doen, voor het geval dat.'

'Ik zal graag zijn peetvader zijn,' was zijn onmiddellijke reactie, volkomen bereid om opnieuw een goed werk te verrichten.

Hij haalde Edmund en Maria en in de kleine, van angst doortrokken ruimte droegen we Willums leven, of dat wat ervan over was, op aan zijn Maker.

Het lijden, zowel fysiek als mentaal, dat Willum en zijn vrienden in de dagen die volgden ondergingen is niet in woorden te vatten. Het dieptepunt was het moment waarop dokter Hansard besloot om, na veel gebed en in overleg met zijn collega uit Warwick, het verbrijzelde been te amputeren. Naast de twee medici waren ook mevrouw Hansard en Jem aanwezig, wat betekende dat ik in de gelegenheid was om terug te keren naar Moreton St Jude.

Het was mijn taak om in het dorp bekend te maken dat Willum te pakken genomen was door een stelletje ruziezoekende, stomdronken jongens die hun woede op hem hadden botgevierd. Hij was niet meer tot bewustzijn gekomen, en de kans dat dat ooit nog zou gebeuren was bijzonder klein, maar dokter en mevrouw Hansard zorgden naar hun beste vermogen voor het stervende kind.

Dokter Toone, die opnieuw de taken van zijn oudere vriend waarnam, illustreerde mijn verhaal met tranentrekkende medische details. Iedereen in het dorp werd aangespoord tot gebed – wat vast en zeker gebeurde, hoewel sommige dorpelingen God waarschijnlijk niet om genezing vroegen maar om een snelle en gemakkelijke overtocht naar het hiernamaals.

Ondertussen was ook rechter Vernon in het dorp aangekomen. Behalve ikzelf wist niemand precies waarom, en dat ik de reden aan anderen zou onthullen was zeer onwaarschijnlijk. Het groepje dat zich in Warwick ophield, rond Willums ziekbed, was tot de conclusie gekomen dat het beter was om, totdat Willum niet langer op deze wereld was – wat God verhoede – of totdat hij voldoende hersteld was om te kunnen worden overgebracht naar het landgoed van Lady Chase in Shropshire, geen onderzoek in te stellen. Dit om te voorkomen dat Sir Marcus, uit angst dat het kind zover zou herstellen dat het kon spreken, opnieuw een aanslag op Willums leven zou doen. Natuurlijk, Willum werd dag en nacht in de gaten gehouden, maar dat zou de man misschien alleen nog maar wanhopiger maken en wellicht resulteren in nog meer onschuldige slachtoffers.

Dus mijn verhaal over de gewelddadige dronkenlappen werd bevestigd door niemand minder dan de rechter zelf. Onze gedistingeerde bezoeker logeerde bij mij, in de pastorie – tot grote ontzetting van mevrouw Trent, die naar eigen zeggen te weinig met de 'Adel' bekend was om hem naar behoren te kunnen verzorgen – omdat het onbetamelijk geacht werd dat hij op Langley Park zou verblijven nu de gastheer en gastvrouw daar zelf niet aanwezig waren. Hoe het ook zij, hij en ik konden het goed met elkaar vinden en ook dokter Toone voegde zich 's avonds geregeld bij ons, zodat we een heuse broederschap van vrijgezellen vormden.

Lady Chase – die geregeld op de hoogte gesteld werd van de vooruitgang van haar zoon – kreeg te horen dat haar arme kindermeisje opnieuw door ziekte getroffen was, en reisde wederom van Moreton Hall naar Shropshire. Aanblijven terwijl hun gastvrouw van huis was leek Sir Marcus en zijn gezin geenszins te deren, hoewel er geruchten de ronde deden over in gang gezette voorbereidingen voor een reis naar Londen, waar een bal gehouden zou worden ter ere van de jongedames.

Er waren baby's die gedoopt moesten worden, jonge moeders die behoefte hadden aan geestelijke bijstand en nog allerlei andere taken die tot de verantwoordelijkheid van een plattelandsdominee behoren, werkzaamheden die ik stuk voor stuk met liefde verrichtte. Het enige waar het me aan ontbrak was een dagelijks verslag van de gang van zaken in Warwick, hoewel rechter Vernon, die dat kon doen zonder argwaan te wekken of in ieder geval zonder bang te hoeven zijn voor ondervraging, geregeld op en neer reisde en me in het geheim op de hoogte stelde van Willums wonderbaarlijke, zij het trage, herstel van alles wat hem was overkomen. Het zou niet lang meer duren voordat hij naar Shropshire kon worden gebracht, waar Bess voor hem zou zorgen, zoals ze al die tijd trouw voor Lord Chase gedaan had – en met het nodige succes, als ik de laatste brief van Lady Chase, waarin dit tussen de regels door te lezen was, mocht geloven.

'Dus wanneer,' vroeg ik meneer Vernon op zekere avond tijdens het drinken van een glas port, een avond waarop Toone afwezig was wegens een diner waarvoor hij was uitgenodigd door een familie bij wie hij tijdens een van zijn eerdere bezoekjes aan de Hansards een zoon ter wereld geholpen had, 'gaan we de confrontatie met Sir Marcus aan?'

'Wanneer ik de kans heb gehad om *William* naar behoren te

ondervragen – ik heb grote moeite met de verkorte versie van zijn naam, die u allemaal zonder morren lijkt over te nemen. Naar mijn mening bestaat er enige onzekerheid over zijn beschuldiging. Het lijkt me alleszins aannemelijk dat zich op Moreton Hall meer dan één "knakker" ophoudt. Ik heb een naam nodig.'

'Maar u denkt toch zeker niet –!'

'O, ik twijfel er niet aan dat Sir Marcus achter al deze dingen zit. Hij heeft tenslotte een hoop te verliezen. Maar ik acht hem zeer wel in staat tot het inhuren van iemand anders om zijn smerige klusjes op te knappen. En meneer Knightley heeft me meegedeeld dat juffrouw Southey nog steeds niet in eigen persoon op zijn kantoor verschenen is.'

'Het moet toch wel zo zijn, denkt u niet, dat meneer Chamberlain en die "knakker van de Hall" één en dezelfde persoon zijn?' vroeg ik nederig, me als altijd terdege bewust van Hansards mening over mijn vermogen tot logisch redeneren.

'Ik zie geen reden om dat te betwijfelen. We hebben de verklaring van meneer Knightley dat de man die zijn kantoor verliet in alle staten was, woedend genoeg om iemand te vermoorden. En misschien dat William om wat voor reden dan ook zijn irritatie wekte –'

'Het is mogelijk dat Willum hem volgde. Jem houdt vol dat hij hem dat niet gevraagd had, en daar Jem de meest oprechte man is die ik ken, geloof ik hem. Maar het ontbreekt Willum bepaald niet aan intelligentie of initiatief. Als Jem het druk had en Willum iets zag wat reden was tot verder onderzoek, dan ben ik er zeker van dat hij zonder verder overleg tot handelen zou zijn overgegaan. Het is mogelijk dat hij op die manier verzeild geraakt is in een situatie die veel te gevaarlijk was voor een kleine jongen.'

'Of als die Chamberlain inderdaad zo uitzinnig van woede was, was Willum misschien een toevallig slachtoffer; misschien was hij net op het verkeerde moment op de verkeerde plek.'

'Ook dat is mogelijk. Vandaar onze geheimzinnigheid; vandaar de noodzaak om Willum zo snel mogelijk over te brengen naar Shropshire. Als dat moment is aangebroken zal ik de predikant die mijn verantwoordelijkheden in de parochie al eerder heeft overgenomen opnieuw uitnodigen, en hen vergezellen,' voegde ik toe.

'Zal het de dorpelingen niet vreemd voorkomen dat u hier bent, terwijl een jongen die eerder bij u in dienst was elders op sterven ligt?'

'U kent de dorpelingen, meneer Vernon. Ze kijken niet verder dan de grens van hun eigen parochie, en zijn nauwelijks in andere dingen geïnteresseerd. Als het de zoon van boer Lowood zou zijn geweest, zouden ze wellicht van mening geweest zijn dat mijn plaats aan zijn zijde was. Maar Willum was in hun ogen een 'verrekte vreemdeling', iemand die een baantje in mijn stallen inpikte dat anders een van de jongens uit het plaatselijke armenhuis was toegevallen, waardoor hen kosten bespaard waren gebleven. Het zijn geen slechte mannen en vrouwen, dat moet u van me aannemen, maar ze hebben de gelijkenis van de Barmhartige Samaritaan nog niet ten volle begrepen.'

Hij keek me recht in de ogen. 'Uw bestaan moet bijzonder eenzaam zijn.'

'Dat is bij veel van mijn collega's inderdaad het geval. In de ogen van hun gemeenteleden zijn het beklagenswaardige buitenbeentjes, geen heren van hoge geboorte die zich alleen met hun eigen soort ophouden, maar ook geen mannen met wie je een glas bier drinkt of sappige roddels uitwisselt. Sterker nog, veel van hen ontvangen een zo schamele vergoeding dat ze zich niet meer kunnen veroorloven dan het huren van een kamer bij een fatsoenlijke familie. En dat terwijl onze bisschoppen enorme rijkdommen vergaren en leven als vorsten.' Ik was ongemerkt opgestaan en beende nu door de kamer, mijn vuisten gebald terwijl ik dacht aan het onrecht dat ik had gezien. Maar dergelijk gedrag was niet betamelijk. Ik schonk onze glazen opnieuw vol en ging weer zitten. 'Maar wat mijzelf betreft, meneer Vernon, ik ben een zeer gezegend mens. Ik geniet de vriendschap van Lady Chase, van de Hansards en van Jem, die op dit moment mijn stalknecht is. Hoeveel mensen kunnen naar waarheid zeggen dat ze vier echte vrienden hebben?'

Hij knikte, maar elke beweging drukte tegelijkertijd twijfel uit. 'Maar – vergeef me dat ik een onderwerp aanroer dat wellicht pijnlijk voor u is – als u een verzoening met uw familie zou najagen, zou u zeker ook als een vorst kunnen leven. En u zou omgeven zijn door uw sociale gelijken, niet slechts een plattelandsdokter wiens vrouw ooit een bediende was en – Tobias, alstublieft... uw *stalknecht*.'

'Dan zou ik voornamelijk verkeren in het gezelschap van gokkers, dronkaards en overspeligen – die geen van allen ook maar iets begrepen hebben van concepten als onbaatzuchtigheid of het liefhebben van hun naasten als zichzelf. Vergeef me mijn harde woorden, meneer Vernon, maar u moet begrijpen dat een bestaan als geestelijke mijn eigen keuze was. Nee! Het was de keuze die de Almachtige voor mij gemaakt heeft. Van mij werd niet meer gevraagd dan instemming. Natuurlijk zijn er sinds ik mijn roeping aanvaard heb enkele duistere momenten geweest, maar geloof me alstublieft wanneer ik zeg dat de vreugde die ik dagelijks tijdens het dienen van mijn Meester ervaar daar ruimschoots tegen opweegt.'

Hij haalde diep adem. 'Uw woorden klinken mij verdomd methodistisch in de oren. Maar u bent een goed mens, en over uw wijnkelder ben ik zeer te spreken, dus misschien dat ik het u vergeef.'

25

Waarom ik soms toch weer verrast was over de talenten of de vindingrijkheid van mevrouw Hansard was me niet duidelijk. Geen enkele man had werkelijk recht op een vrouw zoals zij, en er was er slechts één die enigszins in aanmerking kwam: mijn vriend Edmund, natuurlijk.

De goede dokter had zijn patiënt enige uren onder de hoede van anderen achtergelaten, om de staf op Langley Park op de hoogte te stellen van de ophanden zijnde terugkeer van hun meesteres en om met Toone, aan wiens mening hij meer waarde hechtte dan ik ooit zou kunnen, te overleggen over de meest geschikte manier om zijn jonge patiënt naar Shropshire te vervoeren. Daar mevrouw Hansard hem expliciet verboden had om in het donker terug te reizen, ondanks het gezelschap van de immer onverstoorbare Simon, zaten we met zijn vieren – de beide artsen, ikzelf en rechter Vernon, die niet bereid leek de pastorie te verlaten voordat al onze problemen waren opgelost – tot in de kleine uurtjes aan tafel, genietend van de uitstekende maaltijd die mevrouw Trent ons had voorgezet. Ik stelde me zo voor dat mevrouw Hansard haar man ook verboden had om zich op wat voor manier dan ook te bemoeien met de ontluikende romance tussen Simon en hun kokkin, zelfs als dat betekende dat hij, als eigenaar van het huis, ergens anders een vorkje moest meeprikken.

Niet dat de maaltijd die mevrouw Trent ons had voorgezet in enig opzicht eenvoudig of karig was – verre van dat. Sterker nog, zoals we hier zaten, genietend van een goede Stilton en de uitstekende port die Hansard uit Warwick had meegenomen, waren we volmaakt tevreden.

'Wanneer denkt u dat William genoeg is opgeknapt om door mij ondervraagd te worden?' wilde Vernon weten, terwijl hij met zijn blote handen een walnoot kraakte.

'Al heel snel. Maar ik zou het liefst zien dat u voor die ondervraging naar Warwick zou afreizen.'

'U vreest nog steeds voor zijn leven als we zouden besluiten hem hierheen te brengen?'

'Inderdaad.'

'Zou Sir Marcus bereid zijn tot geweldpleging in een dorp waar de mensen hem kennen?' vroeg Toone ongelovig.

Edmund glimlachte raadselachtig – wat ik eerlijk gezegd behoorlijk irritant vond. Hij nam nog een slokje port voordat hij antwoordde: 'Heb ik gezegd dat ik me zorgen maakte over Sir Marcus?'

'Wie anders?'

'Laat me u vertellen wat mijn lieve vrouw gedaan heeft.' Hij keek de tafel rond; niemand maakte bezwaar. 'Nu Willum het zwaarste deel van zijn beproeving achter de rug heeft en langzamerhand begint te herstellen, is zij degene die hem het grootste deel van de dag bezighoudt. In eerste instantie kwam hij alleen maar tot rust wanneer ze hem sprookjes en legenden vertelde, waarvan ze een enorme hoeveelheid paraat heeft. Enige tijd later probeerde ze eenvoudige spelletjes met hem te spelen, het soort dat kleine kinderen met hun kinderjuf doen. Men zou geneigd zijn te denken dat een grote jongen van tien dergelijke spelletjes veel te gemakkelijk zou vinden, ver beneden zijn waardigheid, maar u zult zich herinneren dat Willum nooit kind geweest is zoals wij dat waren. Zijn moeder heeft hem misschien wel enige geslepenheid bijgebracht, maar ik vrees dat ze niet de tijd of het vermogen had om rijmspelletjes of legpuzzels met hem te doen.'

'Zou mevrouw Hansard hem in dat geval geen cijfers en letters kunnen leren? Als hij zou kunnen lezen, zou hij zich een deel van de tijd zelf kunnen vermaken,' zei Vernon. 'Bovendien zal een tot nog toe bijzonder levendige jongeman wiens hoogste ambitie het was om koetsbediende te worden, nu andere vaardigheden moeten ontwikkelen om straks in zijn levensonderhoud te kunnen voorzien.'

'Waarschijnlijk is hij van nature vlug van begrip, maar de hersenschudding heeft een vertragende uitwerking gehad op zijn vermogen om zich bepaalde vaardigheden eigen te maken. We willen hem ook niet overbelasten. Maar hij is in staat om sommige letters te herkennen en de bijbehorende klank te onthouden – als hij een goede dag heeft, tenminste.' Hij nam nog een slokje port.

Ik merkte dat hij plezier had in het rekken van zijn verhaal, zeker daar hij wist dat wij geen van allen de euvele moed zouden hebben hem te onderbreken.

'Zijn vooruitgang, op elk denkbaar gebied, verloopt traag. Maar nu zijn handen, die op zo veel plaatsen gebroken en gekneusd waren, genezen zijn, raakt hij al meer bedreven met potlood en papier. Hij heeft echter nog voortdurend pijn, dus zijn concentratievermogen is beperkt. En als hij niet slaagt in het uitvoeren van een eenvoudige opdracht raakt hij geïrriteerd, wat bij ons weer tot bezorgdheid leidt. Op dat soort momenten is er één verhaal dat hem altijd weer tot bedaren brengt. Een waargebeurd verhaal, waarin hijzelf een belangrijke rol speelt. Het is echter wel een verhaal dat altijd door Jem verteld moet worden. Ja, Jem brengt nog steeds een grote hoeveelheid tijd door in de ziekenkamer – tot onze grote vreugde is de oorspronkelijke stalknecht inmiddels van de griep hersteld! Als Jem dienst heeft, neemt mevrouw Hansard tijd om te rusten of te wandelen – vaak in mijn gezelschap,' voegde hij met een verrukte glimlach toe. Hij ging verder: 'Het is mijn oprechte wens, zoals u zich wellicht kunt voorstellen, dat mevrouw Hansard *haar* gezondheid niet opoffert voor die van een ander, hoe dierbaar deze persoon ons ook is. Jem vertelt hem het verhaal over het aanplakbiljet dat uiteindelijk resulteerde in het vinden van Bess, en daarmee in een bevredigend einde van zijn zoektocht. Uiteraard benadrukt Jem daarbij de heldhaftige rol die Willum in het avontuur gespeeld heeft.

Vooral het gedeelte waarin hij Bess' voorliefde voor opschik in bedwang moest houden doet hem plezier, als Jem vertelt dat het wel een uur duurde voordat ze kleding voor haar gevonden hadden, terwijl Willum zelf binnen enkele minuten een fatsoenlijk stel kleren bij elkaar gescharreld had.'

Daar konden wij, vier mannen, ons wel iets bij voorstellen, en Vernon bracht een toost uit op mannenkleding.

'Op een dag,' zei Hansard, die weer verder ging met zijn verhaal, 'hoorde mevrouw Hansard gelach in de ziekenkamer. Hoewel ze eigenlijk moest rusten, kon ze de drang om te zien waar dit heerlijke geluid vandaan kwam niet weerstaan. Willums ogen werden groot toen ze binnenkwam en hij keek haar vol respect aan. "Hebt u echt naar 'Enry's lijk gekeken en toen een tekening gemaakt van hoe die dooie eruitzag toen hij nog leefde?" wilde Willum weten. "Ja, dat heb ik," zei ze. "En ze leken zo goed dat de mensen echt konden zien dat het 'Enry was?" Dat beschouwde hij duidelijk als een regelrecht wonder. Hij wilde niet rusten totdat zij het potlood en het papier dat eigenlijk voor hem bestemd was – zodat *hij* zou leren om Jem te tekenen – ter hand had genomen. En toen tekende ze Willum zelf, hoewel u uiteraard begrijpt dat Maria een tekening maakte van de oude, levendige Willum, niet het magere, gehavende jochie dat ze op dat moment voor zich zag. Daarna tekende ze u, Tobias, en toen mij. Maria heeft de tekeningen bij zijn bed gehangen zodat hij ernaar kan kijken en beseffen dat hij altijd door vrienden omgeven is. Zelfs u, Vernon, en Toone hier zijn vereeuwigd. Willum weet dat u ervoor zult zorgen dat de schurk in de kraag gevat wordt. Dat is waar ook, Vernon – het was bijzonder vriendelijk van u om hem die reusachtige mand met fruit te sturen –'

'Waar zijn kassen voor, als men ze niet gebruikt om zijn vrienden van wat extra voedsel te voorzien? Bovendien spreekt het karakter van de jongen me aan.'

'Hoe moeten we iemand in de kraag vatten als we niet eens weten wie de dader is?' vroeg Toone op barse toon.

'Dat probleem is eenvoudig op te lossen. Mijn vrouw zal namelijk nog een gezicht tekenen, en u, Vernon, zult dat aan de jongen laten zien.'

'Twee gezichten, alstublieft.'

'Twee?' sputterde ik tegen. 'Wanneer dringt het tot u door dat Sir Marcus de schurk is?'

'Als we hem slechts één portret laten zien,' zei Vernon, alsof hij een zwakzinnige toesprak, 'kan hij niet anders dan Sir Marcus als zijn aanvaller aanwijzen. Daarom is het noodzakelijk om te voorzien in een alternatief.'

'Die slampampers van een zoons van Sir Marcus?'

'Die zijn veilig opgeborgen op de kostschool, de hemel zij dank,' zei Hansard. 'Wat dacht u van die koude kikker, Furnival? Hoewel die arme Willum bij het zien van zijn zure gezicht misschien onmiddellijk door een hevige terugval getroffen wordt.'

'Ik zal ondertussen nog een brief sturen aan die meneer Chamberlain,' peinsde Vernon hardop. 'Misschien om te melden dat Knightley bij nader inzien toch bereid is om de voor juffrouw Southey bestemde informatie aan hem te onthullen. Al zal ik er deze keer voor zorgen dat er iemand klaarstaat om hem op te pakken. Mijn klusjesman zou geknipt zijn voor die taak.'

'Wat als hij weigert om die juffrouw Southey of hoe ze ook heet te verraden?' vroeg Toone. 'Is uw mannetje dan in staat hem te overreden?'

Er schoten mij onmiddellijk enkele onprettige herinneringen aan Toones *overredingskunsten* te binnen. Misschien had hij zich laten inspireren door de Spaanse Inquisitie. Ik hoopte in elk geval dat hij zich in deze situatie niet als vrijwilliger zou aanbieden.

Vernon knikte kort. 'Ik hoop het. We moeten alles doen wat in ons vermogen ligt, om ervoor te zorgen dat het recht zegeviert.'

Er viel een ongewone, sombere stilte. Ik zag Hansards stekels haast letterlijk overeind komen. Om te voorkomen dat er een wellicht onfatsoenlijke woordenwisseling zou plaatsvinden hief ik mijn glas. 'Op de gerechtigheid!'

Helaas bleek ook dit geen bijster verstandige oplossing, want dit laatste glas werd Toone te veel, en hij gleed langzaam van zijn stoel, onder tafel. Het was duidelijk dat Hansard hem daar met alle plezier had laten liggen, maar in plaats daarvan hesen we hem in Hansards rijtuig, in de hoop dat Simon zijn hofmakerij voor deze dag beëindigd had en Toone straks op Langley Park weer uit de sjees zou kunnen helpen. 'En als dat niet lukt, mag hij zijn roes in de stal uitslapen,' deelde Hansard ons mee.

26

Ik wist niet wie in de financiële middelen voorzien had, maar gedurende Willums verblijf in de *Rose and Crown* hadden de Hansards daar zelfs een eigen zitkamer tot hun beschikking, gesitueerd op de eerste verdieping. Misschien was het geld afkomstig van Lady Chase, altijd even bereid om in haar beurs te tasten, of wellicht waren het de diepe zakken van rechter Vernon. Het was zelfs mogelijk dat de Hansards de kamer zelf bekostigden. Maar wie de gulle gever ook was, het vertrek was een veilige haven voor iedereen die belast was met de verzorging van de kleine zieke en van tijd tot tijd behoefte had aan enkele uren rust. En vandaag was deze kamer de plek waar iedereen die het jongetje een warm hart toedroeg zich verzameld had om getuige te zijn van het moment waarop hij voor het eerst uit zijn slaapkamer kwam. Hij had een kruk geëist en elk aanbod om gedragen te worden koppig afgewezen. Hansard en ik hadden hem aan beide zijden willen ondersteunen, maar zelfs wij werden door hem weggestuurd.

'In Londen heb ik zat jongens gezien die er veel slechter aan toe waren dan ik. U weet wel, overreden door een koets, in elkaar getrapt door een paard of zelfs verbrand in een schoorsteen. Als zij het kunnen, dan kan ik het potverdikkeme ook.' Lijkbleek en graatmager had Willum desondanks meer veerkracht dan ik had durven hopen.

Toch was het onmiskenbaar duidelijk dat zelfs de paar meter die hij had moeten afleggen om van de ene in de andere kamer te komen uitzonderlijk vermoeiend voor hem waren, en hij maakte geen bezwaar toen hij naar de sofa vlak bij de haard geholpen werd.

'Goed, Willum, we weten hoe dapper je vanaf het begin geweest bent. Maar nu willen we graag dat je nóg iets dappers doet: dat je de persoon die je heeft aangevallen aanwijst.'

Vernon bedoelde het goed, maar Willum had grote moeite

met de combinatie van zogenaamde vriendelijkheid en verheven taal. Hij zei echter niets; niemand zei iets.

Mevrouw Hansard legde twee tekeningen op tafel, met de afbeelding naar beneden. Op het ene vel papier had ze een A geschreven, en op het andere een B.

Willums ogen lichtten op. 'Die ene daar is de A en de andere de B,' riep hij uit.

'Uitstekend. Goed, liefste, draai de tekeningen dan nu om zodat Willum ze kan zien,' gelastte Hansard.

Ze gehoorzaamde. 'Willum, herken je de man die jou geslagen heeft?'

'Natuurlijk herken ik die. U bent hier hartstikke goed in, mevrouw Hansard.' Hij wees met een mager vingertje. 'Dat is 'm. Dat is die vent die het gedaan heeft.'

Voordat de betekenis van wat hij zojuist gezegd had ten volle tot ons was doorgedrongen, klonk er rumoer beneden, en in de gang werd luidkeels om politie geroepen.

Toone rende als eerste de kamer uit, op de voet gevolgd door Vernon die hier in de omgeving tenslotte de hoogste vertegenwoordiger van de wet was. De rest van ons volgde iets bezadigder, en Willum bleef achter onder de hoede van Maria.

Boven aan de trap was het lastig vast te stellen wat nu eigenlijk de reden van deze ophef was. Maar Toone vocht zich een weg door de menigte, gesteund door Vernons plotseling oorverdovende stemgeluid: 'Opzij! Opzij, in naam der wet!' Hansard, Jem en ik hielden halverwege de trap halt – daarvandaan konden we de gebeurtenissen beter overzien, zo redeneerden we, dan wanneer we ons in het strijdgewoel stortten.

'Hierheen, edelachtbare.' De man die nu het woord nam was de districtsagent, met wie ik kort na Willums mishandeling vluchtig kennisgemaakt had. 'Ik en uw mannetje hebben die schurk in de kraag gevat.'

Terwijl Vernon tussen de mensen door naar voren drong, nam de onrust af. Mannen tikten tegen hun pet of zetten hun hoed af. Iemand ontdeed de man die ze hadden opgepakt van zijn hoed, daar hij daar zelf met geen mogelijkheid toe in staat was.

'Dat is hem.' Van boven aan de trap klonk een schelle stem. 'Dat is 'm. Dat is die vent die me als boksbal gebruikt heeft en mijn been heeft gebroken. Ik zei het toch. Het is die knakker van de Hall. Meneer Furnival!'

De opschudding die vervolgens losbarstte is met geen pen te beschrijven. In het midden ervan bevond zich Furnival, heftig zijn onschuld betuigend, terwijl het zien van het verminkte jongetje verschillende aanwezigen in tranen deed uitbarsten. Anderen waren bereid Furnival aan de eerste de beste boom op te knopen, tenminste, als je hun dreigementen mocht geloven. Maar onze potige huisbaas, gewend aan het kalmeren van al te uitgelaten klanten, eiste – en verkreeg – stilte. Hij had de tegenwoordigheid van geest om degenen die de agent vergezeld hadden te verwijzen naar de gelagkamer, met de belofte dat hen daar een glas goed bier wachtte; de agent en degenen die Furnival van een misdrijf beschuldigden konden zich terugtrekken in de grote salon, die hij voor de rest van het publiek zou afsluiten. Hij beende zonder verdere plichtplegingen de trap op. Gewend aan het sjouwen met vaten tilde hij Willum in één beweging op en droeg hem naar beneden alsof hij zo licht als een veertje was. Maria rende terug naar zijn slaapkamer om kussens en dekens te halen en sloot vervolgens aan in de imposante optocht.

Willum werd opnieuw op een bank gelegd, omgeven door kussens en warm ingestopt, terwijl de rest van ons zich over het vertrek verdeelde. Furnival staarde ons een voor een woest aan, maar zelfs hij sloeg zijn ogen neer bij het zien van de lege broekspijp van het jongetje.

'Dat is uw schuld, meneer, en daar zult u voor boeten!' riep zijn kleine aanklager uit.

'Willum,' zei Vernon zachtjes, maar met zo veel gezag dat de jongen zweeg, al stond hij zichzelf misschien wel een tevreden glimlachje toe omdat hij deze hoogverheven heer zover gekregen had dat hij de naam gebruikte waar Willum de voorkeur aan gaf. 'Meneer Furnival, u zult zeker formeel aangeklaagd worden voor dit misdrijf. Ik wil benadrukken het in uw eigen belang is als u schuld bekent. Maar er zijn nog meer zaken waarvan ik het fijne wil weten. Bent u verantwoordelijk voor de dood van Henry Monger?'

Er kwam geen antwoord.

'Bent u de rentmeester van Lady Chase? Die vraag kunt u toch wel met ja of nee beantwoorden?'

'Ja, dat ben ik.'

'En hoe lang bent u al bij haar in dienst?'

'Ongeveer zes jaar.'

'En u bent een loyale, betrouwbare dienaar geweest?'

'Zeer zeker.'

'En u hebt geregeld advertenties geplaatst met een verzoek om informatie over de vermiste Lord Chase?'

'De vermiste erfgenaam. Hugo. Lord Chase leefde toen nog.'

'Dus nu zou hij de vermiste Lord Chase zijn.'

Er was onmiskenbaar sprake van een geschrokken reactie, die snel onderdrukt werd. Hij verried zichzelf echter niet door middel van een uitroep of een vraag.

'Uitstekend. En hebt u ooit enige reactie op deze advertenties ontvangen? Toe, we weten dat dat tenminste éénmaal het geval geweest is. Er werd vlak bij Moreton Hall, op het landgoed zelf, een man in een beek aangetroffen – die een krantenknipsel bij zich droeg, voorzien van precies zo'n advertentie.'

'Die man die gestorven is?' Het klonk niet alsof het Furnival bijzonder interesseerde.

'De man die *vermoord* is. Denk nog eens terug aan het gerechtelijk onderzoek,' ging Vernon verder. 'Hoewel het moeilijk voor te stellen is dat iemand Mongers gezicht in de modder gedrukt heeft totdat hij stikte. We hebben aanwijzingen dat hij op weg was naar Moreton Hall, met het bewijs dat Lord Chase nog leefde, en dat hij te maken kreeg met iemand wie dit nieuws niet erg aanstond.'

Er kwam geen reactie.

'Ik durf te stellen dat u de enige was die van zijn komst op de hoogte was, en dat u dus ook de moordenaar moet zijn.'

Nog steeds geen antwoord. De agent kwam in beweging, alsof hij op het punt stond hem mee te nemen. Ik had de gevangenis van Warwick vanbinnen gezien en benijdde Furnival niet.

'Nee. Wacht even. Ik heb nog een aantal vragen. Drie jongedames, twee van hen bijzonder dwaas en één verstandiger, stuitten op het lichaam van Monger. De enige die tijdens het gerechtelijk onderzoek een deugdelijke verklaring kon afleggen verdween, zo op het oog spoorloos. Kunt u dat uitleggen?'

Toen Furnival bleef zwijgen, nam Hansard het woord. 'Er is een getuige die onder ede zou verklaren dat juffrouw Southey per rijtuig van Moreton Hall vertrokken is, en dat dat rijtuig bestuurd werd door een belangrijke man. We weten dat het niet Sir Marcus was. Die man was u, Furnival, of niet soms? En daaruit volgt de logische conclusie dat u ook verantwoordelijk was voor die hele toestand rond juffrouw Southeys koffer, die op zo'n gunstig moment verdween.'

En voor de aanslag op die arme Gundy, ongetwijfeld.

Maar voordat ik daar iets over kon zeggen, prevelde Furnival: 'Breng me naar het gevang als u dat wilt. Ik zal geen verdere vragen beantwoorden.'

Vernon negeerde hem. 'Het is me duidelijk dat u Henry Monger vermoord hebt, maar het is me niet duidelijk waarom. Had u een motief?'

Wederom geen reactie.

'Heeft iemand u betaald om Monger om te brengen? Bent u gewoon een huurling?' drong Vernon aan. 'In dienst van Sir Marcus Bramhall, bijvoorbeeld?'

'Die bloedzuiger!' De gedachte alleen al leek een enorme afkeer bij hem op te roepen. 'Hebt u enig idee hoeveel van de goudstukken van Lady Chase hij inmiddels heeft weten te verspillen?'

Ik moest opeens denken aan de slechte wijn die ons op zekere avond was voorgezet. Was dat dan misschien een streek van Furnival, en niet van de butler? Dit was echter niet het juiste moment om dat na te gaan. Er waren veel belangrijkere vragen te stellen.

'U wilde niet dat ze nog meer van haar rijkdom aan advertenties zou verspillen, is het wel? U bent een uitzonderlijk efficiënte werknemer geweest, Furnival. Sterker nog,' peinsde Hansard hardop, 'u hechtte meer waarde aan haar belangen dan aan die van juffrouw Southey. U had het gezanik van Sir Marcus over het haardvuur in haar kamer gemakkelijk aan uw laars kunnen lappen. U had haar bestaan in allerlei opzichten aangenamer kunnen maken. Maar de waarheid over haar arbeidsverleden wist u op kunstige wijze te verdoezelen. Hebt u ooit navraag gedaan naar de referenties waar Lady Bramhall om verzocht had? Dat dacht ik al niet.'

Hoewel mijn kameraden de ene na de andere vraag op hem afvuurden, had ik niet het idee dat dat ons ook maar iets dichter bij een bekentenis bracht. We hadden geen bewijzen, geen ooggetuigen. Het enige wat we konden doen, was het onder druk zetten van een man die zich uit alle macht vastklampte aan zijn laatste restje waardigheid. Misschien ervoer Willum hetzelfde onbehagen.

'Wat ik niet snap,' riep hij uit, na een bewonderenswaardige periode van zwijgen, 'is waarom u nou zonodig mijn been moest breken en tegen mijn hoofd trappen. Ik heb u nooit kwaad gedaan, net zomin als 'Enry. En nou is hij dood, en dat zou ik ook geweest zijn als dokter Hansard en zijn vrienden me niet hadden gered. Geen wonder dat de familie van uw kleindochter doodsbang voor u was. Was u van plan om hen ook te vermoorden? Of alleen uw kleindochter – wel een schattig meisje, trouwens. Hebt u haar eigenlijk ooit gezien? Wacht even, dat moet wel. Want ze zeggen dat ze een haarlok gevonden hebben in die koffer die gejat was.'

De stilte werd drukkend. Willum had de vragen gesteld die wij geen van allen onder woorden hadden durven brengen.

'Ik zei het net al. Breng me maar naar de gevangenis.'

De rest van de dag waren de geslaagde arrestatie en de allesbehalve geslaagde ondervraging die daarop volgde het belangrijkste onderwerp van gesprek. Uiteindelijk moest Willum wel erkennen dat hij aan zijn bed toe was, en Jem, die op de binnenplaats van de herberg het rumoer hoorde, dat afkomstig was van verschillende jongemannen in snelle rijtuigen die allemaal tegelijk geholpen wilden worden, voelde zich verplicht zijn taken aldaar te hervatten.

We spraken af om gezamenlijk te dineren, ook al betekende dat dat ons dorp het de hele nacht zonder dokter en dominee zou moeten stellen.

'Dus ben je, nu het weer veilig is, van plan om Lady Chase te adviseren terug te keren en Lord Chase met zich mee te nemen?' vroeg mevrouw Hansard, alsof ze graag een einde wilde maken aan de zinloze herhaling van zetten.

'Ik zie geen reden om dat niet te doen. Ik zal haar vanavond nog schrijven, voordat ik me in mijn slaapkamer terugtrek. Het zal u echter geen van allen verbazen dat ik haar zal adviseren om zich te laten escorteren door gewapende ruiters,' antwoordde haar man. 'Wat betreft het herstel van Chase schat ik in dat deze verhuizing een louter gunstige uitwerking zal hebben, denkt u ook niet, Toone?'

'Mits hij gelukkig was op Moreton Hall.'

'Hij heeft er zijn tijd doorgebracht met jagen, vissen en boogschieten. Hij heeft gedanst op bals. Hij heeft daar alles meegemaakt wat een jongeman behoort mee te maken.'

'Laat hem dan terugkeren.'

'En hoe moet het verder met Bess?' vroeg ik. 'Ze heeft zijn leven gered en moet daarvoor beloond worden. Wat zullen we Lady Chase adviseren?'

'Er zijn talloze voorbeelden te noemen van mannen die met hun verpleegster trouwden,' zei Toone bedachtzaam.

'Maar *zo'n* verpleegster?' vroeg Edmund. 'Er bestaat geen enkele twijfel over de goedheid, de vriendelijkheid en de opofferingsgezindheid van deze dame. Maar hoe ik ook mijn best doe, ik kan me haar niet voorstellen als de toekomstige Lady Chase.'

'Die arme Bess weet zelf nauwelijks wat ze wil,' hield ik aan. 'Als Lady Chase haar geld zou geven, is Bess bang dat ze het op zal maken aan drank. En een regelmatige toelage zou resulteren in een regelmatig drinkgelag. En een al even regelmatige terugkeer naar het enige beroep dat ze ooit gehad heeft.'

'Zou ze, als ze er hard aan werkt, in staat zijn zich te verbeteren?' vroeg mevrouw Hansard.

'Nee, mijn liefste, nee. Duizendmaal nee. Al je vrije tijd

investeren in het verlichten van de nood in het dorp is één ding, maar een meisje van de straat opnemen in een huishouden zo klein als het onze is iets heel anders. Willum wel, omdat hij een scherp verstand heeft en gezeglijk is, en ik denk niet dat zijn handicap een belemmering hoeft te zijn om hem op te leiden tot mijn assistent, als hij eenmaal heeft leren lezen en rekenen, en zijn school heeft afgemaakt. Als hij dat tenminste wil. Met Willum weet je het maar nooit.'

'Hoe het ook zij, mevrouw Hansard, dat hoertje is niet uw probleem. Het is de familie Chase die haar enorme dank verschuldigd is. En uit wat Campion zegt maak ik op dat het meisje zelf waarschijnlijk ook wel een duidelijke mening heeft.'

'Ze zegt dat ze nooit eerder een keuze gehad heeft. Het leven is haar eenvoudigweg overkomen,' zei ik wat bedroefd.

Nu het hele drama voorbij was, was er niemand van ons die niet aangaf graag op tijd te willen gaan slapen. En gelukkig had ik de daad bij het woord gevoegd, want ik werd de volgende ochtend al vroeg gewekt, nog voordat het licht was, door iemand die als een bezetene op de deur van mijn kamer bonkte.

'Hij is zwaar gewond, eerwaarde, en de gevangenbewaarder wilde dat ik u ging halen!' schreeuwde een kleine deugniet me toe toen ik de deur op een klein kiertje zette. 'Hij zegt dat hij vast en zeker doodgaat, en –'

'Wie gaat er vast en zeker dood?'

'Nou, dat moordzuchtige monster, natuurlijk. Zwaar gewond is-ie. Kom vlug, dominee.'

'Laat dokter Hansard dan ook onmiddellijk roepen,' zei ik op dringende toon terwijl ik met mijn kleren worstelde.

'Waarom dat, heilige vader?'

'Omdat hij als hij gewond is medische hulp nodig heeft,' riep ik geërgerd uit, hoewel zijn inspanningen om beleefd te zijn mijn irritatie enigszins verzachtten.

'Maar hij is een slechte man, en hij verdient het om aan de galg te hangen. Daarom hebben ze 'm in elkaar geslagen, omdat hij zomaar een onschuldige jongen te pakken genomen had. Zijn medegevangenen, eerwaarde.'

En waarom had de gevangenbewaarder dan niet ingegrepen? Ik vroeg het maar niet. Voor de man zelf zou het het beste zijn om nu direct te sterven, maar wilde het recht haar loop hebben, dan moest hij door de rechtbank veroordeeld worden en zijn welverdiende straf ondergaan.

Ik pakte het kistje waarin ik de heilige olie bewaarde – wat ik tegenwoordig, met alle ziekten die in het dorp rondwaarden en de onzekere toestand van Willum, altijd bij me had.

'Roep dokter Hansard,' snauwde ik en ik rende de trap af.

Ze hadden de gewonde man overgebracht naar de dodencel, wat geen direct verband hield met de verwachte uitkomst van de rechtzaak die nog gehouden moest worden, maar, zo zeiden ze, een maatregel was om de andere gevangenen zijn gejammer te besparen. Zoals de boodschapper al had meegedeeld was de gevangene er ernstig aan toe, zijn lichaam net zo toegetakeld als dat van Willum enige weken geleden. Tot nog toe was zijn verschijning altijd even keurig geweest, op het pietluttige af. Nu was zijn stemmige pak echter gescheurd, en besmeurd met bloed en God mag weten wat nog meer.

Hij herkende me, maar wendde zijn gezicht naar de muur.

'Meneer Furnival, het is niet mijn verlangen naar gerechtigheid dat me hier gebracht heeft, en al helemaal geen verlangen naar wraak. Ik ben hier als uw dominee, om u het sacrament aan te bieden. Mocht u dat willen, dan kunt u eveneens bij mij biechten.' Toen er geen reactie kwam, voegde ik toe: 'Bent u katholiek? In dat geval kan ik een priester voor u laten halen.'

Hij schudde langzaam zijn hoofd.

'Uitstekend. Maar ik hoop toch ook dat u uw geweten zult ontlasten – ik denk niet dat u uw Maker wilt ontmoeten, zoals u naar mijn mening zeer binnenkort zult doen, terwijl al uw zonden nog als een molensteen om uw nek hangen. Vraag Hem toch op zijn minst om vergeving. Dan kunnen we daarna communie houden.'

Hij knipperde vermoeid met zijn ogen. 'U bent vastbesloten de waarheid uit mij te wringen, op wat voor manier dan ook, is het niet, dominee? Ja, u bent net zo nieuwsgierig als al die anderen.'

Ik lachte zachtjes. 'Mag ik u dan vragen wat de reden is dat u voor de naam Chamberlain gekozen hebt? Ik vermoed dat deze keuze is ingegeven door het feit dat *chamberlain* een synoniem is voor het woord rentmeester.'

'Waarom laat u me niet gewoon met rust? Al bent u vriendelijk geweest voor... voor juffrouw Southey, daar ben ik u dankbaar voor.' Hij glimlachte moeizaam.

'Anne is uw dochter, niet?' vroeg ik vriendelijk, nu ik voor het eerst enige gelijkenis zag.

'Dat is ze. En ze heeft me te schande gemaakt! Haar bastaardkind... Ik heb alles wat ik bezat in haar ontwikkeling geïnvesteerd, dominee – haar naar de meest exclusieve kostscholen gestuurd. Ze had veel meer dan een gouvernante kunnen zijn, misschien niet door haar hoge geboorte, maar wel door haar talent.'

'Dat had zeker gekund. Ze is een begaafde pianiste.'

'Maar wat doet zij? Ik zoek een betrekking voor haar bij een rijke familie, in een groot huis, en zij laat zich... verleiden door zo'n deftige jongeman en raakt zwanger. Mijn kleindochter. Dat meisje dat zelfs nu nog bang voor me is.'

'Nee, nee, ze is niet bang voor u. Haar *ouders* zijn bang dat ze haar aan u zullen kwijtraken. Dat is niet hetzelfde. Hebt u in het verleden bij hen ingewoond?'

'Ik niet. Anne. Het ging het echtpaar toen nog niet zo voor de wind. Ze verhuurden kamers aan fatsoenlijke jongedames, en Anne trok bij hen in toen ze ontdekte dat de knappe jongeman die een bezoek had gebracht aan haar werkgever... dat ze zijn kind droeg. Toen ze de waarheid over haar zwangerschap ontdekten, verwachtte ik dat de Larwoods haar uit huis zouden zetten, maar zij stelden voor... Zij hadden zelf nooit kinderen gekregen. Misschien was dit gezin een geschenk uit de hemel. Ik wist dat ze vriendelijk en eerlijk waren. En zo kwam mijn kleindochter bij hen terecht. Maar alleen als daar volledige geheimhouding tegenover zou staan. Dat vond ik zelf ook uitermate belangrijk.' Zijn ogen vielen dicht en ik was bang dat ik hem kwijtraakte. Maar hij dwong zichzelf ze weer te openen. 'Hoe bent u erachter gekomen? Ze heeft haar naam veranderd...'

Zijn ademhaling was oppervlakkig en werd steeds onregelmatiger.

'Ik heb het geraden. Uw haar is nu sneeuwwit, maar dat gebeurt wel vaker bij mensen die in hun jeugd juist donker zijn. Zoals uw dochter, en uw kleindochter. Het is een mooi, lief meisje, met de stem van een engel. Uw dochter heeft haar afgestaan en vervolgens haar oude beroep weer opgevat?'

Hij knikte.

'Een nieuwe werkgever zou om referenties vragen. Hoe kon ze die overleggen?'

'Ik heb ze geschreven. Uit naam van mijn werkgever van dat moment, de graaf van Consett. De Bramhalls waren te dom om navraag te doen. Maar u zult vast begrijpen dat ik er, toen u mij naar deze papieren vroeg, voor moest zorgen dat u ze niet zou krijgen. Dankzij die valse papieren heeft ze een betrekking gevonden bij de Bramhalls. Geloof me, als ik vooraf geweten had ze haar zo onbeschoft en wreed zouden behandelen – wat u met eigen ogen gezien hebt – dan zou ik haar naam nooit genoemd hebben. En dan de ironie... het duivelse toeval... dat ze besloten een bezoek te brengen aan het huis van diezelfde –' Zijn stem stokte en hij hoestte bloed op.

'Mag ik daaruit afleiden dat het Hugo was, de huidige Lord Chase, die haar verleid heeft?' Opeens ervoer ik een enorme bewogenheid. 'Dus toen u hoorde dat hij nog in leven was, wilde u koste wat het kost voorkomen dat ze elkaar zouden ontmoeten.'

'Ik wilde dat hij zou sterven in dezelfde goot als waarin hij haar had achtergelaten.'

'Maar waarom hebt u dan de boodschapper vermoord? Henry was niets anders te verwijten dan vriendelijkheid.' Ik keek hem indringend aan.

Hij schudde zijn hoofd. 'U weet dat ik een kalme, beheerste man ben, dominee, maar als ik mijn geduld verlies sta ik niet voor de gevolgen in. Ik kon de gedachte niet verdragen dat een kerel als hij alles zou erven waar ik zo hard voor gewerkt had. En dus... het spijt me ook oprecht van die jongen,' voegde hij toe. 'Ik leek wel bezeten. Dominee,' kreunde hij, terwijl hij mijn hand vastgreep en me aankeek, 'ik heb die man vermoord. Is er nog enige hoop op vergeving?'

'Ik zal u het sacrament toedienen, meneer Furnival, zodat u uw Maker kunt ontmoeten met een verfriste geest. U hebt gezondigd, en Hij, niet uw medemensen, zal het oordeel over u vellen. Maar Hij is genadig en heeft zijn Zoon gestuurd om aan het kruis te sterven opdat u het eeuwige leven zou ontvangen...'

EPILOOG

De aankondiging die naar de *Morning Post* gestuurd was, stelde duidelijk dat het huwelijk in kleine kring gesloten zou worden. Dat was ook het geval. De kerk was nog bijna leeg terwijl de genodigden op de bruid wachtten. Langs het pad dat van Moreton Hall naar de kerk leidde hadden slechts enkele dorpelingen postgevat, en degenen die die moeite genomen hadden, leken vooral te genieten van een lome voorjaarsochtend, in plaats van erg bezig te zijn met een adellijke bruiloft.

Na een trage start was de relatie zo snel tot bloei gekomen dat het mij moeite kostte om te geloven dat hier werkelijk liefde in het spel was. Het gerucht ging dat Sir Marcus van zijn zus af wilde voordat hij voor de kosten van het bal ter ere van zijn dochters kwam te staan, waarvan Lady Chase hem vriendelijk maar duidelijk te verstaan had gegeven dat het moest plaatsvinden in zijn eigen huis in Londen. Hoewel de Bramhalls elk excuus om nog langer op Moreton Hall te verblijven hadden aangegrepen, zouden ze rond het einde van deze week eindelijk vertrekken. Ik had mevrouw Hansard en mevrouw Sandys een cynische opmerking horen uitwisselen over het natellen van het bestek. Mevrouw Sandys had het geluk gehad haar positie te mogen behouden. Lady Chase was namelijk tot de conclusie gekomen dat het leven op Moreton Hall ondragelijk zou zijn, wanneer er naast een nieuwe rentmeester die zich nog aan haar gewoontes moest aanpassen ook een nieuwe huishoudster moest worden opgeleid. Mevrouw Sandys had zich al snel gerealiseerd dat enige interesse in de liefdadigheid waar de Lady zich zo vurig voor inzette een goed middel was om haar eigen toekomst veilig te stellen, en ze was nu druk bezig met het uitwerken van een schema dat de dorpelingen voorzag van extra zaden voor hun moestuin – afgetroggeld van de tuinman van Moreton Hall.

Willum was niet meer weg te denken uit het huis van de Hansards, waar hij zich met frisse tegenzin op zijn schoolwerk gestort had en zich had voorgenomen om in één jaar te leren waar andere, meer fortuinlijke kinderen vijf jaar de tijd voor hadden. Tot op heden gaf hij geen enkel blijk van interesse in het leren van Edmunds medische vaardigheden, maar was hij constant in Matthews buurt te vinden, een stilzwijgende uitdaging aan iedereen die vraagtekens had bij het concept van een eenbenige jachtopziener.

Jem had ook nog steeds plezier in het werken met paarden, maar hij legde zich daarnaast toe op het lezen van talloze boeken. Hij had al verschillende modelscholen in andere dorpen bezocht, en nam tegenwoordig ook af en toe deel aan de samenkomsten van het liefdadigheidscomité van Lady Chase, hoewel zijzelf als gevolg van de voorbereidingen voor de bruiloft geregeld verstek moest laten gaan.

De bruid was laat. Maar dat voorrecht had ze, natuurlijk.

Ik probeerde niet aan haar te denken. Ik plukte wat aan mijn boord en keek om me heen, naar mijn geliefde kerk, die voor de gelegenheid versierd was met narcissen en met meer exotische bloemen die uit de kassen van Lady Chase afkomstig waren. Daarna glimlachte ik wat wrokkig naar dokter Hansard, die zich had aangeboden als getuige. Maar alle afleiding ten spijt dacht ik terug aan Lady Dorothea's eerste bezoek aan de kerk, aan de avonden waarin we samen muziek gemaakt hadden – en zelfs aan de dienst op oudejaarsavond, toen ze het orgel bespeeld had. Ze had Lord Chase bij zijn terugkeer slechts koeltjes begroet, wat mij, om eerlijk te zijn, verbaasd had. Ondanks zijn wat grillige haarinplant en de duidelijk zichtbare littekens rond zijn nek was het nog steeds een knappe jongeman. Het was niet moeilijk voor te stellen dat de gouvernante wier leven hij verwoest had zich intens tot hem aangetrokken gevoeld had. Maar Lady Dorothea flirtte steeds openlijker met mij, totdat ik van mening was dat onze vriendschap in een fase gekomen was dat het niet meer dan fatsoenlijk was dat ik Sir Marcus vroeg om toestemming om zijn zuster het hof te maken.

Dat deed ik op zekere avond, na het diner.

Sir Marcus stond op me te wachten toen ik de tekenkamer verliet.

'Het doet me veel plezier wanneer ik u en mijn zuster gezamenlijk de fortepiano hoor bespelen,' begon hij, terwijl hij me meetrok naar de bibliotheek en de deur achter zich sloot. 'Maar u moet weten, Campion, dat ik voor haar op zoek ben naar een betere huwelijkspartner dan een plattelandsdominee. Een dame met haar uiterlijk, haar vaardigheden en haar bloedlijn moet uitzien naar een partij die veel hoger op de maatschappelijke ladder staat. Begrijpt u wat ik bedoel?'

Ik voelde het bloed naar mijn gezicht stijgen, van woede of van schaamte, daar was ik niet zeker van. 'Ik verzeker u, meneer, dat elke intentie –'

'Ik ben blijkbaar niet duidelijk genoeg. U, meneer Campion, dient geen enkele intentie te hebben. Goedenavond.' Hij luidde de bel om een bediende te ontbieden, die erin slaagde geen tekenen van verbijstering te tonen nu een regelmatige bezoeker als ik opeens zo'n formele behandeling ten deel viel.

En nog geen drie dagen later werd de verloving van Hugo, Lord Chase, met Lady Dorothea Bramhall aangekondigd.

De volgende ochtend bracht ik een bezoekje aan Bess, nog steeds de verzorgster van de jongeman – en meer. Ze leek opgewekt genoeg. 'Hij heeft al een testament opgemaakt waar dit kleine ventje in genoemd wordt.' Ze klopte op haar buik. 'O, ja! Ik word moeder, dominee. Een apenkoppie van Lanky. En hij is verwekt uit liefde, niet uit plicht, dus hij zal een stuk gelukkiger zijn dan die kinderen van haar.' Ze knikte naar de Hall.

'Maar hij zal niet met je trouwen,' zei ik droevig.

'Lieve hemel, dominee, daar zit ik niet mee! Waarom zou ik? Mijn soort is helemaal geen trouwerijen gewend, en ik heb het beter voor elkaar dan de meesten. Hij heeft mij – of beter gezegd, dit kotertje van hem – een leuk, klein huisje beloofd op een van zijn landerijen. Hij is stinkend rijk, dominee.'

'Als jij gelukkig bent, heeft hij gedaan wat hij behoort te doen, en dat waardeer ik in hem,' sprak ik plechtig, hoewel ik hier de hand van zijn moeder in meende te ontdekken, die zich eindelijk over haar afkeer van Bess heen had weten te zetten – maar wel pas nu haar zoon zich openlijk aan een ander verbonden had. Ik draaide me om om te vertrekken, maar kon één laatste vraag niet bedwingen: 'En Lady Dorothea, wat vindt zij ervan?'

'Dat moet u haar zelf maar vragen. Alleen heb ik gehoord dat u een oogje op haar had, dus dat zou het een beetje lastig maken voor u, of niet? Een fatsoenlijke vent zoals u kan vast en zeker beter krijgen. Maar bij mensen van adel maakt dat allemaal niet uit, of wel? Die moeten trouwen met iemand die in hun familie past.'

Me er nauwelijks van bewust dat ik mijn gedachten hardop uitsprak, zei ik: 'Zij is bereid om onder die omstandigheden te trouwen?' Ik was verbijsterd. 'En hij...?'

'Hij denkt dat hij verliefd op haar is. Maar ik heb wat gebabbeld met dat vriendelijke ouwe dametje dat de poorten in de gaten houdt, en zij zegt dat ze een vreselijk kouwe kikker is... Ach, ik weet wat ik weet, dominee, en ik zal er verder niets over zeggen, want ze moeten hun trouwbeloften aan u afleggen, of niet soms? En ik durf te wedden dat u helemaal in de war zou raken als u dacht dat ze het niet meenden. Dus het enige wat ik zeg is dat Lanky een goeie man en vader zal zijn. Ziezo. Meer krijgt u van mij niet te horen. Alleen nog dat het fijn zou zijn als u mijn zoon wilt dopen als-ie eenmaal geboren is.'

Ik boog en voelde dat er een glimlachje rond mijn mond speelde, ondanks de storm in mijn binnenste. 'Dat zou me een waar genoegen zijn, Bess. En als ik jou was, zou ik moedertje Powell vragen als meter. Zij is een van de vriendelijkste vrouwen die je op deze wereld zult vinden.' Bovendien zou het, hoewel ik dat niet hardop zei, voor Bess gemakkelijker zijn om in haar ongewone – en velen zouden zeggen verwerpelijke – omstandigheden te overleven als ze een goede band had met mevrouw Powell.

Hoe kon Lady Dorothea instemmen met dit huwelijk, terwijl ze wist dat de liefdesbaby van haar man niet in een of ander duister hoekje zou worden weggemoffeld, maar openlijk op zijn landgoed zou wonen? Het kon niet anders of ze wist dat haar man niet verder keek dan haar knappe gezichtje, dat deze verbintenis niets anders was dan een verstandshuwelijk. Ik zuchtte diep. Een vrouw die ik zelf als echtgenote, als levensgezellin had willen hebben, en die instemde met zo'n huwelijk!

Mevrouw Hansard kwam toevallig langs, naar eigen zeggen om een recept af te leveren bij mevrouw Trent. Maar nu ze er toch was, maakte ze van de gelegenheid gebruik om haar arm door de mijne te steken en me mee te trekken naar de groentetuin, die wonderlijk genoeg zojuist door de tuinman verlaten was.

'U moet begrijpen dat het huwelijk in sommige families nog steeds een zakelijke kwestie is, Tobias.'

'Ik denk dat zij het liever omschrijven als plicht,' zei ik. 'Hoewel mijn broers en zussen het geluk hadden dat ze hun hart konden volgen, in plaats van rekening te hoeven houden met hun portemonnee. En ik hoopte dat dergelijke vormen van – van *prostitutie* – tot het verleden behoorden. Maria, denkt u zich eens in – een vrouw met verstand, met smaak, die willens en wetens trouwt met een man wiens hart haar niet toebehoort.'

'Ik heb begrepen dat haar fortuin zozeer geslonken is dat ze moest kiezen tussen een huwelijk met deze man, of op zoek gaan naar een betrekking als gezelschapsdame of gouvernante. Al die mooie jurken, al die dure muziek, Tobias – nu bekend is dat de familie niet langer bij Lady Chase te gast is, zou het geen maand meer hebben geduurd voordat de schuldeisers bij de Bramhalls op de stoep zouden hebben gestaan. Dus probeer begrip voor haar op te brengen, en medelijden, als je dat kunt.'

'Dat kan ik. Dat doe ik. En ik ben blij voor Bess. Als ze een keuze had gehad, zou ze voor het eerst van haar leven het juiste hebben gekozen. Als ze een keuze had gehad.'

'En u, lieve Tobias – hoe zit het met u en uw keuzes?'

Terwijl het kleine orkest op de galerij inzette, kwam ik tot de conclusie dat ik, zo God het wilde, mijn keuze gemaakt had. Totdat Hij me elders riep, zou ik tevreden zijn met dat wat Hij mij in zijn goedheid geschonken had.

Ik schraapte mijn keel.

'Beminde gelovigen, wij zijn hier bijeen voor het aangezicht van God...'

Over de auteur

JUDITH CUTLER heeft meer dan twintig romans op haar naam staan, waaronder diverse misdaadseries die zich afspelen in de achterstandswijken van Birmingham.
Zij heeft Creatief Schrijven gedoceerd aan de Universiteit van Birmingham en enkele andere instituten. Tevens was zij enkele jaren secretaris van de Britse Crime Writers' Association.
Ze woont samen met haar man, de schrijver Edward Marston, op het Engelse platteland en houdt zich in haar vrije tijd bezig met biologisch tuinieren.

De Geheimenbewaarder is haar eerste roman in Nederlandse vertaling. *De Schaduw van het Verleden* is het vervolg.

Meer informatie over Judith Cutler en haar boeken op:

www.judithcutler.com

www.librion.nl